CW00722499

João Pinto Coelho

Perguntem a Sarah Gross

Leya, SA
Rua Cidade de Córdova, n.º 2
2610-038 Alfragide • Portugal
http://bisleya.blogs.sapo.pt
www.leya.com

Título: *Perguntem a Sarah Gross*

Capa: Rui Garrido/Leya
Plantas e mapas: João Pinto Coelho
Paginação: Leya, S.A.
Impressão e acabamento: Norprint – A casa do livro

1.ª edição BIS: junho de 2018
2.ª edição BIS (reimpressão): dezembro de 2021
Depósito legal n.º 440 451/18
ISBN: 978-989-660-496-7

Este livro segue o Acordo Ortográfico de 1990.

Ao Salvador, à Maria Ana e ao Tomás

NOTA DO AUTOR

Situada a sul da Polónia, a sessenta quilómetros de Cracóvia, a cidade de Oswiécim conta uma história milenar. Foi na primeira metade do século XVI *que recebeu os primeiros judeus. A partir de então, a comunidade judaica foi crescendo em número e vitalidade, interferindo decisivamente na vida cultural, social, económica e política da cidade. Tal como os judeus dessa região da Europa, também os de Oswiécim falavam iídiche, uma língua germânica que utiliza o alfabeto hebraico. A designação Oshpitzin era a palavra em iídiche com que os judeus se referiam a Oswiécim.*

A partir de 1939, com a invasão da Polónia pela Alemanha nazi, a cidade conheceu um terceiro nome: Auschwitz.

Como parte da ação deste romance se passa na Polónia e se centra em personagens de origem judaica, optou-se, predominantemente, pela designação Oshpitzin.

«Ergue os olhos e contempla o céu: é um cemitério, um cemitério invisível, o maior da História.»

Elie Wiesel, *The Holocaust, Voices of Scholars*

MAPA DA POLÓNIA OCUPADA
1940

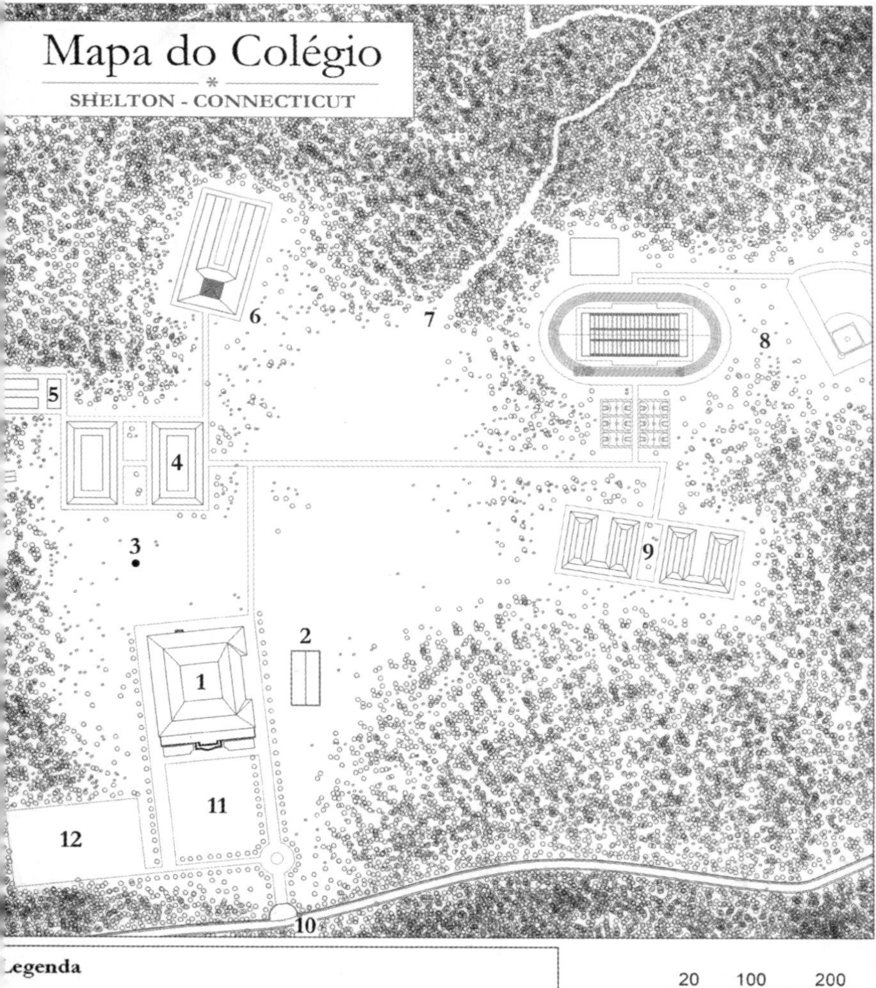

Legenda

1 - Edifício Principal	7 - Caminho do bosque
2 - Tenda	8 - Parque desportivo
3 - *Konchi Manto*	9 - *Quartel*
4 - Pavilhões de aulas/Refeitório	10 - Portão principal
5 - Pavilhões do pessoal/Armazém	11 - Terreiro
6 - Residência feminina	12 - Parque de estacionamento

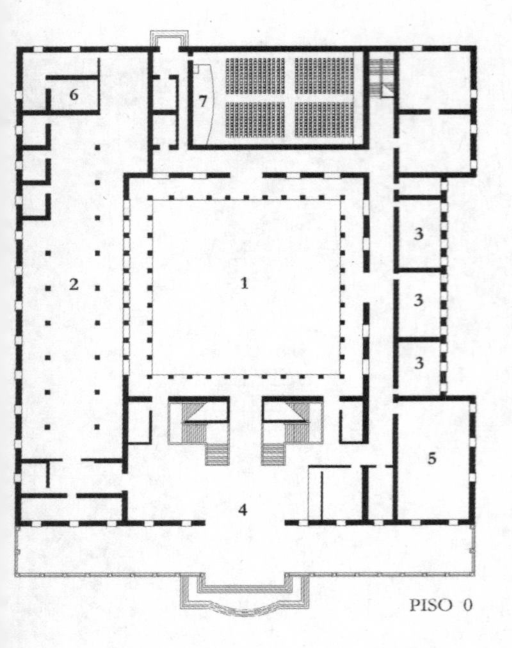

Edifício Principal

PLANTA

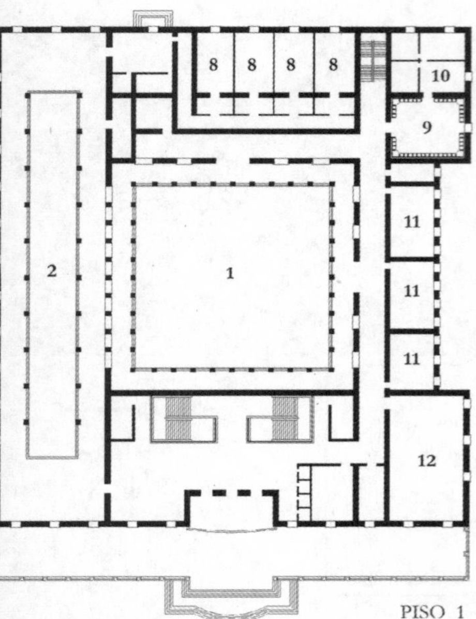

Legenda

1- Claustro

2 - Biblioteca

3 - Salas de aula

4 - Átrio

5 - Administração

6 - Gabinete e aposentos de Clement

7 - Sala Magna

8 - Aposentos de professoras

9 - Sala dos retratos

10 - Gabinete e aposentos de Miss Gro

11 - Salas dos departamentos

12 -Museu de ciências

ESTADOS UNIDOS DA AMÉRICA

Fevereiro, 1968

Deitou-se a pensar nela e, apesar de continuar sozinho, foi com ela que acordou de madrugada. Ficou na cama uma hora, o que acontecia todos os dias, apreciando cada minuto daquele silêncio absoluto. Com o tempo, aprendera a escolher as paragens dos seus pensamentos e sabia bem aonde não queria regressar. Era certo que ela nunca lho dissera, mas, fugazmente, chegara a sentir-se aceite. Pelo menos até perceber que era temido, e isso confundira-o. Não fosse a determinação dos que olham o mundo de cima, havia muito teria saído da sua vida. Mas não, nunca o faria. Pouco lhe importava o correr dos anos ou a lonjura dos caminhos – o que valem o tempo e o lugar numa alma entregue? Bastava-lhe um olhar fugidio, ocasional, mas tinha de a ver, tinha de a saber por perto. Se encontrasse a coragem para se aproximar, talvez lhe ouvisse a voz, ou, quem sabe, voltasse a sentir o perfume que irradia dos anjos. Que seria de si se ela um dia o olhasse de frente, se o quisesse? Habituara-se a não pensar nisso, mas, por vezes, até um homem previdente gosta de recordar o que nunca aconteceu.

Não faz mal, pensava muitas vezes, tinha-a próxima e isso bastava. Só havia uma coisa que não poderia admitir e acreditava que ela o soubesse: a traição precipitaria tudo, e o passado provava que ele sabia ser implacável.

COTTAGE GROVE, OREGON, EUA

Outubro, 2013

Gosto de ouvir a chuva quando escrevo. Talvez por isso, tenha escolhido este dia para me sentar pela última vez diante do caderno. O fim da tarde está pardacento e frio, e o meu quarto mudou pouco nestes quase oitenta anos. De novidade, talvez só a escrivaninha que trouxe do escritório do meu pai. O aroma da sua madeira é o cheiro dele e a memória mais vívida que me resta. Além disso, a casa vazia, mais os detalhes que lembram os anos felizes e os que se seguiram. Apesar de ter o quarto aquecido e as pernas cobertas por uma manta, o frio não me larga. Dizem que nos velhos isso acontece muitas vezes, pois é um frio que vem de dentro. Assim, o único remédio é esquecer-me dele. Na verdade, passo muito do meu tempo a tentar esquecer-me. Esquecer-me do presente, e do futuro também. Outro sinal de velhice, eu sei. Valha-me aquilo que vi e ouvi quando me queria lembrar de tudo. Nunca soube se a minha vida dava um livro, mas agora, que o escrevi, não me arrependo por, a páginas tantas, levada por parágrafos imprevistos, ter revisto os recursos expressivos, como quem troca o pijama pela roupa de sair. Contemplo as primeiras linhas, capítulos arrastados e sem notas nas margens; o que vale uma hipérbole quando o verbo é de encher? Mas tudo muda com uma frase que dói, um ferrete gravado a sangue-frio que distorce a caligrafia com que se escreve o que vem a seguir.

SHELTON, CONNECTICUT, EUA
Abril, 1968

O meu preâmbulo são duas páginas que o tempo não descolou. A primeira fala do homem que me fez, que nasceu e se casou pobre; a segunda, da sua mulher que, nascendo rica, se tornou pobre quando o aceitou. Querida mãe, que mal te fez aos sonhos teres saboreado o luxo; mas não venha o diabo ao mundo, pois até aos bem-aventurados cumpre, de vez em quando, aprender a baixar as bainhas à vida.

Já eu, não, sempre calcei o número certo. Não sou personagem para dar nome a uma história, nem mulher que fuja de uma paixão. Deito-me sozinha com Beckett ou Joyce, apenas porque me apetece, mas traio-os a todos por uma frase.

E, como quem trai imortais não se inibe de infidelidades mais prosaicas, soube virar as costas a Cottage Grove, no Oregon, atravessar a América e tentar na Nova Inglaterra. Tentar mais uma vez.

– Kimberly, querida, o que é que te faz acreditar poderes ser feliz, do outro lado do mundo?

O mundo para Nat era tudo aquilo que se estendia para além de Willamette Valley. Nat era o meu pai, a raiz mais dura de desprender.

Amo com as entranhas quase tudo o que ali deixei, mas está por amanhecer o dia em que lamente aquela decisão. Nada seduz no Connecticut como Shelton, a pequena cidade do condado de Fairfield que foi terra de índios e emigrantes. E depois há St. Oswald's, claro, o colégio preferido pela aristocracia industrial da América. Nos anos 60 chegou a ser tão icónico como um par de *jeans*, mas daqueles da *Limbo*, que se compravam em East Village por uma fortuna. As más-línguas deviam-lhe muito, mas a velha escola, que detestava ser corriqueira, valia-se de não ter ouvidos e lá continuava, digna como há cem anos, a talhar os herdeiros ricos de um país mudado.

A primeira vez que a vi, captei o peso de um século inteiro de notoriedade. A sombra da fachada neogótica cobriu-me como um manto de censura e as janelas de guilhotina, guardiãs alcoviteiras, pareciam espreitar as minhas origens, ansiosas pela revelação humilhante. Ainda assim, subi. Junto do enorme portal, alguns grupos de adolescentes honraram-me com a mesma atenção que atribuíam às folhas de plátano que esvoaçavam. Era essa aragem que me desalinhava e soprava aos ouvidos segredos contraditórios. Quero acreditar que tais sentimentos não sejam invulgares no íntimo daqueles que se preparam para uma entrevista assim decisiva.

– *Posso ajudá-la?*

Diabo! Seria assim tão óbvio o meu ar perdido? Virei-me em direção à voz rouca que me interpelara e deparei com uma figura inesperada. Era um homem invulgarmente baixo e já curvado pela idade avançada. Vestia um jaquetão azul-escuro, de certeza feito à medida, e observava-me com cortesia profissional.

– Chamo-me Kimberly Parker – apresentei-me. – Tenho um encontro marcado com Miss Sarah Gross.

Ele sorriu, mas só com os olhos cansados. Era provável que já soubesse quem eu era e ao que vinha. Cumprimentou-me com um aperto de mão e uma vénia discreta.

– Sou Everett, Miss Parker – disse com uma voz afável. – Estava à sua espera. Miss Gross vai recebê-la imediatamente. Queira ter a gentileza de me acompanhar.

Notei que o meu anfitrião apresentava as maneiras de um mordomo vitoriano, apesar de deixar transparecer algum divertimento na tarefa que lhe cabia naquele momento. Enquanto o acompanhava, o eco dos meus passos contrastava grosseiramente com o flutuar gracioso de Everett, parecendo ampliar as enormes proporções dos corredores que atravessávamos. Os candeeiros, que pendiam dos tetos nervurados a cada vinte passadas, projetavam sombras grotescas na parede oposta à das janelas, alternando com o ritmo das portas maciças. Uma vez que algumas se encontravam entreabertas, pude espreitar pela primeira vez para o interior das salas de aula de St. Oswald's, esses pequenos templos do saber a quem a América confiava os seus filhos mais abastados havia mais de quatro gerações. Reparei, também, na idade dos professores, na sua postura autocrática, e não me surpreendi. No entanto, reconheço hoje, o que me incomodou foi o silêncio; o silêncio pesado que se ouvia no intervalo das palavras proclamadas por todos aqueles mestres de fato escuro. Parecia carente de sangue pulsante, o velho colégio. Essa perspetiva trouxe-me de volta a figura imaginada de Miss Sarah Gross. Como seria a matriarca de St. Oswald's? Com que aspirações governaria esta escola? Não tardaria a descobri-lo, uma vez que, pouco depois de subirmos ao primeiro piso, transpusemos uma pesadíssima porta de duas folhas que dava para uma divisão imponente, forrada a painéis de carvalho. Distribuídos pelas quatro paredes, alinhavam-se os retratos afidalgados de inúmeras personagens: imaginei antigos diretores, distintos professores e, quem sabe, um ou outro aluno que se houvesse destacado para lá dos muros da instituição centenária. Encostados ao lambrim que rodeava a sala, aprumavam-se dezenas de assentos em madeira trabalhada, o que faria lembrar um cadeiral monástico, não fosse pelos motivos pagãos que decoravam os espaldares envernizados. Entretanto, sentada atrás de uma enorme secretária, uma mulher de feições cordiais e postura delicada falava ao telefone em surdina. Demorou uns segundos até tapar o bocal com uma das mãos e me dirigir a palavra:

– Miss Parker, certo? – perguntou com um sorriso. – A senhora diretora aguarda-a. Venha comigo, por favor.

Ao dizer isto, desculpou-se ao telefone e pousou-o com suavidade, antes de se levantar e encaminhar para uma porta recortada no meio dos painéis de madeira. Bateu ao de leve com os nós dos dedos e, sem esperar resposta, abriu-a, convidando-me a entrar, com mais um sorriso.

Avancei resoluta, não tanto pela segurança que me animava, mas sobretudo pela determinação que queria exibir. Curiosamente, a imagem mais nítida que guardo de Miss Gross é a que me ficou do primeiro encontro. Encontrava-se de pé, de costas para a porta e absolutamente imóvel. Observava sabe-se lá o quê através da sacada de madeira sem cortinas. Vestia de forma simples e o casaco de malha amarelo esbatido era a única peça de roupa que fugia à escala dos cinzentos. O seu cabelo curto, de um branco absoluto, tocava apenas ao de leve a gola de seda bem apertada. Era uma mulher de média estatura, coberta por uma austeridade elegante, um pouco rígida, talvez. Quando se virou, senti-me chocada. Teria cerca de cinquenta e poucos anos, seguramente não mais de sessenta, e a beleza do seu rosto fez-me esquecer por momentos as razões da minha presença naquele lugar. Seria pelos olhos profundamente misteriosos e incaracterísticos, cada qual de sua cor, ou por tudo aquilo que se escondia atrás deles? Há certas manifestações que só aos poetas cabe traduzir.

– Olá, Miss Parker. Bem-vinda a St. Oswald's.

Apesar de a sua voz surgir distinta e colocada, ficou a sensação de que utilizara apenas o volume essencial para se fazer ouvir. Não sorriu, aliás, acho que nunca cheguei a vê-la sorrir.

– Muito obrigada, Miss Gross. Aguardava este momento com muita expetativa.

Naqueles instantes experimentava um misto de ansiedade e alívio. Imagino que um jogador de casino passe por sensação semelhante após lançar os dados.

– Sente-se, por favor. – Obedeci-lhe enquanto varria discretamente com um olhar tudo o que me rodeava. Ao contrário da sala que o antecedia, este gabinete era muito mais despido: os raros quadros e *bibelots* diziam bem com a sobriedade da diretora. – Como correu a viagem? – perguntou. – Deve ter sido muito desgastante.

– Nem por isso. A novidade do trajeto alivia muito a distância. De certeza que o regresso não será tão agradável.

– Veio de comboio, não é verdade?

– Sim. E foi uma decisão acertada.

Ninguém precisava saber que detesto alturas.

– E quando tenciona regressar?

– Parto hoje mesmo, a meio da tarde – respondi. – Cheguei a Shelton há três dias, é mais do que suficiente para recuperar forças.

– Então, vou fazer o possível por não a prender muito tempo. – Enquanto se sentava, reparei que Miss Gross pousava sobre a mesa um maço de envelopes que me eram familiares. – Lemos com atenção as cartas que nos enviou. Devo dizer que levámos muito a sério as suas referências. Ainda assim, já que tenho o privilégio de a ter aqui, gostaria que nos falasse um pouco mais de si.

– Naturalmente – afirmei. – Só tenho de agradecer a oportunidade.

Como se sentisse a necessidade de reforçar o que ia dizer, Miss Gross apoiou os cotovelos na secretária, entrelaçou os dedos à altura do queixo e fitou-me intensamente.

– Quero ser frontal consigo, Miss Parker, e fazê-la notar que não será só pelos seus diplomas ou recomendações que poderá vir a dar aulas nesta escola. Por favor, entenda que não pomos em causa o seu valor científico, mas veja por si mesma – disse, ao mesmo tempo que apontava para uma vitrina carregada de pastas de cores e grossuras variadas. – É naquelas prateleiras que arquivamos as candidaturas ao lugar de professores. Chegam-nos de todo o país, como calcula. Acredite no que lhe digo, temos ali currículos que seriam disputados por qualquer uma das *Ivies*[1]. Apesar disso, Miss Parker, aquele é o armário dos processos recusados. Por isso lhe peço: ajude-nos a conhecê-la; ajude-nos a perceber porque é que no meio de tanta excelência académica a devemos escolher a si.

---

[1] Termo que designa cada uma das oito universidades norte-americanas que compõem a Ivy League, símbolo máximo de excelência e elitismo do sistema universitário daquele país.

Ao longo das intermináveis horas de comboio que me separavam da cidade natal, tive muitas vezes a oportunidade de ensaiar mentalmente a minha apresentação. Apesar disso, naquele momento e perante aquele olhar, a memória desses exercícios esfumou-se por completo.

Miss Gross era sagaz e decidiu dar-me a mão.

– Porquê St. Oswald's, Miss Parker?

Aí estava a primeira pergunta previsível; ainda assim, precisei de uns segundos, antes de responder.

– Talvez porque, a nível pré-universitário, St. Oswald's é bem capaz de ser o melhor laboratório de literatura do país.

Miss Gross acenou, em sinal de aprovação.

– É uma boa razão. Lembra-se de mais alguma?

– Bem, para ser franca, não posso negar que a perspetiva de ensinar num colégio como este sempre me fascinou.

– Quer ser mais precisa?

– É difícil. Penso que toda esta envolvência acaba por nos contagiar, sabe? Sobretudo, acredito que St. Oswald's me pode dar condições para ir mais longe.

– E até onde tenciona ir, Miss Parker?

– A literatura é um campo suficientemente fértil para que me atreva a pôr limites. Dependerá muito dos alunos que vou encontrar, acho eu, mas tenho boas razões para estar otimista.

– E que razões são essas?

– Bem, estou convencida de que os vossos critérios de admissão são uma garantia mais do que satisfatória. A tradição desta escola não surge do acaso.

– Tradição ou fama?

– Não poderão ser as duas?

– Suponho que sim – disse Miss Gross, encolhendo os ombros. – E mais?

– A biblioteca, é lógico. Oiço falar da biblioteca de St. Oswald's desde o meu primeiro ano em Berkeley. Como calcula, isso é a cereja no topo do bolo para qualquer professor da minha área.

– Também é compreensível.

Também é compreensível? Claro que era compreensível; tão compreensível como previsível e escasso. Era evidente que não ia dizer tudo, mas, caramba, tinha de acrescentar alguma coisa se não queria ir parar à prateleira dos proscritos.

– E depois há o compromisso, naturalmente – afirmei. Miss Gross recostou-se mais confortavelmente, à espera do que aí vinha. – Por favor, não me interprete mal, Miss Gross, mas, quando decidi enviar-vos a minha candidatura, estava consciente de que, se fosse aceite, estaria a despedir-me de parte da minha vida; estaria a trocar a minha casa, os meus pais, os meus fins de semana e os meus hábitos de tantos anos pela clausura de um colégio interno a quatro mil quilómetros. Isso implica compromisso.

– Não queremos que se sinta presa, Miss Parker – provocou a diretora.

– Não corro esse risco, posso assegurar-lhe.

Miss Gross olhou-me em silêncio, interpretando as minhas palavras. Por fim, levantou-se da cadeira e dirigiu-se a uma estante, de onde tirou um pequeno livro, que reconheci de imediato.

– Li o seu ensaio sobre Faulkner – disse, enquanto o folheava mecanicamente. – Muito bom. – Miss Gross referia-se ao *Tríptico de Absalom!*, um livro que eu tinha publicado havia um ano, no qual procurava traçar um fio condutor sobre três períodos distintos da sociedade americana, à luz da obra de William Faulkner. Suscitou suficiente discussão académica para que se considerasse uma segunda edição, o que fora ótimo. Contudo, e ao contrário da minha vontade, o livro tornara-se mais conhecido pela reflexão sociológica do que pela análise literária. Não achei oportuno perguntar a Miss Gross qual das perspetivas a tinha impressionado mais. – É uma idealista, Miss Parker? – perguntou, sem tirar os olhos das páginas.

Não estava à espera daquela abordagem.

– Em que sentido?

– É uma guerreira? – insistiu. – Tem convicções? É capaz de lutar por elas? – Pousou o livro e olhou-me como se procurasse respostas no meu interior. – Já me disse que está disposta a comprometer-se com a escola e, como calcula, nem eu admitiria outra coisa. A questão é antes: aceita comprometer-se com aquilo em que acredita?

– Sim, claro... – respondi sem ter a certeza daquilo que me propunha.

Avaliando a minha hesitação, Miss Gross sentou-se.

– Miss Parker, quando analisei a sua candidatura, fiz questão, como lhe disse, de ler atentamente o seu ensaio. Não é difícil de desvendar a sua ideia da América e, devo dizer-lhe, foi-me muito gratificante constatar que temos alguns pontos de vista comuns. O que eu preciso de saber é se está disposta a retirar as suas convicções daquelas páginas e usá-las, todos os dias, a favor desta escola e destes alunos.

Era óbvio que Miss Gross descobrira no meu ensaio a visão em bruto de uma nação doente. Melhor assim. A América que eu amava continuava a gritar por aquelas coisas simples que um país de bem nunca nega aos filhos. Pelos vistos, eu e ela distinguíamos esse clamor e odiávamos-lhe as causas. Então, empolgámo-nos e falámos muito tempo e só nos calámos quando tivemos a certeza de que dizíamos o mesmo. O cinismo de St. Oswald's era o véu que Miss Gross queria rasgar; abrir o colégio à realidade escondida para lá dos muros. E eu, que na sala de aula sempre preferi dar a provar a vida mal passada, comprometi-me com ela e comigo mesma.

– Muito bem – concluiu, enquanto levantava o auscultador. – Mrs. Aniston, por favor, diga ao Professor Forrester que estamos à espera dele. – Assim que desligou, encarou-me de novo. – Resumindo: o seu desempenho académico é relevante e a avaliação dos seus superiores dificilmente poderia ser mais abonatória. Também não ponho em causa a sua capacidade de entrega e acredito na força das suas ideias. De qualquer modo, certamente entenderá que a decisão final terá sempre em conta o julgamento dos outros membros do Comité Cohen-Morgenstern.

– Naturalmente. Cada colégio tem os seus procedimentos – concluí, sem surpresa. Aquela foi a primeira das muitas vezes que ouvi falar do Comité. Tratava-se de uma espécie de conselho de notáveis, todos eles indicados pela fundação que lhe emprestava o nome e geria os destinos do colégio havia décadas. A extensa área arborizada em que a escola se instalava – mais de cento e noventa hectares –, bem como todos os edifícios que a compunham, eram propriedade da fundação, o que ajudava a perceber a legitimidade com que a mesma se arrogava tomar parte na decisão sobre as admissões. Mesmo de uma mera professora de Literatura Americana, como eu.

– A propósito – prosseguiu Miss Gross –, gostaria que conhecesse um dos seus membros. Mr. Raymond Forrester está à frente do Departamento de Línguas há mais de vinte anos e nunca dispensa uma troca de impressões com os candidatos da sua área disciplinar. – Nos minutos que se seguiram, Miss Gross foi-me fornecendo alguns detalhes sobre a longa história da instituição que dirigia. Subitamente, o telefone fez-se ouvir. – Muito bem. Diga-lhe que entre – ordenou. Então, ao mesmo tempo que desligava, olhou para mim. – Miss Parker, há outra coisa que gostaria que soubesse: Mr. Forrester é uma pessoa muito peculiar. Por favor, não leve nada do que disser demasiado a peito.

Foi com estas palavras que o meu espírito desassossegado se preparou para as idiossincrasias de Raymond Forrester. Quando a porta se abriu de rompante, os primeiros cumprimentos foram para a diretora:

– Sarah, Sarah, gosto em vê-la! Já lá vão umas semanas, verdade? Confesso que começava a sentir a falta da sua presença inspiradora.

O autor destas palavras era uma personagem impressionante. Embora de estatura meã, Mr. Forrester destacava-se pela voz de barítono, bem como pelas magníficas suíças que lhe emolduravam o rosto. Vestia sem esmero um fato de fazenda listado, cujo ar folgado acusava nele um passado obeso.

– A sério, Raymond? – perguntou Miss Gross, secamente. – Não me diga que perdeu o rasto à sua musa.

– Oh, não, nada disso. Libertei-a, sabe, deixei-a ir. Não era justo mantê-la ofuscada pelo brilho que irradia deste gabinete

– disse o recém-chegado, abusando do sarcasmo. – Vamos lá, Sarah, quando se convence de que você é a luz que nos ilumina a todos?

– Quando me ceder parte da sua autoestima – propôs Miss Gross, provocando uma gargalhada trovejante no velho professor.

– Não se deixe levar pelas aparências – afirmou ele, sentando-se numa cadeira ao lado da minha, sem contudo me obsequiar com um mero olhar. – Mas vamos ao que interessa. Parece que tem mais uma viajante para me apresentar.

– Miss Kimberly Parker – apresentou Miss Gross. – A mais recente candidata ao lugar do Jake.

– Uma herança pesada, Miss Parker – comentou ele, examinando-me pela primeira vez. – O Jake Carrigan era um homem notável. Um pedagogo da velha guarda. Gostava que o visse declamar Eliot na *sala magna*. Os alunos admiravam-no. Marcava-lhes a poesia na alma como um ferro em brasa.

– É uma imagem dolorosa – comentei.

Mr. Forrester olhou-me como alguém que observa um quadro torto numa parede.

– Dolorosa é a única expressão que lhe ocorre? – perguntou, arqueando as sobrancelhas. – Curioso. Eu prefiro vê-la como perpétua. Mas também lhe digo que a estrada do conhecimento tem obstáculos; muitos deles dolorosos.

– Não quis...

– A senhora é uma aventureira, Miss Parker! – interrompeu ele, com um sorriso corrosivo. – Louvo-lhe a determinação. Este país não se atravessa sem o impulso de uma vontade férrea. Resta saber se todo esse interesse faz parte das motivações que achamos adequadas. Compreenderá que recebemos muitas jovens candidatas cheias de sonhos e ambições. Infelizmente, já nos habituámos a vê-las partir para junto dos pais ou dos maridos com uma enorme frustração. Este lugar pesa muito, sabe? Não me leve a mal, mas precisamos de perceber o que a levou a abandonar o seu mundo. St. Oswald's não é um refúgio, como calcula.

Imbecil! Sem qualquer pudor, utilizava o resistente preconceito masculino para me encostar à parede.

– Lamento que tenha deixado fugir tantas candidatas. Não consigo imaginar o que as terá desiludido a esse ponto – afirmei, tão friamente como consegui. – Mas, quanto a mim e às minhas motivações, asseguro-lhe de que não tem com que se preocupar. Estou aqui porque quero e para fazer aquilo em que sou boa. Nada mais.

Ele rosnou qualquer coisa imperceptível, enquanto cofiava as suíças.

– Não duvido... mas para isso com certeza que não é necessário atravessar um continente. Há outros excelentes colégios e, seguramente, mais próximos.

– É verdade, mas, pelos vistos, nem todos admitem abrir as portas a jovens candidatas cheias de sonhos e ambições.

Mal fechei a boca, arrependi-me do que dissera. Era óbvio que Mr. Forrester já tinha por onde pegar.

– Não me diga – atirou enfaticamente. – Sobrámos nós, é isso que quer dizer? Não sabe como o lamento. Fico sempre magoado quando nos olham como uma segunda escolha. – Nem sequer tentei desafiar o seu gozo. Estava a ter o que merecia e ele não parecia disposto a dar-me tréguas. – Mas nada disso me espanta, acredita? A nossa complacente diretora não ia deixar fugir uma oportunidade de estender a mão.

Então era isso, pensei. Havia, obviamente, um problema por resolver entre Raymond Forrester e a diretora, e eu, pelos vistos, não passava de um bom pretexto para reacender velhas questões.

Apesar da provocação, Miss Gross manteve-se imperturbável. Nessa altura, o meu interlocutor debruçou-se da cadeira e, sem pedir licença, retirou de cima da mesa a pasta que continha o meu processo de candidatura. Aproximou uns óculos minúsculos do olhar inquisidor e folheou lentamente as páginas.

– O seu currículo chega a ser surpreendente – declarou de forma arrastada. – A melhor da turma durante cinco anos consecutivos é obra. Mesmo em... Cottage Grove. Um doutoramento em Literatura Comparada, em Berkeley, ótimas referências por parte de alguns académicos de nomeada, um ensaio já publicado... realmente não é pouco para os seus vinte e nove anos. Cientificamente parece-me apta, mesmo à luz dos nossos critérios. Resta saber se isso é suficiente.

– Estou pronta a esclarecê-lo sobre o que precisar, Mr. Forrester.

Sem dar mostras de me ter ouvido, pousou os papéis, recostou-se de novo, pareceu meditar por breves segundos e olhou-me com a gravidade de um pregador.

– Miss Parker, até que ponto conhece St. Oswald's? Deixe que lhe diga uma coisa. Este colégio não chega a ter setecentos alunos. Pode parecer pouco, sobretudo se atendermos à capacidade das nossas instalações, mas há uma forte razão por detrás disso, sabe? É que nós queremos os melhores, apenas os melhores; e, quando os pais nos entregam os seus filhos, estão à espera de que, quando saírem da escola, continuem a ser os melhores. E é por isso que grande parte dos nossos antigos alunos alcançou nas suas vidas um sucesso equivalente ao que um dia lhes abriu estas portas. – Mr. Forrester parecia, agora, verdadeiramente empolgado. – Esta escola talhou grandes médicos, grandes juristas e investigadores; formámos congressistas e senadores, sabia? Um em cada vinte traseiros que hoje se sentam no Capitólio foi nosso aluno, Miss Parker. E pode ter a certeza de que os outros dezanove gostariam de ter sido! – Fez uma pausa para respirar. Quando recomeçou, falou mais pausadamente, com o olhar distante: – Só nos falta um presidente, mas até isso parece ser uma questão de tempo.

Seria capaz de jurar que aquele aparte lhe provocara um subtilíssimo sorriso de satisfação. Nessa altura não pude evitar olhar de relance para Miss Gross, quem sabe à espera de a ver partilhar o entusiasmo do meu interlocutor; mas não, limitava-se a assistir com uma expressão isenta.

Assim que recuperou do pequeno devaneio particular, Mr. Forrester perguntou-me:

– Acha-se, sinceramente, capaz de lidar com esse grau de expetativas? Está disposta a enfrentar uma legião de pais obcecados pelo sucesso dos filhos? Não me leve a mal, Miss Parker, mas estes alunos nada têm que ver com aqueles que deixou no Oregon e eles mesmos fariam questão de lho lembrar, logo na primeira aula. – Como se não esperasse qualquer resposta da minha parte, levantou-se prontamente. – Pense bem no que lhe disse. Conhecer o alcance dos nossos passos é uma virtude preciosa.

Magister dixit.

E pronto, recado dado, virou-me as costas e dirigiu-se para a saída. Nessa altura, deve ter-se lembrado de onde estava, uma vez que parou e olhou para trás.

– Sarah, calculo que esteja dispensado.

– Obrigada por ter vindo, Raymond.

Ele acenou com a cabeça e saiu, fechando a porta.

Quando voltámos a ficar sós, Miss Gross perguntou-me:

– Gostaria de acrescentar alguma coisa?

Sim, gostaria de poder dizer muitas coisas, pensei. Talvez até contar-lhe todas as razões para a minha presença naquela sala, naquele momento. No fundo, acho que Miss Gross tinha esse efeito nas pessoas. Abria-lhes as almas. Era um poder terrível que hoje agradeço à providência ter feito recair em alguém com o sentido de integridade daquela mulher.

– Por agora, não – limitei-me a afirmar.

– Como lhe disse antes, o seu processo vai ser avaliado de acordo com as etapas habituais e, assim que se conheça a decisão, será informada imediatamente – declarou Miss Gross, ao mesmo tempo que se levantava e me convidava a acompanhá-la até à porta de saída. – Kimberly, seja qual for o desfecho, desejo-lhe as maiores felicidades.

– Seja qual for o desfecho, estou certa de que valeu a pena ter vindo. Agradeço-lhe muito a disponibilidade e a cortesia com que me recebeu.

Despedimo-nos com um aperto de mão, sem saber se nos voltaríamos a ver. Bom, eu pelo menos não sabia.

Quando a porta se fechou atrás de mim, o meu espírito voava. Tinham sido muitas horas a imaginar aquele momento. Sabia que estas situações nunca correm como imaginamos, ainda assim, acreditava ter-me mostrado segura. Teria parecido demasiado assertiva? Sinceramente, julgo que não, de qualquer maneira, estava ali para me dar a conhecer. Saí tão cismada que estremeci quando ouvi o meu nome.

– *Miss Parker, por favor...*

– Ah, Mrs. Aniston. Desculpe, estava distraída.

A secretária sorriu-me com compreensão. Quantas candidatas teria visto sair daquele gabinete com o mesmo olhar fugidio? Encaminhei-me para a sua mesa, quando reparei na rapariga que lhe fazia companhia.

– Miss Gross pediu-me que lhe apresentasse a Therese Fournier. Se estiver de acordo, esta nossa simpática aluna irá levá-la a conhecer um pouco melhor St. Oswald's – sugeriu Mrs. Aniston, enquanto sorria para a jovem.

– Terei o maior gosto, isto se a Therese estiver com disposição para me aturar, claro – afirmei, já muito mais leve.

A aluna devolveu-me o sorriso e, recordo-o bem, foi nesse preciso momento que comecei a simpatizar com ela. Devia medir pouco mais do que o meu metro e sessenta e sete, mas, apesar de sempre me ter considerado uma mulher elegante, aquela adolescente de ar atrevido conseguia ser muito mais magra do que eu. Vestia umas calças de fazenda que pareciam tão justas acima do joelho como largas em torno dos ténis desbotados. De resto, usava um casaco de camurça, comprido e sem botões, que escondia em parte uma *t-shirt* púrpura dos Jefferson Airplane. Não, não vestia uniforme. Na verdade, uma das primeiras coisas a chamar-me a atenção nessa breve visita ao colégio foi a ausência de uniformes. Nem alunos, nem professores, nem funcionários. Curioso, pensei.

O passeio que me preencheu o resto da manhã foi mais divertido do que instrutivo, muito por causa da alegria juvenil da minha guia. Limitei-me a seguir Therese ao longo dos extensos relvados, parando, de vez em quando, para que me explicasse o que albergava cada um dos edifícios. A traça daquela arquitetura transportava-me para tempos que nunca vivera. Todas as construções eram revestidas a tijolo vermelho-escuro e as janelas enormes, contornadas com pesadas molduras brancas, acusavam os generosos pés-direitos que iluminavam. No meio das árvores, sem ordem aparente, dispunham-se altos candeeiros de ferro ou bancos de jardim em madeira pintada. Aqui e ali, pedestais com rostos de bronze perfilados e frases gravadas a cinzel: Dewey e o *roubo do amanhã*, Séneca, *Docendo discimus*... os ícones com que St. Oswald's povoava o lugar e a mente dos seus filhos. Os caminhos eram calcetados a granito e percorriam o perímetro do relvado, atravessando-o transversalmente uma única vez. Mas as imagens não bastam para descrever o colégio, até porque não eram mais eloquentes do que a sinfonia de odores interpretada pelos plátanos, faias, ulmeiros, carvalhos, bétulas e pinheiros, dispostos um pouco por toda a parte. À medida que caminhávamos, os cenários repetiam-se, idênticos nas cores e nas formas. Não foi difícil antever que, se o meu destino me trouxesse de volta àquele lugar, iria depender de um mapa por muito tempo.

– Oh, não é assim tão complicado – exclamou Therese. – No fundo, é bem mais simples do que parece. Basta que se lembre da figura de um pentágono. Num vértice, tem o edifício principal, onde nos encontrámos; continuando, no sentido dos ponteiros do relógio, encontra os dois pavilhões de aulas, a zona residencial feminina, o parque desportivo e, por último, o alojamento dos rapazes. Aí está, só tem de decorar a ordem.

Depois de agradecer a Therese – e à geometria – a eficácia tão simples daquela explicação, reparei nas horas. Era quase uma da tarde!

– Meu Deus, não vi o tempo passar! O comboio para Nova Iorque parte às quatro e meia. Tenho de correr para o hotel. Gostava de tomar um banho e comer qualquer coisa antes de ir para a estação.

Tínhamos acabado de regressar ao ponto de partida, mas ainda era preciso chamar o táxi.

– Therese, muito obrigada. Não poderia ter desejado um guia melhor.

Era verdade, Miss Gross não escolhera ao acaso.

– Foi um prazer, Miss Parker. Vemo-nos em setembro?

– Quem sabe, Therese, gostaria muito.

Gostaria muito? Isso era um eufemismo para a ansiedade com que ia esperar o veredicto de St. Oswald's.

Despedi-me finalmente da rapariga e dei início à penosa jornada de regresso.

OSHPITZIN, POLÓNIA
Fevereiro, 1923

Os dois judeus caminhavam lado a lado, ao longo do cais da estação. Faziam-no sem pressa, devido à idade avançada de um deles e, sobretudo, por não irem a parte alguma. Ambos usavam casacos pretos compridos e chapéus enterrados até às orelhas. Não fosse o rosto limpo do primeiro contrastar com a barba farta do segundo, dir-se-iam o reflexo um do outro. A simetria quebrava-se também pelo estado de espírito: se a um cabia marcar o passo e o discurso otimista, ao outro bastava-lhe moderar o ritmo e o entusiasmo militante do mais jovem. O frio que castiga as madrugadas polacas no inverno obrigava-os a caminhar curvados, à medida que misturavam os hálitos na espessura do nevoeiro.

– Foi-se o último bolchevique – disse o mais novo –, não resta um único.

– Mas vai ver que voltam – retorquiu o outro. – Se não forem eles, outros virão. Vêm sempre.

– Não seja medieval, Wlodek. O mundo mudou, organizou-se.

– Se está a pensar na Sociedade das Nações, desiluda-se, meu amigo. A boa vontade de nada vale quando lhe pisam os calos e não me parece que o baile tenha terminado.

– Lá está você – reagiu com exaspero o homem barbeado. – A Alemanha, sempre a Alemanha. Não percebe que os deixaram de mãos a abanar, reduzidos a nada?

– É isso que me assusta, Henryk.

– Ânimo, meu bom Wlodek! Tem todas as razões para se sentir triunfante, que diabo. Alguma vez pensou conhecer uma Polónia independente? E, no entanto, aí está ela, livre, disponível e completamente nossa.

– Nossa? Acredita realmente nisso? – questionou Wlodek, mostrando um sorriso amargo. – Nunca será nossa. Deviam ter-nos dito isso no século X.

– Pelo contrário – contrapôs Henryk –, se aqui estamos passado todo esse tempo, significa que ganhámos o nosso lugar.

– E uma pátria? Ganhámos uma pátria?

– Depende de nós, meu caro. Se insistir em que a pátria está à sua espera no deserto da Palestina, então não espere que seja a Polónia a lutar por si.

Wlodek interrompeu a marcha e enfrentou Henryk com um olhar magoado.

– Foi isso que lhe ensinaram na América?

Henryk não pareceu valorizar muito o abalo do amigo e limitou-se a puxá-lo pelo braço.

– Wlodek, Wlodek. Não me leve tão a sério. Já sabe que tenho um espírito provocador.

Wlodek rendeu-se com uma gargalhada nostálgica. Era impossível não ver ali a figura e o feitio do jovem Adam, tão jovial e seguro como o filho que agora caminhava a seu lado. Desconfiava de que Henryk devotasse mais tempo do que o pai aos cuidados da consciência, mas, que diabo, as agruras da vida de Adam Gross haveriam de contar para alguma coisa. Com apenas dezoito anos, emigrara com os pais para Chicago, e três semanas depois já era um homem casado. Helena, que o acompanhara na viagem, vinha prometida desde o berço e nenhum viu razões para adiar o destino. Para mais, unia-os a ambição e a pressa de começar. Adam tinha vinte e dois anos quando montou o seu negócio de compra e venda de peles, e Henryk, a primeira obra grandiosa, viria ao mundo no mesmo dia em que inaugurou com pompa e circunstância os quatro tanques da fábrica de curtumes. Foram tempos de exceção, vividos pelo casal com intensidade e disciplina. O ritmo dava-o Adam, mas as regras cabiam a Helena. Talvez por isso, e apesar de amar os pais em igual medida, o jovem Henryk começou desde cedo a tomar partido. Se se entusiasmava com o vigor e o arrojo do pai, detestava as amarras com que a mãe lhe prendia os voos. Era uma mulher férrea, austera e ortodoxa nos costumes; os sonhos do filho escapavam-lhe como areia entre os dedos e, nessas alturas, não hesitava em abafá-los sob a sua autoridade. Embrenhado nos negócios, Adam desconhecia os atritos que tinha em casa, delegando na mulher o governo do lar.

Mas Helena também era justa e sabia amar com rédeas. Por isso Adam devolvia-lhe a afeição e muito mais. Venerava-a com a paixão dos tempos de escola, e os bilhetes que lhe deixava debaixo da almofada faziam as vezes das palavras a que nunca se atrevera, nem ao ouvido. A verdade é que a combinação dos feitios produzira os seus frutos e, após doze anos a aproveitar as águas e as oportunidades do Lago Michigan, os Gross podiam finalmente apresentar-se como judeus abastados.

Apesar da relação conflituosa com Helena, a infância e adolescência de Henryk decorreram com conforto e desafogo, ao ritmo a que o pai ia acrescentando tanques às margens do rio Chicago. Desde cedo, o jovem Gross se deixou fascinar pelos relatos com que Adam lhe emprestava as recordações das florestas de Oshpitzin, a pequena cidade polaca que acolhera tantas gerações da família. Teria sido à sombra desses choupos negros que Henryk fora, aos poucos, lançando as raízes numa terra que nunca vira. Em 1909, num dos périplos mundanos a que se dão com frequência os herdeiros desafogados, conheceu Anna Feldman, uma emigrante polaca de terceira geração, nascida numa família proeminente da comunidade judaica de Rhode Island. Bastou-lhe o primeiro encontro para jurar que jamais olharia para outra mulher. Casaram-se nesse mesmo ano, numa cerimónia em que os pais dos noivos aproveitaram para mostrar aos três mil convidados as compensações de uma vida de trabalho árduo. A primeira gravidez de Anna terminou numa enorme hemorragia e deu a conhecer aos dois o sabor inédito das verdadeiras contrariedades. Essa tragédia tocou Adam de modo especial. Como decano da família, via-se responsável pela perpetuação do nome e tolerava mal os fracassos que a comprometessem. Assim, tal como fazia entre os seus curtidores, gritou bem alto as regras a seguir, para impedir novo desmancho. Se os conselhos de recato privaram de fulgor o dia a dia do casal, também se diga, em abono do futuro avô, que acautelaram com sucesso a tão desejada maternidade. A segunda gestação foi rodeada de tantos cuidados que, quando Sarah nasceu, em 1911, os Gross celebraram a multiplicação com justificada euforia. Mas havia uma sombra que teimava em arrefecer a vida dos jovens pais. Henryk, que cedera ao pedido de Adam e nunca abandonara a casa paterna, mantinha-se assim ao alcance da mãe dominadora. Helena parecia ver em tudo um ensejo para intervir, decidindo pelo casal e traçando-lhe os caminhos. Moldada para mãe e esposa, Anna aceitou o lugar que lhe cabia e nunca o marido lhe ouviu uma queixa, um pé-de-vento. Oprimido e frustrado, Henryk encontrou a libertação nas fábricas do pai: entregou-se aos negócios com tal voragem que Adam ficou extasiado.

A indústria familiar ramificava-se agora por todo o Illinois, bem como pelos estados vizinhos do Wisconsin e Indiana, numa rede de distribuição que prometia implantação nacional a breve trecho. Apesar dessa dedicação febril, Henryk nunca deixou de evocar as imagens da Polónia dos seus pais. Vasculhava obstinadamente nas memórias alheias pelo sentido das suas origens e acompanhava com igual obsessão as convulsões que ocorriam na Europa, em plena frente oriental da Primeira Guerra Mundial. Apesar de conscientes do seu estado de alma, os Gross caíram de joelhos quando Henryk anunciou a decisão de integrar o contingente de mais de vinte mil polacos residentes nos Estados Unidos e no Canadá, que se propunham cruzar o Atlântico e juntar-se às forças militares francesas no combate aos Impérios Centrais. De pouco valeu o silêncio eloquente e tão digno da jovem Anna, ou mesmo a ternura que lhe suscitava a figura adorada de Sarah, então com pouco mais de sete anos. Sabia que era um privilegiado e, ao ver tantos jovens a despedir-se do pouco que tinham pela causa de uma pátria distante, foi incapaz de desafiar os princípios que lhe ferviam o sangue e partiu para a Europa, pleno de vigor nacionalista. Então, prometeu voltar. Mas não voltou. Proclamada a vitória aliada, seguiu com as forças polacas, agora sob o comando do lendário Józef Haller de Hallenburg, até à Polónia, onde, durante três anos, ajudou a repelir ucranianos e soviéticos da república acabada de fundar. Quando a Polónia descansou da guerra, Henryk descansou também. Aproveitando a acalmia da paz recente, atravessou o país e desceu até Oshpitzin, o berço dos Gross, longe de imaginar o resultado dessa jornada. A cidade seduziu-o ao primeiro olhar. Condizia com as memórias que trazia desde criança. Lá estavam as florestas, os dois rios onde o pai crescera a chapinhar, as ruelas acanhadas e os judeus reunidos em grupos. Aquela era a sua gente, a sua carne, a sua alma... o seu lugar. Fora por aquilo que lutara nos últimos anos, embora só agora o descobrisse. E quando o soube quis ficar. O apelo tornou-se tão persistente que Henryk foi lesto a decidir. Mandaria vir a mulher e a filha, e faria da terra dos pais a morada de uma vida a três, onde o braço de Helena não pudesse alcançar.

Como seria de esperar, foram momentos difíceis e a dor da separação não poupou ninguém. Apesar de tudo, Henryk amava a mãe e nunca se imaginara longe de Adam, mas a verdade é que já escrevera o seu destino. Ao longo das semanas que se seguiram, correspondeu-se avidamente com o pai e, vencida a oposição inicial, pô-lo do seu lado. Obedecendo à tradição patriarcal dos Gross, decidiu com Adam o destino a dar à mulher e à filha. Nem uma nem outra expressaram a dor pelo exílio que os dois varões lhes destinaram e começaram a arrumar as vidas, para ir ter com Henryk. Entretanto, este contou com os fundos generosos do pai para preparar a vinda. Começou por instalar em Oshpitzin uma extensão das indústrias Gross. Adquiriu um velho armazém nas margens do rio Sola e mandou construir seis grandes tanques para o curtimento e tingimento dos couros. Porém, só quando carregou o primeiro frete de peles é que Henryk sentiu coragem para mandar vir a família. Mudou-se para uma grande casa de pedra, situada perto do mercado da cidade, e cuidou que nada faltasse quando recebesse as novas inquilinas. Anna nunca contestou o chamamento do marido, mas viveria a amargura do desterro até ao último dos seus dias. Estava longe de sentir nas veias o fervor do sangue polaco que o confortara a ele no momento de trocar o Midwest pelos pântanos da região da Galícia. E era agora, nesse fevereiro de 1923, passados cinco anos sobre a separação, que Henryk contava os minutos para o reencontro, amparado pelo antigo parceiro do pai.

– É a maldita neve! Vai ver que a linha foi cortada por causa deste tempo miserável – bradou ele.

– Sossegue, co'a breca. Afinal, nem meia hora leva de atraso – disse Wlodek, impotente para distrair o olhar de Henryk do ponto longínquo em que os carris se encontravam.

De súbito, diluídos na bruma da manhã, surgiram aprumados os vapores cerrados da locomotiva.

– Bom Deus! Ei-las – suspirou Henryk, procurando distinguir, no pulsar da sua ansiedade, o martelar metálico dos rodados do comboio.

O seu estado de espírito vergava-se agora pela avassaladora confluência de emoções e memórias que colecionara nos últimos anos. O medo atingiu-o como um véu pesado, abafando-lhe, em parte, a tão sonhada alegria do reencontro. O comboio acabara de alcançar a plataforma, enchendo o ar de fuligem que se elevava à luz dos candeeiros a óleo. Henryk permaneceu parado, enquanto observava as portas que se abriam em algumas carruagens. Os poucos vultos que desciam para o cais mal iluminado rapidamente desiludiam as expetativas dos dois homens.

Até que...

– São elas! – exclamou Henryk, apontando em direção a um par de silhuetas femininas que acabara de abandonar o penúltimo vagão.

– Não as faça esperar, meu caro – incentivou Wlodek, pouco antes de o amigo sair disparado. Uns metros antes de alcançar as mulheres da sua vida, Henryk abrandou o passo, extasiado, absorvendo com os olhos uma imagem que antecipara vezes sem conta. Anna trazia no semblante toda a benevolência do mundo, enquanto apertava Sarah contra si. Esta sorria, copiando a expressão de serenidade com que um dia a mãe cativara o pai. Antes que qualquer palavra se tornasse necessária, Henryk ajoelhou-se e abraçou-as. Assim ficaram, sem falar, sem chorar, durante o tempo de que precisaram para renascer nos braços uns dos outros.

– Sarah, como tu estás... Não podia imaginar, não podia... – disse finalmente Henryk, ao mesmo tempo que segurava o rosto da filha de doze anos.

A beleza da jovem era, na verdade, arrebatadora. Surgia aos olhos de Henryk com a graça de uma aparição e isso emocionou-o.

Nessa altura Wlodek aproximou-se timidamente. Vinha acompanhado por um funcionário de Henryk, que ali acorrera para ajudar com as bagagens.

– Anna, deixa que te apresente Wlodek – disse Henryk, colocando o braço sobre os ombros do homem idoso. – Trata-o como um príncipe, porque é a ele que devemos a sobrevivência neste lugar extraordinário.

Henryk não exagerava. A importância que Wlodek assumira nos preparativos da sua nova vida revelara-se preciosa. Não só o acolhera em casa nos primeiros tempos, como intermediara as diligências necessárias à instalação do seu protegido.

– Assim sendo, devo expressar-lhe a minha gratidão, senhor – retorquiu Anna, sorrindo a Wlodek.

– Nada fiz, menina – respondeu o velho. – Apenas a mim cabe estar reconhecido. A companhia do seu marido aliviou uma saudade de décadas.

Wlodek crescera com Adam e aprendera a sonhar com ele, mas, na altura de enfrentar o destino, quando um dera o peito, o outro dera o flanco. Por isso deixara-se ficar ali, na terra que o vira nascer. Nunca se casara, limitando-se a viver com retidão no seio da importante comunidade judaica de Oshpitzin.

Já no exterior da estação, o grupo fugiu apressadamente ao nevão para entrar na diligência que os aguardava. Tratava-se de um enorme veículo fechado, puxado por dois cavalos, que o diligente Wlodek requisitara para transportar a comitiva. Uma vez instaladas as bagagens e os passageiros, o *partchik*[2] fez arrancar os animais enregelados a caminho do centro da cidade. Lá dentro, os viajantes agarravam-se ao que podiam para equilibrar os corpos mal dormidos. A voz de Henryk sobrepunha-se, eufórica, à parafernália de ruídos que a carruagem produzia nos pisos miseráveis.

– Não podem adivinhar a casa que vos aguarda! – gritou.

Referia-se ao casarão de dois pisos que arrendara a Moshe Silbiger, um judeu próspero que se radicara em Lublin após a restauração.

– Nem a renda anual que pagam por ela – atirou Wlodek, provocador.

Henryk ignorou aquela observação e encheu a diligência de perguntas sobre a vida que mãe e filha tinham deixado em Chicago. Apesar de estar curioso, pretendia, acima de tudo, distraí-las das vistas deprimentes que os acompanhavam durante o trajeto. Não passou um quarto de hora até a maior densidade do casario anunciar o núcleo austero de Oshpitzin. Tratava-se de uma cidade com pouco mais de doze mil habitantes, dos quais cerca de metade eram judeus como eles. Malgrado se terem verificado algumas provocações dos gentios, sobretudo na euforia do fim da guerra, as duas comunidades pareciam ter reaprendido a viver juntas. E, afinal, porque não o fariam? As terras davam para todos e o que sobrava não valia maiores disputas. As casas da cidade, assentes em terreiros pedregosos ou calçadas mais compostas, erguiam-se com modéstia por dois ou três pisos protegidos por coberturas de zinco. Era nessas ruas que passeavam, habitualmente, judeus buliçosos e cristãos campesinos, gente igual à de todos os lugares, que crescia em número sempre que a feira enchia a Praça do Mercado. Isso

[2] Cocheiro.

acontecia a cada quinta-feira e, nessas ocasiões, a cidade transformava-se num enorme mercado, recebendo gente de todo o lado. Os fiacres percorriam vezes sem conta, e nos dois sentidos, o percurso que separava a praça da estação de comboios, misturando-se no caminho com dezenas de carros puxados por cavalos, vindos das cidades vizinhas de Alwernia, Zator, Chelmek ou Bierún. As bancas formavam corredores por onde os comerciantes de peixe, ferramentas, cereais e tecidos se misturavam com os que vendiam gansos, galinhas e hortaliças. Os compradores e curiosos dividiam-se pelo centro da praça e os comércios de rés do chão que a contornavam, pertencentes, na sua maioria, aos judeus da cidade. Em dias de mercado, o botequim de Lazar era, sem dúvida, o mais procurado, à custa da água gaseificada que dispensava a bom preço. De resto, vendia-se e comprava-se de tudo nas drogarias, sapatarias, mercearias, talhos ou retrosarias de Oshpitzin. Mas havia outras coisas que faziam da cidade um bom lugar para viver. Clubes onde os jovens cantavam, dançavam e liam poesia, cinemas e bibliotecas, escolas, sinagogas, *yeshivot*[3] e dois rios para nadar, o Sola e o Vístula. Além disso, Cracóvia estava a uma hora de comboio, suprindo qualquer necessidade que restasse. Henryk ia contando estas coisas, procurando transmitir, pelo seu entusiasmo, uma imagem mais promissora do que a sugerida pela aridez invernosa daquela manhã.

Quando atingiram o centro da cidade, o veículo seguiu pela Rua Jagielonska, passou pela Praça do Mercado e dirigiu-se à Rua Plebanska, onde se situava a casa dos Gross. O grande portão de ferro, escancarado, aguardava pelo grupo, dando acesso a um jardim de bétulas e amieiros. Por detrás da teia de ramagens despidas, revelavam-se paredes manchadas de líquenes e sacadas emolduradas por aros de pedra fendilhada. O edifício, de dois andares, era sóbrio, mas com feições fidalgas, e as janelas do primeiro piso descobriam, pelas frestas das cortinas,

---

[3] (Plural de *yeshiva*) Instituições judaicas frequentadas por rapazes, onde se estudam os textos sagrados (e.g. Talmude ou Torá).

uma luz amarela e reconfortante. Assim que se deu descanso às cavalgaduras, ainda o *partchik* amarrava as correias, já Henryk saltara da carruagem e ajudava Sarah a descer. Quando franquearam a porta dupla de madeira envernizada, Anna não pôde deixar de sentir um aperto no peito: a frieza do átrio que precedia a larga escadaria de pedra acolhia um passado que não era o seu. Olhou para um lado, para outro, e, por instinto, apertou com força a mão da filha. Não se sentia capaz de antecipar o futuro que lhe reservavam aquelas paredes, mas decidira guardar para si a angústia. Sarah não estava menos confusa. Nem a precocidade da sua intuição parecia suficiente para lidar com aquilo.

– Devem estar exaustas – disse Henryk. – Vou mostrar-vos os vossos quartos. Eidel, acompanhe-nos, por favor.

Só nessa altura é que as duas repararam na criada que aguardava à beira da balaustrada de mármore. Eidel deu um passo em frente e mostrou-lhes um sorriso bonacheirão. Apresentou-se com um tímido aceno, a que elas responderam com afabilidade. Subiram todos até ao piso dos quartos, acompanhados pelo *partchik* carregado de malas. O corredor aonde chegaram era enorme, pois atravessava o andar de uma ponta à outra. Eidel encaminhou-se para uma porta próxima, que já se encontrava aberta, e pôs-se ao lado da ombreira, convidando o resto do grupo a entrar. Era o quarto de Anna. Henryk achara sensato não o partilhar, por enquanto. Dar-lhe-ia o tempo necessário para reconstruir a intimidade interrompida. Os aposentos da nova dona da casa refletiam os cuidados com que o marido preparara a sua vinda. Nada lhe faltava e não seria por ali que as noites se tornariam mais difíceis de suportar. As paredes da saleta que antecedia a zona de dormir preenchiam-se, em grande parte, com roupeiros de madeira e vidro. Uma escrivaninha preta, com aplicações de couro, tinha sido colocada junto à sacada que dava para o varandim das traseiras. Ao lado desta, um bonito candeeiro de pé revelava as cores quentes com que se pintara o espaço umas semanas antes. Passando o vão que se recortava a meio de um dos roupeiros, acedia-se ao quarto propriamente dito. Além da cama de casal e de duas mesas de cabeceira guarnecidas por outros tantos *abat-jours*, havia ainda lugar para uma mesinha redonda, coberta até aos pés por uma toalha em damasco, e um cadeirão de braços, no lado oposto. Anna não conteve um sorriso ao reparar na gravura colocada sobre o espaldar da cama. Representava State Street, uma das principais artérias de Chicago, onde os elétricos e os carros puxados a cavalo se cruzavam em toda a largueza da rua, lado a lado com pessoas incógnitas sobre os passeios, à sombra de toldos festivos e prédios de dez andares. Como seria de esperar, perante aquela evocação, Oshpitzin encolhia ainda mais aos olhos de mãe e filha. Porém, fora no quarto de Sarah que Henryk melhor exprimira os seus receios pelo choque da mudança. Ao longo das semanas que antecederam aquele encontro, tinha procurado saber ao pormenor as caraterísticas dos espaços privados da filha, chegando a receber fotografias acompanhadas por descrições pormenorizadas. O resultado fora impressionante. Apenas o azul do papel de parede fugia ao original. Tudo o mais era de uma semelhança surpreendente: a cama, a secretária, as cadeiras, os candeeiros... até a disposição dos objetos era a mesma.

– Não vais notar diferença! – orgulhou-se Henryk.

Pois não, pensou Sarah, *desde que não corra os cortinados. Desde que esqueça onde estou.*

NOVA IORQUE, NI, EUA

Agosto, 1968

O meu regresso a St. Oswald's deu-se a meio do verão e pouco teve que ver com a história da primeira viagem. Desta vez, a ansiedade diluía-se na segurança de um facto consumado. Ainda assim, a dada altura, dei comigo a reler pela enésima vez a carta de Miss Gross.

Estimada Kimberly,
É com a maior satisfação que lhe escrevo. Faço-o para a informar da decisão do Comité Cohen-Morgenstern que, por extensa maioria, foi favorável à sua contratação. Creia que nos sentimos distinguidos pela determinação com que se nos quis juntar. É nessa energia, estou certa, que encontrará o alento para exercer a vocação que lhe abriu estas portas.
Cordialmente,
Sarah G.

Seguia-se um *post-scriptum* carregado de orientações práticas que decorei, logo à primeira. Dei por mim a pensar no significado da «extensa maioria». Por outras palavras, isso significava que houvera oposição e não me era difícil adivinhar por parte de quem. Parecera-me evidente que eu não encarnava a imagem idealizada por Mr. Forrester. Oxalá ele não me causasse problemas.

Considerando o fuso horário da costa leste, eram quase nove horas quando cheguei a Nova Iorque, mas, como não tinha fome, aproveitei a paragem do comboio na Grand Central somente para comprar algo que ler. Ao guardar na pasta um exemplar da *Redbook* e outro da *New Yorker*, não pude deixar de pensar como aquelas revistas refletiam a minha própria ambivalência. No fundo, o que separava a literatura frívola do jornalismo elitista nova-iorquino não seria mais extenso do que a distância entre Cottage Grove e St. Oswald's. É evidente que sempre preferi a ideia da mulher sofisticada à da saloia presumida, porém, nem sempre soube qual me assentava melhor. Passei as duas horas que separavam Nova Iorque do meu destino a folhear as revistas, mas o meu pensamento já se encontrava noutras paragens. A proximidade de Shelton desassossegava-me. Justificar-se-ia tanto radicalismo na minha vida? Não teria sido preferível enfrentar os pesadelos e fazer o que tinha a fazer? Mas não, ainda não. Talvez um dia... Foi neste estado de espírito que voltei a ver os pináculos da igreja de St. Michael, motivo de orgulho da pequena cidade de Derby, onde se localizava a estação mais próxima do colégio. Assim que o comboio se imobilizou, desci da carruagem e senti a frescura da libertação por que tanto ansiara. Não era completa, mas teria de servir. Como a maior parte dos meus pertences já havia sido despachada pelo meu pai com prudente antecedência, limitei-me a carregar, sem dificuldade, a mala com as últimas coisas. Uma vez no cais, encaminhei-me para a saída do pequeno edifício da estação quando dei de caras com Everett.

– Bem-vinda, Miss Parker. Como correu a viagem? – perguntou, ao mesmo tempo que enviava um sinal discreto ao homem que o acompanhava. Este, com cordialidade profissional, pediu-me a mala e desapareceu, a caminho do parque de estacionamento.

– Correu bem, obrigada – respondi, devolvendo-lhe o sorriso. – Não há como o comboio para quem quer apreciar este país extraordinário.

Everett concordou com um aceno de cabeça, enquanto me indicava a saída. O dia estava radioso e, naquele momento, senti-me capaz de enfrentar tudo o que o futuro me reservasse.

O funcionário que me tinha transportado a bagagem aguardava-nos junto a uma longilínea carrinha *bordeaux*, que tinha inscrito nas portas o logótipo abrasonado de St. Oswald's. Os dois homens ocuparam os lugares da frente, abandonando-me numa das muitas cadeiras que completavam a lotação. Aos poucos, fomos deixando para trás as últimas casas. A estrada que nos conduzia ao colégio era tão densamente ladeada por pinheiros que, em certos troços, o brilho do verão dava lugar a uma penumbra esverdeada. A dada altura, reparei que à minha esquerda surgia o muro de pedra cuja dimensão tanto me impressionara na primeira visita. Era um muro alto e tão extenso que não exagero se disser que nos acompanhou por mais de cinco minutos. Quando, por fim, chegámos ao portão do colégio e a carrinha se imobilizou, um elemento fardado abandonou a cabina da receção e veio ter connosco.

– Estou a ver que não perderam tempo na cidade – afirmou, bem-humorado.

– O comboio chegou à hora marcada – respondeu o motorista, provavelmente desapontado por não ter tido tempo de molhar a garganta em algum bar próximo da estação.

O homem que nos recebera segurava uma prancheta onde registava todas as entradas e saídas e espreitou para dentro da carrinha antes de me pedir a identificação. Entreguei-lhe a carta de condução novinha em folha.

– Aguarde um momento, por favor – disse-me, enquanto regressava à cabina.

– Vejo que levam a segurança muito a sério – comentei para os meus acompanhantes.

– São as regras da casa. Porquê arriscar? – questionou Everett. – Mas fique descansada, que os procedimentos se tornarão mais simples assim que lhe for atribuído o cartão de residente.

Fazia sentido. Afinal, atrás daquele portão, encontravam-se os herdeiros de algumas das maiores fortunas dos Estados Unidos, e os seus pais, na altura de pagar as propinas obscenas, não estavam à espera de que se descurassem pormenores como aquele.

Pouco tempo depois, e já na posse de um passe provisório, percorremos a álea paralela ao terreiro do edifício principal. Aí chegados, pude despedir-me e agradecer a amabilidade dos dois. A minha mala, disseram-me, seria entregue na residência feminina, onde eu passaria a viver nos próximos meses. Já familiarizada com os acessos, dirigi-me ao gabinete da diretora. Mrs. Aniston reconheceu-me de imediato.

– Miss Parker, que bom vê-la! Seja bem-vinda – cumprimentou. – Miss Gross está a acabar de atender uns funcionários, mas, não tarda, irá recebê-la.

Não demorou, realmente, até que a porta do gabinete se abrisse, dando passagem a três homens robustos, que exibiam um sorriso quase festivo. Calculei que fossem jardineiros, pois dois deles transportavam tesouras de podar presas a pesados cintos de couro. Miss Gross, que os tinha conduzido à saída, aguardava agora, junto à ombreira, olhando-me com a gentileza subtil dos que sabem falar sem palavras.

– Kimberly, entre, por favor.

Tal como da última vez que se me havia dirigido, Miss Gross tratava-me pelo nome próprio. É curioso, mas descobria um extraordinário calor humano na austeridade daquela mulher.

– Afinal o desfecho sorriu-me – disse, ao apertar-lhe a mão.

– Julgo que sorriu a ambas – respondeu enquanto nos sentávamos. O odor agradável a plantas acabadas de colher fez-me reparar num enorme molho de azáleas atado toscamente, que alguém deixara encostado a um cavalete vazio, confirmando o meu palpite sobre as visitas anteriores. – Já lhe disse que fiquei muito satisfeita com a sua admissão. Acredito no seu valor, Kimberly e, se quer que lhe diga, acho que St. Oswald's está a precisar de pessoas com o seu perfil.

Não pude deixar de recordar a imagem dos professores que tinha visto havia poucos meses. Estaria Miss Gross a considerar um *lifting* na instituição?, pensei com os meus botões.

Passei o quarto de hora seguinte a recolher informações que se vieram a revelar muito úteis na adaptação à minha nova vida.

– Não a quero prender muito mais. Calculo que deva estar exausta – deduziu, e bem, Miss Gross. – Ainda assim, gostava de lhe mostrar uma coisa. – Dizendo isto, levantou-se e aproximou-se do armário que preenchia a totalidade de uma das paredes. Ao longo das prateleiras do módulo central, contavam-se dezenas de anuários. – São tantos quantos os anos do colégio – informou. Depois de encontrar aquele que pretendia, retirou-o com algum esforço e pousou-o sobre a secretária, abrindo-o e folheando-o em movimentos largos. Tendo descoberto o que procurava, convidou-me a observá-lo de perto. Ao debruçar-me, deparei com uma galeria de retratos de jovens rapazes. No topo da página podia ler-se «Turma de 45 – 10.° Ano» e, por baixo de cada fotografia, o nome do aluno e a respetiva data de nascimento. O dedo de Miss Gross pousara sobre um tal Wilkerson, Paul T., um garoto que só se distinguia dos restantes pela dimensão imprópria das orelhas.

– Quem é? – perguntei.

– Passava despercebido, não acha? Tem a certeza de que não reconhece o nome?

– Para ser franca, não.

– Paul Wilkerson fez a maior parte do seu percurso escolar em St. Oswald's. Mal nos deixou, foi estudar Gestão para Cornell. Quando concluiu o doutoramento, já nada nem ninguém o parou. Hoje, vinte anos passados sobre essa fotografia, o menino das orelhas engraçadas está à frente do Sherman & Saunders e é um dos maiores empregadores deste país. – Sem me dar tempo para qualquer intervenção, Miss Gross encontrou em poucos segundos outra página e novos retratos. Desta vez, a sua atenção recaiu num outro rosto a preto e branco. – E este? Conhece? – perguntou, observando-me pelo canto do olho.

Aquele, talvez. Pelo menos o sorriso parecia familiar... Oh, claro! Tinha de ser ele. Eram os mesmos dentes que, nas últimas semanas, desfilavam por milhares de cartazes espalhados pela América.

– É James Mosley, o candidato independente – afirmei, ao mesmo tempo que confirmava o nome inscrito no topo da fotografia.

Estava, então, decifrado o sorriso premonitório com que Mr. Forrester havia antecipado a existência de um presidente dos Estados Unidos no seu rol de antigos alunos.

– Não posso adivinhar qual será a escolha dos Americanos, mas a possibilidade de vermos um produto de St. Oswald's a gerir os destinos do mundo é uma perspetiva que tem mexido muito com alguns membros do colégio – confirmou Miss Gross.

– Uma ambição compreensível.

A avaliar pela sua expressão, talvez Miss Gross não lhe desse a mesma importância. Nesse momento, fechou o anuário e devolveu-o à estante, antes de se sentar de novo à minha frente.

– Mostrei-lhe apenas dois exemplos, entre muitos. Dois exemplos para que compreenda o peso da nossa responsabilidade. Isto é, se acreditarmos no que andamos aqui a fazer, como é óbvio. – Fixando o olhar no meu, chegou-se ligeiramente à frente, como se espreitasse os meus pensamentos. – Faz ideia porque lhe digo isto?

– Calculo que me queira alertar para os cuidados que devemos ter com esses alunos – respondi, segura de ter interpretado bem as suas palavras.

– Calcula bem, Kimberly, mas não é só – afirmou, pausadamente. – Quero também alertá-la para os cuidados que devemos ter com os outros alunos. Aqueles rapazes e raparigas que, por alguma razão, cedem ao desânimo e deixam de querer estar connosco. Acredito que quando se candidatou a este lugar já estivesse preparada para as expetativas ambiciosas. Não adianta esconder, a maioria dos jovens que admitimos chegam-nos com o futuro desenhado a régua e esquadro. Nisso, Mr. Forrester estava certo. No entanto, Kimberly, receio bem que Raymond tenha menosprezado a frustração que atinge muitos deles.

– Fique descansada, nunca acreditei em cenários imaculados, sobretudo quando falamos de jovens. Até porque estou convencida de que, com os projetos de vida que cada um desses miúdos carrega, o insucesso pode ser trágico.

– É dramático. Não faz ideia dos cacos que temos de pôr no sítio. Como é que se diz a um pai que o herdeiro da sua fortuna é capaz de ser mais feliz a colar selos numa estação dos Correios? Como é que se baixa a fasquia? Tenho de ser franca e dizer-lhe que não sei ao certo. – A expressão de Miss Gross fez-me calcular quantas vezes teria confrontado as ambições divergentes entre pais e filhos; quantas vezes teria sido forçada a desistir, perante destinos planeados desde o berço. E como isso parecia magoá-la... – Kimberly – concluiu ela –, o nosso compromisso é para com todos os alunos desta escola, sem exceção. Lembre-se sempre disto. Não podemos facilitar, devemos estar sempre à procura de sinais. Mesmo assim vai ter surpresas, acredite.

– Não se preocupe. Vou estar atenta.

As palavras de Miss Gross iam ao encontro da perspetiva que me guiara até ali e, mais do que uma recomendação, vi nelas um amparo precioso.

– Eu sei que vai – disse, ao mesmo tempo que se levantava. – E não me leve a mal por esta conversa. Gosto de deixar isso claro a todos os que chegam. Mas agora vá, não perca tempo. Aproveite estes dias para recuperar. Mrs. Aniston pode dar-lhe mais algumas recomendações. – Despedi-me da diretora e, quando me preparava para atravessar a porta, ela acrescentou: – Kimberly, faça-me o favor de nunca se sentir perdida por aqui.

Agradeci-lhe aquele pedido com um sorriso e saí.

Já cá fora, foi a vez de Mrs. Aniston mostrar a eficiência que, de algum modo, rimava bem com o perfil da diretora. Abandonou a sua secretária, pegou numa pequena carteira que pôs a tiracolo e aproximou-se de mim:

– Venha. Acompanho-a à saída.

– Obrigada, Mrs. Aniston, mas não é necessário – protestei. – Acho que já me consigo orientar.

– Não duvido, mas tenho de ir almoçar, de qualquer maneira – afirmou, antes de me lançar um olhar divertido. – E depois, Mathilde está à sua espera e é melhor que alguém vos apresente.

Ao longo do percurso que nos levava à saída, Mrs. Aniston não perdeu a oportunidade de acrescentar mais algumas peculiaridades sobre a eficaz organização de St. Oswald's. Chegava a ser enervante constatar como tudo parecia estar previsto. Era como um relógio suíço, para o qual eu não significaria mais do que uma peça de substituição, pronta a integrar o mecanismo.

Assim que chegámos ao grande vestíbulo do rés do chão, dei por mim a pensar quem seria Mathilde. Provavelmente, mais uma aluna como Therese, disposta a mostrar-me os cantos à casa.

– Ei-la! – exclamou Mrs. Aniston, mal transpusemos o portal que nos separava do exterior.

Ao contrário do que previra, encontrava-se no fundo da escadaria um cavalheiro sorridente, de meia-idade, a torcer com humildade um boné de fazenda. Atrás de si, contrastando com a modéstia do homem, aguardava uma viatura inenarrável. Era vermelha, carregada de cromados fulgurantes e comprida como um trólei. Não tinha portas, apenas uma capota de napa escura e três fiadas de assentos, sem contar com a do motorista.

– Se os veículos procriassem, seria filha de uma limusina e de um carro de golfe – segredou-me Mrs. Aniston, repetindo uma graçola que ouviria muitas vezes ao longo da minha permanência no colégio.

– Esta é a Mathilde! – exclamou o homem, pousando a mão enluvada no capô trepidante.

– E vai ser-lhe muito útil – profetizou Mrs. Aniston, já nos últimos degraus. – Boa tarde, Jerry! Hoje não dá descanso à sua menina.

– Tem de se ir habituando. O tempo de aulas está para breve – respondeu o motorista, sem nunca deixar de me sorrir.

– Jerry e Mathilde são o casal mais simpático de St. Oswald's – declarou Mrs. Aniston, piscando o olho ao primeiro. – Todos os dias, de manhã e de tarde, faça sol ou faça chuva, vai habituar-se ao ronronar deste motor. Não faz ideia de como dá jeito, em certas alturas. Nunca se acanhe de a mandar parar.

– Normalmente, prefiro caminhar, no entanto, quem sabe, de vez em quando.

– Bom, mas hoje vai fazer-me companhia, está bem? É natural que queira comer alguma coisa – deduziu ela, encaminhando-me para o automóvel.

– Não leve a mal, mas não me sinto com forças para mais nada. Acho que, desta vez, o cansaço me incomoda mais do que a fome.

– Pobrezinha, como a compreendo. Está exausta e eu a empatá-la. Venha, vamos embora.

Aproveitámos, então, a disponibilidade da gentil Mathilde e tomámos o caminho da residência. Mrs. Aniston saiu primeiro, junto aos pavilhões de aulas, onde funcionava o refeitório; eu prossegui até à residência feminina, lugar onde encontraria novas paredes para o meu ermitério.

Assim que Mathilde parou à porta do edifício residencial, saí e despedi-me do *casal*. Ao certificar-me de que estava sozinha, dei dois passos à retaguarda, para apreciar o prédio que tinha à minha frente. Assim, visto de perto, era colossal. Tinha quatro pisos, todos servidos pelas mesmas janelas de madeira pintada que se avistavam um pouco por toda a escola. O tijolo à vista mostrava já a porosidade dos anos e não lhe faltava sequer uma cortina de heras a cobrir o alçado sul. Parecia impossível suster a imaginação perante aquelas fachadas. Que soluçares teriam abafado? Quantas vergonhas ou frustrações haveriam escondido? E, acima de tudo, o que me reservariam? Reagi ao esvoaçar do pensamento, caminhando até à porta que encimava a escadaria de pedra. Uma vez que se encontrava fechada, toquei à campainha e aguardei alguns momentos. Quando se abriu, vi pela primeira vez o rosto afável de Miss Riggs; Guinevere Patricia Riggs, para ser exata. Era a governanta da residência e nada devia ao estereótipo, figura que bem poderia ter saído de um quadro de Norman Rockwell: as malhas, o chaveiro, os engomados, as abotoaduras; e pareceu-me dócil como uma mãe.

– As senhoras professoras ocupam o rés do chão, enquanto as meninas se distribuem pelos três andares superiores – disse, quando me acompanhou ao quarto. – Deve compreender, algumas das senhoras já têm alguma idade e podendo poupá-las à escadaria...

Claro que compreendia. Na verdade, tanto se me dava, enquanto pudesse resguardar-me num quarto decente. E, nem de propósito, aí estava ele. Cela ou *suite*, encontrava-me à porta da única coisa que aquele colégio me autorizava a ver como inteiramente minha. Assim que entrei, e depois de agradecer a gentileza de Miss Riggs, pude confirmar as razoáveis expetativas com que antecipara a intimidade dos meses que aí vinham. As dimensões folgadas permitiam uma cama de corpo e meio, com mesinha de apoio, estante, roupeiro embutido, escrivaninha e duas cadeiras estofadas. Uma porta de correr dava acesso à casa de banho trivial, sem direito a janela ou banheira. Os cortinados do quarto eram em estopa de linho antigo e, pelo desgaste charmoso, pareciam ter chegado àquele lugar muito antes das mobílias. Os meus pertences aguardavam, em caixotes de madeira, pelas horas de paciência que naquele momento não tinha; a seu tempo, Kimberly, a seu tempo. Descobri ainda, reconheço que com algum alívio, uma pequena televisão, privilégio sensatamente vedado acima do piso térreo. Aproximei-me da janela e observei o extenso relvado rematado ao fundo por uma linha densa de acácias. Aquelas paisagens de agosto, assim limpas de alunos e outras correrias, cheiravam a papel fotográfico; estava ansiosa por ação e ainda faltavam três semanas.

Troquei estas divagações pelo retempero de um duche prolongado e, já com outro vigor, lancei-me à tortura das arrumações. Comecei pelas roupas e por elas terminei, muito antes de ter tudo no lugar, já que não encontrei mais alento no meu corpo extenuado. Eram quase seis horas da tarde e Miss Riggs informara-me de que o jantar seria servido a partir das sete. Ainda tinha tempo para experimentar o meu novo colchão. Só uma hora, pensei.

Acordei sobressaltada com o suceder das pancadas. Pensei na minha mãe, pelo menos até me dar conta de que não fazia ideia do lugar onde estava. Com o coração aos pulos, levantei-me e dirigi-me à porta. Quando vi o rosto ainda desfocado da governanta, situei-me, finalmente.

– Está tudo bem, Miss Parker? – perguntou Miss Riggs.

– Sim, sim... acho que sim – respondi.

– Como não saiu do quarto, pensei que pudesse precisar de alguma coisa – disse, hesitante.

Atordoada, virei-me para trás à procura do despertador, que deixara sobre a mesa de cabeceira.

– Mas que horas são? – perguntei confusa.

Miss Riggs lançou-me um olhar intrigado.

– É quase uma da tarde. Se se apressar, vai bem a tempo do almoço.

Almoço?! Precisei de algum tempo para me dar conta do que acontecera.

Meu Deus, que proeza, que embaraço! A viagem e o fuso horário tinham reclamado o seu preço. Conseguira passar quase vinte horas a dormir. Mal recuperei a lucidez, justifiquei-me como pude e agradeci a Miss Riggs o seu cuidado. A primeira coisa que fiz quando me vi de novo sozinha foi apagar com água corrente os vestígios daquele sono tão excecional. Depois, troquei apressadamente a roupa engelhada por um vestido simples, lutei uns minutos contra a rebeldia dos meus cabelos pretos e saí em direção ao refeitório. Soube-me bem caminhar, a tarde ainda não tinha aquecido, e gostava que o passeio tivesse demorado mais tempo. Além disso, Therese tinha razão quando dizia que o pentágono se fazia bem.

A primeira imagem do refeitório impressionou-me: era enorme, esmagador. Perdiam-se de vista as dezenas de mesas por aparelhar, assim como as filas de estantes com pratos, tabuleiros e atoalhados. As janelas da sala tinham a mesma altura das paredes, permitindo a entrada da luz indireta que chegava de norte. Perto de mim, ao lado de uma coluna de pedra canelada, vi alguns cavalheiros a comer silenciosamente. Não contando com a dúzia de funcionárias que percorriam a sala num vaivém apressado, eram os únicos presentes, o que não admirava face ao adiantado da hora. Foi este atraso que me estugou o passo até ao local onde estava a comida. Os dispensadores metálicos encontravam-se alinhados, lado a lado, e protegidos por tampas de aço inoxidável. Levantei-as, uma a uma, até me decidir. Acabei por me servir, sem grandes pudores, do empadão de galinha, que cheirava maravilhosamente, e levei o tabuleiro até uma mesa próxima. Sentei-me sozinha, com fome de dois dias, e comi tão devagar como fui capaz. Durante esse tempo, pus-me a pensar como seria aquele lugar em tempo de aulas. Imaginei-o completo, a transbordar de gente afogueada e envolvida no cheiro a comida. E os sons, naturalmente, há sempre que contar com os sons, sobretudo quando há vozes de crianças, talheres e cadeiras arrastadas a atuar ao mesmo tempo num espaço tão amplo.

Assim que terminei a refeição, sentia-me pronta para tudo. Decidi, então, explorar o edifício onde me encontrava. Com a traça dos restantes, desenvolvia-se em três pisos e, pelo que me recordava das palavras de Therese, os dois últimos eram ocupados inteiramente por salas de aula. O refeitório dava para um grande átrio contornado por uma colunata, por trás da qual se abriam algumas portas almofadadas. Resolvi experimentar a única que se encontrava escancarada e dei por mim no que parecia um clube de cavalheiros, bem à imagem da sátira de Thackeray. Mas, ao contrário de *Pall Mall*[4], este lugar aceitava plebeus e mulheres, sendo nessa dupla condição que invadi, pela primeira vez, a aristocrática sala de professores de St. Oswald's. Tudo ali era madeira e os *abat-jours* projetavam nos seus cones de luz as volutas nebulosas do tabaco. A atmosfera era pesada, quase opressiva. Os perfumes femininos conviviam, provocantes, com o odor dos jornais lidos de perna cruzada. Além dos poucos cavalheiros que ocupavam as poltronas mais próximas da entrada, reparei nas duas mulheres que jogavam canasta ao fundo da sala. As suas palavras e gargalhadas enrouquecidas contrastavam com a fleuma dos restantes professores

---

[4] Rua situada em Westminster, Londres, conhecida por albergar uma série de clubes de cavalheiros, fundados no séc. XIX e princípios do séc. XX.

e só foram interrompidas quando deram pela minha presença. Sem qualquer discrição, observaram-me dos pés à cabeça. Tomando a iniciativa e após algumas observações trocadas em surdina, uma delas levantou-se e veio ao meu encontro. Agora, que se aproximava, a máscara de maquilhagem já não conseguia desmentir uns setenta anos medidos por defeito. Olhando para a sua silhueta, imaginei-a nos tempos de juventude como uma réplica de Marlene Dietrich no papel da Condessa Claire Ledoux.

– Estava a dizer à minha amiga que deveria tratar-se da nova professora de Literatura. Não diga que me enganei – afirmou, com o volume necessário para a amiga ouvir.

– Não, não se enganou. – Sorri e estendi-lhe a mão. – Kimberly Parker.

– Seja bem-vinda, minha querida. Sabíamos que estava para chegar. Chamo-me Cornelia Maynard e sou uma aposentada no ativo. – Acompanhou a piada com outra gargalhada, ao mesmo tempo que olhava para a companheira de jogo, talvez à espera de igual reação. – Estou a brincar. Sou apenas mais uma a aproveitar o bom espírito de Miss Gross. Acredito que a diretora viu na minha idade um bom pretexto para me libertar das funções letivas. Mas não pense que está a falar com um jarro florido! Com o tempo vai reparar que ainda sou insubstituível.

– Ninguém duvida disso. Que seria desta escola sem alguém que lhe escolha a cor das cortinas? – A autora desta frase seca era a outra jogadora. Parecia poucos anos mais nova e vestia-se tão provocantemente como a patroa de um bordel de luxo.

Cornelia aproveitou este comentário para regressar à sua mesa, levando-me pelo braço.

– Gostava que conhecesse Victoria Summerville – disse, ao mesmo tempo que se sentava.

– Prazer – reagiu a outra, mais atenta ao jogo que tinha nas mãos.

Concluídas as apresentações e satisfeita a curiosidade, o interesse pela minha pessoa desvaneceu-se num ápice e a partida prosseguiu, indiferente à minha presença. As conversas das duas percorriam nomes e enredos que me eram desconhecidos, numa sucessão de comentários jocosos. Permaneci ali, de pé, alguns momentos, sem saber como me despedir.

– *Louvo a paciência com que aturas essas carcaças.*

O impacto desta frase atingiu-me como um bofetão. Desorientada, virei-me na direção daquela voz, dando de caras com uma mulher jovem, de feições provocadoras. A probabilidade de as jogadoras se terem apercebido do insulto fez-me prever o pior, mas, para meu alívio, os bestões e as bisbilhotices mantinham-nas entretidas. Aproximei-me da recém-chegada, sem disfarçar o meu incómodo.

– Não te preocupes – sossegou-me. – Essas duas há muitos anos que só se ouvem a si próprias.

– Oxalá – reagi, um pouco de pé-atrás.

Sem desviar de mim o olhar avaliador, ela apagou o cigarro num vaso de flores de seda e estendeu-me a mão.

– Miranda Pritchard. Filosofia – anunciou, aproveitando as consoantes para libertar os restos do fumo. – E a cabra de serviço, já agora.

– Kimberly...

– Parker, já sei – completou ela. – És de Literatura e vens do Oregon. – Mostrei-me um pouco surpreendida com aquelas capacidades dedutivas, mas Miranda desvalorizou-as de imediato. – Este corpo docente é tão estável como um jardim de árvores secas. Qualquer flor que lá nasça destaca-se a léguas. De qualquer maneira, já toda a gente sabia que vinhas.

Ao dizer isto, puxou-me pela cintura, arrancando-me dali. Já no exterior do edifício, pude apreciar com maior detalhe a figura de Miranda. Embora jovem, seria pouco mais velha do que eu, e era tristemente óbvio o que o tabaco lhe tinha feito à pele e à voz. Muito alta, lembrava uma boneca holandesa, com o cabelo formado por volumosos cachos enferrujados e uns quilos a mais. Apesar disso, o rosto era bonito, de uma perfeição infantil. O estampado do vestido, pelos artelhos, dava a ideia de que se tinha enrolado numa tela expressionista; na verdade, Miranda parecia mais um manequim de East Village do que uma mestra de liceu.

– A que se deveu aquilo? – perguntei.

– Que é que queres? É mais forte do que eu. Os dinossáurios que viste naquela sala representam tudo o que eu não suporto neste lugar. São arrogantes, são monolíticos; não descem do maldito pedestal seja por que motivo for! – exclamou, sem esconder a irritação.

Resolvi não explorar o seu mal-estar. Afinal, mesmo sem lhe conhecer as razões, percebia-se ao primeiro olhar que Miranda estava para o grupo da canasta como a água para o azeite.

Mas quem seria esta extravagante?

– Não há muito a dizer. Venho de perto, de Provincetown, que é uma cidadezeca ao pé de Boston, e este vai ser o meu quarto ano em St. Oswald's – esclareceu, antes de acender mais um cigarro. – E tu? Que diabo te passou pela cabeça para cruzares a América e te vires enterrar aqui? Já sei, não digas. Estavas curiosa para ver como se faziam as coisas na Idade Média.

– Que má vontade – afirmei, sem esconder o sorriso. – Se fosse assim, St. Oswald's não gozava do prestígio que tem.

– Não sejas ingénua. Metade desse prestígio vale tanto como a conversa vazia de Cornelia Maynard.

– E a outra metade?

Pela primeira vez, a expressão de Miranda perdia um pouco da sua rigidez.

– A outra metade deve-se a Miss Gross – afirmou. – Ouve o que te digo, não fosse a diretora, nem um semestre tinha penado neste museu. E é graças a ela que vou cometer a imbecilidade de me aguentar mais um ano.

– Tem-la assim em tão boa conta?

– Com o tempo, perceberás porquê. É uma mulher extraordinária, acredita. Chegou aqui há duas décadas e, passados cinco anos, já estava à frente da escola.

Não resisti a interrompê-la.

– Isso não bate certo com a tua visão de St. Oswald's.

– Não te iludas. Nunca foi por vontade desses fósseis que Miss Gross se impôs. Na verdade, não conheço com pormenor as razões, mas é voz corrente que, se chegou aonde chegou, foi por ter alguém a olhar por ela na fundação. Presumo que já tenhas ouvido falar da fundação.

– Já, sim – aquiesci, tentando imaginar como reagira o colégio à nomeação de uma mulher tão jovem para gerir os seus destinos.

– De qualquer maneira, a escolha foi certeira. Passou esse tempo todo a lavar a cara a esta escola, o que não foi fácil, garanto-te.

A tarde estava magnífica e, pelo prazer que encontrava ao calcorrear os passeios de granito, percebi que iria dispensar, sempre que possível, os bons préstimos de Mathilde.

As revelações de Miranda agradavam-me, já que, aos poucos, pareciam confirmar a excelente impressão transmitida nos primeiros encontros com Miss Gross. Mas qual teria sido exatamente o seu papel?

– Virou o colégio do avesso, mexeu com tudo. Desde a admissão de raparigas, à proibição dos castigos físicos, passando pela abolição dos uniformes, não deixou nada por transformar. Até o perfil dos professores foi perdendo a rigidez. Muito lentamente, é verdade, mas já se vão encontrando uns exemplares como eu.

E, dizendo isto, deu uma volta teatral sobre si própria, deixando-se tombar numa vénia até aos joelhos. Miranda podia ter a graciosidade de uma marioneta, mas, como o tempo provaria, era ela quem manobrava os cordelinhos.

Ao longo dos minutos que se seguiram, continuou a enumerar os feitos da diretora. Fazia-o com tal entusiasmo que, quando dei por mim, já estávamos à porta da residência. Miranda pôde, então, parar para respirar.

– Enfim, não queremos imaginar como seria St. Oswald's há vinte anos, pois não? – perguntou retoricamente. – Mas acredita que, com isso, Miss Gross colheu mais azedumes do que amizades.

Não pude deixar de pensar no quanto daquele discurso se deveria às fantasias de Miranda; à sua aversão pelos tiques aristocráticos do velho colégio. Ainda assim, não ignorei o ambiente pesado que me descrevia. Que tipo de oposição iria encontrar ao longo da minha nova vida? Quantas batalhas se travariam por ali? Mas, que diabo, talvez fosse melhor assim. Nada como um bom folhetim para me distrair o espírito. Quando nos despedimos, já no vestíbulo, combinámos tomar o pequeno-almoço juntas na manhã seguinte. Miranda fazia questão de me mostrar a biblioteca.

– Gostava de te apresentar a uma pessoa excecional.

OSHPITZIN, POLÓNIA
Abril, 1923

O *Admor*[5] de Oshpitzin sobrepôs as abas do sobretudo, preparando-se para o vento gélido do caminho.

– *Rebbe*... – chamou uma voz.

Espreitou por cima do ombro à procura de quem o interpelara. Juntou-se-lhe um rapaz muito alto, de cabeça coberta por um chapéu tradicional e caracóis loiros pendendo-lhe sobre as maçãs do rosto. O casaco que o protegia apresentava um pequeno rasgão, revelando a alvura da camisa e a dor que o atormentava.

– *Rebbe*, a mãe pede que aceite – disse o jovem, estendendo-lhe um lenço dobrado que embrulhava alguma coisa.

O homem mais velho observou-o por detrás dos óculos de metal e os olhos enormes cerraram-se numa resposta muda. Afastou com a mão a oferta e seguiu o seu caminho. O rabino Eliezer Friedman era um homem piedoso e toda a gente sabia que desprezava os bens materiais. Mas, mais importante do que isso, respeitara muito o pai do rapaz. Meir fora um homem justo, um bom amigo que deixara à família pouco mais do que a modesta casa da Rua dos Judeus, erguida ao lado da *yeshiva* Bobover.

O rapaz ficou parado a vê-lo desaparecer, num passo pleno de dignidade.

---

[5] Acrónimo de «*Adonainu, Morainu, VeRabbeinu*», «*Nosso mestre, nosso Professor, nosso Rebbe*». É um título honorífico atribuído a líderes de uma comunidade judaica hassídica, assim como *Rebbe* ou *Tzadik*.

– *Motke, vamos.*

O apelo triste arrancou o jovem aos seus pensamentos. A mãe e o resto da família esperavam-no à porta do cemitério. Sabina Gleitzman era uma mulher destroçada pela angústia. Se já se conformara com o desfecho prometido pela longa enfermidade do marido, consumia-a a incerteza sobre o destino dos três filhos. Esther, de doze anos, parecia-lhe a mais capaz de reagir às adversidades; tinha a personalidade de um cavalo teimoso, mas disfarçava-a na delicadeza dos modos, a que juntava a sensatez de quem aprendera a lutar desde cedo. Já os rapazes não pareciam à viúva tão imunes ao passamento do pai. Motke, com dezassete anos, fora a sombra de Meir. Acompanhava-o no ofício, no beit midrash[6] e nas discussões que se seguiam às sabatinas na *yeshiva*; imitava-o nas vestes, nas expressões e na ortodoxia das convicções. Sabina rezava para que o primogénito se valesse agora da inspiração salvífica dessas experiências. Mas a maior preocupação recaía no filho mais novo. O pequeno Sholem acabara de completar oito anos e, por qualquer razão que sempre escapara à aflição dos pais, ainda não aprendera a ser feliz. Que ninguém o empurrasse para divertimentos mais prosaicos; aquelas pequenas coisas que se esperam antes da primeira leitura da Torá. A tudo respondia com mais introspeção. Que esperar do rapaz, agora que acrescentava o luto a todas as suas sombras?

Se os assuntos da alma atormentavam aquela mãe, outras ralações insistiam em distraí-la da celebração da saudade. As riquezas que Meir deixara perenes no espírito dos sobreviventes não lhes davam fartura ao estômago. Sabina valer-se-ia do pecúlio acumulado pela sensatez de Meir ao longo dos anos, mas era coisa pouca para quem tinha de lançar à vida mais três vidas por viver.

Foi com esta angústia acrescida que a família abandonou o cemitério. Quando chegaram a casa, depois de, prudentemente,

---

[6] Casa de estudo. Instituição da comunidade judaica ortodoxa, frequentada por rapazes e homens adultos, reunidos para estudar textos religiosos judaicos.

terem despistado o anjo da morte, entregaram-se ao Shivá[7] com toda a dignidade.

*

Foram necessários três meses para os Gleitzman deixarem de procurar Meir em cada sombra, em cada som, em cada hábito. Pareciam agora mais próximos de adaptar as rotinas à sua ausência permanente. As crianças mais novas haviam retomado os estudos, enquanto Motke tomara conta do negócio do pai. Em muitas ocasiões, antes de o sol aparecer, saía numa carroça de quatro rodas puxada por uma parelha de silesianos castanhos que Meir comprara a um comerciante de Wroclaw. Indiferente aos rigores do clima, percorria o circuito das aldeias vizinhas, onde comprava aos gentios os cereais que vendia às quintas-feiras no mercado de Oshpitzin. Os lucros eram escassos, mas o pouco parece essencial quando pouco se tem.

No fim de uma tarde de julho, Sabina apetrechava com mais pinhas a fornalha para o jantar quando ouviu da rua uma voz familiar. Assim que abriu a porta, deparou com Chaya Feigel, uma octogenária cujo enorme coração não descansava enquanto outros houvesse a bater de aflição.

– Chaya! – cumprimentou Sabina. – Que bom ver-te. Entra.

A idosa sorriu-lhe com afeição e entrou. Conhecia Sabina desde sempre e amava-a como a uma filha. A porta da rua dava para a única divisão do piso térreo, um espaço onde se acumulavam a bancada da cozinha, o enorme fogão de ferro, a mesa acanhada e meia dúzia de cadeiras de pau. Na parede do fundo, entre as escadas e a chaminé, o olhar emoldurado de Meir vigiava o correr dos dias. Sabina limpou as mãos a um pano, antes de se sentar à mesa com Chaya.

– Esther! – gritou em direção às escadas. – Põe mais um prato na mesa.

– Não posso demorar, Sabina, obrigada.

[7] Período de luto, no Judaísmo.

– Mas é tão raro ter-te connosco.

Chaya cortou a conversa ao ver Esther surgir do piso superior:

– Esther, minha querida, que linda estás – disse, encantada.

Esther era quase bonita. Alta como o pai e o irmão mais velho, seguia-os na humildade e no saber-estar, ocultando as vaidades na discrição das vestes e do pentear. Usava o cabelo rente aos ombros e mantinha-o bem preso com ganchos quase invisíveis. A jovem saudou Chaya com respeito e tomou nas mãos as tarefas que esta tinha interrompido. As duas mulheres mantiveram-se silenciosas por alguns momentos, enquanto admiravam o desembaraço da rapariga.

– É o que me tem valido – desabafou Sabina, sem tirar os olhos da filha.

– Como te tens aguentado? – perguntou Chaya, pousando uma mão envelhecida sobre o antebraço da amiga.

– Tudo se compõe. Com a ajuda de Deus.

– E o Motke? Não o imagino sem Meir.

– Não tem sido fácil, mas vejo-o reagir. É um filho maravilhoso. Tem feito o que pode.

– E os pequenos? Como se tem dado o mais novo?

– Está na mesma – respondeu Sabina, fixando o olhar no rosto do falecido marido, como que procurando na sua sabedoria as respostas que nunca encontrara. – Só Deus sabe por onde paira aquela cabecinha. Vale-lhe Esther, que o leva para todo o lado.

– É uma miúda extraordinária – reconheceu Chaya. De repente, voltou-se para Sabina, debruçando-se ligeiramente sobre a mesa, como se se preparasse para confidenciar algo mais grave: – Talvez tenha uma coisa boa para ti.

Sabina ergueu as sobrancelhas e mostrou um olhar cansado.

– Já não espero muito da vida.

Chaya abanou a cabeça como se afastasse o derrotismo da amiga e perguntou:

– Já ouviste falar dos estrangeiros?

A dona da casa demorou alguns segundos a imaginar a quem se referia a amiga.

– Quais estrangeiros? Os que se instalaram na mansão que era dos Silbiger?

– Esses mesmos. Já os conheces?

– Vi-os uma ou duas vezes, mas só de passagem.

– Que sabes tu a seu respeito?

– Sei que ele é dono da fábrica de peles e pouco mais. Parece que entretanto mandou vir a mulher e a filha de Inglaterra.

– Da América – corrigiu Chaya. – Vieram da América, mas têm o nosso sangue.

– Não são muito assíduos na sinagoga... – observou Sabina.

– Oh, sabes como são os estrangeiros – disse Chaya, encolhendo os ombros.

– Não, não sei, nem procuro saber.

– Então, talvez seja melhor tentares aprender, porque são capazes de precisar de ti – acrescentou Chaya, recostando-se na cadeira.

Sabina não compreendeu imediatamente o que propunha a amiga e lançou-lhe um olhar incrédulo.

– Por favor, Chaya. O que é que essas pessoas podem querer de mim?

– Bom, pelo que ouvi dizer estão à procura de mais alguém que os ajude a tomar conta da casa. Conheces a propriedade dos Silbiger. Não deve ser fácil cuidar daquele casarão.

– Obrigada por te lembrares de mim, mas não posso aceitar. Pelo menos agora. Os miúdos precisam de mim aqui. Não é justo deixar tudo nas mãos da Esther.

– Quem sabe eles te possam facilitar as coisas. Que te custa ouvir o que têm a propor? Além disso, pareces talhada para o lugar. Aparentemente não querem contratar um *goy*[8], mas procuram alguém que fale polaco.

Ao contrário da maioria dos judeus daquela região, Sabina falava com igual à-vontade o iídiche e o polaco. Apesar de ser um hassídico[9] obstinado, Meir conhecia o mundo em que vivia

[8] Aquele que não é judeu.

[9] Membro do Hassidismo, movimento fundado no séc. XVIII e que está integrado no judaísmo ortodoxo.

e nunca vacilara na hora de transmitir à família os benefícios de um saber abrangente.

– Não sei, Chaya. Não sei se me habituava aos costumes dessa gente – disse Sabina, mais para si própria.

– Ora essa, ninguém te pede que faças parte da família.

Sabina olhou para o infinito, hesitou na resposta. Deus sabia o jeito que lhe daria mais algum dinheiro.

Como que adivinhando os seus pensamentos, a amiga acrescentou:

– Ouvi dizer que pagam bem.

Horas mais tarde, quando se deitou, Sabina pediu a Deus que a acompanhasse. Rezou por Meir; pediu por Motke e por Esther; implorou por Sholem e preocupou-se com a roupa com que se ia apresentar aos Gross, no dia seguinte.

SHELTON, CONNECTICUT, EUA
Agosto, 1968

Acordei, na manhã seguinte, ao som do despertador e com uma terrível dor de cabeça. Por estranho que pareça, a tranquilidade conventual do meu novo quarto não me oferecera um sono tão cúmplice como seria de esperar. Tomei um duche rápido, vesti-me sem pressa e aguardei no exterior da residência pela hora combinada com Miranda. Quando ela apareceu, trazia uns minutos de atraso e o ar amarrotado de quem se vê surpreendido por um despertar turbulento.

– Desculpa – disse, escondendo de mim os olhos inchados. – Acho que vou precisar de um período inteiro para me habituar a estas madrugadas.

Mantivemo-nos em silêncio ao longo do caminho que nos levou ao refeitório. Quando atravessámos as portas que se abriam para a imensa sala, deparei com a vitalidade própria de um dia acabado de começar. O tempo encarregar-se-ia de me esclarecer quanto ao papel que os pequenos-almoços tomavam na vida social de St. Oswald's. Na verdade, contrastando com o dia anterior, a freguesia era abundante e bastante mais comunicativa. Ali estava Cornelia Maynard e a sua parceira de canasta, desta vez rodeando naipes de chávenas e torradas de pão escuro. Mais ao fundo, descobri numa grande mesa a figura soberba de Mr. Forrester, que entretinha com os seus graves uma tertúlia de colegas mastigantes. Aqui e ali, outros grupos se apresentavam, cruzando conversas com mesas vizinhas, saciando-se de um verão inteiro sem coscuvilhice. Fiquei satisfeita por passar incólume à curiosidade alheia, fosse qual fosse a razão para ninguém me ligar nenhuma. Ao longo de duas mesas enormes, a oferta era tão variada que chegou a confundir os meus hábitos frugais. Sem grande apetite, servi-me de um *english muffin*, acompanhado por um iogurte que as competentes cozinheiras do colégio haviam aromatizado com baunilha.

– São todos professores? – perguntei, enquanto varria a sala com um olhar minucioso.

– Hum, hum – confirmou Miranda, com a boca cheia. – Estão cá quase todos. Entre hoje e amanhã tens o quadro completo.

Na verdade, o número de madrugadores não cessava de aumentar. Vinham quase sempre aos pares e, com eles, ia-se materializando na atmosfera matinal um ruído de fundo pleno de novidades, acenos, trivialidades e expetativas; os rituais iniciáticos de mais um ano letivo, nada de novo para mim.

O primeiro dia de aulas iria ter lugar, como de costume, na primeira terça-feira de setembro, pelo que faltavam exatamente quinze dias. Nesse período ocorreriam as inúmeras reuniões preparatórias, o que obrigava o corpo docente a um final de agosto tão trabalhoso como entediante. Durante a refeição, e a partir da nossa mesa, Miranda foi-me apresentando a multidão erudita, o que fez desprezando qualquer esforço de discrição. Quando nos levantámos, restavam apenas duas mesas ocupadas, o que dá ideia do pormenor a que chegara a maledicência de Miranda.

– Ora bolas! – exclamei. – Já passa das dez. Perdemo-nos na conversa.

– E então? Aprende a relaxar, caramba. Hoje nem sequer temos reuniões. Porque é que não aproveitas o último dia em que és senhora da tua agenda? – sugeriu, ao mesmo tempo que nos levantávamos.

– Acho que vou passar umas horas a pôr ordem na papelada. Nem calculas como está o meu quarto.

– Tudo bem, mas tens de prometer que me fazes companhia ao jantar.

– Combinado. E a biblioteca? Sempre queres passar por lá?

– Oh, sim. Estou ansiosa por te apresentar o Clement Chandler – declarou, com uma animação quase infantil. – Bato-te à porta lá para o fim da tarde.

Passei as horas seguintes em arrumações e a preparar os dias intensos que se aproximavam. Ainda assim, quando Miranda apareceu por altura do lanche, o quarto parecia mais desalinhado do que nunca.

Ao sair, constatei com alívio que o entardecer tornara o calor menos opressivo. A biblioteca situava-se no edifício principal e pusemo-nos lá num abrir e fechar de olhos, muito por culpa das passadas apressadas de Miranda. Ao longo do curto trajeto, procurei, sem sucesso, adivinhar a razão de tanta ansiedade. Por mim, tudo bem, até porque eu própria ardia de curiosidade em conhecer aquele local de culto, mas, que diabo, não conseguia imaginar quem pudesse ser Clement Chandler para justificar tanto desassossego no espírito de Miranda. Uma paixão romanesca? talvez; ou, quem sabe, algum ser superior, capaz de temperar aquela filósofa psicadélica.

– Que é que funciona aqui? – perguntei, enquanto subíamos a escadaria monumental que dava acesso ao edifício principal.

– Um pouco de tudo. No piso térreo tens os serviços administrativos, o auditório principal, o grande claustro e a biblioteca. Ah, e três ou quatro salas de aula reservadas às eminências mais antigas da instituição. Por exemplo, o teu mentor recusa-se a dar uma aula que não seja num desses salões dourados – acusou Miranda, referindo-se a Mr. Forrester.

– Já vi que também embirras com ele.

– Não queiras saber – afirmou com desdém, assim que transpusemos o portal em ogiva. À exceção de um grupo de alunos que desaparecia pelo mesmo corredor por onde Everett me conduzira na minha primeira visita, não se via mais ninguém no átrio. Agora que olhava para aquele lugar com mais atenção, tudo me parecia enorme, desproporcionado.

– Sinto-me insignificante no meio disto tudo.

– Tens razões para isso. Este edifício é uma cidade emparedada. Sabias que há professoras que escolheram viver aqui mesmo?

– Não me digas! Que sufoco.

– É verdade. Na ala norte do andar de cima. Miss Gross é uma delas. O seu quarto é mesmo ao lado do confessionário.

– O confessionário?

Miranda deu uma gargalhada escarninha.

– É como as más-línguas chamam ao gabinete da diretora – disse, antes de se imobilizar diante de uma porta dupla, altíssima, de madeira preta trabalhada à mão, situada numa das paredes transversais do átrio. – Chegámos – suspirou.

Mal ultrapassámos a antecâmara, esbarrei com um cenário difícil de descrever. A lendária biblioteca de St. Oswald's cortava a respiração. O que mais me surpreendeu foi ter sido construída como uma catedral do século XIII. Numa outra escala, é certo, mas nem por isso lhe faltavam as naves laterais, formando galerias de dois pisos. As janelas em vitral recebiam, de um lado, a luz difusa do claustro e, do outro, a iluminação mística que o poente oferece às tardes de verão. Os arcos ogivais em pedra repousavam em elegantíssimos fustes, num ritmo interrompido por elegantes escadas helicoidais em ferro. Coluna sim, coluna não, sobressaiam mísulas em forma de anjinhos leitores que suportavam, sem esforço aparente, figuras aprumadas em mármore branco. Reconheci nas mais próximas os olhares de Newton, Montesquieu e John Milton, vigilantes inspirações aos que ali iam alimentar a Razão. Para lá das arcadas, pendiam sucessivas cortinas de lombadas, numa policromia que contrastava com as grossas ilhargas de mogno. O pavimento era de madeira encerada, à exceção do xadrez de ladrilhos em pedra polida que cobria toda a nave central. Por cima desta, assentava uma multidão de mesas pesadas, definindo coxias estreitas e atapetadas a carmim, iluminadas em todas as horas do dia pelas dúzias de candeeiros pendentes das abóbadas nervuradas. Era impossível que o perfume exótico daquelas madeiras não inebriasse mesmo os espíritos mais concentrados. Apesar de não ter descoberto um único leitor, foi num respeitoso murmúrio que recuperei a fala.

– Inacreditável...

– É, não é? Neste lugar, perdes todas as desculpas para as folgas do intelecto – disse Miranda, sem grande preocupação pela estridência das suas palavras. Como resposta a este pequeno ultraje, apercebi-me de um ruído discreto surgido algures acima da minha cabeça.

– Miranda Pritchard... – A voz abafada vinha de uma galeria superior e era de um homem que trocava criteriosamente a ordem dos livros numa prateleira. Depois de pousar os volumes que tinha nas mãos, desapareceu por momentos, para ressurgir em passos mudos numa das escadas de ferro. – Miranda! – repetiu.

– Clement... – saudou ela, embevecida. – Julgava que me esquecia de si?

Aquele que eu idealizara como o amante oculto da minha amiga era afinal um homem com muito mais anos do que a sua postura aprumada faria supor. Dava ares de grande cavalheiro, fatigado, mas elegante em todos os gestos. Equilibrava a estatura elevada com um físico bem proporcionado. O seu cabelo curto, tão branco como as sobrancelhas, pouco contrastava com a palidez do rosto sereno. Talvez fosse essa alvura que lhe distinguia os olhos de um azul profundo, como opalas perdidas num deserto de neve.

Miranda ofereceu-lhe as duas mãos, que este tomou com respeito. Era evidente que aquela miúda espampanante se deixava fascinar pelo encanto de Clement Chandler.

– Como está, minha querida?

– A doida varrida de sempre. E eternamente sua, como sabe. – Ele sorriu com complacência. Ficaram assim, durante alguns momentos, a apreciar-se um ao outro, a trocar gracejos e palavras generosas. De repente, e em simultâneo, resolveram lembrar-se de mim. – Gostava de lhe apresentar a Kimberly – anunciou Miranda, colocando-me a mão nas costas. – É a nova professora de Literatura, pelo que pode ir-se habituando às suas visitas.

– Muito prazer – disse Clement, com um aperto de mão. – É um alívio reparar que St. Oswald's está a rejuvenescer.

Durante os momentos que se seguiram, Miranda e Clement continuaram a celebrar a sua cumplicidade, a ponto de me fazerem sentir desgraçadamente acessória. De repente, como que iluminado por uma ideia entusiasmante, Clement encarou-me.

– Interessa-se por literatura, portanto... – E, sem esperar pela minha reação, deu-me o braço. – É capaz de apreciar o que lhe vou mostrar.

Acompanhámos Clement ao longo da galeria, até que, por entre as prateleiras das línguas mortas, se descobriu uma porta discreta. Assim que a atravessámos, fomos imediatamente travados por outra, mais robusta e hermética. O nosso anfitrião deteve-se por breves segundos, enquanto libertava as aduelas dos seus trincos. Uma vez ultrapassado aquele último obstáculo, achámo-nos num espaço que surpreendia tanto pela luminosidade como pela sofisticação dos instrumentos expostos. O ar parecia mais leve, seguramente mais fresco e repleto de aromas químicos agradáveis. Sentado num banco alto, um homem muito jovem e vestido com uma bata clara trabalhava sobre dois maços de folhas amarelecidas, cortando as costuras com o auxílio de um bisturi.

– Ui! – exclamou Miranda. – Que lugar é este, Clement? Julgava que não tinha segredos para mim.

O bibliotecário encolheu os ombros e desculpou-se com um sorriso.

– É aqui que conservamos os nossos exemplares mais frágeis – informou. – E também os mais preciosos. – Com efeito, uma das paredes exibia três portas de cofres encastrados. Clement abriu uma gaveta de onde retirou um par de luvas brancas, que calçou com destreza, e convidou-nos a segui-lo até ao extremo de uma bancada inoxidável. Sobre uma espécie de tabuleiro em vidro, encontrava-se um pesado livro, fechado e obviamente secular. – O que me diz? – perguntou, olhando-me com um entusiasmo infantil.

Debrucei-me respeitosamente sobre a obra e, assim que me apercebi do título, recordei uma aula fascinante a que assistira na biblioteca Bancroft[10].

– É um incunábulo! – exclamei fascinada.

Se bem que sobrassem alguns milhares destes livros, espalhados pelas bibliotecas de todo o mundo, o convívio com esta preciosidade era sempre emocionante.

– É um quê? – perguntou Miranda.

– Um incunábulo – esclareci –, é um termo que designa os primeiros livros ou panfletos impressos na segunda metade do século XV.

– Exatamente – confirmou Clement. – E o que tem à sua frente é, nem mais nem menos, a edição latina do célebre *Liber Chronicarum*, que foi publicado em 1493. Trata-se, também, da nossa mais recente aquisição.

– Deve ser uma raridade – disse Miranda.

– *Nem por isso* – disse uma voz, nas nossas costas.

Quando me virei, encontrei uma rapariga com uma expressão divertida. Teria vinte e poucos anos e era lindíssima.

– De todos os incunábulos – prosseguiu ela –, o *Chronicarum* é o mais comum. Ainda restam algumas centenas de cópias. A única coisa que torna esse exemplar especialmente interessante são as pinturas feitas à mão, poucos anos depois de ter sido publicado. – Ao dizer isto, a jovem encarou Clement com um olhar divertido. – Disse alguma asneira, mestre bibliotecário?

– Há quem diga que algumas ilustrações foram pintadas pelo próprio Dürer – respondeu Clement, aceitando o desafio.

– Cantigas de leiloeiro – protestou ela. – Ambos vimos os registos, Clement. As pinturas são posteriores a 1520. Acredita que Dürer estivesse disposto a brincar aos livros de colorir nos últimos anos de vida?

Clement inclinou ligeiramente a cabeça para baixo, enquanto acenava com as mãos em sinal de rendição.

---

[10] Biblioteca da Universidade da Califórnia, em Berkeley.

– Concedo, não diga mais – admitiu, alegremente. Era evidente que sentia prazer naquela refrega.

– Eva! – interrompeu Miranda, dirigindo-se à rapariga. – Que fazes aqui? Julgava-te em Nova Iorque.

– Olá, Miranda – cumprimentou ela, dando-lhe um beijo na face. – Não, já não aguentava, sabes? Nova Iorque devia fechar as portas em agosto. É insuportável. Só fiquei por causa dos concertos de verão.

– Correram bem?

– Estás a querer saber se brilhei? Digamos que não me vão esquecer tão depressa.

Miranda e a recém-chegada abraçaram-se a rir, perante o olhar cúmplice de Clement.

– Bem, este dia é dedicado às apresentações – disse Miranda puxando-me pelo braço. – Kimberly, quero que conheças a Eva, a mais promissora violinista da costa leste.

Observei-a com atenção. O seu rosto era-me estranhamente familiar e suscitava-me bons sentimentos. Meu Deus, como era bonita... Usava o cabelo à rapaz, mas, em tudo o mais, era totalmente feminina. Alta, perfeita num vestido curto, despretensioso e cor de ferrugem, movia-se com elegância. Devolveu-me um olhar afável, despido de qualquer avaliação.

– Já me tinham falado de ti – disse. – Ainda vou a tempo de reparar os estragos, ou a Miranda já te convenceu de que o muro de St. Oswald's não passa de um enorme cinto de castidade?

– Já não vais a tempo – respondi. – Mas, se alguém como a Miranda conseguiu sobreviver, acho que não tenho com que me preocupar.

– Se sobreviver for tudo o que quiseres, não – comentou Eva, agora, sim, observando-me com atenção.

Não consegui deixar de ver naquelas palavras uma provocação. Sem maldade ou sobranceria, mas uma provocação, um desafio para me manter à tona da minha personalidade. No entanto, o mais curioso foi ver que aquela garota desconhecida, aparecida sabia-se lá de onde, numa única frase parecia intuir a minha angústia. Sim, sobreviver era tudo o que eu queria naquela altura e sabia Deus como me detestava por isso.

Talvez por me ter lido o pensamento – e para meu alívio –, Eva virou-se explosivamente para o que a trouxera ali.

– Clement, tens o que te pedi? – disse ela, como uma criança à espera de guloseimas.

– Há dois dias – respondeu o bibliotecário, virando-se para a vitrina que se encontrava junto da porta. Retirou de uma das prateleiras um conjunto de três livros, que entregou a Eva. Cada volume exibia uma série de marcadores entre as páginas. – Ainda há mais, mas, para aquilo que procuras, parece-me suficiente. Já te assinalei as referências. Só tens de ler.

Eva agarrou os livros com os seus braços esguios e compridos, esticando-se para lhe segredar algum agradecimento que o fez sorrir.

– Miranda! Vem ver-me a New Haven, no sábado – disse ela, enquanto nos virava as costas, talvez apressada pela leitura que a esperava. – És a única crítica que me interessa.

Miranda sorriu e abanou a cabeça numa aprovação cheia de afeto.

– É incrível esta miúda – disse, ao vê-la partir. – Mas, desçamos à terra. Como é com o seu calhamaço, Clement? Temos aí um tesouro, ou não?

– Vejam com os próprios olhos – disse ele, dando um passo ao lado, para nos dar lugar.

Durante a meia hora que se seguiu, e para desespero de Miranda, partilhei o entusiasmo gentil com que Clement folheava aquela história do mundo. Era desconcertante a paixão que ele devotava às letras, bem como a erudição que utilizava para contextualizar todas as explicações.

O ligeiro ruído vindo do interior da biblioteca anunciou a chegada de alguns leitores, o que acabou por interromper a reunião, antecipando as despedidas e a garantia de novas visitas.

– Está prometido – disse eu, dececionada por ver terminado aquele encontro inesperado. Não tive dúvidas de que aquele lugar iria acolher grande parte da minha nova existência.

– O que achaste? – perguntou Miranda, já cá fora.

– Pareceu-me verdadeiramente encantador – respondi com sinceridade. – Acho que há algo de divino em quem ama os livros daquela maneira.

– Não te disse? Aproveita-o bem; podes vir a aprender muito com ele.

Quando saímos do edifício, resolvi provocar Miranda.

– Sabes que cheguei a julgar que me ias apresentar uma conquista romântica?

Miranda deu uma gargalhada e respondeu-me à letra.

– Deus te ouvisse! Ainda não perdi a esperança de me ver abusada por cima daqueles cartapácios.

– Miranda! – protestei, a rir. – O homem tem idade para ser teu avô.

– Quero lá saber. Conheces algum trintão com metade daquele charme? – disse ela. – Mas não te preocupes, Clement tem-me uma devoção paternal. Fico-me pela fantasia.

Miranda era assim, como fui confirmando ao longo do tempo. Uma explosão de cores, disparates, gritos, medos, provocações e outros fragmentos descontrolados. Parecia que a sua inteligência só se confortava nos extremos da normalidade; ou talvez pertencesse àquela dimensão em que a essência das coisas se apreende pelo absurdo. Fosse como fosse, devo-lhe muito do equilíbrio que encontrei naquele lugar.

Entretanto, lembrei-me de algo que me deixara curiosa.

– Simpatizei com aquela jovem, sabes? Quem é?

– A Eva? Espantosa, não é? Parece uma garota, mas se te puseres à conversa com ela é mais provável que, passados cinco minutos, sejas tu a sentires-te uma gaiata.

– E já dá aulas aqui?

– Oh, não, nem sequer é professora. Nas férias costuma organizar um *atelier* musical com os alunos, mas julgo que nem lhe pagam por isso.

– Então, além de ser culta, talentosa, inteligente e irritantemente bonita, ainda é boa samaritana. Não são dons a mais para uma só pessoa?

– Não sei – respondeu Miranda. – Mas, se há alguém que os merece, se calhar é ela. Não conheço ninguém mais simples e desprendido. Sai à mãe, isso é óbvio.

– À mãe?

Miranda parou para me observar.

– O quê? Não chegaste lá?

Encolhi os ombros, sem fazer ideia do que estava a sugerir.

– Miss Gross – disse ela, abrindo os braços. – A Eva é filha de Miss Gross. Julguei que fosse evidente.

Claro... claro que sim, batia certo. A profundidade do olhar, a economia dos gestos, o timbre reconfortante da voz e aquele algo mais que distingue além do explicável. Faltava-lhe talvez a serenidade inspiradora da mãe, mas, ao contrário desta, a vida brilhava-lhe no rosto.

Desta maneira surpreendente, St. Oswald's ia-me revelando as suas personagens excecionais. Naquela noite, deitei-me a pensar no enredo que o destino reservara a um elenco assim. E, já agora, ao papel que caberia a uma figurante recém-chegada.

OSHPITZIN, POLÓNIA
Julho, 1923

Sabina aproximou-se da mansão com os sentidos em alerta. Quando franqueou o portão, não pôde deixar de reparar no estado aprumado do jardim. Nunca fora frequentadora daquele lugar, mas recordava-se bem do matagal desordenado que antes se elevava acima dos muros. Bom sinal, pensou. Assim que deixou cair a aldraba de ferro sobre o batente da porta, percebeu que já não podia voltar atrás. Aguardou nervosamente pelos sinais de vida oriundos do interior, quase desejando que o silêncio se mantivesse. Contudo, o som do ferrolho não tardou a revelar-lhe, pela primeira vez, o rosto bonito da jovem Sarah.

– Bom dia – começou Sabina, espreitando por cima do ombro da rapariga. – O meu nome é Sabina Gleitzman. Parece que estão à procura de uma pessoa para...

– *Quem é, Sarah?* – perguntou alguém, numa língua que Sabina não conseguiu identificar.

A pequena Sarah sorriu e convidou-a a entrar com um gesto gracioso. Quase imediatamente, surgiu da sala de visitas a figura delicada de Anna. Exibia um semblante agradável e vinha acompanhada por Eidel.

– Senhora Gleitzman?! – cumprimentou Anna. – Fico muito contente por ter vindo.

Sabina não disfarçou a surpresa ao ser reconhecida.

– Estava à minha espera?

– Calculava que viesse – disse Anna, com um sorriso conspirador. – Pelo menos foi o que me deu a entender a senhora Feigel.

«Chaya, quem mais?», concluiu Sabina. «E o mais certo era que já nem fossem precisas grandes apresentações.»

Anna confirmou-lhe a premonição:

– Como estão os seus meninos? Já sei que está a passar por um momento difícil.

– O bom Deus nunca nos abandona – respondeu Sabina, que sabia resignar-se na fé.

– Acredito que sim, senhora Gleitzman. Tenho a certeza de que sim – disse a dona da casa, enquanto passava o braço pelos ombros de Sarah. – Pelos vistos já conheceu a minha filha.

Sabina estendeu a mão à rapariga, que correspondeu com simpatia.

– Parece uma menina preciosa – observou.

– Tem os seus dias – respondeu Anna, beliscando com carinho a bochecha da jovem. – Mas venha! Estou ansiosa por lhe mostrar a casa.

Sabina anuiu com um aceno de cabeça e preparou-se para acompanhar a senhora Gross. Sarah e a serviçal seguiam-nas logo atrás.

– Ah, que tola sou! – interrompeu Anna. – Quase me esquecia de lhe apresentar a Eidel. Acredite, não vai querer mantê-la longe de si por muito tempo.

Anna falava como se Sabina já estivesse contratada. De tal maneira que o périplo que fizeram por toda a casa incluiu já um rol de recomendações dadas com todo o detalhe. A residência dos Gross fazia jus ao que se dizia dela. Sabina ficou com a sensação de que ali poderiam morar com o maior conforto várias famílias ao mesmo tempo. Saindo do grande vestíbulo, as quatro entraram na sala de visitas.

– Segundo consta, fizeram-se grandes bailes neste salão – informou Anna, varrendo o lugar com um olhar seduzido.

Todo aquele espaço era despudoradamente belo, pelo menos aos olhos ascéticos de Sabina. Talvez por isso se tenha sentido reconfortada ao reparar nas velas e taças de Kidush[11], já postas de parte para a celebração iminente do Shabat. O piso térreo, tal como o resto da casa, assentava numa planta em «U» e era percorrido, em toda a extensão, por um enorme corredor com janelas que davam para o jardim das traseiras. Incluía mais três pequenas salas na ala principal, a última das quais equipada com um velho piano vertical e prateleiras corridas, carregadas de partituras amarelecidas.

– Tudo isto pertencia aos primeiros proprietários – informou Anna, referindo-se à família alemã que viera para Oshpitzin no princípio do século XIX e que, pelos vistos, encarara com pessimismo a perspetiva de uma Polónia independente. A verdade é que, na urgência da fuga, deixara para trás uma oportunidade de negócio que o espírito arguto de Moshe Silbiger não poderia desperdiçar. Esse judeu, próspero como Creso, acabara por nunca ocupar a mansão, embora, sempre que solicitado, fizesse questão de abrir as suas portas aos encontros da *Kehilla*[12] ou de alguma das organizações sionistas que despontavam na cidade.

O resto da visita deu-se nas alas laterais e incluiu a rouparia, os aposentos para a criadagem, as arrecadações e uma cozinha enorme e bem apetrechada. Anna não se esquecia de descrever ao pormenor os processos que achava essenciais ao bom governo da residência: os horários, as compras, as limpezas, as ementas, tudo tinha os seus tempos, as suas normas, os seus lugares. Sabina absorveu tudo com naturalidade; apreciava a ordem e gostava de saber com o que contar. O piso superior viu-se num ápice, já que não continha mais do que quartos e os respetivos espaços de apoio.

– Raramente recebemos visitas – confessou Anna –, por isso, temos de nos habituar a este desperdício. Só precisamos de assegurar que todos os cantos, mesmo que inúteis, se mantêm asseados.

---

[11] Bênção recitada sobre um copo de vinho, tendo em vista a santificação do Shabat.

[12] Estrutura comunitária judaica, encarregada de gerir a vida da comunidade e as suas instituições. Pode referir-se à própria comunidade.

Pelo tom da observação, Sabina ficou com a impressão de que Anna talvez preferisse ter a seu cargo uma habitação menos faustosa. Ao longo de todo o giro, a presença silenciosa de Eidel apenas serviu para corroborar com suaves acenos as indicações da patroa. Sarah, por seu lado, portou-se como uma senhorinha, auxiliando a memória da mãe, com grande sentido de oportunidade.

Quando as quatro retornaram ao vestíbulo, Anna propôs a Sabina que se reunissem a sós, na sala do piano.

– Sugeri que falássemos em particular, para que se sinta mais à vontade – disse.

Sabina aceitou o convite para se sentar. Estava tranquila. Gostava do que havia visto e não receava trabalhos duros. Oxalá pudesse conciliar o trabalho com as obrigações que a prendiam em casa. Anna explicou-lhe sucintamente quais as funções que pensava destinar-lhe. Não era nada que fosse estranho à experiência de uma recém-viúva com três filhos. Partilharia com Eidel as responsabilidades pela limpeza diária da habitação. O tratamento da roupa seria uma tarefa apenas sua, mas isso não lhe desagradou, até porque se veria liberta das refeições e dos ritmos a que obrigam. Além disso, o salário proposto era bastante superior àquilo que vinha disposta a aceitar. Restava, porém, acertar a questão mais importante.

– Desculpe perguntar, mas quanto aos horários...?

– Contava consigo de segunda a sexta – propôs Anna. – Naturalmente, ficará sempre livre umas horas antes do início do Shabat.

De acordo com a tradição judaica, o Shabat, que Sabina observava escrupulosamente, tinha início ao pôr-do-sol de todas as sextas-feiras e terminava ao pôr-do-sol do dia seguinte. A forma como os Gleitzman viviam o amor a Deus comprometia-os a uma prática sem concessões, pelo que conseguir a tarde do sexto dia para os seus próprios preparativos era um privilégio valioso. Além do mais, ficava com o domingo livre para os deveres familiares, adiados por uma semana de ausência.

Uma hora mais tarde, já de regresso a casa, Sabina agradeceu a Deus e permitiu-se acreditar em dias melhores. Com o espírito fortalecido, fez questão de dar outra fartura àquele Shabat, desviando o seu caminho até à mercearia de Moshe Lazar, onde pagou a pronto os legumes para o *cholent*[13] e aproveitou para limpar o nome da lista de fiados.

[13] Guisado típico da gastronomia judaica, habitualmente servido ao almoço no Shabat.

SHELTON, CONNECTICUT, EUA
Setembro, 1968

O segundo dia de setembro amanheceu esplêndido, com sol e calor. Como se celebrava o *Labor Day* e não haviam sido programadas quaisquer atividades, dei-me ao luxo de acordar naquela segunda-feira com uma preguiça dominical. Sentia-me satisfeita por não ter combinado tomar o pequeno-almoço com Miranda e essa oportuna decisão permitiu-me começar o ano letivo sem livros encaixotados. Chegada a uma da tarde, resolvi finalmente abandonar o quarto e ir almoçar. O burburinho que se fazia ouvir na residência anunciava a chegada em força dos alunos e isso mesmo pude constatar ao longo da caminhada que me separava do refeitório, uma vez que já se viam alguns grupos de adolescentes ruidosos a atravessar o relvado. Foi por isso que não me espantei ao encontrar a sala de refeições cada vez mais composta. Descobri Miranda quase imediatamente – a paleta de cores com que se cobria tinha o seu lado útil – e dirigi-me à pilha de tabuleiros. Quando me sentei, Miranda já concluíra a sobremesa.

– Podia apostar que te deixaste dormir, menina – acusou, enquanto se recostava na cadeira. – Anda, não te demores, que hoje prometo-te um espetáculo impagável.

– Um espetáculo? – perguntei, sem fazer ideia daquilo de que estava a falar.

– Do melhor!

Quando terminei, segui Miranda até ao exterior, a caminho do edifício principal. Aí chegadas, observei incrédula o aparato disposto à minha frente. O imenso terreiro encostado à frontaria do prédio estava repleto de carros e furgonetas, rapazes e raparigas, homens, mulheres, velhos e crianças de colo, malas, caixas, cestos com fruta e guloseimas...

– Como vês, St. Oswald's também tem o seu lado pindérico – atirou Miranda, com o olhar cheio de gozo. – É sempre este folclore, quando os papás vêm despedir-se dos meninos.

Estava fascinada. Era então assim que as famílias nos entregavam os seus bens mais preciosos. Instalámo-nos no alto da escadaria principal, para observarmos do balcão aquela *matiné* extravagante. Durante quase uma hora, entretive-me a apreciar em detalhe os comportamentos que se repetiam um pouco por todo o lado. Na maior parte dos casos, os alunos chegavam de carro, acompanhados pelos pais. Os rapazes, divididos entre a atenção dos colegas e as recomendações dos familiares mais velhos, não escondiam o embaraço perante um mimo maternal mais explícito. Já as raparigas conseguiam libertar-se mais facilmente dos progenitores, tal a ânsia com que queriam pôr a conversa em dia no seio de pequenos grupos. As mães pareciam desorientadas pelo empenho dos últimos conselhos práticos, enquanto os pais, menos à vontade naqueles preparativos, resistiam a pousar as bagagens dos filhos, como se o prolongar do esforço compensasse o papel subalterno que lhes cabia naquele momento. Misturados na multidão, reconheci certos professores da casa, que se insinuavam perante alguns pais, de acordo com o seu estatuto. Lá estava Mr. Forrester, exuberante no seu fato de anfitrião, cumprimentando efusivamente determinados alvos escolhidos a dedo. Na esquina oriental do edifício acumulavam-se dois enormes grupos de malas. Mathilde, num vaivém constante, encarregava-se de distribuir esta bagagem, ora pela residência feminina, ora pelo *quartel*, como era conhecido o conjunto de dois edifícios onde se situava o alojamento masculino. O caos de tafetás, carroçarias e outras vaidades enchia agora o terreiro em toda a sua extensão; dir-se-ia Ascot reduzido à escala de um parque de estacionamento. Quando tudo aquilo se tornou demasiado repetitivo, Miranda foi a primeira a desistir.

– Vamos. É sentimentalismo a mais para um dia só – disse, revirando os olhos.

Começámos a descer a escadaria, quando um arrastar de gravilha nos chamou a atenção. Reconheci a mesma viatura que me tinha transportado da estação havia duas semanas. Também agora, Everett desceu de um dos bancos da frente. Quando a porta traseira se abriu, surgiu um rapaz alto com um ar indiferente. Reparei em duas coisas que o distinguiam de todos os outros: não vinha acompanhado por qualquer familiar e era negro. É estranho, mas só ao vê-lo me dei conta de que passara os últimos dias rodeada exclusivamente por brancos. Ou talvez não, talvez não fosse estranho, refleti. De qualquer maneira, era evidente que vinha para ficar, pelo menos tendo em conta a mala de viagem que carregava.

– Não posso acreditar... – disse Miranda, prolongando as sílabas. – Aquela teimosa conseguiu.

– Que se passa contigo? – perguntei, ao ver o seu ar absorto.

– Que se passa comigo?! – perguntou, como se acordasse de um brevíssimo sonho. – Não viste o mesmo que eu? Um negro, Kimberly! Um aluno negro em St. Oswald's... Queres que te faça um desenho?

Pelo estado de Miranda, o acontecimento prometia dar que falar.

– Apostava a vida em como é mais um trunfo de Miss Gross – acrescentou Miranda, abanando a cabeça com um sorriso triunfante. – Agora, é esperar pelas ondas de choque. Não devem tardar, prepara-te.

Na verdade, os primeiros sintomas revelaram-se imediatamente. Os grupos mais próximos do recém-chegado não disfarçavam a curiosidade perante aquela aparição. Os olhares convergentes tornavam óbvio o rumo que as conversas tinham tomado e, num ápice, a notícia pareceu alastrar a toda a plateia.

– *Miss Parker!* – Olhei para trás e vi um homem a caminhar apressadamente na minha direção. Tratava-se de um funcionário do colégio, que, pelo misto de alívio e exaustão, havia muito que devia andar à minha procura. – Miss Parker... – disse ele, ofegante, assim que me alcançou. – A senhora diretora gostava de lhe dar uma palavrinha.

Deixei Miranda regressar sozinha e segui o funcionário, procurando ao longo do curto trajeto adivinhar a razão da convocatória. Quando cheguei ao seu gabinete, Miss Gross encontrava-se à porta, enquanto se despedia de um grupo de pais, que, deduzi, deveriam ali ter ido apresentar cumprimentos.

– Kimberly! – saudou ela, convidando-me a entrar. – Obrigada por ter vindo. Espero não ter interrompido nada de importante.

– Oh, não. Aproveitei a tarde para apreciar o regresso dos alunos.

– É uma manifestação pouco comum, não acha? E muito instrutiva, se soubermos olhar para ela – disse Miss Gross, enquanto me apontava uma cadeira. – Kimberly, chamei-a aqui por duas razões. Em primeiro lugar, quero que me diga, com toda a franqueza, se necessita de alguma coisa da minha parte. Amanhã vai conhecer a sua primeira turma. Preciso de saber se se sente preparada, se lhe deram o apoio e as orientações necessárias ao longo destes dias.

– Sem dúvida, Miss Gross. Foram todos muito prestáveis e compreensivos. Nunca me senti desamparada.

– Ainda bem. Eu sei que os primeiros passos num local como este podem ser muito solitários – afirmou, em tom de recordação. – E quanto às suas expetativas? St. Oswald's condiz com o que imaginava?

– É cedo para dizer, mas parece difícil não nos fascinarmos com tudo isto. É como se...

A minha resposta foi inesperadamente travada pelo avolumar de vozes que se escutavam para lá da porta do gabinete. Quando esta se abriu com fulgor, surgiu a figura fumegante de Mr. Forrester, que irrompeu por ali com passos impetuosos. Atrás de si, encostado ao batente de madeira, o rosto lívido de

Mrs. Aniston, com a expressão de quem sobrevive a uma catástrofe natural.

– Não se preocupe, Mrs. Aniston – tranquilizou-a a diretora, permanecendo sentada. – Pode ir.

– Que é que lhe passou pela cabeça? – disse Mr. Forrester, dardejando Miss Gross com os olhos semicerrados. – Que diabo lhe passou pela cabeça?

– Quer ser mais explícito, Raymond? – sugeriu ela.

Observei, fascinada, a postura inalterada da diretora. Dava a impressão de que reagiria da mesma maneira caso o velho professor ali tivesse comparecido para tomar um chá.

– Não se faça de desentendida, Sarah! Sabe perfeitamente do que se trata – vociferou Mr. Forrester.

– Sei, Raymond, mas gostava de o ouvir da sua boca.

Mr. Forrester apoiou os punhos fechados no tampo da secretária, deixando pender a cabeça, enquanto lutava para não perder o controlo. O silvar da sua respiração foi-se tornando menos intenso e, quando conseguiu encarar de novo Miss Gross, a expressão colérica dera lugar a um olhar magoado, carregado de censura.

– Um negro, Sarah? Que diabo está a querer provar?

– É óbvio que já tem resposta para isso.

– Pode ter a certeza! Infelizmente, depois destes anos todos, vejo que ainda não conhece a escola que dirige. Triste, mas verdadeiro. E mais, também não tem noção das consequências que a sua leviandade vai causar.

– Pelo contrário, Raymond. Foi por conhecer bem a escola e as suas resistências que decidi estar na altura de fazer alguma coisa.

– Deixe-se de fantasias! Isto é St. Oswald's, por amor de Deus. Se está com vontade de ver como se mistura água e azeite, porque é que não vai tomar conta de um desses liceus suburbanos?

– Preciso de o lembrar de que a décima quarta emenda acaba de fazer cem anos? – perguntou Miss Gross, num registo neutro. – Julgo que o Supremo Tribunal deste país já deixou claro o que pensa sobre as escolas segregacionistas.

– Mas por alguma razão não incluiu os colégios privados – explodiu Mr. Forrester. – Por que raio julga que surgem tantas escolas vedadas a negros, fora do sistema público?[14]

– Olhe que é capaz de não gostar da resposta.

Mr. Forrester parecia pronto a cometer uma loucura quando aproximou o rosto do da diretora.

– Julga que por ter as costas quentes pode fazer o que lhe apetece, não é? Pois fique sabendo que não vai levar a sua avante, percebeu? Muito antes de ter aparecido por aqui, já eu ensinava nesta escola. Fui eu, e outros como eu, que fizemos de St. Oswald's aquilo que é hoje, e diabos me levem se vou deixar que tudo se desfaça apenas porque você quer mudar o mundo! – Dizendo isto, afastou-se da diretora e foi pôr-se à janela. Passou as mãos pelo rosto várias vezes, como se procurasse apagar os traços de irritação, antes de se aproximar da secretária uma vez mais. – Oiça, Sarah, procure ser razoável – afirmou num tom conciliador. – Este colégio tem de valer mais do que as teimosias de cada um. Ele é o que todos estes anos fizeram dele. Tem a sua personalidade, a sua matriz. Que acha que acontece se tentarmos ir contra isso?

– Corrija-me se estiver enganada, mas não foi esse o argumento que utilizou quando decidimos abrir as portas às raparigas?

– Deixe-se de cantigas. Isto é totalmente diferente.

– É, Raymond?

Mr. Forrester ergueu os braços em sinal de impotência, antes de explorar um último recurso:

– Ocorreu-lhe, ao menos, qual será a reação dos pais e dos colegas? Passou-lhe pela cabeça aquilo a que vai expor esse rapaz?

Miss Gross levantou-se com brusquidão e dirigiu-se à porta. Quando a abriu, fixou o olhar em Mr. Forrester.

---

[14] Referência às *Seg Academies*, escolas segregacionistas privadas, surgidas nos Estados Unidos na segunda metade do séc. xx, em reação a uma decisão do Supremo Tribunal *(Brown vs. Board of Education – 1954)* que proibiu a segregação em escolas públicas.

– Esse rapaz tem nome, Raymond. Fixe-o: chama-se Justin Garrett – afirmou, prolongando cada sílaba. – E, a partir de hoje, é aluno desta escola, com os mesmos direitos e deveres de todos os outros. Procure nunca se esquecer disso. Posso ser-lhe útil em mais alguma coisa?

O tom determinado usado por Miss Gross foi suficiente para secar a boca do professor, que disparou em direção à porta. Passou à minha frente como um foguete, sem me olhar. Na verdade, era capaz de jurar que, ao longo daquele confronto, Mr. Forrester nem sequer dera pela minha presença. Permaneci imóvel na cadeira, sem saber o que dizer. Estava siderada com aquilo a que acabara de assistir.

– Desculpe, Kimberly, não queria sujeitá-la a nada disto – disse Miss Gross, regressando à secretária, depois de fechar a porta. – Quando a chamei, estava longe de imaginar que seria o Raymond a fazer a introdução do que lhe queria dizer. Mas sabe que mais? Se calhar, foi melhor assim. Não sei se eu teria a mesma capacidade de retratar o tipo de problemas que podemos vir a ter nos tempos mais próximos.

– Ninguém o pode acusar de ser hipócrita.

– É a sua grande virtude, mas o uso que faz dela às vezes é desastroso – desabafou Miss Gross, com uma expressão cansada. – E Justin Garrett é a sua nova dor de cabeça, como percebeu.

– Está a referir-se ao aluno negro que chegou há pouco.

– Estou – afirmou, ao mesmo tempo que procurava alguma coisa entre os papéis de uma gaveta. – Justin é um daqueles miúdos que nos faz pensar. Acho que não faria mal nenhum a alguns dos nossos alunos e professores passar os olhos pela história deste rapaz. Conhecer as condições em que vive, com quem cresceu, as lutas que travou... – Miss Gross calou-se por breves momentos, enquanto confirmava se o dossiê que encontrara era o que pretendia. – Aqui está, tome. Veja e diga-me o que acha.

Passou-me o dossiê e, assim que o abri, encontrei uma ficha biográfica de Justin. Apesar de a fotografia estar muito desatualizada, descobri no rosto daquela criança a mesma expressão fria do jovem que vira no terreiro havia pouco. Folheei as páginas seguintes, observando na diagonal um conjunto de registos escolares, pareceres elaborados por técnicos das mais diversas especialidades, desenhos e textos escritos numa caligrafia imatura. A primeira coisa a chamar-me a atenção foi a irregularidade dos seus resultados escolares. As classificações no limite do excelente pareciam ser tantas como as menções medíocres, dando a impressão de estarmos perante alunos diferentes. A leitura rápida dos vários relatórios devolvia-me, alternadamente, termos como «ausente», «brilhante», «introvertido» ou «surpreendente», confirmando a ideia que ia construindo. No entanto, de tudo o que li, o que mais me impressionou foi a robustez da sua escrita. Os poucos textos que surgiam apensos aos documentos mostravam-se mais eloquentes do que a frieza dos registos escolares ou as avaliações psicológicas. Era ali que Justin se manifestava da forma mais límpida, numa prosa intensa e provocadora, mas lavada daqueles excessos tão comuns nos jovens da sua idade.

– Impressionante... – admiti.

– É difícil de acreditar, não é? – perguntou Miss Gross, em jeito de comentário.

– Isso é dizer pouco. Como é que o descobriu?

– A Eva pertence a uma associação de músicos que faz voluntariado em centros de acolhimento para jovens. Tentam agarrá-los através da arte, com oficinas musicais e coisas do género. É uma ideia interessante, sabe? De qualquer modo, foi assim que, no ano passado, conheceu o Justin, em Albany. Falou-me logo dele. Lembro-me de que estava muito impressionada. Contou-me coisas extraordinárias sobre a sua personalidade. E, lá está, como é típico nela, não descansou enquanto não arranjou maneira de o tirar de lá. O miúdo realmente dava dó. Vivia sozinho com a mãe num daqueles bairros onde falta tudo, menos degradação e violência. Não queira imaginar aquilo por que passou. Ter de partilhar o quarto com mais sete ou oito pessoas, passar semanas inteiras na rua, totalmente por sua conta, crescer no meio das situações mais bizarras... Um miúdo, Kimberly, a tentar sobreviver na maior economia do mundo. É um quadro muito feio, não é? Então, a Eva perguntou-me o que eu achava de o trazer para aqui. Podia acabar o liceu no colégio, preparar-se para a universidade, se quisesse. Pedi-lhe tempo para pensar. Sabia que havia muitas coisas a ter em conta. Coisas que poderiam causar danos a muita gente, a começar pelo próprio Justin. E, depois, havia que considerar a vontade dele, como é óbvio.

– Não posso imaginar uma mudança de ambiente mais radical.

– É verdade, mas a Eva fez questão de ser totalmente franca. Disse-lhe tudo. As partes boas e as más. Pelo menos aquelas que nós conseguíamos prever. E acredite que ele não demorou muito tempo a aceitar. No fundo, acho que estava ansioso por se ver livre da vida que tinha. Qualquer coisa seria melhor do que aquilo.

– Mesmo um colégio elitista, para meninos ricos.

– Mesmo um colégio elitista, para meninos ricos. E brancos.

– Mas como é que um miúdo desses consegue ser admitido? É evidente que não tem meios para pagar.

– Isso é o menos. A fundação tem um programa de bolsas para estas situações. Jovens com muito cérebro e pouco dinheiro. Temos uns quantos, sabe? Assim como o contrário, infelizmente.

– E não teve receio daquilo que estava em jogo? Por tudo o que me contou, não deve ter sido uma decisão fácil.

– Quem está no meu lugar tem de estar preparado. A partir do momento em que me convenci de que o Justin tinha a ganhar com a sua vinda, assinei os papéis.

– Admiro-a pela capacidade que teve ao pôr de lado as repercussões, digamos assim... políticas.

– Não caia no erro de Raymond, Kimberly. Nunca ignorei as repercussões. Digo-lhe mais, desde que ouvi falar do Justin Garrett, não mais deixei de pensar nelas. Só que também pensei na forma de as reverter a favor do colégio. Acreditei na altura, como acredito agora, que a chegada dele podia ser mais uma lufada de ar fresco.

– E não teme as reações dos pais?

– Dos pais, não. Se não gostarem da ideia, ou se conformam, ou põem os filhos noutra escola; não nos faltam candidatos na lista de espera. Também não me preocupo com os professores. Têm de continuar a cumprir o seu papel com profissionalismo e, se não o fizerem, eu tenho meios para atuar. O meu problema é com os alunos. É sempre mais difícil com eles. Não duvido de que vão aparecer alguns dispostos a fazer estragos. E era também por isso que lhe queria falar, Kimberly – afirmou, passando-me uma folha de papel para as mãos. – São os seus alunos mais velhos. É uma turma promissora, vai ver. O Justin é o número nove.

– Vai ser meu aluno?

Miss Gross acenou afirmativamente.

– Gostava que ficasse consigo.

Olhei para a diretora, sem saber bem o que pensar.

– Existe algum motivo especial? – perguntei.

– Certamente já percebeu o que temos entre mãos. Não há nada mais motivante do que explorar o potencial de um aluno promissor. Se com isso conseguirmos poupá-lo a um fim trágico, melhor. Acontece que, neste caso, o receio de não virmos a ser bem-sucedidos assusta-me. O Justin é, em cento e onze anos, o primeiro aluno negro a frequentar este colégio. A sua integração não vai ser fácil, como já viu, mas temos de nos assegurar de que ele será muito mais do que uma bandeira. Já que o irá ter como aluno, vou pedir-lhe que o ampare nestes primeiros tempos.

Eu?! Não sei se percebia a ideia de Miss Gross. Que utilidade poderia eu ter para Justin, quando era a primeira a precisar de amparo?

– Não quero que me interprete mal, por favor, mas não há mais ninguém? Alguém que conheça melhor os cantos à casa?

– Não me parece que isso seja uma vantagem. Pelo contrário, acho que dois recém-chegados, a aprenderem ao mesmo tempo como se vive em St. Oswald's, têm mais hipóteses de se compreenderem mutuamente.

De repente, todas as peças se encaixavam na minha cabeça. Miss Gross andara, desde a primeira vez que me vira, a avaliar a minha têmpera e as minhas convicções, ao mesmo tempo que me orientava para a missão de que agora me incumbia. A questão do compromisso ou dos cuidados a ter com os alunos mais vulneráveis, mais não era do que uma manobra hábil com que me vinculava às suas causas e preparava a vinda de Justin. No entanto, só mais tarde, na quietude do meu quarto, me dei conta do peso daquela responsabilidade. Não apenas lutava pela minha aceitação no mundo difícil de St. Oswald's, como me pediam para resguardar Justin de cem anos de preconceito. Ainda assim, naquele momento, sabia que a minha posição só poderia ser uma:

– Pode contar comigo. Claro que pode.

OSHPITZIN, POLÓNIA

Junho, 1924

Ao mesmo tempo que os Gleitzman iam pondo em dia as contas de uma vida de privações, Henryk e a família reaprendiam a viver juntos. Passara mais de um ano desde que Anna chegara à Polónia e a verdade é que tanto ela como o marido se mortificavam ao ver por onde pairava o espírito de Sarah. Apesar de se esforçar, era-lhe difícil esconder a angústia. Em que recantos guardara ela os amigos, as conversas ou os fins de tarde em Midway Plaisance? Agora, que vivia o preâmbulo da adolescência, pedia-se-lhe que reescrevesse os sonhos numa terra estranha. Noutra altura, já lhe tinham amparado os primeiros passos; fá-lo-iam de novo, com o mesmo esmero. Talvez por isso, decidiram que a filha não iria frequentar a escola nos primeiros tempos. Se bem que percebesse a língua oficial do país, ainda enfrentava sérias dificuldades para se fazer entender junto dos locais. Por essa razão, Henryk não demorou a tomar medidas. Assim, dia sim, dia não, as manhãs de Sarah eram ocupadas a aperfeiçoar o polaco, na companhia de Pani Smolac, uma jovem professora que se deslocava propositadamente a casa dos Gross. Além disso, à hora do lanche, era costume ver a jovem entretida em jogos de palavras, através dos quais Sabina lhe ensinava as primeiras frases em iídiche. E depois havia a leitura, claro. Anna certificava-se de que não faltassem livros na mesa de cabeceira da filha. Livros em francês, polaco, inglês; livros de história, de ciências, romances e contos, a biblioteca da casa ia-se compondo ao sabor da crescente pulsão intelectual da jovem Sarah. Era, na verdade, um consolo para aqueles pais testemunharem a emancipação da rapariga. Demonstrava uma inteligência tão fina que, quando posta em confronto, inibia os mais sagazes. Não se julgue que era arrogante; pelo contrário, Sarah mostrava-se humilde, mesmo no apogeu de alguma disputa acesa. Anna, que acompanhou mais de perto a metamorfose da filha, soube incluir nos deveres de mãe as tarefas de mestra aplicada. De segunda a quinta-feira, não havia tarde em que não se debruçassem sobre as matérias mais diversas, compensando um ano vivido longe das salas de aula. Mas havia uma paixão que Anna trouxera dos saraus literários de Providence e que, desde cedo, fizera questão de partilhar com Sarah. Por isso, eram frequentes as noites passadas na sala da música, onde liam, à vez, os românticos ingleses, de longe os preferidos das duas.

Para não perturbar as rotinas do estudo ou as regras do Shabat, era aos domingos que os Gross iam passear. Saíam cedo, no comboio que chegava a Cracóvia ao fim da manhã. Uma vez na grande cidade, e se o tempo convidava, caminhavam até ao Hotel Pod Róza, onde almoçavam. Longe do fulgor de outros tempos, a velha hospedaria, instalada num palácio renascentista da Rua Florianska, ainda conservava a elegância que a distinguia dos edifícios vizinhos.

– Mandei arranjar um *steak* para a menina. *Chicago style, Chicago style...* – dizia Pawel, sempre que a família se sentava na mesa junto à escada. Pawel era o funcionário mais idoso do Pod Róza e delirava por receber os Gross. Tinha onze filhos, sete dos quais a viver nos Estados Unidos, e, por feliz coincidência, o mais novo trabalhava havia dois anos na cozinha do Drake, o hotel da moda em Chicago. Era nas suas cartas que Pawel encontrava a inspiração para mimar a pequena Sarah com aqueles postais gastronómicos.

Quando terminavam a refeição, os três passavam a tarde a percorrer as deslumbrantes artérias que se cruzavam em torno da Praça Rynek, o gigantesco terreiro medieval que constituía o coração da cidade.

Cracóvia parecia naqueles dias um enorme *boulevard* onde se passeava o orgulho de um povo independente, com o passo altivo de quem pisa o que é seu. O espírito polaco, abafado durante cento e vinte anos, emergia agora, triunfante, mesmo no meio das maiores dificuldades. As senhoras de vestido comprido não se apressavam ao desfilar nos passeios, sentindo-se recompensadas sempre que viam passar algum figurino tornado acessível pelo fim da guerra. As charretes transportavam a céu aberto os mais afortunados, numa percussão ininterrupta de cascos compassados. Do alto de certas varandas, alguns cavalheiros equipados com vistosos uniformes militares procuravam no olhar dos que passavam o reconhecimento por lhes terem reconquistado a pátria. As montras das lojas e as portas dos restaurantes acolhiam o formigar de passantes que coloriam as tardes de domingo e, quando o sol espreitava, os violinos e acordeões saíam à rua para cantar com a cidade. Era assim que a velha Cracóvia celebrava, mais uma vez, a sua infância, e os Gross faziam questão de festejar com ela.

Mas havia outro hábito a cumprir nos domingos da família. Quando faltassem cinco minutos para as cinco da tarde, era vê-los religiosamente diante do número 8 da Rua Kanonicza. Era no apartamento situado no primeiro andar que residia Kristina Lastowska, uma pianista lituana de gostos simples, já que no seu mundo só cabiam as flores e a música. Tinha pouco mais de setenta anos e mudara-se para a Polónia havia mais de trinta, para ensinar no Conservatório da Sociedade Musical de Cracóvia. Quando se retirou, depois de uma cerimónia memorável que fez transbordar o auditório da academia, Kristina conservou o vício de talhar talento aos jovens músicos. Desafiando as artroses dos seus dedos poetas, decidiu receber na sua casa os alunos que a aposentação lhe roubara. E com que entusiasmo foi acolhida a sua disponibilidade! Os pedidos chegavam-lhe de toda a parte. Nas primeiras semanas, era raro o dia em que não lhe batesse à porta um garoto acompanhado pelos pais, à procura do tal segredo que assiste aos grandes pianistas. Quando conheceu Sarah, a professora cativou-se com facilidade. Apesar de se divertir bastante pela fluência com que a jovem já dedilhava as escalas cromáticas, foi provavelmente a sua personalidade que lhe permitiu subir tantos lugares na lista de espera. Enquanto Anna e Henryk aguardavam numa saleta contígua, comendo bolos ou inspecionando a impressionante galeria de retratos dos recitais de Kristina, as duas começavam a aula com conversas leves sobre temas sérios. Conversavam em inglês, porque a mestra insistia.

– O inglês é como os meus dedos; se não lhe dou uso, perco-o – costumava dizer. – E, nesta idade, as perdas têm a desvantagem de ser para sempre.

A verdade é que, após aquela lição empolgante, Sarah saía com a alma cheia de música e alento para o seu exílio. Anna e Henryk ficavam de tal maneira impressionados com o efeito daquele bálsamo que, se pudessem, convocariam as pautas e as palavras de Kristina para uma aula permanente no casarão de Oshpitzin. Mas não; nem isso era possível, nem Sarah encontraria na música tudo aquilo que perdera.

– Já falta tão pouco para o início das aulas – disse Anna, partilhando com Henryk as ralações e a insónia. Fixavam ambos o teto do quarto, como se procurassem respostas nas volutas de estuque. – Não sei se não deveríamos prepará-la, de alguma maneira.

Henryk permaneceu em silêncio. Sarah cumprira o seu luto, mas esse tempo esgotara-se. O verão já principiara e a escola seria o primeiro contacto da filha com uma realidade que podia ser difícil. Os Gross receavam os efeitos dessa experiência, mas tinham poucas alternativas. Anna chegou a sugerir que se mudassem para Cracóvia, de maneira a dar a Sarah uma educação mais cosmopolita, mas Henryk reagiu mal. Renegara a terra onde nascera; não faria o mesmo com o berço do seu pai. Contudo, Anna estava certa, era conveniente preparar o terreno, e, ou muito se enganava, ou a mulher já tinha alguma coisa em vista.

– Em que estás a pensar? – perguntou ele.

– Sabias que a Sabina tem uma miúda, mais ou menos da idade da Sarah?

– Sim, acho que sim. E então?

– Que te parece se a convencêssemos a trazê-la consigo uma vez por outra?

Henryk refletiu por uns momentos, procurando avaliar aquilo que as duas raparigas poderiam ter em comum.

– Não sei se a Sarah estará de acordo – disse.

– Porquê? Não achas que é altura de voltar a conviver com gente da idade dela?

– Estás a esquecer-te da personalidade da tua filha? Tu mesma me contaste como ela reagia sempre que lhe tentavam impor alguma amizade.

Anna virou-se na cama e deitou a cabeça sobre o peito do marido.

– Sim, mas em Chicago a Sarah não se sentia como se fosse a única rapariga do mundo. Nesta altura não me parece que tenhamos muito a perder.

Apesar de não saber bem o que pensar, Henryk concordou que chegara o momento de tomar decisões e, de qualquer maneira, seria pouco provável que a sugestão da mulher causasse algum dano.

– Pois, seja – admitiu, relutante. – Resta saber como se vão dar uma com a outra.

– Amanhã às nove horas já saberemos – disse-lhe Anna ao ouvido.

– Tu não... – tentou ele repreender, antes de se render ao abraço envolvente da mulher.

*

Esther não se intimidou perante a imponência da escadaria e muito menos pela tarefa que a aguardava. Aprendera havia muito que, de entre os irmãos, era a preferida para os recados da mãe. Este seria apenas mais um. Era necessário entreter a menina rica? Não haveria problema. Não podia ser pior do que encher de azeite os lampiões ou ir buscar a água de todos os dias. Quando pisou o último degrau, olhou à esquerda e à direita, e divertiu-se com a dimensão de tudo aquilo. Obedecendo às instruções que trazia, seguiu pelo corredor mais iluminado, contou duas portas e espreitou cautelosa para dentro do quarto de Sarah. Esta encontrava-se sentada a uma secretária, de costas para a porta, absorta na leitura. Assim que sentiu a presença de Esther, levantou a cabeça e, sem se virar, limitou-se a fitá-la através do espelho que tinha à frente. Posto isto, ergueu a folha de papel que segurava e retomou a leitura, desta vez em voz alta:

– *... e assim te digo, mulher, e assim te repito, porque és a minha vida. Venham os ventos e todas as desgraças; venha a distância e a saudade que nos sufoque; venha até a morte ou a má sorte que te roube a mim. Não há sopro que me anime se não for o teu, nem vou querer viver se o fizer sem ti. Para sempre.*

A. G.

Sarah pousou o papel sobre os joelhos, muito devagar. Meditava com o olhar perdido sobre o que lera e relera tantas vezes. Assim permaneceu, suspensa numa outra dimensão, tal como se nesse instante todo o universo convergisse naquele quarto. Esther observava através do espelho o rosto cabisbaixo de Sarah. Vista dali, pareceu-lhe lindíssima, mas continuava sem perceber aquela receção. Mexendo apenas os lábios, Sarah despertou do seu êxtase:

– Que achaste? – perguntou, quase num sussurro.

Apanhada desprevenida, Esther não fazia ideia do que dizer. Atrapalhada, procurou uma resposta que não parecesse muito superficial, mas não conseguiu melhor do que o óbvio:

– Acho que esse A. G. devia gostar muito dela... – sugeriu, finalmente.

– Gostar? – perguntou Sarah, sorrindo quase com mágoa. Manteve o espírito distante, enquanto dobrava a carta com mil cuidados e, muito lentamente, a guardava no envelope original. Cerrou os olhos por um instante e inspirou profundamente. – Isto não tem nada a ver com gostar...

E então, sem que nada o fizesse prever, Sarah saltou da cadeira com o rosto iluminado. Virou-se finalmente, desvelando uma beleza fascinante. O cabelo cor de areia caía-lhe sobre os ombros e não era tão alta como Esther. Embora fosse bastante magra, tinha o rosto arredondado e simétrico. Bem, quase simétrico, uma vez que os olhos eram de cores diferentes: um era castanho, escuro e profundo; o outro, cinzento e metálico, devolvia reflexos de todas as tonalidades. Essa combinação transcendente era a tradução física da personalidade complexa da jovem Sarah e, como Esther haveria de testemunhar, a marca com que Deus lhe destinara uma vida de extremos.

– Obrigada por teres vindo – disse, enquanto lhe estendia a mão.

Não era tola; sabia perfeitamente a razão daquela visita.

Esther devolveu-lhe o sorriso e teve, então, oportunidade de percorrer com o olhar o refúgio de Sarah. Por momentos, a imagem do quarto que partilhava com Sabina pareceu-lhe mais pobre do que realmente era. Não sabia que alguém pudesse viver assim. A anfitriã fingiu não notar o seu fascínio e, num dos seus impulsos característicos, puxou-a energicamente pelo braço:

– Anda daí! – convidou. – Vou mostrar-te tudo.

As duas raparigas abandonaram o quarto e passaram o resto da manhã a percorrer todos os recantos do edifício. Esther ia-se surpreendendo a cada porta que se abria, deixando seduzir as suas vistas modestas pela opulência da mansão. Manteve-se sempre atenta, absorvendo em silêncio as explicações de Sarah; contudo, mal chegaram à cozinha, não conteve uma exclamação de agrado ao ver o fio de água corrente que se projetava de uma torneira. Henryk aproveitara a proximidade de uma pequena nascente para instalar um sistema semelhante ao que lhe garantia o abastecimento dos tanques da fábrica, permitindo assim que aquela fosse das raras casas de Oshpitzin a beneficiar de água canalizada. Chegada a hora de almoço, apenas na companhia uma da outra, as raparigas foram sentar-se na mesa de ferro do jardim, onde Eidel as encheu de comida. Quem as observasse, poderia pensar que se conheciam havia muito, tal a naturalidade com que trocavam ideias, risos e as primeiras confidências.

– Quem era o A. G? – quis saber Esther.

– O A. G.? Oh, o querido Adi, é o meu avô – esclareceu Sarah. Depois, com o rosto firme e sem mostrar qualquer emoção, acrescentou: – Não o vou voltar a ver, sabias?

Esther nunca se habituaria àquelas certezas premonitórias. Era como se Sarah optasse por antecipar aquilo que mais temia, recusando deixar-se surpreender pela dor.

Quando terminaram a refeição, passaram boa parte da tarde a passear no jardim que se estendia atrás da casa. Numa altura em que passavam junto ao muro exterior, Sarah parou a olhar para ele.

– Em casa – era assim que Sarah se referia à vida que tinha deixado na América – tínhamos um muro tão alto como este. Quando era criança, costumava passear com o Adi e, sempre que nos aproximávamos do muro, ele dizia-me que se eu conseguisse espreitar por cima dele ia conseguir ver como seria o resto da minha vida. Andei imenso tempo obcecada com aquilo, mas não havia maneira de me decidir a escalá-lo. Até que um dia ganhei coragem e subi à nespereira mais alta do jardim. Qual era o mal de querer saber o que me esperava? – Sarah falava com tanto entusiasmo como se, naquele momento, estivesse realmente em cima da árvore. – A princípio não vi nada de especial. Havia para lá do muro uma paisagem de planície, algumas árvores, o Sol a pôr-se lá muito ao fundo... era bonito, mas só isso. Recordo-me de ter ficado para ali a olhar, a pensar como é que a minha vida se poderia transformar numa coisa parecida com aquilo. Até que, de repente, sem perceber de onde, apareceram uns pássaros a voar. A princípio eram poucos, mas, de um momento para o outro, formou-se uma nuvem que tapava o céu. Lembro-me de ter ficado fascinada a ver como eles se mantinham alinhados. Era como se alguma coisa especial os conservasse tão juntos, tão fiéis... Quando se começaram a afastar, tive uma vontade desesperada de os seguir. Foi então que a nuvem parou no ar e começou a rodopiar em voltas largas. Parecia que tinham escutado o meu desejo e esperavam que fosse ter com eles. Fiquei ali, quieta, durante um bocado, até os pássaros estarem certos da minha cobardia e partirem em direção ao Sol. Nunca mais os voltei a ver.

Por uns instantes, Esther tentou, sem sucesso, encontrar alguma interpretação para o relato que acabara de ouvir, mas desistiu pouco depois.

– O que achas que isso tudo quis dizer? – perguntou, ansiosa por conhecer até onde tinha ido a criatividade de Sarah.

– Não faço a mais pequena ideia – respondeu ela a rir, ao ver o ar dececionado de Esther. – Não faço ideia, mas quem sabe um destes dias não suba a este muro. Pode ser que eles voltem a aparecer.

Quando o dia de trabalho de Sabina chegou ao fim, Esther despediu-se de Sarah e prometeram voltar a ver-se. Nenhuma das duas poderia adivinhar quantas vezes o fariam, nem o que ali acabara de nascer.

A partir daquele dia, as visitas de Esther passaram a ser cada vez mais frequentes. Nos dias em que isso acontecia, o pequeno Sholem aparecia também, já que nem sempre era possível encontrar alguém que o vigiasse na ausência da mãe e da irmã. O seu feitio ajustava-se na perfeição à privacidade que as duas raparigas desejavam para as suas conversas. O rapaz preferia continuar sozinho no seu mundo e, para isso, tanto lhe dava perder-se nos corredores ou sentar os fundilhos puídos nos granitos da eira. Sabina limitava-se a interromper as tarefas às horas convencionais para ir ao seu encontro com uma lata de comida quente.

A escola estava a quinze dias de distância e as duas raparigas já deitavam as sortes. Sarah fizera questão de acompanhar a nova amiga para onde quer que esta fosse. Esther frequentava desde pequena uma escola pública, onde se sentavam, civilizadamente e lado a lado, cristãs e judias com a mesma vontade de aprender. Agora, que Motke fazia as vezes de irmão e pai, cabia-lhe fazer respeitar a complacência do falecido Meir, permitindo que a irmã prosseguisse os estudos. Era tempo perdido, na sua opinião; melhor seria bastar-se na leitura redentora da *Torá*. Mas pronto, já que o rabino Friedman desaconselhara às raparigas o estudo da Palavra, não lhe parecia justo privar Esther de uma alternativa menor para exercitar a razão. E foi por isso que, naquele princípio de outono, as duas amigas franquearam, pela primeira vez, a porta da aula de Pan Michalski, o professor mais velho da cidade, prontas para uma manhã em torno da intricadíssima história da Polónia. A entrada de Sarah foi como um estalo dado sem aviso nas dezasseis garotas que já lá se encontravam. Reconheceram-na imediatamente, pelas raras vezes em que ela se expusera para lá dos muros da mansão e não queriam acreditar que a tinham ali, só para elas. Não era tanto a excitação de conviver com um estrangeiro; afinal, viviam num país em que mais de um terço da população falava ucraniano, iídiche, alemão ou bielorusso. Não: o que as deixava a ferver era a oportunidade de privar com uma americana de carne e osso. Ah, a América... Seriam poucas as que não conheciam alguém que tivesse dado o salto, mas já se sabia que quem ia não voltava. E, como quem não voltava gostava de dizer porquê, era comum passarem pelas mãos daquelas raparigas longas cartas prenhes de sucessos e secas de lágrimas. Diziam os mais velhos que talvez nem tudo fosse bem assim; que já tinham ouvido falar de um ou outro aventureiro caído em desgraça, a quem só o embaraço impedia de tomar o barco de regresso. Mas, como o desassossego naquelas idades só deixa ouvir o que o sonho aconselha, as novas colegas de Sarah já procuravam no calendário das suas vidas o dia em que elas próprias aportariam a Ellis Island. Para Sarah tudo aquilo era novidade. Não estava habituada a ser disputada, mas, se a princípio estranhou, cedo se divertiu.

– É verdade que em Nova Iorque há armazéns do tamanho de cidades?

– É verdade que as mulheres se vestem como os rapazes?

– Sarah... é verdade que as raparigas na América nunca se casam virgens?

Para sorte da recém-chegada, a curiosidade foi-se com o passar das semanas, dando lugar a um interesse bem menos frívolo pela personalidade de Sarah. E foi nessa altura que a sua amizade passou a ser motivo de algumas invejas. Debalde, já que o seu espírito guardava lugar para todas as colegas. O coração, contudo, reservou-o para Esther. Nos bancos da escola ou nos corredores de sua casa; nas tardes de domingo em que se banhavam no Sola ou nas breves viagens a Cracóvia, as duas faziam questão de viver juntas o gozo de serem diferentes. À impulsividade de Sarah respondia Esther com uma ponderação aprendida nos escolhos da vida.

– Nunca me deixes – disse-lhe Sarah, certo dia em que passeavam na margem do rio Sola. – Prometes?

Esther percebeu logo que aquilo era muito mais do que uma superficialidade de adolescentes. Tratava-se de um compromisso de vida, algo para lá do espaço, do tempo e das circunstâncias. Teria Sarah em si e seria Esther em Sarah. Que tremendo privilégio. Oh, sim, prometia. Claro que prometia.

Também nas aulas, a menina Gross se destacava. Era evidente para todos os seus professores que, aliada a uma instrução clássica e exigente, a nova aluna desfrutava da inteligência precoce. Já Esther dava menos nas vistas, mas ganhou profusamente pelo convívio com a amiga.

Havia, ainda, outra coisa que distinguia o dia a dia das duas raparigas, pois era difícil ignorar o lugar que a religião ocupava na casa de cada uma. A maneira como os Gross e os Gleitzman celebravam a sua fé era tão diferente como o resto das suas vidas. Ambas as meninas cumpriram o Bat Mitzvá[15] dentro dos preceitos e Anna não se dedicava menos do que Sabina na hora de preparar o guisado para o Shabat. No entanto, as parecenças terminavam aí e bastava olhar os varões das duas famílias para o perceber. Enquanto Henryk nunca era visto sem o fato cinzento de três peças e o *Borsalino* castanho que Anna lhe trouxera

[15] Cerimónia que inicia e reconhece uma rapariga judia como tendo atingido a maturidade necessária ao exercício dos seus deveres morais e religiosos.

de Chicago, já Motke se confundia na multidão hassídica de Oshpitzin, no seu fato escuro e chapéu de aba larga. Se eram contrários pela aparência, na prática não divergiam menos. Enquanto Motke era capaz de oferecer todas as manhãs disponíveis na *beit midrash* da Rua dos Judeus, Henryk não ia além de breves visitas à Grande Sinagoga do outro lado da rua e só nas noites de sexta-feira. Fosse como fosse, um e outro diziam-se judeus orgulhosos, fazendo questão de manter as velas acesas no remanso dos seus lares.

ESTADOS UNIDOS DA AMÉRICA

Setembro, 1968

Hoje ele observara-a outra vez. Vista à distância, tornava-se mais longínqua do que a memória que tinha dela. Então recordou os dias em que a tivera próxima; os momentos em que a tocara... Foram tempos alucinados, clandestinos e vividos debaixo do mesmo teto. Nessa altura desejara correr as cortinas, assim como fizera à sua vida, e fechá-la lá dentro com ele. Quisera viver livre das malhas tiranas que o tempo lança aos amantes e falara-lhe de eternidade. Infelizmente, nem o tempo se fez enorme, nem ela se entregou.

Quando se separaram, jurou que voltaria a vê-la.

SHELTON, CONNECTICUT, EUA

Setembro, 1968

O primeiro dia de aulas acordou-me a meio da noite. Foi uma madrugada penosa, passada às voltas, com um extenso rol de expetativas. Como a minha entrada em cena estava marcada para as onze horas, ainda me restava tempo para recapitular o que dizer no primeiro embate. Fi-lo deitada, a olhar o teto, à medida que se davam a conhecer os primeiros vestígios daquela manhã inaugural. Aos poucos, preguiçoso, o colégio acordou também. O tropel, que em poucos minutos se tornou incessante, fez-me perceber que nunca seria o sono a atrasar-me para um compromisso matinal. Aproveitei aquele sismo para me levantar e espreitar pela janela os exércitos de rapazes que escorriam pelas portas longínquas do *quartel.* Quando as réplicas se tornaram mais espaçadas, fui tomar um duche rápido e, ao sair, embrulhada na toalha, lembrei-me de que ainda me faltava escolher o que vestir. Nunca foi tarefa que apreciasse, sobretudo na perspetiva de um primeiro encontro. Estava numa fase da vida em que a magreza juvenil dera lugar a formas mais suscetíveis de alimentar a imaginação púbere que me aguardava, pelo que optei por um vestido verde-seco, de malha leve e linhas direitas. Um contorno discreto nos olhos, um vapor fugaz de *L'air du temps* e senti-me preparada. Poderia parecer um pouco coquete, mas, que diabo, não me haveriam de confundir com um dos modelos de antiquário que tanto irritavam Miranda. Com a confiança no lugar, dirigi-me ao refeitório, sem pressas, de maneira a evitar o período de maior aglomeração. Terminado o pequeno-almoço, faltavam duas horas para o início da aula, pelo que fui fazer tempo para a sala de professores. Ao soar do toque, e após confirmar junto de uma funcionária o percurso até à sala 17, subi ao primeiro piso para conhecer os vinte e seis alunos da minha turma de estreia, a turma de Justin Garrett. Mal ultrapassei a porta, todos se levantaram, num ritual de deferência que nunca encontrara em Cottage Grove. Cumprimentei-os com um aceno, enquanto pousava a pasta de couro sobre a secretária.

– Bom dia a todos. O meu nome é Miss Kimberly Parker e sou a nova professora de Literatura. Venho substituir Mr. Carrigan que, como sabem, se aposentou no final do ano passado.

Assim que encarei os meus novos alunos, descobri, na penúltima cadeira da fila junto às janelas, a figura destacada de Justin. Imediatamente à sua frente, sentara-se Therese, com tudo o que nela era franzino, alegre e colorido. A inquietude juvenil, sempre tão evidente naquela rapariga, contrastava com o olhar infinito que o jovem negro projetava para lá das vidraças. O resto do grupo observava-me com interesse, o que acontecia sempre nestas ocasiões, pelo menos nos primeiros minutos. Ao mesmo tempo que dispunha os meus cadernos e o restante material sobre a secretária, não resisti a lançar um olhar mais atento a todos aqueles rostos. Como habitualmente, alguns alunos tentavam distinguir-se logo ao primeiro encontro, sorrindo-me de forma tão ostensiva que me dificultava uma reação à altura; outros – refiro-me obviamente às raparigas – examinavam-me o vestido, os sapatos e o arranjo das sobrancelhas, usando aquele toque de perversidade com que as mulheres sempre olham umas para as outras. Havia ainda lugar para os superiormente indiferentes, os que, transpirando adolescência por todos os poros, desfraldavam as suas personalidades independentes. Por último, surgiam os outros, os que não encaixavam em qualquer estereótipo, os que exigiam um segundo olhar. Eram poucos, é verdade, mas um deles chamou-me de imediato a atenção. Tratava-se de um rapaz muito magro, com o cabelo loiro ofuscante, quase branco, e um rosto tenso, incisivo, sem bondade aparente.

A sua postura era um desafio, pelo menos aos meus olhos. Com os braços estendidos sobre a carteira e o tronco displicente recostado na cadeira, parecia observar os plebeus do seu camarote privado. Ao lado, a corte de aduladores, constituída por dois rapazes, que, à parte as feições infantis, eram o negativo um do outro: o primeiro, franzino e astuto; o segundo, enorme, boçal e provavelmente palerma. Murmuravam entre si sabia-se lá que disparates, indiferentes à minha presença. Ainda assim, naquele momento, decidi devolver-lhes a desconsideração e ignorá-los. De qualquer modo, não pude evitar algum desconforto ao saber que iria conviver com os três durante os próximos meses. Bom, logo se veria, até porque não me costumava deixar impressionar nos primeiros encontros.

Após ter convidado cada um a dizer-me o nome e esperado pacientemente que os dezanove rapazes e as sete raparigas terminassem as apresentações, passei a apresentar os assuntos que nos iriam ocupar até ao Natal. Da literatura nativa americana a Shakespeare, prometi-lhes um período suficientemente versátil para saciar todas as sensibilidades. As perguntas e comentários oportunos que ouvi naquela primeira aula pareciam confirmar o nível elevado dos alunos, o que me entusiasmou a ponto de ignorar o correr do relógio. Quando o ranger crescente dos assentos me alertou para a proximidade do fim da aula, lembrei-me de que tinha poucos minutos para lhes pedir mais uma coisa. Deveriam escrever um texto, com o máximo de três páginas, e entregar-mo da próxima vez que nos encontrássemos. O tema e a modalidade seriam livres. Sempre que vou para a guerra gosto de ir prevenida, e nada como umas linhas para ler a alma ao regimento.

– Acredito muito naquilo que podemos fazer juntos e, por favor, não tenham medo de ser exigentes, está bem? Nem convosco, nem comigo – declarei, em jeito de conclusão. Varri com o olhar as expressões daqueles pequenos homens e mulheres e, pela primeira vez nas últimas duas semanas, senti-me parte da engrenagem. – Alguém gostaria de colocar alguma dúvida? Apresentar uma sugestão, talvez...

Quase ninguém mostrou interesse em se manifestar, à exceção dos habituais bajuladores que se atrapalharam pelo imprevisto da minha proposta. Olharam-se entre si, hesitantes, já que detestavam desperdiçar uma oportunidade para luzir. De repente, um tossicar arranhado lançou-me o olhar até ao grupo dos três rapazes já postos sob suspeita. O tal, o albino arrogante, penteadíssimo e muito senhor de si, fitava-me em pé, pronto a falar.

– Desculpe, vai ter de me repetir o seu nome – pedi-lhe, sem perceber de todo o alcance do sorriso que me dirigia.

– Hightower. Dylan Hightower.

– Quer dizer-nos alguma coisa, Mr. Hightower?

– Sim, Ma'am. – Reparei, com o tempo, que este tratamento alternava com o «Miss Parker», consoante a origem do interlocutor. – Já que nos põe à vontade, gostava de sugerir uma coisa.

– Diga, por favor.

– Seria possível abrirmos uma janela, Ma'am? Não sei o que se passa este ano, mas o ar está irrespirável.

Assim que disse isto, virou-se para Justin e usou a mão como um leque, agitando-a à frente do próprio rosto. Antes de se sentar com uma expressão agoniada, ainda trocou um olhar de gozo com o par de vizinhos sorridentes.

Justin não mexeu um músculo.

O silêncio na sala tornou esmagadores os segundos que demorei a reagir.

– Não me lembro de o ter mandado sentar – disse, procurando esconder a irritação a todo o custo. Dylan levantou-se num pulo, aparentemente surpreendido com a rispidez do meu reparo. Respirei fundo, para não perder a compostura. – Posso sugerir-lhe uma coisa, Mr. Hightower? Quando voltar a sentir o ambiente pesado, talvez seja preferível ir até lá fora. É que pode dar-se o caso de ser o senhor a causa do ar viciado.

A campainha pontuou em boa altura a minha indignação e foi com o estado de espírito inesperadamente alterado que autorizei a saída dos alunos. Justin permaneceu sentado. À semelhança do que sucedera ao longo daquela hora e meia, o seu olhar continuava baço e distante. Só que, desta vez, não me foi difícil imaginar para onde lhe fugia o pensamento. Por fim, levantou-se e saiu. Não pude deixar de reparar no esmero exagerado com que Therese prolongava a arrumação dos lápis e como se ergueu, ligeira, mal Justin se levantou. Talvez pudesse vir a ter ali uma aliada preciosa.

Assim que saí da sala, quase tropecei em Miranda, que surgiu acompanhada por uma procissão de alunas.

– Por aqui? – perguntou. – Como foi a estreia?

Seguimos até ao refeitório, copiando assim a ideia de quase toda a gente. De tal modo transbordava, que optámos por aguardar vez à sombra das bétulas que protegiam a parede sul do edifício. O sangue ainda não me tinha arrefecido, o que não passou despercebido a Miranda.

– Que é que tens?

Contei-lhe, num resumo rápido, como tinha decorrido a aula, não esquecendo a sugestão insultuosa que me tinha dado a volta ao estômago.

– Que idiota! Quem era ele?

– Um tal Dylan Hightower. Conheces?

– Quem mais poderia ser? É um estupor da pior espécie! – exclamou. – Mas tem cuidado com ele, Kimberly. É um miúdo que tem tanto de perverso como de inteligente.

– Porque dizes isso?

– Dylan é um convencido detestável. Aliás, tem a quem sair. O nome de Rufus Hightower não te diz nada?

– Assim de repente...

– Também não perdes grande coisa – disse Miranda, com ar enfastiado. – Rufus Hightower é o pai de Dylan, minha cara. Não te passam pela cabeça as histórias que se contam aqui sobre ele. Mr. Hightower é nem mais nem menos do que o eterno candidato independente ao Senado pelo Alabama. Mesmo sem nunca ter sido eleito, toda a gente o trata por senador e, segundo consta, ele adora. Desde que estou em St. Oswald's já o encontrei duas ou três vezes. Não sei se estás a ver a figura. Experimenta recuar uns cem anos e imagina um feitor sulista, abastado, ultraconservador, um narciso distorcido. Não é uma imagem bonita, pois não?

Não, não era, mas pelo menos ajudava a destapar o véu sobre o caráter do jovem Hightower.

– E aquele grupinho que se senta à volta de Dylan?

– Oh, só podes estar a falar dos seus dois pajens – respondeu Miranda. – O mais baixo chama-se Alvin Reeves e é um miúdo quase tão inteligente como Dylan, mas sem um décimo da sua autoestima; o outro, o colosso de Rodes, é o Jim Bob McKenzie, a cabeça fraca do grupo. Não passa de um idiota que vive para proteger as costas de Dylan, ninguém percebe bem de quê. Mas o que interessa é que nunca te esqueças daquilo que eles andam à procura. A história desses três nesta escola tem muitos episódios infelizes. Justin é, apenas, mais uma oportunidade irresistível.

Percebia agora, com maior clareza, as ralações de Miss Gross quando me pedira que olhasse por Justin. Receava, também, que a provocação de Dylan fosse tão-só o começo de um confronto com consequências imprevisíveis e cada vez menos duvidava de que havia estilhaços reservados para mim.

Miranda pareceu adivinhar o meu estado de espírito.

– Acabo de ter uma ideia – exclamou, de regresso à euforia do costume. – Que tal se nos puséssemos a andar daqui por uma tarde? Já reparaste que ainda não saíste deste convento desde que chegaste? – A ideia pareceu-me tentadora, mas tinha programado uma visita à biblioteca. Necessitava de vasculhar alguma bibliografia sobre Anna Bradstreet. – Deixa-te disso, marrona – insistiu ela. – Tens-te matado a trabalhar nos últimos quinze dias. Já que temos umas horas sem aulas, é uma palermice não aproveitarmos.

– Mas ainda nem almoçámos...

– Aí está mais um bom pretexto! – insistiu. – Sei do sítio ideal.

E, sem dar tempo para mais hesitações, agarrou-me pelo braço e levou-me de arrasto até à residência, a fim de deixarmos as pastas e passarmos água pelo rosto. Assim que chegámos, dirigimo-nos aos quartos e, em cinco minutos, estávamos de novo cá fora. Por um capricho da sorte, Jerry e Mathilde encontravam-se naquele preciso momento a deixar duas professoras à porta do edifício.

– Jerry! – chamou Miranda.

– Boa tarde, Miss Pritchard – respondeu o homem, com o seu sorriso perpétuo. – Não me diga que nos vai dar finalmente a honra de viajar connosco.

– Finalmente, Jerry, finalmente! – exclamou Miranda enquanto me empurrava para o dorso confortável de Mathilde. – Pode levar-nos ao estacionamento, por favor? Não o incomodaria se não estivéssemos tão atrasadas.

– É para já! – respondeu ele, transbordando de boa vontade.

Infelizmente para a paciência de Miranda, a disposição do motorista simpático não era correspondida pelo motor envelhecido de Mathilde, que, àquele ritmo, não ganharia muitos metros à marcha que havíamos poupado.

– Já ouviste falar na Griswold Inn? Em Essex? – perguntou Miranda.

– Por acaso, lembro-me de ter lido qualquer coisa sobre isso. É uma estalagem muito antiga, não é?

– Tão antiga como a nação! – exclamou Jerry, lá do banco da frente, mandando às malvas os pudores de quem ouve conversa alheia.

– Vais adorar – disse Miranda. – Não é perto, mas a minha vida não vale mais do que aquelas amêijoas com alho.

Já no parque de estacionamento, despedimo-nos de Mathilde e do seu *compagnon de route*. Para lá das árvores que marginavam o terreiro do edifício principal, distribuídas ao acaso pelo terreiro poeirento, encontravam-se cerca de cinquenta viaturas. Não foi difícil adivinhar qual delas pertencia a Miranda, pelo menos a partir do momento em que dei com uma furgoneta *Volkswagen* amarela, com a capota branca e tão decorada como a mala de um turista reformado. Mas teria sido possível que aquela mulher tivesse escolhido um carro diferente? Assim que entrei, tive de desviar um arco-íris de echarpes, esquecidas em cima do assento. O cheiro a tabaco e *patchouli* provocou-me náuseas, mas aceitar Miranda era aceitar tudo aquilo e levar os sentidos a lugares desconhecidos. Mal arrancámos, levantou-se uma nuvem de pó que deve ter sido vista em toda a extensão de St. Oswald's e percebi como era impossível mantermo-nos incógnitas naquele lugar.

A viagem fez-se como se pôde. Nem Miranda achava importante abrandar no aperto de uma curva nem as articulações da carrinha se envergonhavam por ranger sobre cada socalco. Quando chegámos à pequena cidade de Essex, estacionámos em plena Main Street e saímos, transpiradas, esfomeadas e ansiosas por uma cadeira estável.

– Ali está ela! – exclamou Miranda, apontando para um imponente edifício de estilo colonial.

Respeitável testemunha do nascimento da nação, Griswold Inn provocou-me de imediato a nostalgia e a imaginação. Parecia ser possível ver eclodir no seu alpendre uma refrega entre casacas vermelhas e patriotas, ou até, quem sabe, escutar badaladas de liberdade, sopradas pelos ventos distantes de Filadélfia. Com as paredes pintadas de branco, a velha casa rasgava-se, a um ritmo de dois-um-dois, em janelas de guilhotina da mesma cor, ladeadas por venezianas verde-garrafa, abertas contra os panos de madeira ripada. O embasamento de tijolo à vista, a cobertura do alpendre e o telhado formavam longas faixas cerâmicas, que aliviavam a verticalidade dos três pisos. As ruas estavam quase desertas, o que não admirava face ao calor opressivo que chegara com a hora de almoço, e o céu parecia pintado em tela, tão imóveis se apresentavam as nuvens esfarrapadas.

Assim que ultrapassámos o pórtico da entrada, fomos recebidas por um empregado, cuja simpatia parecia ignorar o incómodo de uma refeição tão fora de horas. Já lá dentro, senti-me novamente deslocada no tempo. A sala onde se localizava o bar era deslumbrante. O teto curvava-se sobre nós como uma abóbada de berço abaulada pelo peso de dois séculos e do enorme remo que suportava. As mesas variavam na forma e, de madeira como tudo o resto, distribuíam-se pela sala, livres de atoalhados e pratarias, ou tudo o mais que não fosse a poderosa sugestão com que me atormentavam o jejum. Escolhemos uma das mais pequenas, encostada a uma parede engalanada por molduras e pequenos *abat-jours*, cuja luz amarelada dava ao local o *glamour* de uma fotografia antiga. O calor dos primeiros dias de setembro condensou-se nos copos gelados de um *Chardonnay* da Califórnia, enquanto Miranda se perdia por entre a lista dos pecados. Começámos pelas tais amêijoas que, devo reconhecer, eram excelentes. Assim perdidas em pequenos gestos e conversas frívolas, vagueámos entre o *frapé* e o pão com molho, decididas em nos sentir totalmente parvas por uma tarde. Seria assim que se celebrava a alforria de St. Oswald's? Não me pareceu mal pensado, sentia-me etérea, aliviada. Terminámos, uma hora mais tarde, já no meio de camarões descascados, rodelas de batata, natas ácidas e uma dose inesperada de sensatez na altura de declinar uma segunda garrafa.

Quando saímos, já tinha arrumado a um canto a incómoda recordação daquela manhã.

– Apetece-te ir já embora? – perguntei.

– Era o que faltava. Anda daí.

Miranda conhecia os terrenos que pisava, pelo menos não se mostrou hesitante em nos fazer descer pela primeira rua que atravessava a Main Street. Além de algumas casas e pequenos armazéns, o cenário nada trazia de empolgante, até que, poucos metros à frente, demos de caras com as águas sossegadas do rio Connecticut. Caminhámos ao longo da Ferry Street e desviámos por uma estrada que contornava North Cove, uma pequena enseada fluvial de cujas margens se podiam observar pequenas embarcações de recreio estacionadas em redor da Ilha de Essex.

– Isto faz-me bem, acredita – disse Miranda. – É como se regressasse a casa. Quem cresce em Provincetown só se sente feliz rodeado de água.

– Então é por isso que insistes em te comportar como uma ilha, em St. Oswald's... – piquei-a eu.

– Qual é a alternativa? Misturar-me com o desfile de pedantes? Não, minha cara. Sou boa naquilo que faço e eles sabem-no. Acho que ganhei o direito de mandar suas excelências à fava.

– Continuo sem perceber como é que te manténs por lá há tanto tempo.

– Às vezes, eu também – disse Miranda, encolhendo os ombros. – Talvez me falte a coragem de virar as costas a Miss Gross.

– E o que é que te faz pensar que ela precisa de ti?

– Precisa, não duvides. Precisa de mim, de ti, e de todos os que estiverem dispostos a colocar-se do seu lado da barricada.

– Não estarás a exagerar?

– Oh, nem penses – respondeu Miranda, enquanto acendia um cigarro. – Aquela mulher anda em guerra há muitos anos e ainda não a ganhou. Mudar regulamentos não é difícil; transformar alguns hábitos por decreto também se consegue. O pior são as resistências e o desgaste que provocam, ao fim de tantos anos. Se os atores não se renovam, tudo se torna mais complicado, percebes? É por isso que a ideia de abandonar o barco me dá a volta ao estômago.

Era quando punha o temperamento ao serviço de uma causa que Miranda mostrava o melhor de si. E, sim, acreditei que Miss Gross pudesse precisar de pessoas como ela.

Continuámos a caminhar e a olhar os barcos. Quando dei por mim, estávamos de novo na Main Street e o carro não estaria longe.

Foi nessa altura que senti o sangue gelar.

A silhueta dele estava ali, parada, no mesmo passeio em que seguíamos. Travei a marcha de Miranda, agarrando-lhe o braço num gesto instintivo.

– Que foi?

– Continua – respondi, sem desviar os olhos do homem.

Não podia parar, tinha de continuar, nem pensar em ficar na dúvida.

Duzentos metros, cem metros...

Não.

Não era ele. Era óbvio que não podia ser ele. Ri-me de mim própria, mas estava a tremer e Miranda notou-o.

– Que é que se passa? Estás branca, menina.

– Não foi nada... Uma quebra de tensão, já passa.

– Tens a certeza? Parece que viste o diabo em pessoa.

Por momentos, também eu pensara tê-lo visto, mas, afinal, não passara da mesma sugestão que me assaltava com frequência nos últimos anos. Por isso, não me surpreendi, até porque sabia bem que estava longe da libertação.

Quando iniciámos o caminho de regresso a Shelton, já tinha recuperado a compostura e a viagem fez-se mais aprazível. A conversa que nos acompanhara desde o meio da manhã era agora substituída, na telefonia do carro, pela voz agressiva com que Janis Joplin entoava *Piece of My Heart*, o tema que entupia as estações de rádio naquele verão de 68. Chegámos a St. Oswald's já com o céu alaranjado e, sem forças ou apetite para o jantar, cada uma desapareceu na sua cela. Miranda tinha acertado em cheio, já que, à exceção do susto que me pregara a imaginação, a tarde tinha sido suficientemente superficial para me desviar as nuvens da cabeça.

Os dias que se seguiram foram intensos e agradáveis. Conheci as três turmas que completavam o meu universo de estudantes. Felizmente, essas apresentações decorreram sem qualquer incidente e, devo dizê-lo, fiquei impressionada com o que prometiam os novos alunos. Tudo o mais foi passado nas rotinas de quem tem de motivar um exército de borbulhas para as batalhas interiores de Hamlet e John Proctor. Li e reli capítulos inteiros; risquei sebentas e reescrevi páginas de notas e lembretes; entreguei-me à missão como se da vida não esperasse mais do que aquilo, certificando-me de que não sobrasse espaço no meu espírito para qualquer aparição indesejada.

Na quinta-feira à tarde, decidi finalmente tomar o caminho da biblioteca, para a visita que trocara por uma tarde de boa comida. Clement estava em pé, atrás de um balcão comprido, a mordiscar uma haste dos óculos, enquanto refletia sobre as páginas de um catálogo. Miranda tinha razão, havia algo de poderosamente sedutor naquela aristocracia varonil.

– Ah! Miss Parker. Que surpresa agradável – cumprimentou, assim que me viu.

– Kimberly, por favor – protestei.

– Pois seja, Kimberly – repetiu. – Fico contente por vê-la de novo aqui.

Passámos a meia hora seguinte à volta de Anna Bradstreet. Clement tinha organizado uma estante inteiramente devotada à obra da primeira poetisa publicada na Nova Inglaterra, facilitando imenso o meu trabalho. Além disso, como extraordinário bibliotecário que era, soube indicar-me as referências que procurava, com uma precisão e um desembaraço notáveis.

– Como lhe têm corrido as coisas? – perguntou, enquanto registava o material requisitado.

– Bastante bem – respondi. – Mas tenho de admitir que toda esta aura ainda me mexe com os nervos.

– Não se preocupe, não é a única. Há quem aqui esteja há décadas e ainda sofra desse mal. – Dizendo isto, Clement arrumou a caneta no bolso interior do *blazer* e passou para o lado de cá do balcão, convidando-me a segui-lo, através da nave central, até uma das grandes janelas da biblioteca. Lá fora, espalhados pelos relvados, alguns grupos de alunos aproveitavam a frescura das árvores dispersas para ler ou conversar. – Olhe com atenção e diga-me o que vê – desafiou-me com a sua voz profunda.

Demorei uns momentos a passar os olhos pela paisagem, procurando nos pormenores a razão para o seu desafio.

– Não sei... árvores, um relvado monumental, alunos... Não, não sei o que quer dizer.

Clement não prolongou o jogo.

– Está a ver aquele pinheiro? – perguntou, enquanto apontava para uma árvore próxima. – É um *Pinus strobus*, uma árvore extraordinária. – Olhou-me de relance, como que a comprovar a minha atenção. Era realmente um exemplar magnífico, enorme, com uma folhagem densa que se impunha perante tudo o resto. – E se eu lhe disser que aquela árvore brotou da terra ainda antes de o primeiro homem branco ter chegado a estas paragens?

– Incrível... – respondi, verdadeiramente impressionada. Estava a olhar para uma árvore com mais de quatrocentos anos.

– Mas há mais – continuou ele. – Consegue distinguir aquela silhueta que se encontra poucos metros à direita da sua copa?

– Sim, acho que sim... é o quê? Parece o resto de um tronco, não?

– Exato, é o cadáver ressequido do tronco de uma outra árvore – disse Clement, como se sussurrasse um segredo crucial. – Mas o curioso é que descobrimos através de umas gravuras antigas e de um ou outro relato escrito que pertenceu a um pinheiro em tudo parecido com o que ali permanece. No tamanho, na idade... como se tivesse sido o seu gémeo, percebe? A única diferença é que, por qualquer razão, desistiu de viver e deixou sozinho o irmão, o irmão com quem tinha partilhado todo aquele tempo. – Fosse por causa do timbre das palavras que ouvia, fosse pelo seu sentido, a verdade é que me sentia suspensa pela imagem que tinha diante de mim. Clement, sem nunca desviar o olhar da árvore, decidiu contar-me algo mais. – Há muitos anos, bem antes de Philip Saint Oswald ter fundado esta escola, viveu nestas terras um homem temível, chamado Nathaniel Calder. Conta-se que espalhava o terror por todos os sítios por onde passava, que matava e esfolava as suas vítimas, que construía altares pagãos com os ossos das crianças que chacinava e mais uma porção de coisas em que não queremos pensar. O certo era que, apesar de ter meio mundo atrás de si, parecia não haver maneira de o apanhar. Na altura, jurava-se que era a mão do demónio que o desviava das mãos dos homens. Até que um dia, no seu passeio a cavalo, um congregacionista de Long Hill chamado John Spurgeon atravessou estes campos e deu com o velho Calder enforcado num dos ramos daquele pinheiro. Nunca se soube quem foi o responsável por aquilo. Se foi alguém que quis fazer justiça pelas próprias mãos, se o próprio miserável que decidiu olhar para o espelho e não gostou do que viu. Fosse qual fosse a causa, aquela árvore acabava de ganhar estatuto de santuário para as gentes da terra. – Clement colocou em mim os seus olhos transparentes. – Uma história estranha, não lhe parece?

– Estranha, sim... e incómoda. – Não que aquilo me impressionasse, mas era como se, de súbito, a beleza idílica que envolvia o colégio perdesse a sua inocência.

– Como lhe disse, este local caiu, de repente, nas bocas do mundo. Chegou gente de todo o lado, gente ansiosa por ver o cadafalso dos seus medos, dos seus piores pesadelos, e, como pode calcular, a lenda construiu-se. Mas há outra coisa, a árvore ganhou uma identidade própria, ganhou um nome. – Nesse momento, Clement encarou-me, para que eu pudesse ler nos seus lábios. – *Konchi Manto...* – disse, pausadamente.

– Desculpe?

– *Konchi Manto* – repetiu. – É assim mesmo o seu nome: *Konchi Manto.* – Permaneci silenciosa, sem conseguir associar aquele nome a nada que conhecesse, até Clement me esclarecer: – Já ouviu falar dos *Mohegan*?

– Receio que não...

– Os *Mohegan* são índios – informou ele. – Índios originários desta região, índios do Connecticut. Um povo extraordinário, acredite no que lhe digo. Mesmo sabendo que se aliaram aos ingleses no século XVII. – Apesar de sempre me ter interessado por aquele período, a verdade é que ainda não me tinha debruçado com atenção sobre a história da Nova Inglaterra, pelo que desconhecia totalmente o que Clement me dizia. – Sabe alguma coisa sobre mitologia índia?

– Muito pouco – confessei. – Aquilo que aprendi na literatura nativa.

– E o nome Konchi Manto não lhe diz nada?

– Não estou a ver...

– Para os *Mohegan*, o Konchi Manto era o Grande Espírito, o Criador. Provavelmente conhece-o através de outros nomes e associado a outros grupos de índios.

– O equivalente ao nosso Deus, já percebi.

– É isso mesmo. Mas há mais, porque, para garantir o equilíbrio natural, o Grande Espírito deveria ter o seu contrário.

Então, tal como homem branco tem Satanás, os *Mohegan* também precisaram de acreditar em Hobbomock, o espírito da morte.

– É incrível ver como certas coisas se repetem, não é? Coisas que são resistentes às noções de tempo e de lugar. Acaba por ser tudo tão coincidente.

Clement concordou com um aceno. Quando falou, aproximou tanto o rosto da janela que as suas palavras se embaciaram no vidro. – Sabe que, durante muito tempo, os *Mohegan* acreditaram numa coisa curiosa. Acreditaram que o Konchi Manto e o Hobbomock incarnavam naquelas duas árvores. Cada um na sua, era o Bem supremo, lado a lado com o Mal absoluto. Ora, isso foi ficando, foi sendo passado de geração em geração e acabou por deixar de ser um património exclusivo dos índios. Transformou-se numa espécie de superstição local. Por exemplo, dizia-se que a sombra da árvore má era maléfica e as pessoas evitavam a todo o custo aproximar-se. Já com a outra árvore, sucedia o contrário. Todos a procuravam. Gostavam de tocá-la, de estar à sua sombra. Durante anos, houve até o hábito de trazer para junto dela as crianças acabadas de batizar e fazê--las passar três vezes em redor do seu tronco. Quem sabe, não haja ainda quem o faça às escondidas.

– A eterna promiscuidade entre o sagrado e o profano...

– Nem mais – concordou Clement. – Mas deixe-me voltar à nossa história, até porque há um pormenor delicioso. É que Calder foi encontrado morto num ramo da árvore boa e isso fez toda a diferença. Imagina o que é que isso significou?

– Que toda a gente o interpretou como uma vitória do Bem sobre o Mal.

– Precisamente. Era o Grande Espírito a impor-se à iniquidade – disse ele, submetendo o entusiasmo ao rumor cálido da sua voz. – E, se alguém ainda tivesse dúvidas, elas dissiparam-se por completo, quando a árvore impura secou e morreu, passados uns meses.

– Ui, que oportuno. E foi daí que o pinheiro sobrevivente ficou com o nome.

– Sim. Até hoje. Há de reparar que mesmo alguns alunos se lhe referem como o *Manto*, apesar de duvidar de que conheçam a origem da história. – Confesso que estava fascinada com aquele relato, pela maneira como Clement me transportava até paragens tão distantes. De repente, como se despertasse de um sonho, encarou-me outra vez. – Deve estar a perguntar-se porque lhe contei tudo isto.

– Tenho a certeza de que mo vai dizer.

Sem sair do lugar, Clement encostou-se de lado à ombreira da janela.

– Sabe que todos os dias entro na biblioteca ao nascer do Sol? É isto que me alimenta – afirmou, ao mesmo tempo que apontava com o rosto para os corredores de prateleiras. – É no meio deles que encontro o sentido para tudo o resto, percebe? – Não, não sei se percebia. Não sei se era capaz de absorver a intensidade com que Clement se entregara àquilo, mas, confesso, por instantes, invejei-o, já que também eu procurava a minha fortaleza. – O mais extraordinário é que este hábito me acompanha desde o primeiro dia em que cheguei a St. Oswald's. E já lá vão quase duas décadas... Ao longo de todo esse tempo, não houve uma única madrugada em que não assistisse à alvorada desde esta janela. Todos os dias... durante vinte anos. E, sempre que o fiz, foi na companhia do *Konchi Manto*. Já viu quantos casais se podem gabar de ter acordado juntos tantas vezes?

– É uma imagem bonita – concordei, mesmo sem perceber aonde Clement queria chegar.

– Sempre olhei para aquela árvore como uma metáfora. Era como se a própria Sabedoria a tivesse escolhido para se enraizar nesta terra. Quem envelhece assim ultrapassa o seu estatuto natural. E eu envelheci com ela, Kimberly – segredou-me. – E gostava de morrer com ela.

De repente, era possível que as coisas começassem a fazer sentido. A elevação intelectual de Clement, a sua personalidade complacente, tinham-me distraído do homem. Parecia-me agora evidente que estava na presença de uma pessoa solitária. O que sabia eu dele? Da sua família, dos seus amores ou desilusões? Por tudo o que acabara de me contar, sobrava a imagem de uma árvore velha; um símbolo da virtude e do saber. No fundo, as únicas coisas com que ele contava para se ir despedindo da vida.

– Não fale da morte, Clement.

Ele sorriu e fingiu aceitar.

– Kimberly, Kimberly – disse, oferecendo-me o braço e levando-me de volta, em passos lentos, por uma coxia da biblioteca. – O seu vigor intelectual sobrepõe-se a todos os obscurantismos que possa encontrar por aqui. Não tenha medo de acreditar nisso. Nem se conforme com as pequenas coisas. É uma caçadora de tesouros, nunca se esqueça. Jovem, bonita... não precisa de uma árvore moribunda, como este velho tonto.

Por incrível que pareça, aquele foi o momento mais impressivo nas minhas primeiras semanas em St. Oswald. Era indescritível a serenidade que emanava daquele homem; o modo como transformava indícios em certezas e me elevava perante os meus próprios olhos.

Saí daquele encontro segura de voltar.

OSHPITZIN, POLÓNIA

Dezembro, 1931

– Anna! – A voz de Henryk fez-se ouvir por toda a casa, bem acima do crepitar intenso da chuva. Anna surgiu do alto da escadaria para encontrar o marido e um desconhecido, encharcados, no vestíbulo da entrada. – Diabo da chuva! – continuou Henryk. – Tantos dias sem cair... quem é que contava com este temporal?

– Deixe-a vir, homem – respondeu o desconhecido, enquanto se libertava do sobretudo ensopado. – Sabe Deus o bem que isto me faz aos pomares.

Eidel acorreu apressadamente para recolher todo aquele peso, ao mesmo tempo que Anna se aproximava.

– Anna – saudou Henryk –, querida Anna. Vê em que estado te aparecemos.

– Devem estar enregelados. Cheguem-se à lareira, depressa – disse ela, conduzindo-os à sala.

Quando os dois homens chegaram perto do fogo, deram-se as necessárias apresentações.

– Anna, este é o doutor Joshua Reznyk – informou Henryk com os braços bem estendidos sobre o lume. – E vai dar-nos o prazer de jantar connosco.

Anna apertou a mão ao visitante e mostrou-lhe um sorriso gentil. O homem, que devia ter mais de setenta anos, ostentava uma barba rala e trazia modos de grande distinção.

– Não queria importunar, senhora Gross. O seu marido tem tanto de amável como de teimoso.

– A quem o diz, doutor Reznyk, mas, se foi pela teimosia que temos o prazer da sua companhia, então acho que o podemos perdoar.

Joshua Reznyk não era um homem qualquer. Fazia parte da elite intelectual da cidade e ficaria conhecido como um dos sionistas mais fervorosos da sua geração. A acreditar no que se dizia, abrira consultório na cidade ainda antes do grande incêndio de 1863, o que era, manifestamente, um grosseiro exagero. De qualquer maneira, poucos eram os que não o procuravam nas horas de infortúnio. Fosse um pé doente ou um simples desgosto, o bom doutor, como alguns lhe chamavam, lá colocava as vestes de médico ou confessor, com igual vontade de valer ao próximo. Anna já lhe conhecia a fama.

– É uma honra tê-lo cá em casa, doutor – declarou ela, enquanto preparava dois cálices de *vodka*.

Os homens aceitaram com agrado as bebidas e as desculpas da anfitriã, agora mais preocupada com as orientações a dar na cozinha.

Uma hora mais tarde, quando a mesa da sala já estava ataviada com as melhores porcelanas da Turíngia, Anna apareceu acompanhada por Sarah. A jovem, que acabara de fazer vinte anos, exibia agora uma beleza mais madura e angulosa.

– Encantado – disse o médico, curvando-se com subtileza.

– Durante muito tempo pensei que esta jovem senhora pudesse vir a fazer-lhe concorrência, mas, pelos vistos, gerei uma matemática – disse Henryk, agitando as palmas das mãos, como quem declara a rendição antes do confronto.

– Uma decisão sábia, meu amigo – proclamou o doutor Reznyk. – Ao menos não se expõe às imprevisibilidades da Medicina.

– Não me parece que um matemático faça muito mais do que desafiar imprevistos – reagiu Sarah.

O médico pareceu hesitar perante a acutilância com que a jovem o rebatera.

– Bom, talvez tenha razão, menina – admitiu, docilmente. – O que eu queria dizer é que os erros de cálculo são menos trágicos.

– Não leve a mal, doutor – interrompeu Henryk, ao mesmo tempo que dirigia o grupo em direção à mesa. – Ultimamente, sempre que discute alguns assuntos, a minha filha perde o jeito para se dar connosco, os simples mortais. Quando está imersa no seu mundo, a Sarah deixa as pessoas em segundo plano.

– É sinal de que demorou vinte anos a descobrir aquilo que a mim levou uma vida inteira.

– Está desiludido com o ser humano, doutor Reznyk? – perguntou Anna, ao sentar-se.

– Não me posso dar a esse luxo, senhora Gross. Pelo menos enquanto não inventarem maneira de acabar com o tifo e as dores nas costas.

Eidel certificou-se de que todos tinham ocupado os seus lugares antes de servir uma sopa de carne com mel e canela. As conversas cruzavam-se animadas graças à excelente disposição dos dois homens. O estado do continente e a política faziam-se convidados à mesa de muitos polacos e não foi naquela noite que se fizeram rogados.

– Não passaram nem quinze dias desde que cheguei da Alemanha – afirmou o doutor Reznyk, que tinha um filho a trabalhar na embaixada da Polónia em Berlim. – Aquilo está um caos!

– Parece que sim – concordou Henryk, pensativo. – E é um sarilho, sabe? Tenho as coisas apalavradas para mandar a minha filha para a Georgia-Augusta[16].

– Não faça isso, meu caro. Estaria a lançá-la num ninho de vespas.

Sarah reprimiu com esforço o incómodo que lhe causavam aquelas palavras. Só ela sabia o que custara abrir a mente do pai ao seu desejo de estudar em Göttingen.

– É uma das mais prestigiadas universidades do mundo – contestou ela, disfarçando a irritação. – Mal seria se o elã intelectual não resistisse às quezílias de rua.

---

[16] Designação informal pela qual é conhecida a Universidade de Göttingen, na Alemanha.

– Não sei, menina Gross, não sei... Tenderia a concordar consigo, mas receio que haja quem tente abraçar os descontentes com perigosas promessas nacionalistas.

– Não está a pensar naquele lunático, pois não? – perguntou Henryk.

– Hitler. Chama-se Adolf Hitler – informou Sarah, num tom indiferente.

– Ora, tenha paciência, meu caro! O homem é um impostor, um vendilhão de absurdos – insistiu Henryk.

– E, ainda assim, conseguiu mais de cem lugares no Reichstag[17] – contrapôs o médico, meditativo.

– Não passa daí, escreva o que eu digo – afirmou o dono da casa. – Não, enquanto hostilizar o capital e a burguesia alemã.

– Está desatualizado, Henryk. Hoje um aristocrata já se senta à mesa com um nacional-socialista. Quando a moeda é o voto, não há maior rameira do que a política.

– Acha, realmente, que pode ser perigoso para a Sarah? – interrompeu Anna.

– Acho que um povo humilhado é como um animal ferido, senhora Gross. Quando se perde tudo, o ódio pode ser a única fonte de alento. Resta saber qual o alvo escolhido.

– Está a pensar nos judeus, doutor Reznyk? – insistiu Anna.

– Conhece alguém com as costas mais largas?

– Então talvez seja altura de deixar de dar o flanco, não acha? – desafiou Henryk.

O convidado, percebendo imediatamente que aquela oportunidade não poderia ser desperdiçada, inspirou profundamente e endireitou o tronco antes de encarar Henryk com uma expressão desafiadora.

– Acho, meu caro, e é por isso que vai ouvir o que eu tenho para lhe propor – afirmou, com um sorriso pouco revelador. – A princípio queria falar consigo em particular, mas, já que teve a gentileza de me convidar para jantar, porque não abrir o jogo à frente da sua família? – O silêncio tomou conta da mesa.

---

[17] Parlamento alemão.

O médico, nada incomodado com as expetativas que criara, achou tempo para tirar os óculos, limpá-los pacientemente, voltar a pousá-los sobre o nariz bulboso e varrer os presentes com um olhar breve. Quando encarou de novo Henryk, já não mostrava o ar displicente que lhe dava a graça. – Henryk, responda-me a uma coisa: há quanto tempo faz parte da *Kehilla*?

Sarah interveio em socorro do pai, que era pouco dado a datas, passadas ou futuras:

– Faz três anos em janeiro.

– Sim, acho que é isso – confirmou Henryk, confiante na contabilidade da filha. – Três anos.

– Três anos! – repetiu o médico, levantando as sobrancelhas numa surpresa fingida. – O tempo voa.

– Arrasta-se, doutor Reznyk – corrigiu Anna –, no caso do Henryk, estou convencida de que a expressão adequada é «arrasta-se».

– Não faça caso, Joshua. O que a Anna quer dizer é que estes últimos tempos têm exigido muito de mim.

– Eu compreendo, e é por isso que tenho alguma relutância em lhe lançar mais um desafio.

Adivinhando o rumo da conversa, Anna fez um esforço para calar o seu protesto. O marido, que também era perspicaz, lançou ao médico um sorriso desafiador.

– Diga lá qual é a sua ideia.

Desta vez, o convidado mostrava-se algo relutante em continuar, mas, quando falou, fê-lo com solenidade.

– Henryk, gostaríamos de o convencer a candidatar-se ao Conselho Municipal – anunciou.

Henryk reagiu sem surpresa, como se achasse natural que aquele convite se atravessasse na vida dele, mais cedo ou mais tarde.

– Não é prematuro estar a pensar nisso? Quanto tempo falta para as próximas eleições? Três anos, certo?

– Nem tanto – corrigiu o médico. – E não, não é cedo, sobretudo se quisermos que as coisas corram como desejamos.

Henryk sacudiu os ombros displicentemente.

– E porquê eu, meu bom doutor? Não lhe parece que se consegue descobrir entre nós gente tão ou mais habilitada? E, certamente, muito mais disponível.

– Não sei se percebeu exatamente o teor da nossa proposta, Henryk. Aquilo que nós queremos é vê-lo como presidente.

– Presidente da Câmara?! Isso é impossível, toda a gente o sabe – exclamou Henryk, agora, sim, apanhado desprevenido.

– E porquê? – quis saber Sarah.

– Ora, porque esta gente ainda não está preparada para ver um judeu à frente da cidade – explicou o pai. – Há muito que foi cozinhado um acordo em que a presidência é dada a um *goy* e a vice-presidência a um judeu. A única concessão é deixarem que o Conselho Municipal seja constituído em partes iguais.

– Rica concessão! – exclamou o médico, pleno de indignação. – Sobretudo tendo em conta que somos, pelo menos, tantos como eles.

– Ora aí está – disse Henryk, virando-se para a filha. – Por isso eu digo que não vale a pena alimentarmos esses sonhos. Já ganhámos antes, com setenta por cento dos votos. Sabes o que fez o governador distrital? Impugnou as eleições e nomeou uma comissão provisória para administrar a cidade.

– Tem razão, mas sucede que, neste caso, o governador é seu amigo – interrompeu o doutor Reznyk, com o ar de quem revela um segredo.

Henryk virou-se para o outro homem, com o sobrolho franzido.

– Então é isso...

– Vamos lá, meu caro. Sabe tão bem como eu que se trata de um trunfo que não podemos desperdiçar.

– Não vejo que valha assim tanto. Além disso, o governador nem sequer é meu amigo. A única coisa que nos une são os negócios.

– Melhor ainda – atirou o doutor Reznyk.

O silêncio voltou à mesa, dando tempo aos Gross para interiorizarem todas as implicações daquela proposta. Ficaram assim por algum tempo, sem que se ouvisse outra coisa que não os talheres, os cristais e os passos ocasionais de Eidel. Henryk foi o primeiro a reagir, pousando bruscamente o guardanapo:

– Vamos fumar!

Os dois homens arrastaram as cadeiras, levantaram-se e desapareceram pela porta de duas folhas que dava para uma das saletas contíguas. Já aí, depois de passar o seu *Hennessy* 3 estrelas pelo calor da chama, o doutor Reznyk aceitou um soberbo *Partagás* que Henryk conseguira por bom dinheiro numa tabaqueira de Praga. Ambos saborearam pensativamente os charutos e a bebida, antes de reiniciarem a conversa. Por fim, meio escondido pelo fumo intenso, o médico abriu a alma:

– Pense bem, Henryk. Talvez nunca antes se tenham combinado tantas circunstâncias favoráveis à designação de um dos nossos para esse cargo. Em primeiro lugar, você é bem visto por uma boa parte da cidade, afinal, é um dos maiores empregadores de Oshpitzin; em segundo, o trabalho que desenvolveu na *Kehilla* é reconhecido pelos seus pares; em terceiro, quer queira, quer não, tem bons contactos nos Estados Unidos e sabe Deus com que olhos esta gente continua a olhar para o outro lado do oceano. Depois, como vocês dizem na América, *last but not least*, é bem capaz de ser o único a conseguir uma solução de compromisso com o governador.

Henryk ouviu e manteve-se em silêncio. Não havia nas palavras do seu convidado qualquer fantasia ou exagero. A questão prendia-se exclusivamente com a sua vontade.

O doutor Reznyk, ciente de que o tinha encostado às cordas, decidiu ser chegado o momento de desferir o golpe final, espicaçando-lhe a devoção pelas grandes causas:

– É muito mais do que uma eleição, Henryk. Sabe há quantos anos andamos à espera desta oportunidade? Sabe o que significa para todos nós colocar um judeu naquele lugar? Se conseguirmos que seja escolhido para presidente, é uma porta escancarada que abrimos no muro nacionalista que temos à volta.

Henryk estava no tapete:

– Não sei se o governador pode ser convencido...

– Prometa-me, apenas, que vai tentar.

– Prometo-lhe, apenas, que vou ouvir a família – disse Henryk, bebendo de um trago o resto do conhaque.

Naquela noite, não mais se ouviu falar no assunto. Nem mesmo quando o casal se deitou, imerso nas preocupações que um futuro inesperado lhes causava. E porque falariam, afinal? Ambos sabiam que a decisão estava tomada. Já quanto a Sarah, as tribulações que aguardavam a família nos tempos mais próximos iriam ser vistas de longe, uma vez que, apesar das cautelas prescritas pelo médico, Henryk nunca ganhou coragem para voltar com a palavra atrás. A rapariga, por seu lado, não chegou a considerar alternativas. Elegera Göttingen para resolver as equações da sua vida e não estava disposta a refazer as contas.

SHELTON, CONNECTICUT, EUA

Setembro, 1968

Na sexta-feira não havia aulas da parte da tarde, uma vez que a escola parava para os preparativos que antecediam a cerimónia de abertura do ano letivo, a ter lugar dois dias depois. Segundo Miranda, tratava-se de um ato tão aborrecido como um discurso de Lyndon Johnson, mas, conhecendo-lhe a antipatia pelo presidente em funções, fiquei sem saber até que ponto a sua previsão era imparcial. Que diabo! Sempre daria para conhecer alguns dos figurões.

O fim da minha primeira semana de aulas ficaria assim resumido a um novo encontro com a turma de Justin, o que me ocuparia boa parte da manhã. Após um pequeno-almoço sem companhia, subi mais uma vez as escadas e regressei à sala 17. Saudei o grupo e – ótimo sinal – fui correspondida pela maioria com amabilidade. Lá ao fundo, Dylan Hightower usava a cadeira da sala como um trono de imperador, sem nunca largar o sorriso provocador. Atrás de si, Alvin Reeves sacudia, impaciente, mais uma imbecilidade de Jim Bob, que insistia em dar-lhe pancadinhas na cabeça com uma bola de basebol. Jim Bob andava sempre acompanhado por aquela bola e não resisti a ver nesse objeto inútil o parceiro ideal para as suas tertúlias intelectuais. Após as primeiras palavras de circunstância, lembrei os alunos do pequeno exercício que lhes pedira na última aula. Deveriam colocá-lo sobre a minha secretária, mas, se assim desejassem, poderiam lê-lo em voz alta. Comecei a chamá-los por ordem alfabética. Alvin Reeves foi o primeiro e, fazendo jus à baixa autoestima que Miranda denunciara, limitou-se a pousar o texto, com a face escrita virada para baixo. Seguiram-se mais dois alunos, até que Charlotte Van Houten quis partilhar com a turma um soneto sobre o poder destruidor das paixões humanas. Achei graça à maneira como mesclava o seu idealismo juvenil com o fatalismo dos clássicos. Era um poema arrumadinho, disciplinado numa métrica sem concessões, tão típico dos alunos estudiosos. Os colegas irromperam em aplausos assim que os amantes se despediram num beijo agonizante. A seguir a Charlotte, apenas mais uma folha, entregue sem direito a versão falada, até que chegou a vez de Dylan Hightower. Este aproximou-se da minha secretária com o texto na mão, mas, em vez de mo entregar, colocou-se no centro do estrado e olhou para mim.

– *Ma'am*, gostaria de o ler para a turma – disse, já com o papel estendido à frente do peito.

– O palco é seu, Mr. Hightower – acedi, com um mau pressentimento.

Dylan aclarou a garganta, endireitou as costas e encarou a plateia sem o menor vestígio de constrangimento. Não era difícil de imaginar o muito que aprendera com as obrigações políticas do pai.

– A Árvore e o Velho, uma fábula por Dylan T. Hightower – disse, antes de uma pequena pausa para avaliar a impressão causada nos espectadores. Quando começou a ler, fê-lo numa voz declamada, perfumada por um sotaque sulista agressivo:

«Certo dia, como era habitual, um velho sábio atravessava a floresta quando ouviu, do alto de uma árvore, uma voz que o chamava:

– Bom homem! Bom homem! Espera por mim.

Olhando para cima, reparou num macaco que descia cautelosamente, amparando-se nos ramos. Uma vez no chão, o animal encarou o homem com um misto de curiosidade e admiração.

– Que me queres? – perguntou o sábio.

– Há muito tempo que observo do cimo da minha árvore os teus passeios na floresta. Acabei por ficar curioso e decidi conhecer-te de perto. Posso caminhar contigo?

O velho, que era dono de um coração caloroso, aceitou a companhia. Durante muito tempo, homem e macaco percorreram aqueles caminhos sinuosos, falando sobre as suas experiências e ambições.

– Não gostava de morrer sem ser o Rei da Floresta – disse, a certa altura, o macaco. – Nem que fosse por um dia.

– Que é que te impede? – questionou o homem.

– Uma tradição desgraçada – lamentou o animal. – Só pode ambicionar ao trono aquele que dominar a árvore mais alta da floresta.

Dizendo isto, ergueu as patas dianteiras e apontou para uma grande árvore situada a umas dezenas de metros de distância.

– Vês aquela? Já está ocupada – lamentou. – É apenas um pouco mais alta do que a minha, no entanto, é suficiente para me negar a coroa.

O sábio, que era atento e tinha boa memória, olhou sério para o macaco.

– Mas podia jurar que, ainda há pouco, passámos por uma árvore muito maior do que essa.

– Ah, já sei a qual te referes... Tens razão, bom homem, mas essa é de tal maneira alta que não há quem a consiga subir – disse o macaco com ar sonhador. – Ao menos, se eu pudesse ser como tu. Caminhar direito, vestir roupas elegantes, saber as coisas que tu sabes...

– Vejamos... – refletiu o sábio. – Não te posso fazer caminhar como um homem, nem vejo com que vantagem ias substituir essa pelagem magnífica por andrajos como os meus, mas creio que te posso ajudar a ver mais além.

– Deveras? – disse o macaco com os olhos a brilhar.

Após ponderar uns momentos, o velho retomou a marcha.

– Macaco, diz-me uma coisa. Gostavas que te ensinasse a ler?

O macaco mal queria acreditar no que ouvia. O entusiasmo da sua resposta foi tal que não mais se separaram. Durante semanas, em repetidos passeios pela floresta, o bom homem tudo fez para que o seu novo amigo aprendesse a ler. Ao fim desse tempo, como se notasse algum progresso no esforço do macaco, o velho sábio disse-lhe:

– Amigo, estás comigo há muitos dias. Durante este tempo fiz o melhor que soube para te arrancar da ignorância. Agora, que começas a ler as primeiras frases, já podes caminhar sozinho. Leva esta coletânea de

contos que te ofereço e pratica, pratica, pratica. Sempre que acabares um livro, vem ter comigo para que te dê outro.

E assim aconteceu. O macaco agradeceu e lá se foi, inchado de vaidade, com aquele troféu debaixo do braço.

Não tinham passado dois dias, quando veio ter com o homem.

– Já li o livro! – exclamou. – Agora preciso que me dês outro.

O sábio admirou-se com a rapidez daquela leitura, mas foi com prazer que cumpriu o prometido.

Um dia volvido e o macaco apareceu-lhe de novo.

– Lido! – disse com um sorriso.

– Amigo macaco, que magnífico leitor te tornaste – disse o homem, enquanto lhe entregava mais um volume.

E assim se repetiu a mesma cena, durante semanas, meses... O macaco parecia insaciável, chegando a comparecer duas vezes no mesmo dia à procura de mais literatura.

Até que um dia, sem qualquer aviso, não apareceu. Nem no dia seguinte, nem no outro. Na verdade, nunca mais foi visto por ali. O velho homem preocupou-se com o que lhe poderia ter sucedido e, corroído pela angústia, saiu à procura do amigo. Não sabendo por onde começar, resolveu ir até ao local onde o tinha conhecido. Já ia a meio do caminho quando esbarrou num cenário inacreditável. À sua frente, encostada àquela que era a árvore mais alta da floresta, apresentava-se uma colossal pilha de livros, formando degraus de mil cores, qual estranha escadaria erguida a toda a altura do tronco. O homem não se surpreendeu quando reconheceu naqueles volumes grande parte da sua biblioteca. Olhou para cima e confirmou aquilo que já sabia. Com o coração humilhado, virou as costas e regressou a casa, ferido e enganado pelo novo Rei da Floresta.»

Quando Dylan terminou, não fui capaz de me mexer. Estava consciente do esforço com que, naquela altura, controlava a respiração. Não olhei para Justin, aliás, julgo que não tirei os olhos da minha secretária, enquanto pensava o que fazer, o que dizer perante o que ouvira. Foi a resposta dos alunos que me fez reagir. Estou convencida de que a maioria não percebeu à primeira o alcance das palavras de Dylan, e esses limitaram-se a um aplauso desinteressado. Já os restantes dividiram-se pelo incómodo e a euforia, ora calando um protesto, ora reforçando o ego descomunal daquele petulante.

– Silêncio! – exclamei, olhando nos olhos de Jim Bob que, sem saber exatamente porquê, aplaudia de pé a atuação do amigo.

O tom da minha voz não deixou dúvidas sobre o meu estado de espírito. Dylan percebeu isso e apressou-se a abandonar o centro das atenções. Que resposta, meu Deus? Que resposta poderia eu dar àquela perversidade? Como poderia confrontar Dylan naquele momento, sem amachucar ainda mais a dignidade de Justin? Era impensável deixar impune aquele gesto, mas, assim que recuperei a sensatez, resolvi adiar para o fim da aula a censura que me fervia o sangue.

Quando chegou a vez de Justin apresentar o seu trabalho, apercebi-me de que não fazia tenção de se levantar. Nem mesmo exibia sobre a sua carteira outro material sem ser o lápis com que tamborilava o tampo de madeira.

– Não escrevi nada, Miss – disse, num olhar breve.

– Pode dizer-me porquê?

– Não me lembrei de nada interessante – respondeu, num tom displicente.

– Mr. Garrett, logo à tarde, quando terminar as aulas, passe pela biblioteca e faça o trabalho que lhe pedi. É o local ideal para encontrar inspiração. – Justin ficou calado, aparentando ter entendido a minha intransigência no que dizia respeito ao cumprimento das regras.

Decidi não insistir mais naquele momento, pelo que passei de imediato para a letra «L». Apenas mais seis alunos aceitaram dar voz ao talento da sua escrita, o que foi mesmo à justa para a hora e meia que nos coube naquela manhã. Após as habituais e apressadas recomendações de despedida, autorizei-os a sair.

– Mr. Hightower, deixe-se ficar sentado, por favor – ordenei, sem olhar para ele.

Os alunos foram saindo ordeiramente, ao mesmo tempo que olhavam de relance para mim e para Dylan, procurando adivinhar o que aconteceria quando a porta se fechasse.

Assim que a sala ficou vazia, comecei a guardar na pasta os trabalhos que havia recebido, ignorando ostensivamente a presença silenciosa do rapaz. Sentia-me controlada, mas, felizmente, aquele interregno não me tinha diminuído a indignação.

– Mr. Hightower – disse, finalmente –, o que é que o leva a pensar que pode vir para as minhas aulas insultar os seus colegas?

A entoação das palavras saiu-me na medida certa. Não lhe faltava firmeza, nem sequer um suave tempero de desprezo acutilante. Dylan esbugalhou os olhos e ergueu as sobrancelhas ao limite, numa encenação exagerada de surpresa.

– Insultar? Eu? – respondeu, levando as mãos ao peito.

– É um cobarde, Mr. Hightower. Sabia disso?

– Está a ofender-me, *Ma'am*. Não tem o direito de...

– Cale-se – exclamei, sem gritar. – Limite-se a ouvir o que tenho para lhe dizer. – O rapaz parecia finalmente perturbado, no entanto, nada me poderia deter naquela altura. Nem mesmo a luta interior que, por momentos, parecia devolver Dylan ao mundo dos humildes. – Chamei-lhe cobarde porque não tem coragem para ultrajar os seus alvos olhos nos olhos. Chamei-lhe cobarde porque se refugia em generalidades e em fábulas para dizer o que não consegue numa acusação franca. Procure fixar o que lhe vou dizer, Mr. Hightower. Justin Garrett é aluno desta escola e por isso goza dos mesmos direitos que o protegem a si e a todos os outros. Se a cor da sua pele o assusta, tem bom remédio. Não faltam por aí escolas que o põem a salvo dessas visões aterradoras. Agora, atitudes como as de hoje na minha sala de aula, não! Nem lhe passe pela cabeça repetir a graça, ou proponho-o para serviço comunitário, até que peça desculpas públicas àqueles que ofendeu. Percebido?

– Sim, *Ma'am* – respondeu num sussurro.

Temendo dizer alguma coisa de que me viesse a arrepender, dirigi-me à saída em passos largos e abri-lhe a porta.

– E agora, faça o favor de se pôr a andar.

Dylan não precisou que repetisse a ordem. Agarrou na pasta e passou por mim, de cabeça baixa, mas não o suficiente para esconder um queixo pouco firme. Cobarde até ao fim.

Saí da sala com as mãos a tremer. Não era dada a estes confrontos e só em último recurso trocava o diálogo pela imposição de um ponto de vista. Ainda assim, estava certa de ter tomado a atitude correta. Decidi então ir à procura de Miranda. Começava a perceber o efeito relaxante que a sua presença me causava. Encontrei-a, como era previsível, à saída da sala onde habitualmente dava aulas.

– Estou a precisar de arejar – disse-lhe, sem esconder o que me ia no espírito.

– Ui! – exclamou Miranda. – Estás bonita. Que se passou? Espera, não digas. Dylan?

– Dylan – confirmei, revirando os olhos.

– Está visto. Anda, vamos sair daqui.

Assim, pela segunda vez em menos de uma semana, voltei a trocar uma refeição gratuita pela aragem redentora de Miranda. Desta vez, a viagem foi menos arrojada, não tendo ido além da Baixa de Shelton. Estava ainda abalada com o episódio recente, pelo que mal toquei no hambúrguer. Naturalmente, aproveitei para descrever o que se passara na aula da manhã.

– Vejo que não deixaste nada por dizer – afirmou Miranda, bem-disposta. – Não quero estar por perto quando te pisarem os calos.

– Não estavas à espera de que o deixasse sair como se nada tivesse acontecido, pois não?

– Descansa, menina, estiveste bem. Há muito que esse estafermo precisava de ouvir umas verdades, mas, ou muito me engano, ou vai ser preciso mais do que isso para o pôr na ordem.

Era também esse o meu receio, mas estava suficientemente determinada em fazer-lhe a vida difícil.

Bom, de qualquer maneira era tempo de deitar aquilo para trás das costas. O fim de semana estava aí e prometia agitação em doses fartas, graças ao aguardadíssimo Dia de Abertura.

– Estás a pensar levar alguma roupa especial? – perguntei, enquanto saíamos do restaurante. Sentia-me ansiosa por desanuviar a cabeça.

– Como não?! Aquela cerimónia já não dispensa a minha luminosidade.

À medida que passeávamos por Huntington Street, Miranda fez questão de me antecipar alguns pormenores. A cerimónia de abertura do ano letivo transformara-se num dos acontecimentos sociais mais relevantes na pacatez de Shelton e era um ritual que decorria sem interrupção há mais de noventa anos. Tinha sempre lugar no primeiro domingo após o início das aulas e mantinha-se fiel ao programa original, do qual constava uma penitência de discursos, seguida pelo que verdadeiramente interessava e se servia em forma de *buffet*. Com exceção dos anos em que algum ciclone se fazia convidado, o que estava longe de ser inédito naquela altura do verão, todo o acontecimento se dividia pelo grande claustro do edifício principal e uma tenda provisória, colocada a poucos metros. Além dos professores e alunos, St. Oswald's habituara-se a receber nessa celebração algumas autoridades de estatuto variado, bem como a vasta representação de pais e familiares mais chegados.

– Estou convencida de que há papás dispostos a inscreverem os seus filhos em St. Oswald's só para poderem ser vistos nesse dia – afirmou Miranda, desdenhosamente. – A propósito, pode ser que conheças o pai da tua encomenda.

– O senador Hightower? – perguntei, surpreendida por ainda não me ter lembrado dessa possibilidade. – Pela amostra, não sei se estou com muita vontade.

– Candidato Hightower – corrigiu Miranda. – E, sim, tens razão em não esperares grande coisa. Ao que sei, o homem consegue multiplicar por dez a bazófia do filho.

Miranda preencheu-me o resto da tarde com episódios de festas passadas, relatando tudo num detalhe pouco compatível com o desprezo que queria dar a entender. Foi com estas recordações que atravessámos os portões de St. Oswald, já perto da hora de jantar. Lá ao longe, em frente da escadaria do edifício principal, encontravam-se estacionados dois grandes camiões, de cujas traseiras saíam, em ritmo apressado, pares de funcionários carregados de mesas e cadeirões. O velho colégio fervilhava de excitação nestes preparativos de última hora. Depois de Miranda ter estacionado o seu *alter ego*, dirigimo-nos ao refeitório, apenas para um leite quente. Ao contrário do habitual, a sala encontrava-se quase vazia.

– É fim de semana, minha cara – disse Miranda, com ar conformado. – Não falta muito para que a nova atração de St. Oswald's seja o par de solteironas esquisitas, dispostas a trancarem-se nas suas celas, numa noite de sexta-feira.

Não estranhei que o número de professores fosse reduzido, mas não encontrava explicação para a falta de alunos. Apesar de estes pernoitarem no colégio – as idas a casa, salvo casos excecionais, só se admitiam durante as férias e no dia de Ação de Graças –, contavam-se pelos dedos de uma mão os que se encontravam no refeitório àquela hora. Miranda não demorou a esclarecer-me:

– Estão no piquenique, como é óbvio. Só cá ficaram os amuados.

Aos poucos, o colégio ia desvelando os seus costumes. Este – porventura o mais aclamado – reunia no final das tardes de sexta-feira uma multidão de rapazes e raparigas. A pretexto de um piquenique, o parque de jogos sobranceiro ao *quartel* enchia-se como uma feira de verão. Na perspetiva dos mais novos, tratava-se da mais importante imagem de marca de St. Oswald's. Era nessas noites, em que se misturavam cachorros quentes com serenatas à viola e se escondia no bosque próximo um ou outro prazer proibido, que os alunos reservavam ao futuro as melhores memórias do colégio.

Quando abandonámos o refeitório, caminhámos até à residência sem assunto nem vontade de conversa. Despedi-me de Miranda e tranquei-me no meu casulo emprestado. Estava passado o visto pela primeira semana de lições, no outro lado do mundo.

GÖTTINGEN, ALEMANHA
OUTUBRO, 1932

Queridos pais,

Expetativas alcançadas. Superadas! Que dizer de tudo isto? Conheci o Professor Hilbert. Retirou-se em setembro, mas ainda por cá aparece, uma vez por semana, para nos falar de Filosofia. Wir müssen wissen — wir werden wissen! Sim, também eu tenho de saber. E saberei!

Afinal não me custa o alemão; é um iídiche traiçoeiro, porque, embora familiar, às vezes prega-nos grandes partidas. Se for necessário, socorro-me dos números e toda a gente me percebe. É como se aprendesse a falar outra vez. Não fiz amigas nem preciso; só me falta tempo para escrever as minhas partituras de números. E quando sinto que devo parar, em vez de me embriagar no quarto de uma ou outra, prefiro ouvir Gustav Herglotz a dissertar sobre os Conjuntos de Lie ou ótica geométrica. Que querem? Oiço, aprendo e cresço todos os dias; risco e escrevo; escrevo, risco, apago e aquilo que mais faço por aqui é voltar atrás e começar de novo. E sabe-me melhor cada vez que recomeço, porque a maior virtude do matemático é gostar de ser teimoso.

Sou egoísta, desculpem, como estão os dois? Amo-vos e continuo a precisar de vos recordar para me sentir humana.

E tu, pai, já te convenceste a aceitar que há coisas que não mudam? Deixa estar, o mundo precisa que o vejam para lá do horizonte e é por isso que sou louca por ti.

Mãe...

Não precisas que te diga nada, pois não? Não é a distância que te faz perder o dom de viveres em mim. Sabes como estou, o que penso e sinto;

conheces aquilo que me faz estar longe. Escreve-me outra vez, e outra, e outra... Continuo a sonhar muito, quase todas as noites, mas os meus sonhos mudaram de lugar. Já não passo as horas de sono em Chicago, às cavalitas de Adi, mas sim convosco, com a Esther, com a Eidel e a Sabina. E era o avô que dizia que a nossa casa está onde os sonhos nos levam, logo...

*

... acordei com mais um pesadelo. Oh, minha boa Esther, será que estou condenada? Já não desejo olhar para lá do muro. Ainda não aprendi a viver sem os meus pais e desespero por isso. A mãe disse-me que estava a pensar vir cá. Porque não a acompanhas? Fazia-te bem, anda.

Ontem conheci Aleck. Depois falo-te dele.

Sarah

OSHPITZIN, POLÓNIA
Dezembro, 1932

Tal como acontecia um pouco por toda a Polónia naqueles tempos, também a comunidade judaica de Oshpitzin se tornou uma vibrante paleta de sensibilidades. As organizações políticas e recreativas multiplicavam-se numa pulsante fertilidade de ideias e vontades, nem sempre conciliáveis. Pelo lado conservador, os hassídicos e outros ortodoxos compunham o ramalhete tradicionalista da *Kehilla*; do lado progressista, que incluía a maior parte dos intelectuais e profissionais liberais da cidade, fervilhava uma miríade de associações que almejavam a criação de um Estado judaico e o retorno do povo eleito à Terra de Israel: eram os sionistas. E, para que todo o espetro ficasse coberto, também os socialistas da Bund se propunham como alternativa às duas tendências dominantes. Mas a *Kehilla* de Oshpitzin era mais do que isso. Era um grupo de gente ciosa de viver o seu judaísmo numa terra emprestada. Gente de Deus e dos homens, de Israel ou Polin; gente que declamava, ria e dançava as *hakafot*[18] com as crianças gentias. Era bom ser judeu na cidade.

Pior, só aquilo que o vento trazia.

O grande salão do Hotel Herz rebentava pelas costuras naquela noite de tempestade. Henryk não escolhera o local ao acaso, pois era ali que se situava a principal sala de visitas de Oshpitzin. Ocupando parte da fachada oriental da Praça do

---

[18] Danças que se realizam na festa de Simchat Torá, durante as quais os judeus transportam os rolos da Torá.

Mercado, o edifício de dois andares, inteiramente forrado a pedra, acolhia com frequência judeus e gentios, que ali acorriam aos bailes, representações teatrais, conferências ou tertúlias políticas.

Quando Henryk e o doutor Reznyk ultrapassaram a porta que dava para o local da reunião, o burburinho suspendeu-se por alguns instantes. Os dois homens surpreenderam-se pelo número de pessoas presentes, não obstante o tempo inclemente que fustigava as ruas. Como era tradição naqueles encontros, o grupo constituía-se em exclusivo por cavalheiros, já que das mulheres seria de esperar algum fastio pelos assuntos a tratar. Toda aquela adesão só podia significar uma tremenda curiosidade pelas ideias do «americano», o mais que provável candidato à presidência do Município. Pelo menos era isso que constava e ia sendo segredado nos bancos da Grande Sinagoga. Nenhuma das fações desperdiçara a oportunidade de marcar presença. Ainda assim, quem observasse a multidão só pelo corte dos trajes, teria dificuldade em perceber qual delas trouxera mais curiosos. De um lado, a mancha negra dos ortodoxos; do outro, os restantes matizes que completavam a pluralíssima *Kehilla* de Oshpitzin.

Henryk não se inibiu pelos olhares que atraía e manteve firme o passo em direção à mesa situada no fundo da coxia. Ocasionalmente, um ou outro cumprimento, uma pancadinha nas costas, ultrapassava o corredor que se ia formando espontaneamente. Quando chegou ao destino, reparou, sem surpresa, nos mais proeminentes membros da *Kehilla*, que o aguardavam de pé junto ao lugar que lhe estava reservado. As saudações que se seguiram foram suficientemente contidas para que ninguém pudesse pôr em causa a imparcialidade dos líderes da comunidade. Henryk sentou-se na cadeira ao centro da mesa, tendo à sua esquerda o doutor Reznyk e, à direita, o dirigente máximo da *Kehilla*, o doutor Wolf Ressler. Este último, um judeu conservador e austero, personificava uma árvore seca pela idade, tal era a profundidade dos vincos que lhe encarquilhavam a pele, o feitio e a vida. Apesar disso, quem o conhecia de perto sabia que, por baixo da casca áspera, batia muitas vezes um coração comovido. Fora escolhido pela autoridade com que fazia cumprir as suas instruções e, a bem de si, podia dizer-se que tinha suspendido as lutas intestinas da judiaria local. Quando chegou a altura de tomar a palavra, usou o mesmo tom que escolhia para dirigir as reuniões do Conselho.

– Senhores... – As últimas conversas extinguiram-se imediatamente e os que tinham conseguido lugar sentaram-se sem demora. – Caros senhores, antes de mais, devo-vos um cumprimento especial. A vossa presença aqui, nesta noite de dilúvio, renova-me a esperança no futuro desta comunidade. O meu pai, que alguns de vós conhecestes e admirastes, lembrava-me muitas vezes que onde dez judeus se reunissem o Divino se faria presente, mesmo sem a presença do texto sagrado. Hoje, aqui, somos mais de dez, muito mais de dez, e estou certo de que não estamos sós. Também por isso, meus amigos, vos peço que deixeis de lado as vossas diferenças por uma noite e vos cinjais ao que nos reuniu. – Toda a assembleia absorvia em silêncio a intervenção do seu líder. Não receavam discursos longos, pois o ancião há muito deixara extinguir aquele vigor que alimenta os grandes oradores. E estavam certos, uma vez que o doutor Ressler rapidamente passou ao que mais lhes interessava. – Eu sei que conheceis bem Henryk Gross. Não espereis de mim um discurso apologético, não me cabe essa missão. Lembro-vos apenas de que o homem que se encontra ao meu lado esta noite, apesar de não ter nascido cá, é um filho de Oshpitzin. No ano de 5678[19], chegou das Américas, da grande Chicago, onde tantos de nós procuram hoje aquilo que este país não pode dar. Veio com o sonho de ver o berço dos seus pais ganhar a dignidade de uma terra independente e lutou por isso. Arriscou a vida ao lado de outros valentes. Ficou connosco, estabeleceu-se, trouxe a família e a prosperidade a esta cidade. É este homem, caros irmãos, que hoje se vos apresenta, trazendo com ele

[19] Segundo o calendário hebraico, refere-se ao ano de 1918, considerando que Henryk partiu para a Europa na primavera.

a proposta de um compromisso renovado com a terra das suas origens. Já lhe conheceis a obra, quer como membro da *Kehilla*, quer como grande empregador da região; ouvi, agora, da sua boca, o que tem para nos oferecer.

A plateia rematou o discurso de Ressler com palmas moderadas, ao mesmo tempo que Henryk se levantava e cumprimentava o presidente da reunião, segredando-lhe, subtilmente, um agradecimento. Com a testa húmida, apoiou os punhos cerrados na mesa, descarregando nela a ansiedade dos tribunos inexperientes. Quando o silêncio se fez de novo ouvir, Henryk tomou a palavra:

– Queridos amigos, não ides levar a mal que comece por agradecer ao honorável doutor Ressler as suas palavras – disse, enquanto trocava um cordial aceno de cabeça com o presidente da reunião. – Tal como ele, também eu fico feliz por vos ver aqui em tão grande número. Feliz e honrado, até porque sei que viestes para me escutar, para saberdes da minha boca se aquilo que andais a ouvir como rumor há algumas semanas corresponde à realidade. Mas, antes de vos satisfazer a curiosidade, gostava de partilhar convosco uma novidade que, tenho a certeza, vos deixará imensamente felizes. – Henryk fez uma pausa, para levar um copo de água aos lábios e medir a ansiedade crescente do seu público. Toda a sala era agora percorrida por um coro de sussurros, já que poucos resistiam a arriscar palpites sobre a boa-nova. – Estimados membros da *Kehillah*, devo informá-los de que, hoje mesmo, estive reunido com o senhor governador distrital. Como sabeis, existe entre nós uma relação de mútuo apreço que dura há alguns anos. Por essa razão, entendi que chegara o momento de me valer dessa proximidade para o sensibilizar relativamente a uma antiga reivindicação desta comunidade. Anuncio-vos, pois, com imensa alegria, que o senhor governador me garantiu a total disponibilidade para reconhecer os resultados das próximas eleições municipais, mesmo que delas resulte a vitória de um dos nossos!

Um enorme clamor de vozes cruzadas varreu a plateia. Era evidente que todos tentavam confirmar se haviam interpretado devidamente as palavras de Henryk. Este, empertigado, sobrepôs a sua voz às restantes, para que não restassem dúvidas:

– Meus amigos, aquilo que vos anuncio é, realmente, o que muitas gerações de antepassados nossos desejariam ter ouvido. É uma conquista por que este povo anseia há tanto tempo. Pela primeira vez em quatrocentos anos, temos à vista a possibilidade de ter um judeu à frente desta cidade!

Desfeitas as dúvidas, a plateia já não se conteve e explodiu de euforia. Os aplausos alternavam com os abraços e viam-se homens respeitáveis comovidos como mulheres. Havia quem orasse, quem risse à gargalhada, ou quem apenas emudecesse. Toda aquela gente nascera e vivera com a esperança de assistir a um momento como aquele. Habitavam um país fragmentado, que falava línguas e rezava a deuses diferentes. Ainda que Oshpitzin fosse um modelo conseguido de convivência, a balança pendia sempre para o mesmo lado, pelo que a simples perspetiva de equilíbrio, alimentada durante tantas gerações, lhes surgia como uma epifania.

Henryk tudo observava com emoção genuína; era para aquilo que tinha nascido, embora só agora o percebesse. O doutor Reznyk, que era o único a quem a notícia não apanhara desprevenido, partilhava, já no meio da multidão, a alegria destravada. Por sua vez, o líder da *Kehillah* apertava as mãos de Henryk, sem palavras para dizer o que lhe ia na alma. Quando o arauto da boa-nova tentou retomar o discurso, deu-se conta de que precisaria de mais alguns minutos para recuperar as atenções.

– Meus senhores... meus senhores, por favor! – clamou o doutor Ressler, assim que recuperou a voz e a compostura. – Deixai o senhor Gross concluir a sua intervenção! – Mas não havia nada a fazer. O entusiasmo criado por tal conquista não podia ser abafado pelas palmadas com que Ressler fustigava a mesa da tribuna. – Por favor, senhores! Ainda há mais novidades! Deixai o senhor Gross falar!

Com a curiosidade espicaçada uma vez mais, as vozes apagaram-se aos poucos e todos aqueles homens cravaram os olhares em Henryk. Merecia-lhes, agora, uma atenção redobrada.

– Obrigado, doutor Ressler... – Henryk exibia um sorriso de confiança. – Não esperava outra reação da vossa parte, meus amigos. Também eu vejo nesta posição do governador o reconhecimento de um direito que é nosso há muito. Trata-se, pois, de um momento histórico, algo de muito valioso que não podemos desperdiçar. Mas, para isso, é necessário que saibamos ser dignos dele. Por essa razão, convoco-vos a todos para que vos unais em torno deste desígnio, de maneira que, quando tiverem lugar as eleições municipais, possamos responder a uma só voz. Não nos iludamos: só evitando a dispersão dos votos dentro da nossa comunidade seremos capazes de não deixar fugir a oportunidade que a História nos oferece. – O entusiasmo que a mensagem de Henryk provocava na sala levava a que muitos dos presentes fossem, aqui e ali, sublinhando o discurso com vigorosas interjeições de concordância. Henryk aclarou a garganta, bebeu mais um gole de água e encarou enfaticamente a assembleia. Chegara a altura de avançar com aquilo que verdadeiramente o conduzira àquele púlpito. – Meus senhores, encontro-me aqui esta noite para vos dizer que estou disponível para encabeçar uma lista nessas eleições. Uma lista de consenso, uma lista aberta aos ortodoxos, aos sionistas, aos socialistas; uma lista com lugar para todos, mesmo os que não seguem qualquer partido ou tendência. É este o apoio que procuro. Não aceito menos. A tarefa é difícil e preciso de todos!

Aquele era o momento mais crítico. Henryk imaginara muitas vezes qual seria a reação à sua proposta. Não duvidava de que estava a tocar em questões sensíveis, uma vez que o equilíbrio político da *Kehillah* tinha a resistência de um castelo de cartas. Conhecia as ambições de alguns dos presentes e sabia que os seus objetivos políticos colidiam com elas. No entanto, para sua satisfação, aquilo que viu após o discurso correspondeu por excesso ao cenário mais otimista. Se bem que sem a emoção que se seguiu à divulgação da boa vontade do governador, os judeus de Oshpitzin reunidos naquela sala mostraram com um estrondoso aplauso o sentido do seu apoio.

Subitamente, quase sem se aperceber, Henryk viu-se envolvido num caloroso abraço coletivo. Os incentivos e promessas de fidelidade incondicional chegavam-lhe de gente que nunca vira: «Vá em frente!», «Não desista!», «Não nos desiluda!», «Obrigado, obrigado, senhor Gross...» No meio de toda aquela confusão, Henryk achou tempo para se lembrar do pai. Eram tantos os rostos à sua volta que chegou a achar possível ver surgir por entre eles o olhar orgulhoso de Adam. Meu Deus, como desejaria tê-lo ali, naquele momento, a ouvir o tom com que Oshpitzin proclamava o nome dos Gross.

Quando tudo parecia bem encaminhado, ouviram-se, subitamente, dois estridentes golpes metálicos vindos de um dos lados do salão. As pessoas começaram a olhar umas para as outras, sem saber o que pensar. Algumas esticavam-se na ponta dos pés, procurando descobrir a origem daquele som. O doutor Ressler subiu ao estrado e, com a mão em pala sobre os olhos, tentou perceber o que se passava. Com um mau pressentimento, Henryk apressou-se a regressar ao lugar, o que fez na companhia do doutor Reznyk.

– Que foi isto? – perguntou, mas o médico parecia tão atarantado como ele.

Olhando com atenção para a plateia, que aos poucos regressava aos seus lugares, Henryk apercebeu-se de um conjunto de homens, a meio da sala, que o observava com olhares inexpressivos. Vestiam à maneira ortodoxa, mas, além da expressão fria, nada os distinguia da maioria tradicionalista que os rodeava. Um deles, de perna cruzada e num dos extremos da fila, parecia sobrepor a sua presença aos demais, por qualquer razão inexplicável. Segurava uma bengala encastoada a bronze e fora com ela que interrompera as celebrações. Henryk não precisou de mais para adivinhar problemas. Enquanto todos aguardavam que o silêncio regressasse, o doutor Reznyk segredou-lhe:

– É o grupo do Zederbaum. Como não previ uma coisa destas?

Apesar de nunca o ter visto, Henryk sabia perfeitamente quem era Leopold Zederbaum. Tratava-se de um nome quase lendário naquela região. Era descendente do rabino Chaim

Halevi Zederbaum e passara a primeira metade da sua vida em Oshpitzin, a construir uma das maiores fortunas da região da Galícia. A outra metade, que é como quem diz os últimos quarenta anos, usara-a noutras paragens, com outras gentes, patrocinando, graças aos seus recursos inesgotáveis, a vitalidade do judaísmo nas terras polacas. Andara por Kalisz, Lvov, Lublin ou Cracóvia, a promover obras sociais, a levantar e a reabilitar sinagogas ou, simplesmente, a usar o seu prestígio a favor das fações hassídicas locais. Fosse como fosse, criara um lastro de influências que o acompanhava para todo o lado e lhe escancarava as portas mais inacessíveis. Regressara a Oshpitzin havia menos de um ano e enclausurara-se com a sua *entourage* numa propriedade sossegada à beira do Vístula. Vinha para morrer, diziam alguns. Ao vê-lo ali, Henryk soube imediatamente que esse vaticínio era disparatado. Apesar do nome mítico, o homem era escasso de tamanho e humilde no trajar. No entanto, o seu rosto era estranhíssimo, estreito e comprido. A barba era negra e afilada e os olhos, amarelos como os de uma raposa, separavam-se apenas o bastante para dar lugar a um nariz de cadáver. Permanecia sentado com o olhar hipnótico cravado em Henryk e, quando falou, a sua voz soou como um garfo arrastado em porcelana:

– Senhor Gross, aceite as minhas felicitações! Já me tinha esquecido de que era possível alguém gerar tanta unanimidade. No entanto, e sem querer estar a quebrar o encanto, sou forçado a pedir-lhe um esclarecimento adicional. – A sala caíra num silêncio absoluto e ardia de curiosidade. – Poderia esclarecer esta assembleia sobre os termos exatos do acordo que mencionou há pouco?

– Acordo? – perguntou Henryk, mais para ganhar tempo.

– Sim, senhor Gross, acordo – atirou Zederbaum num tom provocadoramente impaciente. – Certamente não desconhece que o seu amigo governador já vetou antes a possibilidade de termos um judeu à frente do Município. Não nos vai querer convencer de que, de um momento para o outro, esse senhor se lembrou de que o voto judaico vale tanto como o voto cristão, pois não?

– Senhor Zederbaum – reagiu Henryk, esforçando-se por parecer seguro –, não me cabe a mim averiguar das razões do senhor governador e, com franqueza, não vejo que interesse isso possa ter.

– Não vê? – questionou Zederbaum, com um sorriso perverso. – Então, está em condições de nos garantir que a boa vontade do governador vale tanto para si como para qualquer outro judeu que seja designado?

Toda a sala reteve o ar nos pulmões. Henryk sentiu o golpe e ficou com a sensação de não ter disfarçado o seu impacto. Zederbaum tinha-o encostado à parede. Não podia revelar o teor da conversa com o governador, já que, da mesma, tinha ficado implícita a condição de ser ele a avançar. Depois de ter agitado a bandeira da conquista dos direitos, não seria capaz de apresentar aquilo como um favor pessoal, uma negociata. Mas como responder ao desafio de Zederbaum? Tanto pior, pensou, agora já não podia voltar atrás:

– Senhor Zederbaum, creio que posso descansá-lo quanto a isso. Estou seguro de que o senhor governador não olhará a nomes quando chegar a altura de dar posse ao candidato eleito.

Pronto, estava dito e a sala inteira pôde respirar de alívio. Restava-lhe agora, mais do que nunca, dar tudo pela vitória da sua lista e, desse modo, evitar a trapalhada que significaria a escolha de outro candidato. Zederbaum fingiu ficar satisfeito e, virando as costas a todos, abandonou o Hotel Herz, logo seguido pelo seu grupo.

O resto da noite correu sem mais sobressaltos. Henryk e Reznyk multiplicaram-se em esclarecimentos e distribuíram todo o encanto de que foram capazes. Quando, finalmente, abandonaram o local e subiram à carruagem, estavam exaustos.

– O que é que me faz pensar que ainda tenho estofo para estas andanças? – protestou o doutor Reznyk, acendendo um charuto.

– Deixe-se disso, portou-se à altura. Bem melhor do que eu, se quer saber – disse Henryk, lamentando ter-se deixado surpreender, já no final da reunião.

– Está a referir-se ao Zederbaum? Não o leve muito a sério; não me parece que se vá meter no seu caminho.

– E porque não? Já reparou no percurso desse homem? Vê coisa mais natural do que ele desejar um plebiscito em torno da sua pessoa nesta fase da vida? E depois, porque é que quis saber se o governador estaria disposto a legitimar outro candidato? Não quero ser pessimista, Joshua, mas receio que nos possa causar problemas. Não se esqueça de que, se ele for a votos, leva os ortodoxos todos atrás.

– Tem bom remédio, Henryk, vire-se para os sionistas. De qualquer maneira, acho que é aí que vai estar a sua base de apoio.

– Não, não é esse o caminho – disse convictamente Henryk. – Não ouviu o meu discurso, Joshua? Falava a sério quando me referi à importância do consenso. De que me adianta ganhar o Município, sem um apoio alargado da minha gente? Preciso de todos, sem exceção.

– Bom, com uma exceção pode você já contar. Não está à espera que os socialistas lhe deem um único voto, pois não? Mais facilmente os vejo de braço dado com os ortodoxos ou com os sionistas do que a apoiarem um capitalista como você. Ainda por cima com sotaque do Illinois.

Os dois homens irromperam numa gargalhada espontânea e já não se dispuseram a dizer nada de sério no resto do percurso. Quando Henryk chegou a casa, Anna ainda o esperava na sala.

– Estás acordada, a esta hora?

– Como é que correu, senhor presidente? – disse ela num sorriso meigo.

– Correu bem. Mas as coisas podem não ser tão fáceis como pensámos.

SHELTON, CONNECTICUT, EUA

Setembro, 1968

Apesar de não se tratar de uma ordem explícita, decidi acatar com rigor a recomendação que, nesse dia, nos convidava a não ir almoçar depois do meio-dia e meia. Todo o pessoal da cozinha e do refeitório estava mobilizado para a tarde aparatosa que se previa. Na verdade, a vontade de apresentar St. Oswald's de cara lavada era um desígnio que parecia tocar a todos. Professores e alunos, motoristas e contínuos, administrativos e parentes voluntários, era vê-los de mangas arregaçadas, dedicados aos preparativos de última hora, fosse a aprumar um cortinado, fosse a ajeitar a ramagem das dúzias de *bouquets* que se encontravam um pouco por toda a parte. Ainda assim, não escondi a minha surpresa quando encontrei a Miranda, de gatas, rodeada por um trio de funcionários surpreendidos, enquanto lutava energicamente contra uma enorme mancha escura que se espalhara pelos poros do pavimento. O efeito era realmente trágico, uma vez que se exibia por baixo de uma das ogivas que dava acesso ao grande claustro, local onde teria lugar a cerimónia.

– Vinagre de álcool, senhores! – barafustava ela, pouco incomodada por se sacudir daquela maneira perante a imaginação dos três. – Vinagre de álcool, mais genica de braços e está feito o milagre. *Voilá!*

Os homens debruçaram-se curiosos e verificaram de perto o trabalho de Miranda.

– Estás aprovada – disse eu, aproximando-me.

– Ora bolas, dei cabo das costas – reclamou ela, ao levantar-se. – Tanta coisa só para que suas excelências não encontrem mais um motivo para dizer mal.

– Eu sabia que, no fundo, te preocupavas.

Miranda fez-me uma careta e convidou-me a acompanhá-la até à residência.

– Vamos embora, já não é cedo. Temos menos de três horas e tenciono passar uma delas debaixo do chuveiro – afirmou, esticando o tronco enquanto caminhava.

A cerimónia, como ditava a tradição, iniciava-se impreterivelmente às cinco da tarde de domingo. Nessa altura, já todos os convidados deveriam estar sentados, para receber com a dignidade necessária o desfile dos notáveis. Apesar de ainda faltar bastante tempo, já se viam alguns fraques a adornar os relvados. Assim que chegámos à residência, separámo-nos e cada uma à sua maneira foi tratar de se pôr a condizer com o *glamour* da ocasião. Quando saí do banho, vesti-me e fui avaliar o resultado em frente do espelho. Desta vez, acertara à primeira. Aquele era o trapo que mais me favorecia, pelo menos fazendo fé no critério austero da minha mãe. Tratava-se de um *cocktail dress*, em musselina preta, não tão curto como as minhas pernas permitiriam, mas suficientemente sofisticado para desiludir os que aguardavam uma possidónia do Oregon. Não perdi muito tempo com a maquilhagem, até porque o verde acinzentado dos meus olhos dispensava bem a concorrência de outras cores. Quanto ao cabelo, a história era outra, tinha-o difícil, de um castanho revolto e tão exigente nos cuidados como ingrato na altura de lhe dar forma. Assim que terminei, saí e fui ter com Miranda. Quando bati à porta do seu quarto, já estava preparada para uma espera prolongada.

– Está aberta! Entra – gritou-me lá de dentro.

Quando entrei, vi-me envolvida por uma neblina morna, que se escapava pela porta entreaberta da casa de banho.

– Não demoro! – ouvi por entre o assobio de um secador de cabelo.

Mas demorou. Oh, se demorou! Demorou tanto que me deu tempo para apreciar à janela, do princípio ao fim, o corrupio de aperaltados a caminho do edifício principal. Era um espetáculo a que não estava habituada. As senhoras pareciam formar um desfile de prisioneiras, já que seguiam em fila, com as mãos ao alto, a segurar as capelinas por causa do vento da tarde. Os cavalheiros, menos preocupados com o esvoaçar das sobrecasacas, caminhavam lado a lado, deixando no ar um lastro de fumo e gargalhadas. St. Oswald's reunia alunos vindos de todos os cantos dos Estados Unidos e dei por mim a imaginar o que levaria certos pais a percorrer tantos quilómetros só para estarem presentes naquele acontecimento. Talvez a resposta fosse dada, em parte, pela presença dos fotógrafos que, dispostos ao longo dos passeios, não hesitavam em mandar parar todos os que merecessem retrato com pose. Por incrível que pareça, foi assim que passei uma hora inteira, à espera de que Miranda se achasse no ponto.

– *Mesdames et messieurs, Mademoiselle Pritchard, la plus fatale des femmes!*

Virei-me, pronta para a repreender pela demora, mas esqueci-me de tudo assim que a vi. Que era aquilo!? Saída da casa de banho, já liberta dos vapores húmidos, surgiu-me uma estampa difícil de descrever. Começando de baixo para cima, viam-se os canos enormes de umas botas *go-go*, em pele de cor natural. Daí para o alto, as coxas nuas descobriam-se até ao limite, fazendo-me desejar que o atraso com que chegaríamos ao claustro nos reservasse um lugar em pé. O vestido, que se apresentava como uma blusa mais comprida, era uma planície de animais, flores, cornucópias, polígonos, espirais e outros padrões coloridos. O decote de Miranda revelava-lhe as sardas de um peito sem *soutien*, ainda que parcialmente coberto por voltas de longos colares de missangas de vidro. No seu rosto, destacava-se a sombra profunda com que esmurrara os dois olhos e o pestanal, emprestado e longo como as patas de um aranhiço. Todo o conjunto se coroava com um volumoso penteado em colmeia, que lhe enrolava a cabeça como um turbante de cabelos ruivos.

– Não sei o que te diga – acabei por dizer. – Superaste tudo o que imaginei. E olha que até fui bastante ousada.

– Que queres, princesa? Aquela gente está sempre à espera do seu pequeno escândalo – disse ela a rir. – E tu estás adorável, não te preocupes.

Preocupar-me? Porquê? Haveria alguém capaz de me descobrir à sombra daquela montra?

– Anda, mexe-te! – exclamei. – Temos menos de quinze minutos.

E assim, marchando a par, pusemo-nos a caminho. Apesar de o calçado não nos permitir correrias, conseguimos a proeza de chegar a horas. Demos entrada no enorme claustro por uma pequena porta lateral. O espaço, limitado num quadrado com cerca de cinquenta metros de lado, era contornado por galerias com tetos de caixotões de carvalho. As colunatas que envolviam o pátio de pedra exibiam os fustes engalanados com ramos de lírios brancos e vermelhos, as cores de St. Oswald's. Ocupando a quase totalidade da área disponível, distribuíam-se, em duas secções, as filas de cadeiras invariavelmente ocupadas. Não sei dizer quantas cabeças se poderiam contar ali, mas nem nos ocorreu procurar lugares vagos. Os vãos dos arcos em ogiva quase deixavam de o ser, tais eram os muros de gente que os preenchiam. Gente elegante, gente de bom sangue, gente que se esticava nos bicos do calçado, agora que se ouviam os primeiros acordes. As vozes castas dos rapazes do segundo ano entregavam-se afinadas ao *Coro dos Caçadores*, ao mesmo tempo que o grupo de ilustres entrava no recinto, em marcha lenta. À frente do cortejo, apresentavam-se dois alunos, um rapaz e uma rapariga, que ostentavam dois estandartes, um com as armas do colégio, outro com o escudo da fundação. Imediatamente a seguir, desfilando em pares, surgiam os mais antigos professores de St. Oswald's, todos eles trajados a rigor nas suas togas académicas adornadas por insígnias, alamares e borlas de seda. Logo atrás, envergando uma túnica negra por engalanar e caminhando só, a figura desprendida de Miss Gross. Com os braços caídos e as mãos unidas, prosseguia com o olhar distante, serena, igual a si própria. O grupo completava-se com um conjunto de homens e mulheres, quase todos em traje civil, que, segundo me segredou Miranda, formavam o célebre Comité. Lá ia Raymond Forrester, ufano na sua toga e condição de símbolo vivo, cumprimentando em todas as direções. À medida que a comitiva desaguava no fim da coxia, os insignes representantes do colégio subiam os degraus, ora à esquerda, ora à direita, do palanque improvisado. Era um palco soberbo, protegido da luz poente por um baldaquino em brocado grená, com arabescos e flores bordadas a prata. Quando o coro emudeceu, já todos estavam sentados, desenhando uma simetria perfeita em torno de Miss Gross e do retrato pendurado de Philip Saint Oswald, o filantropo que inaugurara a academia em 1857. Do alto da sua efígie, parecia avaliar toda a assembleia com tal seriedade que quase cedi ao impulso de me colocar à frente de Miranda e assim poupar o fundador ao choque daquela imagem. Nessa altura, já Miss Gross se dirigia ao microfone colocado para cá da comprida mesa de honra. O seu discurso começou pelas convencionais saudações, seguindo a ordem hierárquica tão cara aos dignitários que ocupavam as cadeiras da frente. As palavras saíram-lhe fluentes, mesmo sem o auxílio de qualquer papel. Falou do que tinha que falar e do que esperavam que ela não esquecesse. Falou da excelência e da adolescência; do sucesso e do desânimo; dos líderes e de todos os que só queriam ser comuns. Nem quinze minutos demorou a concluir a sua prédica.

– Gostava de terminar com um apelo simples, convocando-os, sem exceção, para o mesmo desígnio que um dia animou os Pais Fundadores desta grande nação. Um propósito firme que consagre como tradição desta escola o respeito pelo outro e o desprezo pela intolerância. – Calou-se por um instante, dando tempo ao sentido das suas palavras. – Nenhum pai ou professor se pode excluir desta intenção, devendo, pelo contrário, elevá-la ao patamar em que, há muito, colocámos a excelência e o sucesso. Alguns destes alunos farão parte das elites dirigentes deste país. Que mau serviço prestaríamos à América se os deixássemos ir, marcados pelo vício do preconceito. – E, com esta advertência, agradeceu a atenção dispensada e regressou ao seu lugar, ao mesmo tempo que o claustro aplaudia, em diferentes intensidades, a crueza dos seus recados.

– Chega-lhes! – clamava Miranda, entre palmas entusiasmadas.

As duas horas seguintes foram verdadeiramente penosas. Os discursos estendiam-se numa retórica repetida à exaustão. Palavras como sucesso, ambição, prestígio e perseverança, passavam de um para outro orador, como o testemunho de uma corrida de estafetas. O engenho estava apenas na maneira como se reordenavam. Valeram-me os interlúdios corais e os comentários jocosos de Miranda. Coube, finalmente, a Mr. Forrester a honra de dar por encerrada a sessão, convidando a multidão para o alívio de um jantar volante na enorme tenda instalada no exterior do edifício.

Enquanto aguardávamos que aquele rio de gente se escoasse pelas quatro portas do claustro, tentei descobrir Clement. Estava curiosa por vê-lo fora do seu ambiente.

– Limita-te a imaginar – disse Miranda. – Clement ignora totalmente o protocolo.

Batia certo, pensei. A personalidade dele não merecia ser confrontada com cerimónias daquele calibre.

– Anda – disse eu por fim. – Vamos ver como correm as coisas.

– *Miss Parker! Miss Pritchard!*

Voltei-me na direção da voz juvenil que nos chamava e vi Therese a acenar-nos discretamente, enquanto se aproximava. Atrás de si, um casal de adultos seguia-a, de mão dada.

– Gostava de vos apresentar os meus pais.

Não pude deixar de reparar na grande diferença de idades que os separava. Enquanto o pai aparentava uns sessenta anos bem conservados, a mãe poderia passar por irmã mais velha de Therese. Tal como a filha, eram canadianos bem-dispostos e pareceram simpatizar connosco. Conversámos agradavelmente durante alguns minutos, o suficiente para descobrir onde a jovem encontrara os padrões da sua personalidade. Ele, diplomata em Washington, ela, galerista em Bethesda, eram, afinal, tão desenraizados como eu. Uma versão mais bem paga, é certo, mas com os mesmos sintomas.

Quando ficámos sós outra vez, decidimos, finalmente, ir ver o que se passava ali ao lado. Assim que entrámos na tenda, pude confirmar o impacto causado pela ousadia de Miranda. Na verdade, parecia insultuoso o desplante com que homens e mulheres a miravam de alto a baixo. A única diferença era mesmo o tempo que cada grupo dedicava a determinados patamares.

Lá fora, o Sol começava a desaparecer e foi nessa altura que os criados começaram a passear bandejas carregadas de *champagne Charlies* e bolachas com *guacamole*.

Ninguém disfarçava o apetite, enquanto se celebrava o fim dos discursos. Palmadas nas costas, gargalhadas, conversas em surdina e pescoços, dezenas de pescoços esticados pelo pretexto de procurar alguém, quando na verdade mais não queriam do que ver e ser vistos.

– Repara naquele sujeito, ali, ao pé do Forrester – sussurrou Miranda, por cima do meu ombro.

Varri a multidão com um olhar rápido e descobri os dois cavalheiros, à conversa, junto à mesa dos acepipes. O desconhecido conseguia abafar por completo a exuberância de Mr. Forrester.

– Queres dar um palpite? – sugeriu Miranda.

– Diz lá quem é.

– Trata-se, nem mais, nem menos, do que do pai do teu novo amigo, Dylan Hightower – esclareceu, erguendo um cálice vazio em direção ao homem. – Querida Kimberly, apresento-te Rufus Hightower! O verdadeiro, o legítimo.

Incrível... Miranda não exagerara; o homem parecia uma personagem de *A Cabana do Pai Tomás*. Vestia um fato de linho branco e, debaixo do duplo queixo, atava o colarinho com um *bolo tie* de couro e agulhetas de prata. Tinha peso a mais, altura a mais e, visto dali, arrogância suficiente para deixar o meu superior a falar sozinho. Fumava um enorme charuto, ao mesmo tempo que media com os olhos todos os que lhe passavam à frente.

– Valha-me Deus... Ainda existem personagens destas?

Confirmando aquela novidade, nesse mesmo momento, Dylan juntou-se aos dois homens. O pai, orgulhoso dos seus genes, saudou-o com uma palmada inclemente nas costas e, até que enfim, lá olhou para Forrester, provavelmente para lhe recomendar o herdeiro.

– Não é preciso puxar muito pela imaginação, pois não? – disse Miranda.

– Ao menos o miúdo passa a ter uma boa desculpa – respondi-lhe, antes de virar as costas à jactância de Mr. Hightower.

Fui passando o resto do tempo a observar o que me rodeava. Cornelia Maynard e Victoria Summerville, inseparáveis, não disfarçavam o deleite com que ziguezagueavam por ali, ornamentadas como faisões barrocos e reclamando protagonismo a cada volteio. Viam-se poucos alunos, o que não me surpreendeu, tendo em conta a alternativa que o colégio lhes oferecia. Na verdade, desde há uns anos, tornara-se costume, enquanto os adultos se contemplavam uns aos outros, abrir as portas do ginásio e enchê-lo de mesas corridas e cobertas de comida a sério. Desta vez, ao que ouvira dizer, fora contratada uma banda de Bridgeport. Se tudo corresse como previsto, estava autorizada a tocar até à meia-noite, o que fazia adivinhar alguns olhos vermelhos nas primeiras aulas do dia seguinte. No entanto, por muito divertido que estivesse a ser o convívio dos mais novos, o meu lugar era ali e nem pensar em dar ares de frete perante a elite que me confiara os seus filhos. Se fosse preciso podia inspirar-me na cordialidade da diretora, que distribuía paciência por este e por aquele com a postura de uma anfitriã experimentada. Miranda é que não sossegava. Ia e vinha, ao sabor sabia-se lá de quê, misturando-se com os convivas num balanço de manequim. Surgia-me de todos os lados, repentina e sem aviso, a apontar algo ou alguém, a segredar-me uma provocação ou apenas para que lhe segurasse o copo «só por um minuto». Daquela vez, porém, o seu ar era mais contido.

– Põe os olhos nas eminências que estão a fazer a corte à diretora.

Olhei para Miss Gross, que se encontrava ao lado de Eva e rodeada por três homens que não reconheci. Dois deles vestiam fato escuro, enquanto o mais velho, que optara por um fraque de flanela cinzenta, dominava o pequeno grupo apenas com o peso da sua presença. Reparei também na frequência com que os dois mais novos intercalavam a conversa com acenos sorridentes a quem passava. Eva, por seu lado, segurava um copo com ambas as mãos, não se inibindo de proferir comentários, o que, visto à distância, parecia divertir os cavalheiros.

– Vês o velho? – perguntou Miranda. – Põe-te fina, é ele que te paga o ordenado.

– Quem é?

– Ed Morgenstern? Por favor, miúda, acorda... é o manda-chuva, o homem do dinheiro, a última voz na cadeia de comando. É ele que preside ao Comité e à Fundação. Aposto que é ali que Miss Gross vai buscar o músculo de que precisa para aturar a mobília velha. O homem adora-a, não se nota?

Sim, era evidente o modo embevecido como o Número Um olhava para a diretora.

– E os outros dois?

– Os outros dois são os cabeças de cartaz da cerimónia. Frank Veccarelli e Adam Kulinski, o ilustre par que luta pelos nossos interesses na Câmara dos Representantes – disse Miranda, já a uns metros de distância, preparada para mais uma surtida.

Fiquei durante alguns momentos a apreciar aquele grupo, fascinada com os gestos deliciosamente estereotipados dos dois congressistas. Quando estes se despediram e foram ser amáveis para junto de outros eleitores, reparei, surpreendida, que o olhar de Morgenstern se fixara em mim. Eva fez-me sinal com o braço para que me aproximasse.

– Miss Parker – disse Morgenstern, estendendo-me a mão, ao mesmo tempo que se curvava ligeiramente. – É um prazer conhecê-la, finalmente.

Miss Gross apresentou-nos, sem se perder nos detalhes.

– É uma honra, Mr. Morgenstern – disse eu, respondendo ao seu cumprimento.

– A nossa querida diretora já me falou de si. Parece que a Sarah tem grandes expetativas relativamente à sua pessoa, sabia disso? – comentou ele, enquanto lançava um olhar divertido na direção da visada.

– Fico contente, Mr. Morgenstern. Espero não a dececionar.

– A mãe é íntima das estrelas do céu, Kimberly – disse Eva, levando um copo de *gin* aos lábios. – Não se engana.

– Escute, Miss Parker – murmurou o homem, oferecendo-me o braço. Ergueu a outra mão, apontando uma admirável bengala de castão prateado em direção a Mr. Forrester e a outros professores mais antigos. Estes, agrupados num canto da tenda, não escondiam a típica euforia que transborda com a espuma do champanhe. – Olhe bem para eles – disse, enquanto me olhava com ar conspirador.

Ergui expressivamente as sobrancelhas, à procura do motivo que me sugeria.

– Devia aperceber-me de alguma coisa? – perguntei.

– Sarah despreza-os – disse-me ao ouvido, como se me confiasse um segredo de Estado. Porém, fê-lo suficientemente alto para que a diretora o ouvisse com nitidez, divertindo-se por provocá-la. Olhei de relance para Miss Gross, que se limitou a um ligeiro encolher de ombros, certamente já habituada às indiscrições de Morgenstern. – Acredite no que lhe digo, Miss Parker – insistiu ele –, quando for chamada a escolher, e pode ter a certeza de que vai ser, não hesite em pôr-se à sombra de Sarah. Isto é, se estiver disposta a manter a frescura das ideias, bem entendido.

– Não me parece que Miss Parker precise de resguardos para ser quem é – disse Miss Gross.

– Não duvido disso – replicou Morgenstern, profético –, mas é bom que saiba o que a espera.

Depois, sorriu-me com os pequenos olhos azuis, desculpou-se e levou Miss Gross pelo braço ao encontro de outros convidados, deixando-me a sós com Eva. Parecia evidente que o meu novo patrão, no seu jeito labiríntico, pretendera dar-me a conhecer o lado certo da trincheira e, sobretudo, por quem lutavam os generais. Tanto melhor, pensei, era um amparo bem recebido.

– É um homem e tanto – disse Eva, seguindo-o com o olhar. – Não fazes ideia daquilo de que aquele corpo franzino é capaz.

– É curioso, poderia dizer o mesmo sobre a tua mãe.

– A minha mãe? – Eva mostrou-me um sorriso indecifrável. – Oh, não, a mãe é diferente.

Surgiu alguma coisa no seu olhar que me desencorajou de ir mais além. Era espantoso o efeito que Miss Gross parecia produzir na filha. Habitualmente tão segura de si, Eva subia uma oitava na voz assim que o nome da mãe lhe assomava aos lábios.

– *Miss Parker? Miss Kimberly Parker?*

Sem dar tempo a que me virasse, surgiu-me na frente o sorriso escancarado de Rufus Hightower. Hesitei os segundos suficientes para decidir o tratamento mais adequado.

– Boa noite, senador – disse, estendendo-lhe a mão.

Ali estava uma maneira inesperada de continuar a *soirée*.

– Vejo que já houve alguém disposto a poupar-nos as apresentações – concluiu, sem mostrar surpresa.

Havia algo de incómodo na maneira como me estudava o rosto. Parecia ávido por descobrir alguma coisa.

– E o senhor precisa de apresentações?

O homem tossiu uma gargalhada cheia de fumo, agitando-me o charuto frente ao rosto.

– Tem razão, senhora professora. Há homens que não podem dar-se ao luxo de passar despercebidos. – Ainda não concluíra a frase e já percorria com um olhar despudorado a silhueta de Eva. – E esta jovem encantadora? – perguntou, satisfeito com o que via. – Cada vez mais igual à mãe.

– Já o senador continua igual a si próprio – ripostou Eva, com indiferença.

O homem soltou uma gargalhada atrevida, tal qual um miúdo apanhado a roubar uma bolacha.

– Lá no Sul gostamos de pôr as cartas todas na mesa – disse, voltando-se para mim. – É por isso que gostaria de trocar uma palavrinha com a senhora professora.

Eva congratulou-se com a oportunidade de lhe virar as costas, embora, acredito, se sentisse mal por me abandonar naquelas circunstâncias.

– Prazer em vê-lo – disse ela, com o tom de quem manda à fava. – Kimberly?

– Oh, sim, Eva. Vai, vai...

Eva não precisou de mais incentivos e, sem qualquer despedida, desapareceu no meio dos convidados.

Agora a sós com ele e olhando-o mais de perto, apercebi-me das minúsculas gotas de suor que lhe cobriam o rosto. Aparentemente a frescura do fim da tarde não era suficiente para tanta robustez.

– Está um calor dos diabos! – exclamou, limpando a testa com um lenço já ensopado. – Não sei porque não marcam estas reuniões lá para o Natal.

– Não me diga que um homem do Sul se deixa afoguear pelos verões da Nova Inglaterra.

– Esquece-se de uma coisa, *Ma'am*; é que, se esta coisa fosse lá no meu quintal, há muito que estaria em mangas de camisa. – Preferi não imaginar como seriam os encontros sociais que o senador promovia no Alabama, mas era evidente que o excesso de protocolo o afligia. – Soube que vem de muito longe – prosseguiu ele, com o charuto pendurado nos dentes, enquanto afundava os polegares nos bolsos do colete. – Não leve a mal a pergunta, mas o que é que viu de tão especial neste lugar?

– Se calhar, o mesmo que o senhor, quando mandou para aqui o seu filho.

Ele mostrou uma expressão enigmática, expondo, com um grunhido, dois ou três dentes de ouro.

– Tem razão, mas, se fosse hoje, o mais certo era tê-lo mantido junto a mim. Montgomery está cheia de escolas a sério. – Nem me passou pela cabeça perguntar-lhe o que pretendia dizer com aquilo, até porque desconfiava de que não ia gostar da resposta. De qualquer maneira, o senador parecia disposto a aproveitar o pretexto para ir direito ao assunto. Aproximou-se tanto de mim que me fez enjoar com os seus aromas de tabaco, *bourbon* e água-de-colónia. – Mas ainda bem que fala do meu rapaz... – soprou ele. – Soube que lhe anda a arranjar problemas.

O seu olhar tornara-se subitamente mais intenso, arrefecido por uma censura gelada, que nem o sorriso permanente disfarçava.

– Nada que não possamos resolver – disse, afastando-me um pouco, sem deixar de o encarar.

– Eu espero que sim, sabe? É que, se o Dylan voltar a ser apertado, só por ter a coragem de meter aquele preto no lugar, então terei de lidar consigo pessoalmente, Miss Parker.

Não queria acreditar que me estivesse a ameaçar daquela maneira, mas isso deu-me força para o enfrentar.

– Coragem? Desde quando é preciso coragem para insultar alguém como o Justin numa escola como esta? Acho que o atributo em causa é bem menos dignificante para o seu filho, Mr. Hightower.

O senador respirou pesadamente, agoniando-me outra vez com o seu hálito de perversidade.

– Já vi que não está a perceber, *Ma'am*. Estou-me nas tintas para o número de pretos que precisa de salvar para se achar melhor do que nós. Porque acha que acabei de fazer mil e quinhentos quilómetros? Para ouvir discursar estes galos emproados? Tenha juízo! Só aturei este frete para lhe poder dizer, olhos nos olhos, que, se o meu rapaz vier a ser prejudicado por sua causa, a mando de volta para o buraco de onde saiu! Mas com as pernas partidas em vários sítios... – Dizendo isto, voltou a morder o charuto e, dando um passo atrás, percorreu-me da cintura para baixo, com um olhar descarado. – Já viu o que se desperdiçava?

Encarou-me então uma última vez. Por incrível que pareça, em nenhum momento perdeu o sorriso com que se apresentara. Quem o visse poderia pensar que me estava a pedir que votasse nele.

– Mr. Hightower. Parece que os congressistas andam à sua procura.

Naquele momento, não tive coragem para levantar os olhos do chão; ainda assim, reconheci imediatamente a voz de Miss Gross.

O homem manteve-se imperturbável. Estavam ali muitos anos de faz-de-conta.

– A gentil Miss Sarah Gross ... – disse, abrindo os braços. – O coração, a alma e o músculo desta escola! Estava precisamente a felicitar esta jovem senhora pela feliz decisão que tomou ao juntar-se a nós. – Como era aviltante a sua desfaçatez... – E agora vão-me dar licença, mas não se deixa à espera um congressista, muito menos dois – afirmou, antecipando mais uma gargalhada. – Minhas senhoras, foi um prazer.

Ensaiou uma ligeira vénia e saiu à procura dos políticos. Miss Gross seguiu-o com o olhar, até que me encarou.

– Está tudo bem, Kimberly?

Só então, ao olhar para as minhas mãos, reparei que tremia incontrolavelmente. Apertei-as até o sangue se esvair. Queria falar, mas sabia que precisava de um tempo para desamarrar a voz. Sentia-me humilhada, violada. Num lapso de segundos vi passar pelo meu íntimo as imagens fugidias do meu pai, da minha mãe, do meu quarto em Cottage Grove e até do pequeno Jimmy Santiago, quando me deu o primeiro beijo. Era como se compensasse aquela ferida com aquilo que me era mais querido.

– Como soube? – acabei por perguntar. Era evidente que Miss Gross tinha vindo em meu auxílio.

– Conheço o Rufus Hightower há tempo suficiente para saber que não desperdiça energias com professoras novinhas sem ter uma razão forte – disse, continuando a seguir o senador com os olhos. – E, além disso, devo confessar-lhe que já estava a par dos seus confrontos com o Dylan.

– Como?

– A Therese Fournier. Mas não lhe leve a mal – apressou-se a pedir. – A responsabilidade é toda minha. Eu é que lhe pedi que me mantivesse informada sobre tudo o que dissesse respeito ao Justin. Quer contar-me o que lhe queria Mr. Hightower?

Hesitei. Se ansiava por me resguardar em Miss Gross, na segurança que me transmitia, não conseguia deixar de ter presentes as palavras de Mr. Forrester no dia da entrevista, a forma crua como me prevenira para a postura de certos pais. A última coisa que queria era correr para debaixo das saias da diretora ao primeiro embate. E, depois, o choque que se seguiu à ameaça do senador ia, aos poucos, dando lugar à indignação. A tal ponto que, naquele momento, me senti pronta a enfrentar o mundo.

– Preferia não o fazer, desculpe. Acho que consigo lidar sozinha com isto – afirmei com toda a veemência de que fui capaz. – A questão de Dylan não é fácil, eu sei, mas sinto que é possível fazê-lo perceber até onde pode ir. E, quando isso acontecer, os meus problemas com Mr. Hightower também ficam resolvidos.

Miss Gross nunca me repetiu a pergunta. Ela era assim. Aproximava-se das pessoas com a mesma prudência com que o colibri beija a flor. Em avanços e recuos, esvoaçava à nossa volta, exibindo a delicadeza dos verdadeiros conquistadores. Limitou-se a acompanhar-me à saída da tenda e despediu-se. Como não estava com disposição para esperar por Miranda, atravessei os relvados apenas com os meus fantasmas.

GÖTTINGEN, ALEMANHA

Fevereiro, 1933

Queridos pais,

Os dias passam e já estou conformada com a dor de vos ter longe. Obrigada por me escreverem, mas não gostei da última carta; o pai que não se meta em sarilhos. Não te bastam as batalhas que travaste, meu sonhador incorrigível? Vão-me mantendo a par de tudo.

Por aqui, o Sol continua a nascer todos os dias.

Pai, desta vez enganaste-te. Lembras-te do Hitler? O vendilhão de absurdos, como lhe chamaste um dia? Foi nomeado chanceler, já está onde queria. É um homem execrável, mas continua a colar a si multidões fanáticas. Não sei o que é que este povo quer, não sei o que será da Alemanha.

Quanto ao resto, pouco a dizer. Raramente me afasto do instituto e, mesmo assim, fico pelas redondezas. As preocupações do doutor Reznyk não têm razão de ser. O que não falta em Göttingen são professores judeus e não consta que se sintam diminuídos por isso. Sinto-me tranquila e livre. É verdade que há por aí figuras com a postura de pedregulhos que adoram passear a petulância, mesmo nos corredores da universidade. Não passam de imbecis mascarados de soldadinhos de chumbo e...

*

... e peço-te, querida Esther, não comentes com a minha mãe, mas incomoda-me a presença deles. Idolatram Hitler de uma maneira doentia e cada vez se sentem mais impunes para dizer o que lhes vai na alma. As pessoas têm medo. Já os vi provocar ostensivamente e ninguém parece

ter a coragem ou a vontade de os pôr na ordem. Como eles dizem, basta que lhes cheire a judeu. Não sei o que esperar. Os meus cadernos já não são suficientes para me distrair. Intitulam-se nazis, o que quer que isso queira dizer. Usam braçadeiras vermelhas e camisas militares, mas há-os também dissimulados, e esses são os piores. Estamos sempre à procura do sarcasmo que se pode esconder atrás de um sorriso e não confiamos em ninguém. Bom, quase em ninguém... Lembras-te de te ter falado de Aleck? É um judeu de Wiesbaden que veio para Göttingen há oito anos. Está à frente de uma cadeira de Filologia Eslava e conheci-o por intermédio de Emmy Noether, também ela judia alemã e a mais inspiradora das professoras da Georgia-Augusta. A princípio achei-o estranho, parecia um radical obstinado. Hoje já só o acho um... radical obstinado. Diz-se socialista, o que quer dizer que é comunista, e gosta pouco de me ouvir falar de Chicago. O meu avô ia adorá-lo!

Vá lá, estás desejosa de saber se já dormimos juntos – nunca mo perguntarias, pois não, minha boa Esther? –, mas, antes de te responder, quero que nos vejas. Tens de perceber como somos ao lado um do outro.

Também por isso, gostava de te ter aqui.

Sinto a tua falta.

Sarah

OSHPITZIN, POLÓNIA
Março, 1933

– O Zederbaum quer vê-lo – disse o doutor Reznyk. – Quer marcar uma reunião connosco e mandou dizer que é urgente.

Henryk continuou absorto na leitura do *Tygodik Zydowski*, o jornal dos judeus de Oshpitzin. O médico não insistiu e levou à boca mais um cubo de *golka*[20]. Assim ficaram, por breves minutos, um a folhear, outro a mastigar, os dois a pensar na mesma coisa, à sombra dos limoeiros que Anna plantara no jardim.

– Vá lá, Joshua – disse Henryk, finalmente, sem tirar os olhos do jornal. – Sei que está ansioso por me dizer o que essa gente quer de mim.

O doutor Reznyk tirou os óculos e limpou-os demoradamente.

– Desta vez, receio desapontá-lo, meu caro. Entrar na cabeça daquele homem é um desafio para lá das minhas capacidades.

– Bom, então nada melhor do que ouvir o que ele tem a dizer.

Assim, três dias depois, os dois homens foram ao encontro de Zederbaum. A reunião fora marcada no *shtibl*[21] do rabino Eliezer Friedman, o que era tudo menos terreno neutro. Ainda assim, Henryk não parecia incomodado.

– Não faça nada que o comprometa – avisou o amigo. – Diga apenas o essencial para que não lhe percam o respeito.

[20] Queijo polaco fumado, produzido a partir de leite de vaca.

[21] Sala de estudo e oração.

– Não se apoquente com isso. Já sei como se portam os políticos.

– O que me assusta não é aquilo que sabe – disse o médico, paternalmente –, é aquilo de que se esquece, quando lhe ferve o sangue.

Henryk tranquilizou-o uma vez mais, afagando-lhe o ombro com amizade. O local que o *Admor* de Oshpitzin tinha posto ao dispor das duas partes situava-se no n.° 374 da Rua dos Judeus, apenas a alguns metros da casa dos Gleitzman e a menos de dez minutos da mansão dos Gross. Por essa razão, Henryk propusera que fizessem o caminho a pé. Ao chegar ao *shtibl*, o médico bateu respeitosamente à porta. Quase de seguida, um homem baixo, vestido de preto e com a cabeça coberta por um solidéu, convidou-os a entrar para um apertado vestíbulo, totalmente preenchido com motivos religiosos. O indivíduo, parco em palavras e sem nunca tirar os olhos do chão, pediu-lhes que aguardassem. O cheiro que se fazia sentir era enjoativo, numa combinação carregada de madeiras antigas e alguma erva posta a queimar. Os dois homens deixaram-se estar em silêncio, até que o cortinado de veludo puído foi afastado para dar passagem ao distintíssimo Eliezer Friedman.

– *Shalom aleykhem* – saudou o rabino, em hebraico, como seria de esperar de um religioso.

– *Aleykhem shalom* – responderam os visitantes, curvando-se ligeiramente.

O rabino, que era um homem modesto, habituara-se havia muito a receber bem, até porque a sua casa albergava um espaço de oração, uma *yeshiva*, uma biblioteca e um forno que emprestava para cozer o pão ázimo, na celebração da Pessach[22].

– Estou grato por terem vindo, meus senhores. – Dizendo isto, aproximou-se de Henryk e leu-lhe a expressão do rosto. – Senhor Gross, acredito na boa vontade de todos os que entram nesta casa. Posso confiar que a conversa desta noite dará bons frutos?

---

[22] Páscoa judaica.

– Pode, *Rebbe* – respondeu Henryk. – Foi para isso que viemos.

O homem santo observou-lhe o rosto por mais alguns segundos, virando-se então na direção de um estreito corredor.

– Venham comigo, por favor.

Ao fundo via-se uma sala, cujas lanternas tremeluzentes ampliavam as sombras de pessoas em movimento. Henryk seguiu os passos vagarosos do rabino, levando atrás de si o doutor, que olhava, ora para a esquerda, ora para a direita, apreciando a exposição de gravuras. Quando, finalmente, desembocaram na sala, encontraram dois homens de pé e um terceiro sentado numa poltrona. Todos ostentavam barbas ortodoxas e vestiam fatos pretos com coletes. Henryk reconheceu imediatamente o cavalheiro do sofá, até porque era provável que Deus não tivesse atribuído um par de olhos como aquele a mais ninguém. Leopold Zederbaum não fez qualquer menção de se levantar, nem mesmo perante a presença do rabino. Este, sempre com gestos ponderados, conduziu os recém-chegados até àquele que os esperava.

– Bom, meus senhores, pelo que sei, dispensam-se apresentações, não é verdade? – disse o *Admor*, dando espaço para que os homens se cumprimentassem. – Assim sendo, e se me perdoarem, deixo-vos a sós, até porque duvido de que precisem de mim para tratarem das vossas questões. Lembrai-vos apenas: entrastes em paz, saí em paz.

Quando o rabino saiu, Henryk e o doutor Reznyk ocuparam duas das várias cadeiras espalhadas por ali. Aquele espaço, paredes-meias com a sala de oração, fora forrado com objetos de culto, livros antigos e quadros repletos de caracteres hebraicos. O resto era mobília de madeira e rendas oferecidas ao *Rebbe* pelas virtuosas judias de Oshpitzin. Não passou despercebido a Henryk o sinal furtivo com que Zederbaum ordenou a saída dos seus acompanhantes e, mal estes desapareceram no corredor, decidiu, ele mesmo, abrir as hostilidades:

– Ora muito bem, senhor Zederbaum, quis encontrar-se comigo e aqui me tem. A que devo o convite?

Zederbaum fitou-o prolongadamente, avaliando-o com o magnetismo que a serpente usa para encantar a vítima.

– Senhor Gross – disse de forma arrastada –, já o felicitei uma vez e acho que vou ter de o fazer novamente. Nunca é fácil sacrificar a honra, mesmo em favor de uma causa nobre.

Henryk e o amigo demoraram uns instantes a encaixar o primeiro golpe.

– Não me parece que esteja a começar bem – advertiu o doutor Reznyk.

– Deixe estar, Joshua, o senhor Zederbaum irá certamente explicar-se.

– Não será necessário, senhor Gross. Ambos sabemos que mentiu descaradamente na reunião do Herz.

Sem tirar os olhos do seu antagonista, Henryk pousou a mão sobre o braço do doutor Reznyk, ao sentir que este se preparava para se levantar e sair dali.

– E, na sua opinião, em que é que eu faltei à verdade? – perguntou, dando mostras de um admirável sangue-frio.

– Não se faça de ingénuo. O senhor intrujou toda a gente quando quis fazer acreditar que o governador está disposto a aceitar um nome qualquer para presidir ao Município.

– Vejo que está muito seguro do que afirma.

– Pare de me tratar como um imbecil. O governador só aceita um judeu naquele lugar, se ganhar alguma coisa com isso. Não me interessa qual foi o cozinhado, mas não julgue que me enganou.

– Pense o que quiser – bradou o doutor Reznyk, cada vez mais indisposto.

– Calma, Joshua, caramba. Não está à espera de que seja só para dizer isto que este senhor nos chamou aqui – afirmou Henryk, desafiando Zederbaum com um sorriso. – Quer sossegar o meu amigo e ir direito ao assunto?

Zederbaum pareceu descontrair-se pela primeira vez. Cruzou as pernas e assentou as mãos nos braços do cadeirão.

– Acredito que tenho algo razoável a propor-lhe, senhor Gross.

– Ardo de curiosidade, meu caro. Mostre lá o seu jogo.

Zederbaum pigarreou e, instintivamente, chegou o tronco à frente, como se quisesse dar mais peso ao que ia dizer.

– Quero recomendar-lhe que vá falar novamente com o governador e o informe de que, a partir de agora, é o nome de Leopold Zederbaum que deverá ser tido em conta para o lugar.

– Para presidente da Câmara?! – exclamou o doutor Reznyk, incrédulo.

– Precisamente – confirmou Zederbaum, mantendo os olhos em Henryk.

– E porque é que eu faria isso?

Zederbaum conseguiu ensaiar um esgar de afabilidade.

– Estimado senhor Gross, olhe bem para mim. Esforce-se por ver algo mais do que um homem velho. Os anos ensinam-nos, sabe? Eu conheço-o, sei aquilo que vale; sei que, por detrás das suas ambições políticas, o senhor se preocupa realmente. Acredito até que havia algo de verdade no meio das mentiras que nos disse na reunião de dezembro. Ninguém pode negar que já fez sacrifícios por este país, que lutou por ele, que tem ajudado muita gente. Isso tem valor, eu sei. Acredito que quer o melhor para a comunidade e é por isso que espero que seja capaz de pôr os interesses de todos à frente dos seus.

– Para que Leopold Zederbaum vista o manto de Moisés e liberte o seu povo – provocou Henryk.

– Não vá por aí. Oiça o que tenho para lhe dizer.

– Julguei que já tinha acabado – atirou Reznyk, com azedume.

Zederbaum continuou a ignorar o médico.

– Senhor Gross, tem a noção do que representa ter um judeu naquele lugar? Outro dia, no hotel Herz, quis passar a ideia de que se tratava de uma oportunidade histórica para o povo de Oshpitzin. Pois digo-lhe, caro senhor, por muito carinho que eu tenha por esta cidade, isso é o menos importante. A eleição de um judeu para aquele cargo vale infinitamente mais do que isso; entra no domínio do simbólico. É uma bandeira que se crava a fundo nos preconceitos deste país. É um grito de esperança para três milhões de judeus polacos; a confirmação de que é possível gerir o nosso destino. Consegue ver o que está em causa?

Henryk encolheu os ombros, como se nada daquilo lhe soasse a novidade.

– Consigo. E depois?

– E depois, senhor Gross? Ainda não percebeu? Ainda não percebeu que o senhor não pode corporizar essa simbologia?

– Porquê? – perguntou Henryk, com uma gargalhada. – Porque não uso uma barba comprida como a sua?

– Receio que seja mais do que isso – respondeu Zederbaum, abanando a cabeça. – O senhor não pode transportar a bandeira porque não vive como um judeu, é tão simples quanto isso.

– Disparate! – insurgiu-se o doutor Reznyk. – Que é que conhece da vida deste homem?

– Conheço o mesmo que toda a gente, ou seja, muito pouco. Sei que, se Henryk Gross pratica o seu judaísmo, o faz de forma envergonhada, escondido nas paredes da sua mansão.

Ao dizer aquilo, Zederbaum levantou-se lentamente e aproximou-se de uma estante, deixando-se ficar, por momentos, a cofiar a barba e a observar as citações do Talmude que o rabino Friedman reunira em pequenas molduras de estanho. Ao lado destas, encontravam-se diversas paisagens da Terra de Israel pintadas à mão e um minúsculo retrato do Baal Shem Tov[23]. Deixou-se estar ali alguns minutos, bebendo do olhar místico do Besht, indiferente à impaciência dos outros dois.

Quando a respiração do doutor Reznyk anunciou mais um vendaval de interjeições, Zederbaum retomou o ataque.

– Está seguro de que conhece o seu povo, senhor Gross? O Primeiro Templo caiu há demasiado tempo. Já se interrogou como resistimos a tudo? A que devemos a imortalidade?

---

[23] Rabino Israel ben Eliezer, ou Besht, fundador do Hassidismo, um movimento do judaísmo ortodoxo.

– Tenho a certeza de que me vai dizer.

Zederbaum elevou as sobrancelhas, abrindo desmesuradamente os olhos.

– À identidade... – disse prolongadamente e num tom de revelação. – Mas isso o senhor não poderia saber, não é verdade? É um assimilado, não ama os sinais.

– Isso assusta-o?

– Agonia-me. E é por isso que me recuso a aceitá-lo como rosto da comunidade. Não lhe parece que era um serviço que fazia ao seu povo se desse lugar a quem o pudesse representar verdadeiramente?

– E é claro que não lhe ocorre mais ninguém além de si próprio – desafiou o médico, com um sorriso descarado.

– Ando há décadas na estrada, a lutar pela causa. Não preciso de fazer mais nada para ser reconhecido como um judeu comprometido com o seu povo e os seus costumes.

Henryk tirou um charuto e levou-o à boca, sem contudo o acender, por respeito ao lugar onde se encontrava. Encarou Zederbaum, com um esgar interrogativo.

– Joshua tem razão. Ainda que eu aceitasse desistir da corrida, diga-me por que motivo haveria de o fazer a seu favor? Que eu saiba, há outros judeus de valor em Oshpitzin. Nada me obrigaria a entregar tudo, de mão beijada, a si e ao seu grupo de ortodoxos.

– E ia fazê-lo a favor de quem? – perguntou Zederbaum, com um sorriso. – Dos sionistas? Espere, não diga... Se calhar, está a pensar num socialista.

Henryk sabia que, nesse aspeto, Zederbaum estava certo. O único partido judaico que caía nas graças do Governo polaco era o ortodoxo. Propor um sionista ou, pior ainda, um comunista seria o mesmo que obrigar o governador a desistir da sua generosidade.

– Bom – disse Henryk, levantando-se –, de qualquer maneira, esse problema não se põe, uma vez que não tenho a mínima intenção de sair de cena. Assim sendo, e se não tem mais nada a dizer, vai desculpar-me, mas vou andando. Apresente os meus cumprimentos ao dono da casa. E, já agora, não se esqueça de lhe dizer que saímos em paz.

O doutor Reznyk juntou-se-lhe e os dois abandonaram a sala, perante o olhar impassível de Zederbaum. Henryk ainda encontrou tempo para olhar para trás e deixar um aviso:

– Não ceda à tentação de me fazer guerra, está bem? Lembre-se de que se, por sua causa, os votos se dispersarem e deixarmos fugir o lugar, o povo de Oshpitzin irá recordá-lo como um traidor.

Zederbaum não disse nada por momentos, deixando que os dois homens se dirigissem ao corredor. Quando os viu já próximos da cortina que antecedia o vestíbulo, lançou uma pergunta enigmática:

– Senhor Gross! O que é que aconteceu em Lomza?

Henryk deu apenas mais dois passos, antes de se imobilizar em pleno corredor. O doutor Reznyk parou quase imediatamente e olhou para o seu companheiro sem perceber o que se estava a passar.

– Que foi? – perguntou.

Mas o amigo não respondeu e assim se deixou estar, sem falar, sem se mexer.

– Que é que pretende? – indagou Henryk, algum tempo depois, com a voz quebrada.

– Que voltemos a falar um dia destes. Apenas isso – respondeu-lhe Zederbaum, do fundo da sala.

Henryk e o médico saíram em silêncio. A reunião terminara e da forma mais inesperada. Só cá fora, e quando viraram à direita na Rua Kolejowa, é que o doutor Reznyk o enfrentou:

– Pode explicar-me que diabo se passou ali dentro?

Henryk demorou uns vinte metros a responder.

– Não aqui. Não agora.

SHELTON, CONNECTICUT, EUA

Outubro, 1968

Os dias que se seguiram devolveram-me alguma paz de espírito. O trabalho era intenso e a maioria dos alunos verdadeiramente desafiante. Aos poucos, as coisas pareciam querer ajustar-se às rotinas esperadas numa escola daquela estirpe. Dylan não perdeu nem um pouco da arrogância, mas, apesar das costas quentes, parecia admitir que a sala de aula não era o melhor palco para as suas ignomínias. Também Justin mostrava ter superado o primeiro embate. Longe de se ter tornado popular entre os colegas, mostrava aceitar melhor a sua presença ali. Para isso contribuía muito o desvelo de Therese. Era frequente vê-los em longas caminhadas pelos relvados, ou a sussurrar opiniões, lado a lado, na biblioteca. Na verdade, a partir de certa altura, não me lembro de os ter visto um sem o outro. É evidente que os rumores não tardaram. Havia quem jurasse ter visto gestos impróprios, contranatura...

– Nada de que não estivéssemos à espera, não é verdade? – gostava de dizer Mr. Forrester, de maneira que ninguém na sala de professores pudesse ignorar a aberração.

O que é certo é que Justin se agarrara a Therese para flutuar naquele mar hostil. Teria desconfiado da tempestade que se aproximava?

A primeira semana de outubro surpreendeu-nos pelo frio que se fez sentir. Apesar de o Sol permanecer convidativo, passei a alternar as minhas caminhadas solitárias com tardes na biblioteca. Clement tornava-se cada vez mais imprescindível.

Naturalmente nunca me deixei levar pelas fantasias de Miranda. Não, Clement era mais do que um homem; era, ele mesmo, um contexto; inteiro, provocador, convidava-me a sair da penumbra, a descobrir as cores dos dias que passam, nas palavras que dizia ou me dava a ler.

Também Miss Gross se ia instalando no centro da minha vida. Aos poucos, deixei de precisar de pretexto para me aproximar e as reuniões passageiras foram dando lugar a prolongados passeios pelos caminhos sinuosos de St. Oswald's. Nunca cheguei a revelar-lhe aquilo que acontecera entre mim e Rufus Hightower. Na verdade, fosse pelo espírito superior de Miss Gross, fosse pelo poder que Clement me obrigava a descobrir em mim mesma, a violência desse episódio foi levada na espuma do tempo. E depois havia Nat, claro. As cartas do meu pai chegavam com uma cadência ternurenta. Longas, descritivas e repetitivas, como todas as cartas apaixonadas. Encontrava-as debaixo da porta quando regressava do almoço, mas só as lia ao fim do dia, já depois de ter pousado o livro de cabeceira, pois era com ele que queria sonhar.

Naquele dia, porém, eram dois os envelopes deixados ao meu cuidado. Um deles, de cor azul, apresentava-se parcialmente tapado pela carta de Nat. Foi quando os apanhei que senti a primeira náusea. Atirei os sobrescritos para cima da cama sem ter coragem de olhar para eles. Cruzei os braços e deambulei pelo quarto, como se procurasse um motivo para adiar o confronto inevitável. Por fim, lancei-lhes um olhar furtivo e desfocado pela angústia. Seria possível? Aproximei-me e confirmei o que já sabia. Lá estava aquela caligrafia oblíqua que me perseguia havia tanto tempo. Agarrei o envelope e abri-o com as mãos trémulas. Ao aperceber-me do seu conteúdo, preparei-me para uma má surpresa. Tratava-se de uma fotografia a preto-e-branco e não demorei a reconhecer a minha imagem; longínqua mas inconfundível. A primeira reação foi tentar desesperadamente identificar o local e a data em que fora tirada. A recordação do almoço na Baixa de Shelton surgiu-me quase de imediato; ali estava eu, com um saco na mão, a rir de alguma coisa; Miranda, ao meu lado, de costas para o rio Housatonic, a fazer uma careta que bem poderia ser para a câmara oculta. A fotografia tinha menos de um mês... Como era possível?, repetia para mim mesma. Ali? Em St. Oswald's? Como se atrevera a chegar tão longe? Durante muito tempo senti-me incapaz de organizar qualquer espécie de estratégia para lidar com aquilo. Passei o resto do dia trancada no quarto. Deitei-me e por ali fiquei, tapada, abraçada aos lençóis, coberta por memórias esmagadoras.

Um, dois, três dias passaram sobre aquele acontecimento. Nesse período não estive com ninguém além dos meus alunos. O resto do tempo levei-o na cama, a tentar recuperar a vontade de viver, a imaginar outro começo, noutro lugar, com outras pessoas, sempre à espera de que o pesadelo ressurgisse nalguma carta, nalguma visita. A sexta-feira chegou e com ela a certeza de um fim de semana sombrio. Mas, como Nat tantas vezes me dizia, nada melhor do que uma tormenta para nos distrair de outra. E, dessa vez, a tempestade apareceu, inesperada, a meio da noite, quando as pancadas insistentes me arrancaram violentamente ao primeiro sono. Que horas seriam? Duas da manhã?! Que loucura era aquela? Levantei-me e vesti o robe que deixara sobre a cadeira da escrivaninha.

– *Miss Parker...*

Aquela voz... Sim, só podia ser! Quando abri a porta, já sabia que era Therese que me chamava do outro lado. Estava com um ar desesperado, lavada em lágrimas. Entrou aos tropeções no quarto e sentou-se aos pés da cama, de cabeça baixa, enquanto esfregava compulsivamente as mãos. Tremia, chorava e não parecia capaz de dizer fosse o que fosse. Sentei-me à sua beira e abracei-a.

– Pronto, querida – disse-lhe com a voz mais calma que consegui. – Procura controlar-te, Therese. Diz-me o que aconteceu.

Como nada aliviava a sua angústia, deixei-a chorar, até que, passados uns minutos, surgiram as primeiras palavras.

– Eles fizeram-no... Eles tiveram coragem...

– Eles, quem? Que aconteceu?

Mais choro, mais desespero.

– *Kimberly?* – A voz vinha da porta, que deixara entreaberta. Era Miranda, que não precisou de autorização para irromper pelo quarto. – Ah, Therese, estás aqui – disse, ao ver-nos às duas.

– Acabou de chegar – informei.

Miranda pôs-se de cócoras à frente da rapariga e segurou-lhe as mãos.

– Já sei o que aconteceu. Tens de ser forte, menina! Não lhes dês o gozo de te ires abaixo.

– Alguém pode dizer-me o que se passa? – perguntei.

Therese mostrava-se um pouco mais sossegada. Procurava dominar a respiração, até porque parecia ansiosa por desabafar.

– Foi o Justin – acabou por dizer. Endireitou-se ligeiramente, mas manteve o olhar longínquo enquanto contava o sucedido. – Fui jantar com ele ao refeitório como sempre. Quando acabámos, lembrei-me de que era capaz de ter piada se déssemos um salto ao parque. Estava lá toda a gente. Normalmente há música, as pessoas descontraem-se... podia ser divertido. Que idiota, meu Deus!, como é que pude pensar que o Justin teria alguma hipótese...?

Therese abanava lentamente a cabeça, ao mesmo tempo que cerrava os dentes. Era óbvio que o desalento dava lugar a uma raiva angustiante, impedindo-a de prosseguir.

– Então... – disse Miranda, com carinho. – Tens de te acalmar.

A rapariga lutou mais uns momentos contra o desespero, até se sentir capaz de continuar.

– Como era de esperar, ninguém nos ligou patavina. Até aí, tudo bem, tudo normal, mas, de repente, chegou o Jim Bob e, passado pouco tempo, tinha um grupo de gente à sua volta. Dava para ver que trazia novidades. De um momento para o outro aquilo começou a alastrar; começaram a formar-se grupinhos. Pareciam parvos, a contar segredos uns aos outros. Alguns riam-se como histéricos. Até que apareceu o Dylan mais o Alvin Reeves e foi uma chegada triunfal; pancadinhas nas costas, mais risos... Fosse qual fosse a asneira, o Dylan estava delirante. Então, reparei que toda a gente começava a olhar para nós, ao mesmo tempo que iam saindo em fila, em direção ao *quartel*. Foi horrível. Não sabia o que pensar, não sabia o que dizer ao Justin...

Nessa altura, Therese foi interrompida por mais alguém que batia à porta muito discretamente.

– Miss Parker, dá-me licença? – perguntou Miss Riggs.

– Faça o favor – respondi, sem sair do lugar.

A governanta parecia hesitante, desorientada.

– Miss Gross acabou de me telefonar. Queria saber se a menina se encontrava aqui – disse, apontando para Therese.

– Onde está a diretora? – perguntei.

– Está na residência dos rapazes.

– Diga-lhe que já vamos ter com ela – afirmou Miranda. Depois, virou-se para Therese. – É melhor, não é?

A jovem limitou-se a encolher os ombros. Miss Riggs, que tomou o gesto como uma anuência, saiu para informar a diretora do paradeiro da rapariga. Enquanto Miranda lhe limpava os olhos esborratados com um lenço, Therese, um pouco mais composta, conseguiu prosseguir:

– Resolvemos ir embora, também. Estava com um pressentimento péssimo. Percebi que tinha acontecido alguma coisa má e só podia ter a ver connosco. Passado um bocado, o Justin chamou-me a atenção para o pandemónio que havia junto ao *quartel*. Não faz ideia do que lá ia. Tinha-se juntado um mar de gente. Era tudo menos normal, sobretudo àquela hora. Então, à medida que nos aproximávamos, conseguíamos ir vendo que o relvado do lado de cá do primeiro prédio estava coberto de coisas: pareciam livros, folhas, peças de roupa, sapatos, sei lá, tudo o que possa imaginar, espalhado por ali, ao acaso. Acho que o Justin foi o primeiro a perceber o que se tinha passado. Começou a correr como um louco. Quando cheguei ao pé dele, já estava no meio da confusão, parado, sem saber o que fazer...

– Oh, por favor... não me digas que se atreveram...

Therese acenou com a cabeça e olhou para o teto, para se controlar.

– Não devem ter deixado nada no lugar. Atiraram-lhe tudo pela janela do quarto, Miss Parker. Tudo! O Justin estava desnorteado; ia-se baixando, apanhando o que podia... De repente, virou-se para mim, largou o que tinha nas mãos e deixou cair os braços. Então, saiu dali disparado. Corri atrás dele, mas foi difícil acompanhá-lo. Vinha nesta direção e só parou aqui, junto à residência. Ficou especado a olhar para o edifício. Eu estava quase a alcançá-lo e gritei-lhe que esperasse por mim, mas ele não fez caso e desapareceu como se tivesse enlouquecido. Quando aqui cheguei, tive de parar para respirar e foi então que dei de caras com aquilo. – Therese voltou a ceder e cobriu a cara com as mãos. – Escreveram coisas horríveis, Miss Parker, horríveis... e o Justin está desaparecido. Não faço ideia onde esteja neste momento, mas tenho medo de que faça alguma coisa estúpida...

– Vamos embora! Vamos ter com Miss Gross – declarou Miranda, erguendo-se num pulo.

Encorajámos Therese a levantar-se e saímos apressadamente para a rua. Quando acabámos de descer os degraus que davam para o passeio, Miranda fez-me sinal com o queixo em direção à parede que deixáramos para trás. A princípio custou-me perceber o verdadeiro propósito daquilo, mas, rapidamente, tudo se tornou óbvio. Desenhada sobre o tijolo vermelho, vi uma enorme seta de tinta branca, dirigida a uma das janelas do primeiro piso. Logo ali, não tive dúvidas de que apontava para o quarto de Therese. À volta daquele sinal, pingavam ainda algumas expressões, pintadas numa pressa cobarde: «Vergonha!»; «Putinha»; «Amante de pretos»... Meu Deus! Aonde aquilo tinha chegado...

Transpusemos o relvado do *campus* num instante. Quando chegámos ao *quartel*, encontrámos Miss Gross junto ao portal da entrada. Assim que nos viu chegar, aproximou-se e dirigiu-se à figura derrotada de Therese.

– Quero essa cabeça erguida – disse-lhe, numa ordem plena de calor humano.

Não a abraçou, não lhe tocou – Miss Gross não abraçava e não tocava –, mas, fosse qual fosse a razão, a sua presença pareceu resgatar Therese do buraco em que tinha caído.

– Preciso de saber onde ele está – afirmou a jovem, mais segura de si.

– Não te preocupes – disse Miss Gross. – O Justin está no meu gabinete e está acompanhado. Quanto aos seus pertences, também podes estar descansada, porque já pedi para recolherem tudo.

– Tenho de o ver – disse Therese, suplicante.

– É melhor não, agora não. Ele fica bem, confia em mim.

Therese não disse mais nada. Afastou-se um pouco de nós e caminhou lentamente, com os braços cruzados, fitando o chão e sabe-se lá que imagens amargas.

– Preferia que a Therese não ficasse sozinha, Kimberly.

– Não se preocupe – respondi. – Passa o resto da noite comigo.

Não pude deixar de reparar, uma vez mais, na agilidade com que Miss Gross resolvia os problemas. Em tão pouco tempo, tinha recolhido Justin, garantido companhia a Therese e recuperado os haveres do rapaz. Até as pinturas ofensivas já estavam cobertas por uma camada de tinta vermelha quando chegámos à residência. Não foi difícil convencer Therese a ficar no meu quarto.

– Nem se preocupam em disfarçar, Miss Parker – desabafou ela, ao deitar-se.

Não precisei de perguntar a quem se referia. Dylan e o seu par de jóqueres pareciam desconhecer qualquer limite. Senti-me revoltada pela minha própria impotência em relação a tudo aquilo. Algo teria de ser feito, mas o quê? Por momentos vieram-me à memória as palavras proféticas de Mr. Forrester. Teríamos o direito de expor Justin a todas aquelas provações? Bom, de qualquer maneira, a minha preocupação mais imediata era o bem-estar de Therese. Aconcheguei-a o melhor que pude, protegendo-a do frio e, se possível, dos sonhos agitados.

*

Estava pouco à vontade quando entrei na sala de aula no dia seguinte. Não tinha a certeza de conseguir encarar Justin ou Dylan com a neutralidade que se aconselhava naquelas circunstâncias. Muita da minha revolta parecia atenuada pela determinação com que Miss Gross prometera tratar do assunto. A turma pareceu-me mais silenciosa, nervosa, até. Ou seria da minha própria ansiedade? Apesar dos receios iniciais, aquele reencontro foi correndo sem sobressaltos, pelo menos até ao momento em que anunciei Shakespeare como tema para as semanas que se seguiriam.

– Outra vez, Miss? – protestou alguém no meio do queixume coletivo. – Já demos Shakespeare no ano passado.

– *O Mercador de Veneza*, eu sei, mas desta vez o assunto é mais sério. Tenho a certeza de que já ouviram falar de *Hamlet*.

Hamlet? Sim, sim, já todos tinham ouvido.

– Ainda bem. E quem me sabe dizer alguma coisa sobre a obra?

Perante a pergunta, a maior parte dos olhares desceu sobre as secretárias e a turma tornou-se taciturna. Subitamente, Dylan levantou-se, arrancou a bola de basebol das mãos de Jim Bob e, dando dois passos para o lado, esticou o braço que a segurava. Com o ar mais ufano que conseguiu, olhou fixamente para o objeto e declamou:

– *Ser ou não ser, eis a questão...*

A sala irrompeu em aplausos, perante a vénia com que Dylan regressava ao lugar. Depois de se sentar, corado de prazer, fixou o olhar em mim, atirando-me à cara a sua prosápia. Como poderia esconder o orgulho de, mais uma vez, ser ele a mostrar como se fazia? Apesar de me custar, tive de dizer alguma coisa.

– Muito bem, Mr. Hightower, conseguiu impressionar os seus colegas – afirmei, com toda a isenção de que fui capaz. – A frase «Ser ou não ser»...

– *Ser ou não ser, eis a questão...* – interrompeu uma voz, vinda do fundo da sala.

Quando olhei para a fila da janela, fiquei atónita. Justin encontrava-se de pé, a olhar fixamente para Dylan. A sua postura era toda ela um desafio e, sem nunca desviar o olhar do colega, prosseguiu com o solilóquio de Shakespeare:

– *Ser ou não ser, eis a questão: será mais nobre*
Em nosso espírito sofrer pedras e setas
Com que a Fortuna, enfurecida, nos alveja,
Ou insurgir-nos contra um mar de provações
E em luta pôr-lhes fim? Morrer, dormir: não mais.

Que sentimentos esconderia o silêncio que se seguiu? Desta vez, não houve aplausos, apenas a surpresa de todos e o embaraço de alguns. Dylan, pelo seu lado, não conseguiu esconder a humilhação. Justin atingira-lhe o orgulho, usando a mesma inclemência com que o Príncipe da Dinamarca enviara Cláudio para a morte. Aquele golpe, devo confessar, açucarou-me o espírito a tal ponto que receei ser incapaz de o disfarçar. Por isso, antes de dizer alguma coisa, virei-me e caminhei até à minha secretária.

Nunca cheguei a saber o que se passou exatamente. Um gesto, uma palavra, talvez. A única coisa que recordo é o tropel violento que explodiu nas minhas costas. Quando me virei, já Justin estava em cima de Dylan e lhe apertava a garganta com mãos de ferro. Lancei-me sem hesitar sobre os dois. Therese já lá estava, agarrada a Justin, suplicando-lhe que parasse. A vítima parecia incapaz de resistir e temi o pior quando vi a cor arroxeada cobrir-lhe o rosto.

– Justin! – gritei. – Justin, não!

De repente, talvez esvaziado pelo desespero de Therese, ele desfez o abraço mortífero. Levantou-se e saiu da sala, derrubando as cadeiras que encontrou pelo caminho. Alvin e Jim Bob, cheios de coragem, permaneceram sentados, olhando, como todos os outros, para a figura trémula de Dylan, que se erguia amparado por mim e por Therese. O rapaz tossia descontroladamente, mas parecia estar a recuperar. Quando se sentou, inclinou a cabeça quase até aos joelhos e cerrou os olhos. Entretanto, pedi a uma aluna que chamasse um funcionário. Apesar de me parecer que tudo não passara de um susto, era melhor que Dylan fosse observado.

O resto da aula foi passado à espera do toque de saída. A começar por mim, ninguém parecia capaz de tirar da cabeça aquele episódio insólito. Quando me preparava para mandar sair os alunos, alguém bateu à porta. Tratava-se de Dylan que, recomposto, voltara à sala para recolher as suas coisas. Olhando para ele, constatei com alívio que o único vestígio da refrega era um colarinho desfeito e meia-dúzia de pisaduras. Assim, e já que o tinha ali outra vez, achei oportuno não adiar o que teria de ser feito. O incidente fora grave e, por muito que me custasse a admitir, as consequências poderiam ter sido outras se não tivéssemos intervindo. Por essa razão, apesar de relutante, Dylan acompanhou-me ao gabinete da diretora mal a aula terminou.

– Dá-nos licença?

Miss Gross ergueu os olhos da papelada que cobria a secretária e encarou Dylan, como se soubesse o que nos levara ali.

– Sentem-se – disse secamente.

– Receio ter de lhe participar uma ocorrência desagradável. Mr. Hightower acaba de ser atacado violentamente por Justin Garrett, durante a minha aula.

Miss Gross limitou-se a fixar os olhos em Dylan e a aguardar a descrição dos factos. Relatei-lhe com detalhe o que se havia passado e Dylan ouviu tudo com o olhar distante. Quando concluí, a diretora permaneceu uns momentos em silêncio. Parecia querer medir ao milímetro o que acontecera e, obviamente, avaliar o peso das consequências.

– Gostaria de acrescentar alguma coisa, Mr. Hightower? – perguntou, finalmente.

– Não, *Ma'am*.

– Tem alguma ideia do motivo que fez Mr. Garrett agir dessa maneira? – insistiu.

– Não, *Ma'am* – repetiu Dylan, mantendo uma expressão ausente.

– Escute-me com atenção – afirmou Miss Gross, com gravidade. – O que sucedeu ontem na residência dos rapazes obrigou-me a tomar providências, como pode imaginar. Mais tarde ou mais cedo saberemos quem foram os cobardes que vandalizaram os aposentos de Mr. Garrett e se divertiram a pintar parvoíces nas paredes do colégio. Posso garantir-lhe que falta muito pouco para podermos acusar os culpados; e com provas, naturalmente. Perante isto, Mr. Hightower, pergunto-lhe outra vez: gostaria de acrescentar alguma coisa às palavras de Miss Parker?

Dylan não respondeu, mas foi incapaz de encarar a diretora. Miss Gross, que parecia pouco disposta a arrastar o interrogatório, pediu que ligassem a Rufus Hightower – o que, devo confessar, me trouxe à memória o desconforto da sua ameaça – e informou-o do que se havia passado. Não revelou pormenores da agressão, nem se alongou sobre as causas possíveis da fúria que a provocara. Estava a decorrer um inquérito e, como se impunha, Mr. Hightower seria informado das conclusões. Dylan não queria falar com o pai, mas Miss Gross fez questão de lhe passar o telefone. O rapaz estava mais envergonhado do que outra coisa. Ter de reconhecer ao senador que havia soçobrado ao ataque de alguém como Justin era uma humilhação difícil de engolir por qualquer dos dois. À medida que o monólogo se prolongava do outro lado da linha, a fisionomia de Dylan traduzia bem o seu estado de espírito e, assim que desligou, parecia outro. Saíra do torpor que o acompanhara até ali e agarrava com firmeza os braços da cadeira em que se sentara, não parecendo capaz de encontrar posição. Era evidente que aquilo que o pai lhe transmitira reacendera o ódio. Miss Gross, porém, foi lesta a devolvê-lo à Terra.

– Por agora é tudo, Mr. Hightower, pode retirar-se. Fico à espera da sua versão, por escrito, do que aconteceu hoje na sala de aula e de tudo o mais que se lembrar. Quero que me entregue isso amanhã, até às dez e meia sem falta, entendido?

– Sim, *Ma'am* – respondeu o rapaz, enquanto se levantava.

– E, Mr. Hightower... – acrescentou Miss Gross –, até que tudo esteja devidamente esclarecido, sugiro que se limite a sair do seu quarto apenas para as refeições, está certo?

Era evidente que aquela sugestão tinha o valor de uma ordem inquestionável. Dylan estava aturdido:

– Mas, e as aulas...

– Apenas para as refeições – repetiu a diretora, já sem olhar para ele. O rapaz acenou com a cabeça e saiu. Não procurei adivinhar o que lhe ia na alma, mas confesso que o seu olhar me perturbou. – Não se preocupe – disse Miss Gross, virando-se para mim. – Irei certificar-me de que o Dylan não volta a causar problemas.

Não me ocorreu perguntar qual o trunfo que Miss Gross reservava para alcançar esse fim. Na verdade, naquela altura, quem me preocupava era outra pessoa.

– O que vai acontecer ao Justin?

– O Justin será punido – esclareceu Miss Gross. – Posso imaginar como se sente e até o que lhe passou pela cabeça para fazer o que fez, mas há atitudes que não são desculpáveis. Cometeu um ato gravíssimo e tem de ser responsabilizado. De qualquer maneira, Kimberly, se fosse a si não me preocupava. Não é a justiça que o perturba. O Justin sabe que as regras são para cumprir e viverá bem com isso, acredite.

E assim foi, realmente. O procedimento concluiu-se em dois dias. Dylan acabou por assumir a responsabilidade pelo acidente no *quartel*, não se esquecendo de envolver Alvin e Jim Bob. Os castigos foram salomonicamente aplicados, resultando na suspensão de Justin e dos três meliantes pelo período de uma semana. Como seria de esperar, todo esse tempo livre foi bem aproveitado ao serviço da comunidade de St. Oswald´s.

ESTADOS UNIDOS
Janeiro, 1969

Desta vez, sentiu-se confuso. Sempre a conhecera reservada, prudente nas amizades... Porém, agora, achava-a diferente. Talvez estivesse a ser traído pela imaginação, mas não conseguia deixar de pensar na intrusa; a mulher que aparecera sem aviso, insinuando-se na vida dela. Via-as, ao longe, em prolongados passeios e esforçava-se, obsessivamente, por adivinhar o sentido das suas conversas. Aos poucos, foi-se tornando intranquilo. Aquela intimidade inesperada exigia vigilância; o passado que tinham em comum era património exclusivo dos dois.

OSHPITZIN, POLÓNIA
Abril, 1933

Henryk vestiu o casaco assim que ouviu bater à porta. Desceu sem pressa a escada e foi ter com as vozes que ecoavam no vestíbulo. Anna e Eidel já lá se encontravam para receber com todas as atenções os dois anciões. Assim como acontecia todos os domingos, Wlodek e o doutor Reznyk estavam ali para almoçar e passar em revista a semana que se concluíra. Um solteiro, o outro viúvo, viam nesse hábito uma forma de enganar a solidão. Na opinião dos dois, aquele encontro acabava por ser a melhor maneira de prolongar as manhãs dominicais, invariavelmente ocupadas a calcorrear a cidade, após um primeiro *kvass*[24] no estabelecimento de Yechiel Schindel. Também naquele dia o par cumprira os rituais, desta vez especulando febrilmente sobre aquilo que Henryk lhes prometera revelar ao almoço. Wlodek já estava a par do sucedido em casa do rabino Friedman e ardia de curiosidade. Havia de ser alguma coisa de saias, garantia ele ao doutor. A verdade é que, quanto mais eram os palpites, mais a ansiedade custava a suportar. Talvez por isso, quando Anna os convidou a ocupar os lugares à mesa, qualquer deles já tinha despachado um charuto inteiro e dois copos de *vodka*. Desgraçadamente, para frustração de ambos os convidados, Henryk parecia querer manter as conversas iniciais longe do assunto mais aguardado. Também ele estava a passar um mau bocado,

[24] Bebida produzida a partir da fermentação do pão, de baixo teor alcoólico, muito popular no Leste da Europa.

sem saber como pôr em palavras os pensamentos que o perseguiam nos últimos dias. Assim, a prosa vazia foi-se prolongando, até se tornar óbvia a ausência de mais pretextos.

– Lembras-te do Abe Nowak? – perguntou Henryk, dirigindo-se à mulher. – Falei-te dele algumas vezes.

Todos se calaram, ao perceber que Henryk começara a destapar o véu. Anna esforçou-se por localizar aquele nome tão familiar, até o encontrar nas memórias de Chicago, já lá iam mais de quinze anos.

– O empregado do Standard? Sim, claro.

– Um tipo incrível – disse Henryk com um sorriso. – Era polaco, mas vivia em Chicago desde miúdo. Não me lembro de ter visto outra pessoa atrás daquele balcão. Tinha um dom curioso: sabia sempre as novidades antes de toda a gente. Era ele quem nos punha a par das notícias da guerra na Europa. E foi ele que nos falou, pela primeira vez, da aliança entre o Presidente Poincaré e o Paderewski, que, na altura, era o representante do Comité Nacional Polaco. A partir desse momento, os polacos de todo o mundo podiam juntar-se ao exército francês na Europa e ajudar na luta contra os alemães. Imaginem o significado. Era a independência da Polónia que estava em jogo e isso deu a volta à cabeça de muita gente. De um momento para o outro, parecia que não havia um polaco na América que não pensasse em fazer as malas. Inscreveram-se aos milhares. Eu fui mais um.

Anna, que conhecia bem demais todos esses episódios, mantinha vivas as lembranças dolorosas. Gostava de esquecer os sentimentos que então devotara ao marido.

Henryk, por seu lado, recordava tudo com um olhar indecifrável. Tinham sido tempos de exceção, de entusiasmo provocado pelos conflitos interiores com que se debatera. Sabia o que perdera em troca da sua teimosia e hoje, tanto tempo depois, ainda não expurgara as suas culpas.

– Ao contrário do que me acusou o meu pai, a minha escolha teve pouco a ver com impulsos românticos, idealistas, ou qualquer coisa do género. Não foi nada disso. A questão é que

0
itsu

VAT NO:GB689940072	RECEIPT:39687
R:89\7 kiosk	04/05/2024 13:41

TAKE AWAY

super salmon light	£6.99
salmon teriyaki on a	£6.75

Items:2

Total:£13.74
Card:£13.74
Change:£0.00

RATE	GOODS	VAT
0.00%	13.74	0.00

Thank you for your custom
Toilet Code - C0458

passara a vida a ouvir falar da terra dos meus pais, dos meus avós. Era impossível ficar de braços cruzados ao ver toda aquela gente, alguns acabados de chegar à América com pouco mais de uma mala de roupa, prontos a largar tudo e voltar para trás. A ideia de me deixar estar, a gozar tranquilamente a fortuna da família, dava comigo em doido. Quando fui ter com o meu pai, já tinha a decisão tomada. Acho que, se o tivesse esbofeteado, não o teria desapontado mais.

– E o que é que esperava, valha-me Deus? – interrompeu Wlodek. – O Adam era um pragmático. Se conseguiu aquilo que sabemos, foi à custa do seu sentido prático. Imagino o que lhe terá custado ver o filho largar tudo por uma quimera.

– Eu sei. E nunca esperei outra coisa da parte dele. O pior foi ter de falar com a Anna. – Ao dizer isto, Henryk segurou a mão da mulher à vista de todos sobre a mesa. – Despedir-me de ti e da Sarah foi muito mais difícil. – Anna permaneceu em silêncio, mas, num gesto impulsivo, libertou-se da mão do marido.

Apercebendo-se disso, e para vencer o constrangimento momentâneo, o doutor Reznyk foi lesto a intervir:

– Mas diga lá, estou curioso. Como é que dobrou o seu pai?

– Não ouviu o que disse Wlodek? O meu pai era um homem prático, Joshua. Conhecia-me por dentro e por fora. Nunca teve dúvidas de que eu havia de embarcar para a Europa, custasse o que custasse, com ou sem o apoio dele, e foi por isso que me deu a mão. Mesmo magoado, não descansou enquanto não convenceu a minha mãe de que era inútil insistir. E pode acreditar que não foi um feito menor.

Wlodek deu uma gargalhada; lembrava-se bem do feitio de Helena.

– O que é que eu lhe disse? – atirou, entusiasmado. – Aquele homem nasceu para aplainar montanhas.

A recordação do pai trouxe de volta aquela aragem de dor que Henryk bem conhecia. Anna, que partilhava com ele a orfandade da distância, ainda tomava como suas as dores do marido, pelo que lhe devolveu a mão e o ânimo para continuar.

– E pronto, assim que me alistei, pus-me a andar para o Canadá, juntamente com milhares de polacos. Não olhei para trás.

– Diabo – comentou o médico. – Estava mesmo disposto a tudo.

– Não duvide – disse Henryk. – Mas não era só eu. Havia de ver o espírito da rapaziada quando chegámos ao Ontário, a uma cidadezeca chamada Niagara-on-the-Lake. Era incrível ver como aquela gente andava ansiosa. Contávamos os dias, as horas, para entrar em combate. Cheguei à Europa na primavera de 1918 e fui integrar o 1.° Regimento Polaco. Um orgulho dos diabos.

– Em França, não é verdade? – perguntou o doutor Reznyk, que se lembrava bem do tempo da guerra, em que organizavam surtidas a Cracóvia para receber mais rapidamente as notícias da frente.

– Sim, na região de Champagne – respondeu Henryk. – Foram tempos terríveis, mas empolgantes. Só quem lá esteve é que pode perceber o turbilhão que nos invadia a cabeça. Felizmente, chegámos numa altura em que as coisas já estavam quase decididas a favor dos aliados. Íamos encostando os boches da melhor maneira que podíamos. Dava a ideia de que nada nem ninguém nos podia parar. Ainda por cima, a dada altura, pudemos formar a nossa própria divisão. Chegou até um oficial polaco, o general Haller, para comandar as tropas. Imaginem o que é que isso fez ao moral dos homens.

– Não sei se Haller seria visto com tão bons olhos nos dias de hoje – afirmou Wlodek, recordando-se de certos rumores postos a circular sobre a alegada aversão que o general devotava aos judeus.

– Ah, mas por nós era. Para nós era um herói, uma bandeira – disse Henryk, mais revigorado. – E quando, em novembro, foi assinado o armistício, ainda estávamos em França. Festejámos como loucos, não fazem ideia. Com a derrota dos Impérios Centrais, a Polónia era um país independente após cento e vinte anos! Nunca me esqueci do sabor da glória; era uma sensação indescritível, o nosso trabalho estava feito. Acontece que, no meio da euforia, começaram a aparecer uns rumores. Havia qualquer coisa que estava a correr mal na Polónia. Se hoje eram os ucranianos, amanhã eram os soviéticos ou os checos que andavam a atacar as fronteiras. Ninguém sabia no que acreditar, ninguém se entendia, até porque muitos já se tinham preparado mentalmente para largar as armas e regressar para junto das famílias. Mas a maior parte não, nem pensar! Se a Polónia chamava por nós, não lhe íamos virar as costas e fugir como coelhos. E, além disso, havia outra coisa, uma coisa que foi decisiva: é que, naquele momento, nos sentíamos imbatíveis, capazes de sacudir o mundo só com a nossa vontade.

– E com o arsenal que os franceses vos deixaram – acrescentou o doutor Reznyk.

– Teríamos lutado de qualquer maneira – ripostou Henryk com veemência. – E só não partimos imediatamente porque quando nos preparávamos para atravessar a Alemanha, a caminho da Polónia, os alemães torceram o nariz.

– Bom, não lhes podemos levar a mal por isso – comentou Wlodek, com um sorriso. – Tinham acabado de ser espezinhados. Não estava à espera de que vos estendessem uma passadeira vermelha.

– Mas conseguimos, isso é que interessa. No final houve bom senso das duas partes e chegou-se a um acordo. E que acordo! Uma coisa só vista; os alemães não arriscaram nada. Podíamos atravessar a Alemanha, mas enjaulados como animais, dentro dos comboios. Trancaram-nos lá dentro, para que não pudéssemos sair. É óbvio que as armas iam à parte, noutros vagões. Estávamos, salvo erro, em abril ou maio de 1919 e posso garantir-vos que foi uma viagem e tanto. Enchemos quase quatrocentos comboios!

– Que tempos... – comentou o médico, fascinado. Ele e Wlodek não disfarçavam o interesse por aquele pedaço da História. Já Anna ouvia tudo com um estado de espírito bem diferente. Escutara muitas vezes resumos dispersos das epopeias militares do marido, mas nunca, como agora, ele se dispusera a revelar tais detalhes.

– Mas valeu a pena, graças a Deus – prosseguiu Henryk. – Ninguém faz ideia de como seria hoje o mapa deste país se não tivéssemos vindo em seu socorro. Fomos nós que o desenhámos com a sola das botas. É evidente que foi duro, a confusão era imensa. Não sabíamos para onde nos virar. Por um lado os ucranianos, por outro, os soviéticos... Lembra-se dos soviéticos, Wlodek?

– Como não? Andavam obcecados por fazer da Polónia a porta de passagem para a revolução socialista.

– Repare na cambada de vizinhos que nos coube em sorte! – bradou o doutor Reznyk, batendo na mesa com as palmas das mãos. – A melhor coisa que podia acontecer a este país era desprender-se do continente e flutuar no Báltico como uma ilha. Pergunto-me tantas vezes se será desta que conquistámos fronteiras estáveis.

– Não conte com isso – advertiu Wlodek, com o seu proverbial pessimismo. – Basta olhar à sua volta.

– A Polónia sempre olhou para si própria com muita indulgência – afirmou Anna, perante a surpresa dos homens mais velhos.

Henryk escondeu um sorriso atrás do guardanapo, ciente do que aí vinha.

– Devo reconhecer um tom de censura nas suas palavras, senhora Gross? – perguntou o doutor Reznyk.

– Acho apenas que os países desta região procuram na História as razões para lutar, quando o passado é a melhor prova de que esse não é o caminho. E digo-lhe mais, todos teríamos a ganhar se a Polónia parasse de se ver como uma flor virtuosa, ofendida pelas suas próprias pétalas. Primeiro, devemos aceitar que temos os nossos pecados para carregar e, depois, compreender que essas pétalas são povos e estados, também à procura da sua identidade, da sua soberania.

– Meus senhores, por favor, não interpretem mal a minha mulher – interrompeu Henryk. – Hão de concordar que, para alguém que vem de fora, não deve ser fácil perceber como não aprendemos ainda a viver uns com os outros.

– Pare de ser condescendente com a sua esposa, Henryk – disse Wlodek, olhando Anna com admiração. – Eu vivo nesta terra há setenta anos e não me sinto mais esclarecido.

– Vamos acreditar que o bom senso veio para ficar, meu bom Wlodek – afirmou Anna, sem traduzir as suas convicções. – Mas não façam caso. Não é para me ouvirem que estão aqui hoje. Henryk, por favor, continua.

O marido levou o copo de vinho aos lábios e bebeu. A seguir, limpou a boca ao guardanapo e arrumou-o demoradamente ao lado do prato. Ficou, por momentos, absorto, a olhar para o copo vazio. Detestava voltar àquele período da sua vida, e Anna, que lhe conhecia cada vinco do rosto, viu o sofrimento desenhar-se-lhe em traços mais profundos.

– Gostava de vos poder oferecer um cenário imaculado, mas isso não existe. Não numa guerra. Se calhar é isso que os livros irão dizer no futuro, mas há coisas que não deviam ter acontecido. A antipatia para com os judeus, por exemplo. E a começar pela minha unidade, por alguns dos meus camaradas. A princípio, assim que pus os pés na Europa, queria acreditar que tudo não passava de piadas de mau gosto, alguma coisa cultural, não sei. Mas a dada altura fui forçado a admitir que talvez não fosse só isso, que havia sinais de hostilidade e eram para levar a sério. Ainda por cima, quando chegámos à Polónia as coisas pioraram. Lembro-me de que um dia o tenente que chefiava o meu pelotão e tinha vindo comigo da América nos sugeriu, meio a sério, meio a brincar, que aproveitássemos a ocasião para, juntamente com a escumalha bolchevique, nos livrarmos dos judeus de uma vez por todas. Essa graçola foi bem recebida no grupo, demasiado bem, para ser sincero. Como é óbvio, nunca lhes passou pela cabeça que tinham um judeu entre eles. Aliás, eu não era o único.

– Nunca lhes tinhas dito nada? – perguntou Anna. – Porquê? Já desconfiavas?

– Gostaria de te responder, mas não posso, não sei. Talvez por intuição, talvez por precaução...

– Ou talvez por andarmos há séculos a desenvolver esse instinto – sugeriu Wlodek.

– Talvez – disse Henryk, encolhendo os ombros. – O que sei é que aquilo mexeu comigo. De um momento para o outro passei a sentir medo. Medo de que alguém me reconhecesse, de que alguém descobrisse. Até que, uma noite, chegámos a uma povoação no nordeste da Polónia chamada Kolno. Viam-se judeus por todo o lado, mas ninguém lhes ligou. Toda a gente parecia mais interessada em descansar. Comeram e beberam que se fartaram. O problema foi depois. A visão dos judeus misturada com o *vodka* começou a fazer estragos e, quando saímos de Kolno, os homens já iam completamente alterados. Andámos mais uns quilómetros, não consigo dizer ao certo quantos, mas demorou pouco até chegarmos a Lomza. Uma cidade tranquila, igual a tantas outras que tínhamos atravessado. Não podia imaginar o que estava prestes a acontecer. Lembro-me da data exata: 21 de setembro de 1920. Nunca me esqueci porque era a noite do *Yom Kipur*[25]. O nosso grupo ia bastante disperso e muitos camaradas entraram na cidade antes de mim. Assim que vi ao longe o aglomerado de casas comecei a ouvir os primeiros tiros. E sabia que não podia ser fogo inimigo, porque tínhamos informações seguras de que toda essa zona estava limpa.

O ruído dos talheres extinguira-se sobre a mesa, onde agora pousavam todos os olhares. Da rua chegava-lhes apenas o silêncio dos domingos. O fedor das chamas alastrava no íntimo de cada um, misturando-se com o som das armas e dos gritos, mais a noção tangível do medo.

Henryk, por seu lado, dispensava a imaginação. Aqueles eram lugares que revisitava vezes sem conta, e sem querer. Naquele momento bastava-lhe ir dando nome às imagens com que ainda não aprendera a viver.

– Quando me vi lá dentro, caminhei sem saber bem para onde. Limitei-me a seguir ao acaso. Trazia a arma presa à mochila e nunca a cheguei a tirar. A meio do caminho, a uma

---

[25] Um dos mais importantes feriados judaicos e considerado o dia do perdão, o Yom Kipur tem início ao anoitecer do décimo dia do mês hebraico de Tishrei (que ocorre entre setembro e outubro do calendário gregoriano) e termina no pôr-do-sol do dia seguinte.

distância de cem ou duzentos metros, reparei num grupo de militares à porta de uma casa. Ao passar por eles, vi um homem no chão. Lembro-me de ter desviado o olhar e acelerado o passo. Não queria correr, para não dar nas vistas, para não percebe-rem que estava apavorado. E não, não era da visão de um morto que eu fugia. Andava em guerra há dois anos, já tinha tido a minha conta de cadáveres. O que me assustava era confirmar aquilo que, no fundo, eu já sabia: estavam a molestar os judeus da cidade. Meu Deus... parecia tudo louco. Havia soldados nossos por todo o lado. Bêbados, aos gritos, aos tiros, deitados nos passeios, a correrem como doidos, um espetáculo difícil de descrever. A única coisa que eu queria era sair dali. Sentia que estava a entrar em pânico. De repente, não sei porquê, meti-me numa ruela ao pé da praça. Quando os vi, já era tarde demais para recuar. Devia lá estar uma boa parte do meu pelotão. Loucos e embriagados, como os outros. Estavam juntos, num pátio, à frente de uma casa velha, a formar uma espécie de roda à volta de alguma coisa. A certa altura, dei por mim encostado a uma parede, a ver se passava despercebido. Mas não tive sorte. Houve dois ou três que me descobriram. Começaram logo aos gritos, *Samaritano! Samaritano!*

– Samaritano? – indagou Wlodek.

– Tínhamos quase todos uma alcunha. Eu fiquei com essa, não valia a pena perguntar porquê. Talvez fosse pelo tempo que passámos em França. Devem ter achado que era boa pessoa. Pelo menos era dos poucos que falava outra língua sem ser polaco, portanto acabei por lhes ser útil uma série de vezes. Mas, naquela altura, ninguém se lembrou disso. A única coisa que queriam era mais um parceiro para a festa. Então começaram a puxar-me para perto deles. Pareciam ansiosos por me mostrar a porcaria que andavam a fazer. – Henryk parou de falar e Anna, instintivamente, ergueu os olhos em direção ao marido. Era evidente que este se preparava para revisitar territórios cada vez mais hostis. – Foi então que vi os judeus pela primeira vez. Estavam no meio da roda. Deviam ser meia dúzia e eram todos homens, judeus ortodoxos. Tinham-nos feito perfilar à frente de toda a gente.

Traziam o ar mais assustado que já tinha visto no rosto de alguém. O mais velho estava um bocado à frente dos outros. Calhou-lhe ser o centro das atenções, pobre homem. Tinham-lhe arrancado o casaco e os suspensórios, de maneira que fazia o possível para segurar o resto da roupa. Ao pé dele estava o tenente, o tal que, uns meses antes, tinha vindo com aquela história de acabar com os judeus. A primeira coisa que reparei foi que trazia na mão uma faca de combate. Parecia tão bêbado como os outros e, claro, estava a ter um gozo descomunal. Então, empurrou o velho, que se estatelou no chão. Foi nessa altura que os outros judeus vieram socorrê-lo e o ajudaram a levantar-se. Mas, como o tenente ainda não estava satisfeito, ainda lhe apetecia divertir-se um pouco mais, agarrou pela camisa um dos que tinha ido ajudar. Era um homem ainda jovem, parecia muito sereno, apesar do que se estava a passar. Então o tenente segurou-o junto a si, deu-lhe uma joelhada e fê-lo cair. Depois, pegou-lhe numa mecha da barba e cortou-a com um só golpe. Os soldados puseram-se aos berros quando o viram com o troféu. Eu já não estava em mim, era como se estivesse hipnotizado. Até que, vá-se lá saber porquê, o tenente deu comigo e fixou-me com aquele olhar esgazeado dos embriagados. Percebi que estava a ter ideias, que estava a magicar qualquer fantasia doentia. Então estendeu-me o cabo da faca. Estava a convidar-me a participar no seu festim particular. Senti-me gelar, parecia incapaz de me mexer. Mas fui ter com ele. Haviam de ouvir os gritos de incentivo, as palmas, o patear... o ambiente mais insano que possam imaginar. Quando cheguei ao meio do pátio, o tenente ofereceu-me a faca. Lembro-me de que estava peganhenta, tinha a lâmina suja de sangue seco. – Henryk virou-se para Wlodek e sorriu com uma expressão magoada. – É curioso ver os pormenores que nos vêm à cabeça, não é? Aquilo que nos fica, passado tanto tempo.

– A memória de um homem tem as suas cicatrizes, meu amigo – sussurrou Wlodek, olhando o vazio. – Há que aprender a viver com elas.

Henryk ergueu as sobrancelhas, num tique de resignação, e prosseguiu:

– Quando o tenente se afastou, foi colocar-se no meio dos outros. Já imaginaram o gozo que lhe teria dado, se desconfiasse que tinha deixado no meio da arena dois judeus, em vez de um? Era o condenado e o carrasco. Um de joelhos, outro de pé, os dois completamente à mercê daquela paranoia. Os soldados começaram todos a bater palmas em compasso. Só me lembro de ter olhado para baixo e visto um homem inofensivo, curvado e humilhado... Mas nunca perdeu a compostura! Nunca lhe ouvi um lamento, um pedido de clemência, nada... Limitou-se a aguardar.

Henryk fez uma pausa e fechou os olhos.

Quando os abriu, parecia um menino assustado.

– E então, como se fosse comandado por uma força exterior, esbofeteei-o com toda a força.

E toda a gente naquela sala se sentiu esbofeteada.

Henryk não disse nada; não foi capaz. Durante o tempo que se seguiu, cada um lidou com aquilo à sua maneira. Quando sentiu que podia continuar, a sua voz surgiu cava e monocórdica:

– Pontapeei-o. Uma, duas, três vezes... não sei quantas, só sei que não conseguia parar. Quanto mais lhe batia, mais ele se encolhia e mais louco eu ficava. Eu e os outros, claro. Ainda hoje, não faço ideia porque o espanquei daquela maneira brutal... É absurdo, mas era como se o culpasse pela minha cobardia. Apetecia-me gritar-lhe que se levantasse, que lutasse, que me fizesse frente... Mas não, limitou-se a aceitar as minhas pancadas.

Henryk parou novamente. Desta vez, a luta era consigo próprio e Anna descobriu, ao cabo de tantos anos, que o marido sabia chorar.

Ao regressar, parecia mais preparado para a batalha final.

– Mas os outros ainda não estavam satisfeitos. Continuavam a marcar o ritmo com as palmas, com as botas; continuavam a uivar... Faziam-me sinal com as mãos para usar a faca... para cortar, para rasgar... foi uma loucura. A certa altura, dei por mim a berrar também. Gritei tão desesperadamente, meu Deus...

A minha vítima já estava caída. Eu não podia dizer se estava morta, se estava inconsciente, não fazia ideia... E nem assim aquela gente estava pronta para me deixar ir embora. Então, cedi mais uma vez. Baixei-me, agarrei o que lhe restava da barba, cortei-a e atirei-a ao chão, juntamente com a faca. Só quando me levantei é que voltei a mim. De repente, já mais nada me importava, já nem medo tinha. Virei-lhes as costas e saí dali. Acho que ainda não tinha percorrido trezentos metros quando ouvi alguém chamar-me. Olhei para trás e vi o tenente. Vinha de tal maneira que nem sei como é que conseguiu arrastar-se até mim. Trazia na mão o tufo de barba que eu arrancara uns minutos antes e estendeu-mo. Fui incapaz de me mexer, fiquei ali, a olhar para aquilo, a sentir o sangue ferver. E ele a rir, sem fazer ideia do meu estado: «É o teu maldito troféu. Guarda-o, mereceste-o!» Nessa altura deixei de ver. Só me lembro de o ter esmurrado, de me lançar sobre ele e continuar a bater, a bater sem parar... Não o matei porque alguém me agarrou e me levou dali. A guerra tinha acabado para mim naquele momento. Aliás, acredito que muitas outras coisas tenham morrido em mim nesse dia.

– Diabo... – deixou escapar o doutor Reznyk, sem saber como lidar com uma história daquelas.

– E pronto, o resto acho que interessa pouco. Aquilo deu que falar durante umas semanas, afinal tinha agredido um oficial. Chegou a ser aberto um processo, ainda fui ouvido, mas não deu em nada e arquivaram-no. Devem ter concluído que eu tinha uma boa desculpa, até porque não faltou quem testemunhasse a meu favor. E depois o tipo estava a cair de bêbado, deve ter sido o primeiro a querer passar uma esponja por cima. É evidente que quem verdadeiramente mandava nunca se mostrou muito interessado em reabrir certas feridas.

Wlodek, amigo fraterno, condoía-se pela experiência de Henryk, enquanto o doutor Reznyk, preso ao seu sentido prático, já avaliava as implicações.

– Zederbaum!, velho tratante! – exclamou, batendo violentamente com os nós dos dedos nos braços da cadeira. – Como conseguiu ele desenterrar essa história?

A reação intempestiva do bom doutor teve o mérito de arrancar os presentes aos seus pensamentos sombrios. Talvez por isso, Henryk atirou o guardanapo para cima da toalha e levantou-se. Levava um ar concentrado, como se estivesse a fazer contas de cabeça. Aproximou-se de uma escrivaninha e abriu uma pequena gaveta, de onde retirou um charuto, que acendeu, antes de se virar para os outros.

– Não foi difícil, Joshua. Ficou tudo registado no processo. E, além disso, não faltam testemunhas. – Dizendo isto, encaminhou-se para a mesa e reocupou o seu lugar. Pousou os cotovelos no tampo, inclinando-se para a frente, como se fosse fazer uma confidência. – Pensem comigo. Qual terá sido a primeira coisa a passar pela cabeça do Zederbaum quando decidiu afastar-me da corrida? Investigar a minha vida de uma ponta à outra, certo? Ora, não é segredo para ninguém o que eu vim fazer à Polónia quando cheguei da América. E pronto, a partir daí limitou-se a farejar tudo o que era sítio, até ter dado de caras com o meu processo. Estava lá tudo; a minha defesa, as declarações dos que assistiram, o episódio do judeu, não devia faltar nada. Acho que é fácil adivinhar o gozo que sentiu ao ler aquilo. Quanto ao resto, só dá para imaginar, mas não me admira que guarde uma ou duas testemunhas por cautela e já está, tem o seu caso e, pior do que isso, tem-me na mão.

Todos refletiram por momentos, à procura dos pontos frágeis que a teoria de Henryk obviamente não tinha.

– Velhaco... – desabafou o doutor Reznyk.

– E agora? – perguntou Wlodek, sem coragem para dizer o que todos pensavam naquele momento.

– E agora estou metido num grande sarilho. É certo que, sem resolver este assunto, não posso pensar em eleições.

– Por outras palavras, o Zederbaum amarrou-o de pés e mãos – concluiu o médico, taciturno.

Henryk ficou calado. Temia não ser capaz de descobrir uma saída para aquela situação.

– Talvez o problema se resolva se desistir de ir a votos – disse Wlodek. – O Zederbaum não se quer encontrar de novo consigo? É evidente que é para negociar a sua desistência. Ele sabe perfeitamente que não adianta propor-lhe um lugar subalterno. Sobretudo, depois da canalhice que lhe fez.

– Oh, sim, isso é evidente, mas não pense que vou entregar os pontos assim tão facilmente. Até porque há coisas muito mais importantes do que as eleições.

– Que quer dizer? – perguntou Wlodek.

– O Henryk está a falar da honra, meus amigos – interrompeu Anna. – Está a falar do seu nome, do nome da sua família. Também concordo que não pode passar o resto da vida refém da chantagem de Zederbaum.

– A Anna está certa – reforçou Henryk. – Quando o meu pai foi para a América, deixou por cá um nome que ainda hoje é respeitado. Diabos me levem se sou eu a deixá-lo enxovalhar!

– Mas que está a pensar fazer? – insistiu Wlodek. – Acha que com dinheiro...

– Nem pense nisso! – cortou Henryk. – Em primeiro lugar, não é nesta altura da vida que aquele homem se vai deixar comprar; em segundo, isso não me libertaria dele. Não é por aí.

– Então...?

Henryk bebeu um gole de vinho e pousou o copo. Semicerrou os olhos, como se revisse os cálculos uma vez mais.

– Então, só me ocorre uma coisa.

Algumas horas mais tarde, e já no seu quarto, o casal Gross reviu em silêncio o dia que terminara. Anna estava esgotada, mas, por mais voltas que desse na cama, não conseguia adormecer. Além disso, havia uma coisa que a preocupava.

– Henryk...

– Hum?

– Ainda estás acordado? – perguntou, cautelosamente.

– Diz.

– Amanhã escreve à Sarah. Não a deixes saber por mais ninguém.

SHELTON, CONNECTICUT, EUA

Novembro, 1969

O meu segundo ano em St. Oswald's principiara havia pouco mais de dois meses. Olhando para trás e recordando as minhas expetativas, tinha de reconhecer que a experiência fora bem-sucedida. Sentia-me estabilizada, o que, traduzido na linguagem da minha vida, significava mais conformismo, caminhar sem sair do lugar, sacudida pelos abalos que continuaram a chegar em novos sobrescritos, cartas infames ou retratos tirados ao longe. Foram várias as vezes que o imaginei sentado à sombra de uma árvore, passeando ao lado do muro do colégio ou até misturado com um grupo de alunos; sugestões de um espírito perseguido, bem sei.

Mas nem tudo era sombrio por ali. Ao longo dos meses, assisti satisfeita ao trajeto de Justin em St. Oswald's. Agarrara-se àquela oportunidade como a uma tábua de salvação, apoiando-se na presença desvelada de Therese. Além disso, Dylan parecia ter embainhado a arrogância e desistira de se atravessar no seu caminho. Depois, havia Miranda, claro. Os nossos encontros eram intervalos preciosos, momentos em que me atrevia a rir de mim mesma. Às vezes interrogava-me se estaria a ser totalmente justa com ela; apesar do bem que lhe queria, receava estar a utilizá-la como um arlequim de brincar, a quem puxava a corda sempre que me sentia triste.

Com Clement, não, era diferente. Clement dava-me aquilo de que eu precisava, sem nunca me mandar procurar lá longe. As respostas viviam comigo, dizia; se as encontrasse, poderia desafiar o mundo. Não o fiz, eu sei, e a culpa é minha; no entanto devo àquele homem muitas lições de resistência. Além disso oferecia-me a sua atenção. Interessava-se por mim, fazia perguntas e mostrava-se preocupado com a minha adaptação. Lembro-me do seu entusiasmo quando lhe falava da diretora – por quem tinha grande admiração – e da maneira como ela me acolhera e amparara. Tal como acontecera no meu primeiro ano em St. Oswald's, passei a segunda quinzena de agosto no colégio a preparar o ano letivo que se avizinhava. Nessa altura, mais liberto dos afazeres habituais, Clement pôde enfim mostrar-me os tesouros da biblioteca. Foram momentos indescritíveis, pilhas de livros sobre as mesas, eu sentada, ele debruçado orientando-me a leitura por cima do ombro, citando pérolas de memória ou declamando os poemas que copiava para os seus cadernos. Quando terminávamos era sempre tarde, já de noite, e eu caminhava pelo relvado, sozinha com os versos. Muitas vezes, já no meu quarto e quando o sono faltava, gostava de ir à janela aproveitar o fresco da noite. Ao longe, no vulto escuro do edifício principal, a luz da biblioteca tardava em apagar-se.

Apesar do papel que Miranda e Clement aceitaram desempenhar na minha vida, encontrei a fortaleza noutro lugar: um lugar que era só meu e de Sarah. Sim, disse bem: Sarah. Com o tempo, as relações vão-se depurando e as formalidades caem como folhas mortas. A nossa intimidade robustecera-se nas conversas e nas longas caminhadas com que passáramos a ocupar os momentos de lazer. Nunca conheci ninguém como ela. Era um rochedo; era mãe; e era todas as palavras justas que me dizia. Falei-lhe da família; falou-me da Eva; falámos de tudo... ou quase tudo. Havia um corpo estranho na nossa amizade: o passado. Até então, nunca abríramos essa porta.

Nesse dia, tal como fizera tantas vezes, encontrei-me com ela, por volta das três da tarde, à entrada do seu quarto. Embora nunca mo tenha dito, calculava que aproveitasse aquele período a seguir ao almoço para repousar. Quando apareceu, fotografou-me o espírito com um olhar fugaz:

– Olá, Kimberly. Hoje parece um pouco mais luminosa.

– Estive com a turma dos mais novos – admiti. – Confesso que me fazem bem à alma.

– Compreendo-a. Se um dia nos faltassem, acho que acabaríamos por morrer de tédio.

– Gostava que visse como se deixam fascinar.

– Não existem leitores mais exigentes, mas conquiste-os com um livro e lembrar-se-ão de si para o resto da vida.

Gostava de acreditar nesse tipo de fidelidades, pensei. Tantas vezes as descobrira em verso que cheguei a querê-las para mim. Que atrevimento, que insensatez desejar ser querida para além do tempo. Infelizmente, a única coisa que morreria comigo era aquela de que mais desejaria libertar-me.

Quando transpusemos a porta que dava para o exterior e demos os primeiros passos no relvado central, reparei que o sol lutava contra o frio da tarde.

– Gostava de conhecer aquele bosque – desafiei, apontando com os olhos para o arvoredo que se avistava para lá dos campos de jogos. – Que me diz?

– Porque não? Vamos lá.

Dirigimo-nos, assim, à entrada do enorme parque arborizado, um monumento emprestado pela natureza a St. Oswald's, que não o orgulhava menos do que o prestígio dos seus docentes ou as carreiras de alguns ex-alunos. As conversas eram as do costume. Falámos de Miranda – a Sarah gostava de falar de Miranda –, falámos da senilidade de Cornelia e até tentámos adivinhar quem seria o professor que andava a deixar poemas brejeiros no cacifo de Victoria Summerville. Naquele momento achei oportuno trazer à baila um assunto que há muito me deixava curiosa:

– Recorda-se de me ter dito um dia que estivesse sossegada quanto ao Dylan? – perguntei. – A verdade é que o miúdo se apagou, parece outro. Tem alguma explicação para esse milagre?

Ela abanou levemente a cabeça, num gesto de desvalorização.

– Sabe que o acidente com o Justin não foi o primeiro passo em falso de Dylan Hightower nesta escola.

– Não me espanta.

– Há cerca de dois anos, esse menino andou metido com uma das nossas alunas, uma colega mais nova. Aparentemente não foi capaz de se portar como um homenzinho e acabou por ir longe demais. Vá lá que a rapariga era de fibra e lhe fez frente, senão podia ter acontecido uma situação ainda mais desagradável. Mesmo assim, a aluna fez queixa e ficámos com um problema sério nas mãos. Só que, de repente, pouco tempo depois, sem que nada o fizesse prever, a família dela abordou-me, muito pesarosa, a sugerir que talvez fosse melhor pousar uma pedra sobre o assunto.

– O medo do escândalo – sugeri.

– Talvez – comentou Sarah, encolhendo os ombros. – Mas eu inclino-me mais para o poder persuasivo de Mr. Hightower.

– Ingenuidade a minha. É óbvio que sim.

– Seja como for, acabámos por ser sensíveis ao apelo e deixámos morrer o caso.

– Parece que consigo ouvir o suspiro de alívio do senador.

– Pois. Só que havia uma coisa que o Rufus desconhecia. O filho nunca lhe disse que, por imposição minha, tinha posto tudo por escrito. Mesmo sabendo que um documento daqueles era uma arma letal apontada às aspirações políticas do pai.

– Acho que já estou a perceber. E então...

– E então limitei-me a recordar o Dylan desse detalhe e a adverti-lo para rever a sua conduta.

– E ele?

– Conhece-o bem, é um rapaz inteligente.

Pronto. Uma vez mais, aquela mulher de aspeto frágil mostrava como se fazia. Sem alaridos, sem grandes sermões, parecia capaz de apagar qualquer incêndio apenas com o sopro da respiração. E, naquele momento, ao observá-la com atenção, parecia mais leve do que quando a conhecera. Talvez fosse presunção minha, mas não conseguia deixar de pensar que a minha presença lhe fazia bem. Pelo menos oferecia-me a convicção sempre agradável de que lhe era aprazível estar comigo, de que gostava de mim. E só eu sabia o valor que isso tinha naquela altura.

E se...?

Não, sua tonta!

E porque não?

Não, não, não, claro que não.

– Sarah?

Parei no meio do caminho e ela fez o mesmo.

– Há uma coisa... – disse eu. – Existe algo na minha vida que é... muito íntimo e que... e que, se quer que lhe diga, nem faço ideia porque é que estou com esta conversa!

Dei dois passos em frente e voltei a parar. Sarah permanecia no mesmo sítio, como se adivinhasse ao pormenor o que eu ia fazer. Mantive-me imóvel, de costas para ela, com as mãos entrelaçadas uma na outra, os olhos a vaguear, errantes, e o lábio mordido pela dúvida.

– Kimberly...?

– Poderia ouvir-me? – perguntei, simplesmente.

Ela aproximou-se.

– Tenho estado à sua espera.

Olhei-a, surpreendida.

– Desculpe?

– Acha-se assim tão opaca?

– Lamento, mas não estou a perceber...

– Venha comigo – disse, recomeçando a caminhar. Confesso que não fazia ideia daquilo que me iria dizer. Era impossível que soubesse alguma coisa. Contudo, talvez desconfiasse de que existia algo a afligir-me, o que não demorou a confirmar: – A sua estadia connosco tem sido um enorme grito de socorro. Estou enganada?

– É assim tão óbvio?

– Desde o primeiro dia.

Dei comigo a perguntar que sinais tão evidentes me teriam escapado. Era certo que tínhamos tido conversas prolongadas, mas sempre evitara explorar a minha intimidade. A verdade é que não fora suficientemente reservada para a perspicácia de Sarah, pelo que mais valia fazer o que tinha de ser feito.

– É uma história longa – avisei.

– Também o caminho do bosque. Tenho todo o tempo de que precisar.

Por alguns momentos, limitámo-nos a caminhar sem dizer nada. Então lembrei-me de que não fazia ideia de como estas coisas se contam.

– Acho que vou ter de recuar muito. – Era evidente que tinha. Histórias destas não se oferecem às fatias. Se ia falar, era bom que pintasse o quadro completo. – Gostava de poder contar-lhe mais coisas sobre a minha família, sobre as minhas origens, mas já lhe falei do meu pai, sabe como ele é. Nunca foi fácil arrancar ao Nat pormenores do passado. Mesmo assim, consegui fazê-lo regressar até aos tempos em que os seus pais viviam em Twin Falls, no Idaho. Não me pergunte como é que o avô Elijah lá foi parar; não consegui escavar tão fundo. A única coisa de que o meu pai se lembra é de se ter mudado para o Oregon com os pais e um irmão recém-nascido chamado Emmett. O Nat não devia ter mais de quatro, cinco anos. É provável que o meu avô tenha aproveitado a febre dos caminhos-de-ferro para sustentar a mulher e os dois rapazes.

– Foram tempos excecionais.

– Não duvido, mas estou convencida de que aquela gente ia buscar forças ao próprio país. A América assistia ao seu crescimento e isso empurrava as pessoas para a frente. De qualquer maneira, quero acreditar que o meu pai e o irmão tenham nascido num berço razoavelmente feliz. Infelizmente isso durou muito pouco. O mundo deles desabou quando os meus avós morreram, em 1918, com uma semana de intervalo. A gripe espanhola não tinha sentimentos. De um momento para o outro, ficaram sem nada nem ninguém.

– Não tinham mais família?

– Havia uma tia, sim, mas vivia em Twin Falls. Nunca descobri se chegou a saber o que aconteceu aos meus avós, se, simplesmente, não quis saber. O que importa é que o meu pai e o irmão se viram totalmente desamparados. Tente imaginar o caos dessa altura, no auge da grande epidemia. As pessoas não sabiam como lidar com a doença. Ainda apareceram uns voluntários da Cruz Vermelha, gente destemida, mas, quando chegavam, muitas vezes já era tarde. O cenário não podia ser mais deprimente. A comida escasseava, não havia camas disponíveis para os doentes, os hábitos de higiene eram desastrosos; acho que as pessoas devem ter pensado que o mundo ia acabar. Hoje, sempre que leio sobre esses tempos, não consigo perceber como é que dois órfãos de dois e seis anos conseguiram ultrapassar tantas contrariedades.

– Quantas lições de resistência nos dão as crianças – comentou Sarah. – Ainda não foram contaminadas pelo fatalismo dos mais crescidos, sabe? Conseguem jogar às escondidas com o sofrimento.

– Acho que aqueles dois devem ter jogado às escondidas com a própria morte. A sorte deles foi terem ido parar a um centro de acolhimento provisório. Ficaram lá alguns meses, até serem despachados para uma instituição do Estado. Foi aí que cresceram; foi aí que o meu pai adotou o Emmett. Quatro anos, naquelas idades, é uma diferença muito grande e, de qualquer maneira, não havia mais ninguém disposto a fazer o papel de pai ou de mãe. Portanto o Nat assumiu tudo. Quando o Emmett chorava à noite, era ele que o acalmava; quando estava doente, era ele que o conformava, até porque não podia fazer mais nada. Não gosto de pensar o que terá sido a infância e a adolescência dos dois. A verdade é que se aguentaram ali muito tempo. O meu pai já devia ter treze ou catorze anos quando saiu. Teve de se fazer à vida com um garoto a seu cargo. Não me pergunte como é que lidaram com aquilo. É um período de que o meu pai não gosta de falar e, se quer saber, não o censuro.

Tínhamos acabado de percorrer o último terreno relvado antes das árvores. Não sei explicar, mas soube-me bem entrar no bosque. De certo modo, era como se o arvoredo camuflasse a minha angústia, como se protegesse as minhas confidências, sabe-se lá de quê. Apesar disso, assim que me vi na sua sombra, o meu coração disparou.

Sabia que já não podia voltar atrás.

– O que aconteceu ao Nat a seguir acho que não foi muito diferente do que sucede a todos os homens que querem assentar: arranjou uma mulher e montou um negócio. A propósito, esse armazém ainda existe em Cottage Grove; e com o mesmo nome: Parker e Parker. É uma relíquia, se bem que o Nat já não lhe dedique mais do que umas horas aos sábados.

– Parker e Parker? – perguntou Sarah. – O negócio também pertencia ao Emmett?

– Oh, não, nada disso – respondi, com um sorriso. – É um dos segredos mais bem guardados da família. Nunca houve mais de um Parker naquele armazém. O nome era assim apenas porque o meu pai insistia em que lhe soava melhor. E fazia questão de colocar o «e» comercial entre os apelidos, no timbre das faturas. Nunca lhe mencionei esse assunto, sabe? Acho que há pessoas que conquistam o direito de exibir uma ou outra vaidade.

– Ou mero instinto comercial, porque não?

– Porque não? – admiti. – O que é certo é que quando o meu pai se casou tinha quase vinte e cinco anos e o Emmett já não estava com ele. Nem sequer residia no Oregon. Deve ter percebido, finalmente, que não tinha de viver num cenário com tão más recordações. Pôs-se a andar, desapareceu e não deu notícias nos anos seguintes. Quando regressou, já eu existia há muito. Aliás, ele reapareceu precisamente no dia do meu décimo terceiro aniversário. Estávamos em 1951. A guerra tinha acabado havia mais de seis anos e a única coisa que nos deixou saber foi que tinha lutado nas Ardenas. O meu pai dizia que vinha diferente. Tinha trinta e tal anos, mas, quando o conheci, aparentava muito mais do que isso. Parecia gasto, vazio, praticamente não falava. Até me habituar, chegava a ser embaraçoso estar sozinha com ele. E depois havia outra coisa; ele tinha um problema sério com o álcool. Embriagava-se quase todos os dias e enfiava-se no quarto horas a fio. Mas ficou connosco, como calcula. O Nat amava-o demasiado para o perder outra vez.

– Cresceram lado a lado, a sobreviver um dia de cada vez. Imagino os laços que criaram.

– Eu compreendo, mas não foi fácil. Todos os espaços lá em casa já estavam atribuídos, percebe? Agora, de um momento para o outro, tínhamos de inventar novos hábitos. Coisas tão simples como ter de vestir um par de calças antes de ir à cozinha, a meio da noite, para beber um copo de leite quente. Sei que a minha mãe também sentia esse desconforto, mas nunca ninguém o mencionou. O Nat não sabia o que lhe havia de fazer. Via o irmão sentado horas a fio no alpendre a beber cerveja e a apagar cigarros num vaso. «A guerra, era a maldita guerra que fazia aquilo a um homem», dizia-nos tantas vezes. De qualquer maneira, ele estava ali e o melhor que tínhamos a fazer era aceitá-lo. Aos poucos, fomo-nos habituando. Ainda ficou uns meses assim, a esconder-se na bebida, fechado nas suas recordações, nos seus traumas, sei lá. Por fim, fosse por que razão fosse, acabou por se levantar daquela cadeira. Começou a sair com o meu pai de manhã, a ajudá-lo no armazém; passou a beber menos; já se aguentava sóbrio por uma semana ou mais. A tal ponto que chegou a fazer uns biscates na vizinhança; as pessoas chamavam-no. Tinha jeito para arranjos, sabe? E deve ter amealhado algum dinheiro, até porque o meu pai nunca lhe pediu que contribuísse para as despesas da casa. Enfim, o certo é que parecia outro. Não era capaz de mais de duas ou três frases seguidas, mas já sabia sorrir outra vez. Mal e pouco, mas o suficiente para o Nat sorrir também.

– Uma conquista para a família inteira.

– Não faz ideia. Havia de vê-lo. Quantos mais dias passavam, mais acessível se mostrava, mais comunicativo. Sempre tímido, sempre reservado, mas víamos que já se preocupava em agradar. Então comigo, não imagina. Esperava-me na paragem do autocarro, às vezes saíamos para comer um gelado ou fazer um recado à minha mãe. Nunca falava dele, nunca se abria, mas chegou a fazer-me perguntas sobre a escola, sobre os meus amigos. Dava a sensação de que gostava de me ouvir.

É extraordinário o som com que os pássaros são capazes de inundar a floresta.

– No fundo, acho que todos acreditávamos que, pouco a pouco, ele acabaria por regressar à normalidade. Pelo menos à normalidade possível.

É extraordinário o sussurro que a aragem pode provocar nas copas de uma mata espessa.

– Até que um dia o Emmett violou a sobrinha de quinze anos.

Onde estavam os pássaros?

Onde estava a mata?

Curioso... tinha passado os últimos dezasseis anos a imaginar como seria aquele momento. Com que solenidade, com que palavras se oferece a alguém o pedaço mais absurdo de uma vida... Mas já estava e foi assim mesmo: na terceira pessoa, com a fluência de quem lê a história a uma criança.

Continuámos a andar.

Não faço ideia se a Sarah me olhou, se disse alguma coisa. Só me lembro de que não parámos. De repente, o meu mundo já não estava ali. Voltei a ser aquela menina que ainda se enrolava nos lençóis para cobrir os medos e a vergonha. E então, chorei, meu Deus! Sentei-me à sombra de uma árvore, abracei com força as pernas dobradas e deixei-me chorar finalmente.

As primeiras lágrimas, desde o abraço traidor de Emmett.

E, aos poucos, os pássaros foram regressando às ramagens.

Não sei quanto tempo passou até o meu rosto secar. Meia hora? Uma hora? Não faço ideia. Ao erguer os olhos, vi Sarah. Estava sentada entre dois pinheiros, na beira de uma fraga, com o olhar perdido nas copas da floresta. Levantei-me e fui ter com ela.

– Desculpe – pedi, como se estivesse a agradecer-lhe. – Acho que isto tinha de acontecer algum dia. – Ela olhou-me, levantou-se e retomámos a caminhada. Aos poucos ia-me sentindo mais segura, mais resistente. Então, pela primeira vez em tantos anos, atrevi-me a regressar ao meu quarto de criança e abrir os olhos. Revia com clareza os momentos indizíveis que se seguiram ao crime do irmão do meu pai. – E ele chorou como uma criança, acredita? Foi como se aquela cobardia o tivesse libertado de alguma coisa. Quando finalmente se calou, saiu e deixou-me ali. Sem uma palavra, sem um olhar, sem um remorso... Aliás, em tudo aquilo, nunca lhe senti ternura. Nem sequer desejo, acho eu. Apenas ódio e uma raiva violenta.

Chegava, assim, a parte mais dolorosa do relato. O momento em que revivia a agressão com os meus sentidos. Valera-me a firmeza com que fechara os olhos e fizera da memória um quadro preto; um quadro preto e áspero como o corpo que se esfregara à força contra o meu. Tudo o resto ficaria em mim: os sons roucos, o hálito, o gosto salgado do seu suor e outras impressões que os dias não lavariam.

Continuámos a caminhar. Precisei de tempo para varrer do espírito aquela sinfonia distorcida. Quando essas memórias se extinguiram, surgiram outras; sempre obscuras, sempre perversas.

– Ali estava eu, deitada naquela posição, a mesma com que passei a encolher-me todas as noites, daí para a frente. Nada voltaria ao que era antes, soube-o logo. E o pior é que as agressões não ficaram por aí. Aquilo repetiu-se nos três anos seguintes. Por mais que eu fizesse para me manter a salvo, voltou a acontecer. Não faz ideia das coisas que me passaram pela cabeça, das coisas em que pensei para me ver livre dele... Para me ver livre de mim.

Ao dizer isso, calei-me outra vez. Ia ao passado e regressava em sucessivas viagens dolorosas. Eram lugares que não queria visitar e, no entanto, aceitara-os há muito como morada permanente.

E quanto mais esperaria Sarah? Quanto mais esperaria para me perguntar se o tinha acusado? Se o tinha mandado para o buraco onde se depositam os criminosos? Se permitira que continuasse a sujar o que me era mais querido? Mas não, claro que não. Continuou calada, pairando delicadamente entre os meus silêncios e revelações.

– Eu não podia falar – acabei por dizer. – Quer que lhe explique porquê? Não sei, não sou capaz. Quando nos acontece uma coisa destas, percebemos que somos invisíveis. Parece que toda a gente olha através de nós, sem fazer ideia do que estamos a viver. Esquisito, não é? Mas, lá está, que direito tenho de acusar os outros, se eu fui a primeira a perder a lucidez? Olhava para mim e via o inimigo. Era como se, a cada ataque, Emmett me passasse a sua culpa. Não consigo descrever a vergonha nem a humilhação. E depois, havia o meu pai. O Nat conseguia, ao mesmo tempo, ver em Emmett um irmão, um filho e o melhor amigo. Não se pode roubar tudo isso a alguém que se ama. E como eu amo aquele velho teimoso.

E pronto. O mais difícil estava dito. Tanto tempo depois, tanto tempo a caminhar sozinha...

– Calculo que os seus pais não se tenham apercebido de nada.

– Pois não. Acho que viram na minha mudança de atitude uma simples crise da adolescência. A minha mãe é que não parecia muito preparada para outra perturbação existencial. Ouvi-a muitas vezes a dizer ao meu pai: «Agora, que o teu irmão ganhou juízo, fica a miúda nesse estado...»; ele desculpava-me sempre: «É a idade. Há que dar-lhe tempo.» E deram. Deram-me tanto tempo que a crise passou a temperamento; «É o feitio da miúda. Há que saber viver com isso.»

Querido Nat.

Como poderias saber?

– Hoje acho extraordinário o que fiz para lidar com aquilo. Em vez de desistir, virei-me furiosamente para os livros. Foi a minha primeira libertação. Tornei-me exemplar na escola, amarga em casa e imperdoável quando me via ao espelho. – O fim da tarde aproximava-se e não seria agradável fazer o caminho de volta no meio da escuridão. – Vamos andando?

– Sim – concordou Sarah. – Está a ficar fresco.

Era verdade. A temperatura tinha estado magnífica, mas o vento, que começava a ressoar nas ramagens, convidava-nos a regressar. Quando virámos para trás, sentia-me fatigada. A tensão com que me tinha exposto deixara-me marcas físicas. Mas era preciso continuar. Havia que aproximar aquela história do presente, até para que Sarah percebesse o torvelinho em que me encontrava.

– O Emmett continuou lá por casa. Às vezes saía por dois ou três dias e não dizia a ninguém para onde ia, nem com quem. Depois lá acabava por regressar com um saco cheio de prendas baratas e inúteis que entregava à casa como se fosse a renda do mês. Eu, como é óbvio, procurava estar longe dele, até para evitar que o Nat se apercebesse da minha repugnância. Foram tempos miseráveis... Inventar pretextos para acompanhar os meus pais para todo o lado; espreitar pela porta entreaberta do meu quarto para me assegurar de que não me cruzava com ele no corredor; deixar de dar as boas-noites aos meus pais com um beijo, como sempre fazia, para não se notar que o estava a excluir... Até esse beijo o sacana me roubou.

Nessa altura regressei ao presente. Todo aquele desabafo tinha sido antecipado vezes sem conta. Mas e agora, como era? Agora, que tudo aquilo já deixara de me pertencer em exclusivo? Acho que só o tempo me daria essa resposta, mas ansiava por saber se aquele passeio mudaria alguma coisa na minha vida.

O fim do caminho de terra descobria-se agora, ao longe. O verde do bosque tornara-se mais escuro com o fim da tarde e a visão vermelha do pôr-do-sol recortado atrás das árvores lembrava papel de embrulho natalício. A imagem tranquilizou-me e recordei o momento em que voltei a sorrir.

– Dois dias após ter completado dezoito anos soube que tinha sido admitida em Berkeley. Foi um vendaval de emoções lá em casa: a universidade... a Califórnia... Era incrível! Imagine o duplo significado que essa mudança teve na minha vida. Não só iria frequentar uma escola excecional, como ganhava uma desculpa oportuníssima para me livrar do meu tio. É evidente que os meus pais tiveram de se preparar para envelhecer sozinhos durante uns tempos. Eu sabia que iriam sofrer. E, quando pensava que mais ninguém ia dar pela minha falta, encontrei um bilhete entre as páginas do livro que andava a ler.

– O Emmett... – concluiu a Sarah.

– O Emmett. Um bilhete ignóbil e tão imbecil como o seu autor. Era ignóbil porque ignorava totalmente aquilo que me vinha fazendo há anos. Não se encontrava naquelas palavras uma ponta de arrependimento ou de vergonha. E depois, era imbecil porque falava de aproximação, falava de amor, de eternidade... Quer acreditar? Era impossível que aquele homem não estivesse profundamente perturbado.

– E estava, certamente. É pena que mais ninguém o tenha percebido.

– Mas não pense que ficou por aí. Até ao momento da minha partida para a faculdade ainda recebi mais dois ou três bilhetes como aquele. Rasguei-os a todos e queimei os pedaços. Exatamente o que lhe faria a ele, se pudesse. Até que chegou o dia da despedida. Berkeley foi uma redenção, como imagina. Tinha dezoito anos e nunca saíra do Oregon. Para ter uma ideia, só tinha ido a Salem uma vez e numa excursão da escola.

– Deve ter sido muito duro para os seus pais.

– Oh, não tenho qualquer dúvida. Ao mesmo tempo, aquilo foi um enorme orgulho para eles. O meu pai, então, andava eufórico naqueles dias. Parecia que não descansava enquanto houvesse um cidadão de Cottage Grove a desconhecer que a sua filha única tinha ganho uma bolsa de estudo. Pobre Nat, aguentou aquela postura até ao fim. Foi só na estação de comboios que o vi quebrar. Abracei-o, disse que o adorava, mas ele continuou com os braços caídos, sem dizer nada. No entanto, nunca me senti tão presa e tão amada como naquele momento, acredita?

– Acredito. A Kimberly nunca escondeu o que o seu pai significa para si.

– O Nat é a minha vida. Por isso faz ideia do que me custou aquela despedida. Valeu-me Berkeley, senão teria sido muito pior. Acabou por ser uma experiência incrível. É preciso ver que estava a oitocentos quilómetros de uma vida inteira, a gozar os primeiros momentos de liberdade em muitos anos. Conheci gente nova, gente diferente, pessoas que eu não imaginava que existissem. Era tudo excitante, percebe? Parecia que a vida já não cabia nas vinte e quatro horas de um dia. Esquecíamos facilmente uma refeição se isso significasse chegar a tempo a uma conferência mais promissora; passávamos horas na biblioteca ou a recitar Emily Dickinson umas às outras. Uma loucura, mas só eu sei o bem que aquilo me fez. Cheguei a acreditar que conseguiria abandonar o Emmett no meu passado. Imagine como era crédula... Mas não tive de esperar muito para deixar cair as ilusões. Dois meses após o início do segundo ano em Berkeley, dei de caras com ele, em pleno relvado do *campus*. Eu ia com um grupo de colegas e vi-o ao longe. Estava de pé, imóvel como uma estátua, e sorriu-me quando passei por ele. Não parei, não disse uma palavra. O meu mundo desfazia-se em cacos mais uma vez. A princípio só pensava que tinha de ir embora, de fugir novamente. Foi nessa altura que as cartas do Emmett começaram a chegar. Era capaz de receber duas ou três numa semana, mas havia meses em que deixava de me escrever, vá-se lá saber porquê. A certa altura já não me sentia segura ali, cheguei a admitir voltar para junto dos meus pais, mas, quanto mais refletia sobre isso, mais me convencia de que era impossível tornar a partilhar a casa com aquele monstro. Quando, finalmente, percebi que não podia regressar a Cottage Grove quase dei em doida. Foi muito, muito difícil de aceitar. Naquela altura odiei o mundo; odiei o Emmett, odiei-me a mim e odiei o Nat. Oh, sim, odiei o Nat. Tinha sido a minha concha e era assim que me habituara a vê-lo. Como era possível que me falhasse agora? Como é que não se apercebia de nada? No fundo, era por ele que eu permanecia calada; era por ele que a minha vida se transformara numa fuga permanente. Está a ver a que ponto cheguei...

– Os ódios privados geram culpados improváveis. É muito peso para uma pessoa só.

– Acho que sim, mas pelo menos disso já me curei, já perdoei ao Nat – disse, com um sorriso ternurento. – No entanto, não me esqueço. Foram momentos terríveis. E, mais uma vez, valeram-me os livros. Dediquei-me completamente aos estudos. Acabaram-se as noites em São Francisco, no Vesúvio, as sabatinas poéticas em Bancroft... Em todos os rostos, em todas as silhuetas que se aproximavam, eu via a figura do Emmett. Tornou-se uma obsessão. Quando terminei os estudos, permaneci na Califórnia. Fui para São Francisco dar aulas num liceu. Ainda lá estive um ano. Não foi mau de todo; concluí o meu ensaio, publiquei-o, mantive a cabeça ocupada. Entretanto, como calcula, ele voltou a perseguir-me, nunca parou de me escrever. Cheguei a vê-lo mais duas vezes, uma delas à porta do meu apartamento. Então percebi que não podia ficar ali. Ou o enfrentava e assumia as consequências, ou procurava uma solução mais radical. Foi nessa altura que comecei a procurar ofertas de emprego nos jornais. Queria uma escola, qualquer uma servia, desde que fosse longe dali. Não faz ideia do número de cartas que enviei. E então descobri o vosso anúncio. St. Oswald's...! Claro que já tinha ouvido falar. Parecia uma oportunidade feita à medida. Escrevi-vos nesse mesmo dia. Não imagina o alívio que senti quando me responderam; e mais ainda quando fui aceite. No fundo, este colégio era o prolongamento de Berkeley e de São Francisco, só que mais longe, muito mais longe. Quando parti, tinha quase trinta anos, acredita? Saí de lá com duas malas de livros, um doutoramento e um ensaio publicado. Foi o que trouxe da Califórnia e o mais irónico é que, em parte, o devo àquele miserável.

– Isso nunca poderá saber ao certo, não é verdade?

– Não me iludo, nem me tenho em grande conta. Cada vez mais me convenço de que sou um mero produto das circunstâncias.

– Não somos todos? Mas, de alguma maneira, mais tarde ou mais cedo, acabamos por ter a oportunidade de entrar em cena e fazer as coisas acontecer. E a Kimberly sabe-o bem, até porque ninguém lhe ofereceu nada. – Sim, sabia, mas tinha de admitir que não me valera de muito. – Então Raymond sempre tinha alguma razão, não é verdade? – concluiu Sarah.

– Como assim?

– St. Oswald's foi um refúgio.

Sorri, ao mesmo tempo que me recordava das palavras de Mr. Forrester.

– Acho que sim – admiti. – Ou, se quiser, um pretexto conveniente para continuar a adiar uma decisão.

O caminho descia agora ligeiramente, dando lugar a uma álea de bétulas atapetada a gravilha e pó rasteiro. Era o passeio de despedida do bosque. Já não estávamos longe do parque desportivo. Na verdade, conseguíamos distinguir por entre os guinchos das aves as exclamações com que um ou outro aluno se despedia dos jogos do fim da tarde. Aquela alegria, que só às crianças cabe desfrutar, expunha da maneira mais evidente a ambivalência com que a vida nos vai traindo.

– E acredita sinceramente que vai encontrar neste lugar a paz que procura?

– Não. Há muito que deixei de me iludir. – Dizendo isto, fui ao bolso buscar uma carteira de onde retirei dois envelopes dobrados e já abertos. – São algumas das prendas que tenho recebido dele, aqui no colégio. Já não lhe posso mostrar as cartas, nunca as guardo.

Interrompemos a marcha por um breve momento, para que visse as fotografias enviadas pelo Emmett ao longo do último ano. Sarah não lhes dedicou mais do que um olhar rápido e indiferente.

– Quer saber se estou surpreendida? – perguntou ela, recomeçando a caminhar. – Não, não estou. Até pela obsessão doentia que descreveu. – Nesse momento mostrou-me uma expressão provocadora. Parecia esperar que eu concluísse por mim própria. – Sei que não está à espera de que lhe diga o que fazer. É demasiado inteligente para isso.

– Não sei bem do que estou à espera – confessei. No entanto, queria acreditar que, daquela conversa, me ficaria algo mais do que uma recordação para a vida.

– Ainda assim, devo dizer-lhe o que penso, não é? – questionou.

– Era importante para mim.

Caminhámos durante um ou dois minutos. Sarah manteve-se ausente, de olhos postos no chão, até parecer segura do que dizer:

– A verdade, Kimberly. A verdade irá prevalecer. Pode não ser hoje, ou amanhã, ou daqui a dez anos. Algumas verdades podem esperar. Para quem ama, a única concessão que a verdade permite é mesmo essa, o tempo. Mas nenhuma outra, acho eu. Mais tarde ou mais cedo, vai ser essa a sua opção.

– A verdade? Contar ao Nat? É essa a sua opinião?

– É a minha previsão.

Tínhamos acabado de chegar à grande clareira que acolhia os campos de basquete e o relvado de futebol rodeado pela pista de pó de tijolo. À exceção de dois jardineiros que compunham o sistema de rega, já não se avistava vivalma. O jantar já fora servido no refeitório e, dentro de duas horas, o silêncio seria regra em todo o colégio. Ainda tínhamos umas centenas de metros pela frente, mas não voltámos a falar até nos despedirmos à beira dos pavilhões de aulas.

– Queria agradecer-lhe – disse, com sinceridade. – Não faz ideia do que significa poder repartir uma história como esta.

Sarah despediu-se com um aceno discreto, o que, na sua linguagem subtil, tinha o valor de um abraço apertado. Virei-lhe então as costas e dirigi-me à residência. Meia dúzia de passos depois, voltei a ouvir a sua voz:

– Kimberly... Disse-lhe que a verdade pode esperar. E pode. Mas não se esqueça de que, neste caso, não espera sozinha. Ao seu lado está um homem bom. Um homem à espera de uma filha. Ainda o encontra, de certeza, no cais da estação, de braços caídos.

Naquela noite, quando entrei no meu quarto, já sabia que tinha chegado a altura de agir, de começar a escrever o meu destino.

*

O seu temperamento só se inflamava em situações excecionais. Mesmo assim, quem o conhecesse nunca o teria visto naquele estado.

A carta fora lida apenas uma vez e produzira um efeito devastador.

Os demónios que tinha conseguido manter adormecidos ao longo de tanto tempo assombraram-no com violência. Nunca pensou que ela chegasse ao ponto de o ameaçar. Já o desapontara antes, julgando ser capaz de se esconder atrás das paredes daquele colégio, mas nada como agora. Desta vez tinha esticado a corda para lá do tolerável.

Não! Não acreditava que ela falasse.

Ou, talvez... talvez falasse.

Naquele momento soube que tinha de reagir. E depressa.

De resto, lutava contra o peso dramático da capitulação. Tinha sido atraiçoado pela única mulher que aceitara como igual e esse gesto significava a perda total. Olhava para a frente e não via mais do que um imenso vazio. A dor era tão intensa que se julgou transportado para um nível desconhecido; como se a morte o acolhesse, sem lhe negar a vida.

Subitamente, todo o seu ódio resvalou sobre a outra, aquela que se intrometera entre eles. Só podia ter sido essa mulher a influenciá-la, a virá-la contra si. Fora ela que destruíra o equilíbrio etéreo que os unia. Era uma relação de silêncios, e então? Provara ser resistente ao tempo.

Pelo menos até agora...

GÖTTINGEN , ALEMANHA
Maio, 1933

Querida Mãe,

Chama-se Aleck Hirsch. É um professor judeu, é brilhante, tem trinta e oito anos e está comigo em todo o lado, no meio dos números, quando acordo, nos meus sonhos, quando choro, ou sempre que me faz rir da sua loucura.

É isto, então, o amor dos livros que me deixavas à cabeceira? As cartas de Keats; o amor de Coleridge à sua Sarah?

Ou as tuas lágrimas nos últimos anos de Chicago...?

Vais conhecê-lo mais cedo do que o previsto, porque o meu tempo, que é o tempo de Aleck, está a morrer neste país. Estúpidos, imbecis! A vida estragou-se nas ruas e na escola, pois já não temos a que nos agarrar. Lembraram-se de nos mandar embora, a reboque de uma lei infame que lhes exalta a raça. O diabo que os carregue, bem podem ficar com os seus empregos e com o seu sangue superior, a procriarem uns com os outros.

Preciso do pai, preciso muito do pai, porque tiraram ao Aleck o seu mundo e o mais que ele construiu por aqui nos últimos anos. Ele conhece gente importante na Jaguelónica e o Aleck vale o seu peso em ouro. O que fazemos aqui, podemos fazer em Cracóvia, por isso fala com ele, peço-te.

Quero voltar para casa, mas nunca chegarei só.

Sarah

OSHPITZIN, POLÓNIA
MAIO, 1933

Nem os Gross, que sabiam o que se passava no resto do mundo, nem os Gleitzman, que sabiam o que se passava no resto da rua, deixaram de se surpreender, em igual medida, pela devastação que varreu a frágil economia do país. Quando as ondas de choque da Grande Depressão chegaram à Polónia, apanharam uma nação ruralizada, com uma indústria incipiente. O cenário dificilmente poderia ser mais recetivo a uma crise prolongada. E assim aconteceu, para desgraça dos novos pobres que se multiplicavam um pouco por todo o lado. O emprego e as exportações caíram a pique, levando consigo o ânimo dos polacos. Henryk e os seus negócios também foram atropelados com violência. Ainda assim, apesar de não conseguirem escoar a produção, as indústrias Gross mantiveram-se em atividade. Esse milagre foi alimentado pelas generosas remessas que Adam insistia em enviar da América com regularidade. Não se julgue, porém, que a vida corria fácil no Novo Mundo. Valeu ao velho Gross o espírito com que se adaptava aos constrangimentos e o seu talento para farejar pepitas no meio do entulho. Do outro lado do Atlântico, Henryk não podia desconfiar de que a torneira se mantinha aberta graças aos barris de *bourbon* que, ao longo dos últimos anos, Adam destilara às escondidas nos armazéns de peles e vendera por bom preço aos italianos de Chicago. Assim, enquanto tudo definhava à sua volta, os Gross puderam manter o estilo de vida a que estavam habituados. Foi nessa altura que Anna se apresentou à cidade. Não como fidalga opulenta, mas como uma serviçal dedicada. Serviçal do seu povo, da terra que o destino lhe impusera. Dona de grandes virtudes, continuou modesta na hora de as desvendar. Era indiferente aos credos quando havia que arregaçar as mãos para lavar um doente ou abraçar uma criança sem pai, mãe ou comida no estômago. Vivia sem horas e sem tempo para se lembrar de si. Mas, talvez por isso, soube encontrar vida num solo sem raízes e um sentido para a distância cruel. Anna fez-se valer de Sabina e Eidel para chegar àqueles que não conhecia, deixando muitas vezes Henryk sozinho em casa, diante de um jantar requentado. Mas o marido respondeu sempre ao abandono com admiração e amor.

Já para os Gleitzman as alegrias continuavam mais sonhadas do que vividas. Os tempos cruéis somavam agruras às já existentes. Motke desistira de encher a carroça, porque era cada vez mais difícil escoar os cereais no mercado da cidade. Indiferente aos conselhos da mãe, nunca aceitou o convite que Henryk lhe endereçara para trabalhar nos tanques. Herdeiro do feitio paterno, fizera-se orgulhoso nos seus princípios e queria ganhar a vida com merecimento. Dispensava favores desses, ainda para mais conhecendo a real situação da fábrica. Mas não podia ficar parado; isso nunca. Por essa razão saiu uma manhã cedo carregando às costas uma vasilha vazia. Sabina acompanhou-o à porta e, quando o viu desaparecer para lá da esquina, sofreu sozinha. Conhecia bem a dureza do trabalho escolhido pelo filho mais velho, até porque toda a gente em Oshpitzin se habituara a vê-los bater à porta. Vendiam água, esse bem precioso que ainda não corria nas casas da cidade. Existiam nas proximidades algumas bombas manuais, colocadas em cima de poços, uma delas, a mais requisitada, situada em plena Praça do Mercado. Era ali, enquanto se aguardava vez para encher os recipientes, que as mulheres da cidade mais uso davam à língua e aos ouvidos. Em certos períodos do dia, os carregadores de água tomavam conta do local e nessas alturas mais ninguém levava que beber. No inverno era sempre mais difícil, já que tinham de acender fogueiras para derreter o gelo acumulado nas tubagens. Além disso, a camada envidraçada que cobria os caminhos nos meses frios tornava penoso o percurso dos homens e mulheres que escolhiam aquela tarefa.

Havia ainda Esther, já com idade para levar dinheiro para casa e que se empregara no escritório do doutor Leo Bleich, um famoso advogado sionista de Zator, grande amigo dos Gross. A rapariga tinha boa cabeça para a escrita, admitia o patrão sempre que encontrava Sabina. Pudera, pensava esta, ao recordar os sacrifícios de a ter na escola até à idade adulta. Quando toda a família se juntava à mesa do jantar, as conversas eram poucas e gastas pelo esforço dos dias.

Naquela noite coube a Esther dar a boa nova:

– A Sarah está de regresso – disse, enquanto servia o irmão mais novo.

– Não me digas! – exclamou Sabina. – Quando?

– Em princípio para a semana.

– E os pais? Já sabem?

– Não sei, talvez.

Nascida e criada na sombra enxuta de Meir, Esther crescera a refrear as emoções, porém, naquele momento, o seu rosto apresentava-se luminoso.

– Mas porquê? Tinha a ideia de que aquela rapariga sabia o que queria – comentou Sabina.

– Não é culpa dela, mãe. Parece que as coisas estão complicadas na Alemanha.

– E aqui? – perguntou Motke, amargamente. – Estão melhores? Que vem para cá fazer?

– A Sarah não vem sozinha – disse Esther, ignorando o comentário do irmão. – Traz alguém com ela.

Sabina pousou os talheres e encarou a filha com curiosidade.

– Um noivo?

– Sim, ou qualquer coisa parecida com isso. Seja como for, vai continuar os estudos em Cracóvia, na Jaguelónica – prosseguiu, recuperando a pergunta de Motke.

– E o rapaz? Não me digas que se apaixonou por um *goy* – disse Motke, para quem tal aspeto não era de descurar.

– Não te preocupes, é tão judeu como tu – reagiu Esther com ar enfastiado. – E não deve ser nenhum incapaz, de outro modo não ia dar aulas para a universidade de Sarah.

Assim ia acontecer, realmente. Henryk, que continuava com a filha no topo dos seus afetos, aceitara interceder pelo rapaz. Além disso, tinha de garantir que Sarah completava o curso em Cracóvia. Dois dias depois de Anna lhe ter transmitido o pedido chegado da Alemanha, encontrou-se no Collegium Novum com o seu amigo Józef Peretz . O professor Peretz era um reputado historiador de origem judaica que ensinava na Jaguelónica. Henryk conhecera-o no rescaldo da batalha de Lvov e, desde aí, tinham mantido uma relação de alguma proximidade. Józef descansou-o quanto a Sarah e prometeu levar o nome de Aleck às mais altas instâncias da universidade. No entanto, não podia fazer muito mais. Os tempos eram difíceis e a escola preparava-se para perder cinco cátedras devido aos cortes no orçamento; tudo iria depender do currículo de Aleck e das necessidades da Escola de Estudos Eslavos. Apesar dos anticorpos que se espalhavam pelos corredores de Göttingen, Aleck não teve dificuldades em conseguir referências excecionais por parte de algumas figuras eméritas da Georgia-Augusta. Assim, quando se apeou do comboio em Cracóvia, já tinha à espera um contrato, bem como as expetativas que o seu valor justificava. Foi Sarah quem o apresentou à cidade, embora, durante aquela semana, tenha optado por não informar os pais de que tinha voltado. Ainda assim, nunca se sentiu culpada. Precisava de ensaiar o seu regresso e a sua paixão longe dos abraços de Henryk e Anna. Além disso, o casal pretendia organizar a sua vida em Cracóvia, assim como acertar o ingresso de ambos nas respetivas faculdades. Os dias que passaram na grande cidade foram extraordinários. Portaram-se como turistas, gozando o sol quente de junho e a vida mundana da Capital Real. Porém, mal resolveram o futuro próximo, apanharam o primeiro comboio para Oshpitzin, aonde chegaram ao fim de uma manhã de domingo. Assim que saíram da estação, ocuparam um dos muitos fiacres que aguardavam os passageiros. A viagem foi breve e

Sarah repartiu a ansiedade pelos olhares que lançava a Aleck e à paisagem familiar. Mal a carruagem deu entrada na Praça do Mercado, abordou entusiasticamente o *partchik.*

– Pare um instante, por favor. – O homem puxou a si as rédeas, fazendo resfolegar a parelha de cavalos. Quando o veículo se imobilizou completamente, Sarah desceu, puxando Aleck pela mão. – Aguarde cinco minutos, voltamos já! – disse ao condutor.

– Aonde pensas que me levas? – perguntou Aleck, rindo-se do entusiasmo juvenil da companheira.

– Anda.

Arrancaram, em passo acelerado, na direção da Rua dos Judeus, moderando a marcha apenas em frente ao *beit midrash* do rabino Friedman e, poucos metros depois, ao passar pela Grande Sinagoga. Foi quando chegaram a meio da rua que Sarah viu a amiga. Não a reconheceu de imediato. Parecia-lhe mais magra, talvez um pouco envelhecida. A jovem encontrava-se à porta de casa, o que ajudou a dissipar as dúvidas.

– É ela! – exclamou, ao mesmo tempo que apertava com mais força a mão de Aleck. – É ela, é a Esther! Esther! Esther!

A amiga virou-se na sua direção e demorou alguns segundos a perceber quem era o casal que corria ao seu encontro. Quando reconheceu Sarah, as suas pernas quase cederam. Viu-a caminhar até si, mas nem então se conseguiu mexer. Só quando sentiu Sarah no seu abraço é que acreditou realmente. As duas ficaram assim muito tempo, enlaçadas e sem dizer grande coisa, incorporando sentimentos uma na outra. Quando, por fim, se separaram, Sarah secou o rosto com as costas da mão e, cumprindo o que escrevera, deu dois passos atrás, colocando-se ao lado de Aleck. Olhou para Esther, como se posasse para um retrato.

– E então? Aqui nos tens, lado a lado. Achas que rimamos um com o outro?

– Oh, sim – disse Esther, com alguma timidez. – Não há dúvida.

Aleck estendeu-lhe a mão.

– Finalmente. A Sarah deixou-me ansioso por este momento.

Durante breves instantes, as duas amigas coseram as pontas soltas que lhes sobravam das cartas trocadas. Sarah ainda descobriu tempo para dar uma corrida até à cozinha dos Gleitzman, onde encontrou Sabina de volta dos arrumos. Saudou-a com grande afeto, lamentou a ausência dos rapazes e prometeu voltar muitas vezes. Quando regressou à rua, segurou nas mãos de Esther ao mesmo tempo que lhe ordenava um pedido:

– Vem ver-me, ouviste?

Esther anuiu com um sorriso, enquanto acompanhava o casal ao fiacre, gozando e festejando a amiga por mais alguns momentos. Quando a carruagem partiu, parecia que o sol brilhava só para Sarah.

– Que é que achaste? – perguntou a Aleck e a si própria. – Está linda, não está?

Aleck disse que sim, apesar de saber que ela não o ouvia. Não lhe doíam as ausências de Sarah, que ia e vinha ao sabor dos seus estados de alma. Só ambicionava poder um dia olhar-se do alto desses patamares inalcançáveis e ver-se como ela o via. A maneira como a admirava fê-lo pensar que estava prestes a conhecer aqueles que lhe tinham dado a vida. Perguntara-se muitas vezes quem iria encontrar. Aleck era um homem singular. Sendo inteligente, independente e vivido, tornara-se seguro e destemido, pelo que não se sentia ansioso. A única coisa que podia correr mal era o rumo das conversas. Não sabia esconder um pensamento e já arranjara problemas com o seu feitio irascível. Então, se lhe provocassem as convicções, o assunto tornava-se sério. Nessas alturas, as regras do bem-fazer desfocavam-se e deixava de reconhecer títulos, patentes ou tudo o mais que se tem como conveniente. Sarah conhecia-lhe o temperamento, mas nem uma palavra cautelosa dedicou ao encontro que se aproximava. Sabia quem tinha em casa e a quem se preparava para abrir a porta. Era gente amante das ideias e quem vai à guerra sem outras armas constrói mais do que destrói.

Indiferente aos dois casos raros que transportava atrás de si, o *partchik* conduziu a carruagem até ao destino combinado. O casal deslocava-se agora em silêncio, à parte o hino das cavalgaduras percutido com ritmo acertado no empedrado. Cem metros depois de ter entrado na Rua Plebanska, o fiacre imobilizou-se à beira da casa dos Gross. Sarah desceu, logo seguida por Aleck, e, mais uma vez, pediu ao condutor para aguardar. Passando a mão por entre os arabescos de ferro forjado, correu o ferrolho do portão. De regresso aos braços dos pais, levada pela mão do homem que amava, Sarah entrou no pátio da sua adolescência, sentindo-se criança e mulher ao mesmo tempo.

*

– Então, professor Hirsch – disse, a certa altura, o doutor Reznyk –, como estão as coisas na Baixa Saxónia?

O espírito inquieto do médico vira na chegada de Aleck um bálsamo surpreendente. Gostara imediatamente daquele alemão pertinaz e aprendera em pouco tempo que só ao provocar-lhe as convicções poderia aproveitar a sua personalidade fascinante.

– Estão mal, como no resto do país – respondeu Aleck, antes de esvaziar o minúsculo copo de absinto.

Henryk trocou um olhar conspirador com Wlodek, pois ambos sabiam o que estava prestes a começar. Todas as noites de quinta-feira eram passadas no salão de bilhar do Herz e era à volta do pano verde que os quatro homens jogavam as suas ideias.

– O problema é que a América não está em condições de continuar a financiar a reconstrução da Alemanha – acrescentou Wlodek, alimentando o assunto.

– E acha que faz mal? – perguntou o doutor Reznyk. – Onde estão as indemnizações de guerra que os alemães já deviam ter pago? Oiça o que lhe digo, os tipos não são de confiar. – Então, exibindo uma atrapalhação que não sentia, virou-se para Aleck. – Não leve a mal, professor. Isto não tem a ver consigo. Estava a pensar nos incompetentes que têm governado o seu país.

Aleck encolheu os ombros, enquanto esfregava com giz o taco de bilhar. Quando se sentiu pronto, debruçou-se sobre a mesa de jogo e comentou:

– O problema não está na economia, meus senhores, e muito menos na América. – Os outros homens nada disseram, limitando-se a aguardar o desfecho da tacada. – São bons pretextos, não nego, mas só isso – acrescentou, imediatamente antes de bater a bola branca com o efeito pretendido. – A grande questão prende-se com os burgueses e a sua mania de não quererem ver o mundo para lá do seu quintal.

– É curioso – provocou o doutor Reznyk –, tinha a ideia de que quem levou Hitler ao poder foram os camponeses protestantes.

– Hitler não é a razão dos problemas da Alemanha, senhor doutor – retorquiu Aleck. – É apenas uma má resposta.

– Nem mais – disse Henryk – Continuo a achar que o homem vale bem menos do que todo aquele chorrilho demagógico. A guerra terminou, que diabo; em catorze anos a República produziu e deixou cair outros tantos chanceleres. Este é apenas mais um.

Aleck interrompeu a série de carambolas, pousou o taco e ensaiou mentalmente a próxima jogada.

– Receio que não me tenha interpretado bem, senhor Gross. Sugiro que o leve mais a sério, até porque, de outro modo, estará a cair no erro que cometeram os governantes do meu país. E digo-lhe mais, estou convencido de que os líderes internacionais partilham da mesma cegueira. A culpa de Hitler ocupar aquele lugar toca pouco aos agricultores protestantes; a verdadeira responsabilidade recai na passividade de um continente inteiro.

– E, já agora, na miopia dos comunistas alemães que andaram entretidos em guerrilhas políticas estéreis, não lhe parece? – perguntou o doutor Reznyk, reproduzindo as opiniões do filho, acabadas de chegar num postal de Berlim.

Aleck quase sorriu, ao perceber que Sarah já dera a conhecer a cor das suas convicções.

– Não lhes chamaria estéreis, mas, quanto ao resto, dou-lhe razão. Andámos a dar tiros ao pato errado.

– Bom – disse Wlodek, forçando um otimismo que não sentia –, vamos esperar que Henryk esteja certo e Hitler se iniba de passar das palavras aos atos.

– Passar das palavras aos atos? – atirou Aleck, com brusquidão. – Experimente dizer isso aos que se lhe opõem. Isto se conseguir descobrir para que campo de concentração foram enviados, claro. Ou, se preferir, pode perguntar-me o que estou a fazer na Polónia.

– Calma, Aleck – disse Henryk, conciliador. – Wlodek pretende apenas transmitir-nos perspetivas menos sombrias.

– Não me peça calma, senhor Gross. Tiraram-me o emprego e tive de fugir do meu país, recorda-se? Nesta altura, a única perspetiva menos sombria que me ocorre é que Hitler tenha deixado cair a ideia do espaço vital e não se lembre de aparecer por aqui. Já ouviu falar do Lebensraum, senhor Wlodek?

– Não estou a ver...

– O Lebensraum é uma ideia antiga, uma ideia que, por desgraça, parece muito cara ao chanceler Hitler. Leu o *Mein Kampf*? – Aleck percorreu os olhares dos outros homens, estendendo a pergunta a todos eles. – Trata-se do espaço vital, meus senhores, o espaço que os alemães reclamam para si; o território que eles acham essencial para albergar a expansão do seu povo. Já não lhes basta o que têm, entendem? E sabem para que lado da Europa pretendem eles estender o lençol, não sabem?

Todos os homens da sala, incluindo aqueles que se encontravam noutras mesas, fixaram o olhar em Aleck. Foi nessa altura que Henryk resolveu intervir.

– Mas cabe na cabeça de alguém que a Europa possa tolerar mais expansionismo alemão? Desde quando é que o Tratado de Versalhes passou a letra morta?

– Não ouviu o doutor Reznyk? Ou acha que o pagamento das indemnizações de guerra é uma cláusula facultativa do tratado?

Aleck conseguia ser exasperante quando se enervava e, naquele momento, irritava-o a passividade da audiência.

– Se não cumpre, tem de sofrer! – bradou o doutor Reznyk, batendo com o taco no chão. – Os tratados são para cumprir! Os aliados não devem ceder um milímetro.

– Pode poupar o seu entusiasmo, doutor – atirou Aleck. – E a sua fé nos aliados também. Eles são os primeiros a não cumprir o que assinaram.

– Que está para aí a dizer?

– Estou a dizer-lhe para ir à Renânia procurar os militares que os aliados prometeram lá deixar a tomar conta daquilo. Sabe onde estão? Não sabe, pois não? Olhe, nem eu. Aquilo que sei é que o último soldado saiu de lá cinco anos antes do prazo combinado. Não está mal, para quem quer pôr na linha os alemães. Só falta mesmo que tenham a ousadia de refilar quando Hitler militarizar a região, que é o que vai acontecer, pode escrevê-lo.

Durante os dez minutos que se seguiram, nenhum dos presentes acrescentou qualquer argumento às ideias sólidas de Aleck, o subversivo. A impressão que deixou nos três polacos foi de grande amargura; não tanto pelo seu feitio, mas pelas nuvens carregadas que o acompanhavam. Ainda assim, Henryk não conseguiu antipatizar com ele. Lembrava-se de si mesmo, nos tempos em que se deixara enredar num turbilhão de paixões e convicções, arrastando todos à sua volta. Não se assustava com a inteligência dos outros, mas receava por Sarah; receava que as escolhas e a determinação de Aleck levassem a filha para recantos obscuros. À noite, a sós com Anna, não guardou para si essas sombras:

– O fio quebrou-se finalmente, Anna. A Sarah já voa livre, pelo menos da minha mão.

*

Quando Henryk informou os seus apoiantes de que iria convocar uma sessão de esclarecimento no Herz para o final de junho, Wlodek e o doutor Reznyk já não conseguiram sossegar.

– Que diabo pretende ele nesta altura? Não podia, ao menos, ter falado connosco primeiro?

Assim que o encontraram, não esconderam a estupefação, massacrando-o com perguntas, às quais Henryk respondia sempre da mesma maneira:

– Compreendam-me, meus amigos, mas preferi assumir as coisas sozinho. Peço-vos só um pouco mais de paciência. Em breve, irão perceber porquê, está bem?

– Mas diga-nos, ao menos, se tenciona ceder ao Zederbaum.

– A seu tempo, senhores – respondeu Henryk –, a seu tempo, tudo se saberá.

Perante aquela resposta, os dois homens sentiram o mundo fugir-lhes de baixo dos pés. Se bem que entendessem a posição delicada do amigo, a capitulação era o seu grande receio. Sabiam o que estava em jogo, pelo que não iriam desistir tão facilmente.

– Sempre vai encontrar-se com o homem?

– Com o Zederbaum? Já me mandou um mensageiro a casa, com um convite para o ir visitar.

– E o que lhe respondeu? – insistiu Wlodek.

– Retribuí a amabilidade e convidei-o para a reunião do fim do mês.

Quando o doutor Reznyk e Wlodek se despediram, repararam, frustrados, que partiam com as mesmas dúvidas. Mais tarde, e a pretexto de ir recolher a bolsa de tabaco esquecida pelo médico no último almoço de domingo, ainda fizeram um desvio pela mansão dos Gross. Sabiam que Henryk não costumava estar em casa àquela hora, pelo que aproveitaram para se insinuar junto de Anna. Infelizmente para ambos, encontraram na dona da casa o mesmo mutismo que lhes dedicara o marido.

– Não gosto de os ver ansiosos, mas Henryk faz questão em aguardar pelo momento certo.

– E a Anna? – perguntou Wlodek. – Já sabe do que se trata, certo?

– Sim, já sei.

– E o que acha? Pensa que vai resultar a favor de Henryk?

– Não sei, meus amigos, sinceramente não sei.

– Não sabe? Mas e então? E se as coisas correrem mal?

– Nesse caso, devemos rezar para que a minha carta seja o Ás de trunfo.

– Oh, meu Deus... – disse Wlodek, passando a mão engelhada pelo cabelo. – Está a dizer-nos que também está a preparar alguma coisa?

– Estou – disse ela. – Mas, para já, não passa de uma ideia. Além disso, o Henryk não suspeita sequer, por isso gostava que esta conversa ficasse por aqui.

– Fique descansada – disse o doutor Reznyk, com cara de criança contrariada. – Oxalá saibam o que andam a fazer.

OSHPITZIN, POLÓNIA
28 DE JUNHO, 1933

Quando o dia finalmente chegou, os espíritos de Oshpitzin acordaram desassossegados. O doutor Reznyk apareceu em casa dos Gross à hora do pequeno-almoço e sem a companhia de Wlodek. Quando Eidel lhe abriu a porta, o médico irrompeu pelo vestíbulo em passada larga. Vinha afogueado e, sem margem para dúvidas, exasperado com alguma coisa.

– Henryk! – bradou, ignorando totalmente a presença surpreendida de Eidel. – Henryk!

Perante tamanha explosão, não demorou a ouvir-se o bater de uma porta no andar de cima. Henryk foi o primeiro a aparecer, envergando ainda o robe de seda e uma toalha pelo ombro. Anna surgiu da cozinha, quase na mesma altura. Nenhum dos dois pareceu surpreendido pela presença do médico, nem sequer pela sua postura exaltada.

– Bom dia, Joshua – saudou Henryk. – Que se passa, meu caro? Parece que viu o diabo.

O médico não lhe respondeu e deu dois passos na sua direção. Ao chegar junto do amigo, estendeu-lhe um jornal enrolado que, pelo estado, já devia ter sido lido e relido.

– Antes tivesse visto!

– Que é isto? – perguntou Henryk, sem tirar os olhos do outro homem.

– Isso pergunto-lhe eu – disse o doutor Reznyk, estudando todos os sinais que transparecessem da expressão de Henryk. – É uma edição do *Zydowski* que anda a circular na cidade esta manhã. Agora, de uma vez por todas, deixe-se de segredos de polichinelo e diga-me: é verdade?

Henryk desdobrou calmamente o jornal e leu com atenção o título e a notícia que ocupavam quase toda a primeira página. Anna juntou-se-lhe por cima do ombro e, para estupefação do visitante, observou a novidade com a mesma tranquilidade do marido.

– O que achas? – perguntou Henryk à mulher.

Para o doutor Reznyk, aquela reação era a confirmação que faltava.

– Então é verdade... – disse, sentindo-se totalmente vazio.

Henryk e a mulher, que não pareceram reparar no desânimo do médico, leram a notícia lado a lado.

– Nunca resiste ao tom dramático – observou Anna, sem esconder um sorriso.

– Deixa estar, é mais do que suficiente – afirmou Henryk, devolvendo o jornal ao atarantado doutor Reznyk. Só então pareceu lembrar-se do estado do amigo. – Joshua, meu caro, vai desculpar-nos, mas temos tido tanto em que pensar nos últimos dias que nos esquecemos das pessoas a quem mais devemos.

– Que quer dizer aquilo, Henryk? Vai realmente desistir das eleições?

– Desistir? Não, nem pensar. Só se me obrigarem, mas duvido de que sejam capazes.

O médico pareceu ressuscitar, apesar de continuar confuso.

– Mas e a notícia? Está lá escrito, você leu o mesmo que eu: a reunião desta noite foi convocada para anunciar a sua desistência. Não se fala de outra coisa na cidade.

– Acredite em mim, meu caro. Não tenho, de modo nenhum, essa intenção.

– Então, quer dizer que os miseráveis já o querem dar como morto – rosnou Reznyk. – É coisa do Zederbaum, pode escrevê-lo!

– Deixe o Zederbaum sossegado. Desta vez, o homem não tem culpa.

– Mas assim, quem...

– Fui eu, Joshua – esclareceu Henryk. – Fui eu que lhes soprei a notícia.

Num gesto instintivo, o médico tirou os óculos e focou um olhar embasbacado no rosto do amigo.

– Como? Desculpe, mas não estou a perceber...

Anna decidiu interromper a conversa, dirigindo os dois homens até à sala.

– Vamos conversar para um sítio mais confortável – disse ela. – Já tomou o pequeno-almoço, doutor Reznyk?

Quando se sentaram na sala, Henryk não perdeu tempo a sossegar o amigo, enquanto Eidel colocava sobre a mesa chá quente e fatias de pão de centeio.

– Diga-me uma coisa, Joshua, que acha que terá passado pela cabeça do Zederbaum quando soube da reunião desta noite?

– Sei lá... – respondeu o doutor Reznyk, sacudindo os ombros. – Talvez julgue que o jogo dele resultou. Talvez pense que você decidiu dar uma satisfação ao povo, antes de desistir, não sei...

– É verdade – concordou Henryk, pousando a chávena. – Ou então julga que vou contra-atacar.

O médico pensou por uns momentos, mexendo o chá com a colher, em voltas demoradas.

– É possível.

– Até porque deve estar de pé atrás, desde que eu declinei o convite para me encontrar de novo com ele – acrescentou Henryk.

– Sim, pode ser. Mas continuo sem perceber o que pretende com aquela notícia forjada.

– Pretendo apenas que o Zederbaum baixe a guarda. Prefiro que me veja como uma carta fora do baralho.

– Apanhá-lo desprevenido logo à noite? É isso?

– Que acha? – perguntou Henryk, que tinha em grande conta o discernimento do médico.

Este refletiu durantes uns momentos, antes de opinar.

– Mal não deve fazer – comentou, finalmente, com o olhar pensativo. – Sun Tzu já dizia que, num conflito, as ações-surpresa conduzem à vitória. Mas que é que o leva a pensar que ele acredita no que diz o jornal?

– O jornal é apenas um reforço para a sua confiança. Nos últimos dias, Wlodek falou-me bastante do Zederbaum. Contou-me uma série de histórias sobre ele. Histórias interessantes, sabe? Fiquei de boca aberta. Aquilo que ele está a fazer comigo é o que tem feito a vida inteira para conseguir o que quer. Muitas vezes por bons motivos, outras nem por isso, mas quase sempre recorrendo a esquemas como este. Gosta de estudar as vítimas, apanhar-lhes o ponto fraco. E só então, quando se vê na posição dominante, as enfrenta, as encosta à parede.

– Já tinha ouvido dizer qualquer coisa sobre isso.

– Já ouviu você e, pelos vistos, toda a gente. É a marca dele. E é por isso que vai aparecer confiante logo à noite. Não está habituado a ser desafiado nem surpreendido. A manchete do *Zydowski* é apenas a confirmação daquilo que ele tem como certo. Quer apostar que já preparou um discurso de candidatura?

– Não sei – disse o doutor Reznyk, sorumbático. – Só sei que, quanto mais nos aproximamos da maldita reunião, mais confuso me parece tudo isto. E depois ainda tenho de contar com os seus segredinhos. Não podia abrir o jogo de uma vez por todas?

Henryk trocou um olhar cúmplice com a mulher, ambos solidários com a ansiedade de Reznyk.

– Há pouco citou Sun Tzu – comentou Henryk, com um sorriso caloroso. – Sabe o que ele escreveu também? Que os generais devem manter o seu exército na ignorância até ao momento da batalha.

– Está a dizer que não confia em mim?

– Se não confiasse, não lhe tinha contado o mais importante. Deixava-o pensar que iria desistir. Mas há outra coisa, Joshua, e foi você que o confirmou: a notícia caiu como uma bomba na cidade. Toda a gente especula sobre as minhas razões.

– Se fosse só isso – disse o médico, com uma gargalhada forçada. – Não sente as orelhas a arder? Faz ideia do que dizem de si nesta altura? Estão desiludidos consigo, homem. Fê-los acreditar e agora tira-lhes o tapete de baixo dos pés. Pode ter a certeza de que estão a contar os minutos para lho dizer.

– Está a ver? Era exatamente isso que eu pretendia. Mobilizá-los! Nem que seja pela indignação ou pela vontade de me darem uns tabefes. Não quero saber. O que preciso é que estejam lá todos, percebe? Aquilo que tenho para transmitir só funciona se for dito olhos nos olhos.

– Bom, quanto a isso, não se preocupe – disse o doutor Reznyk, um pouco mais confiante. – Depois da confusão que vi esta manhã, duvido de que caibam todos na sala.

– Ótimo – disse Henryk, levantando-se. – E agora vai dar-me licença, Joshua. Tenho de me arranjar. Porque é que não se serve de um bom charuto e vai aproveitar este sol magnífico para o jardim? A Anna já lá deve estar, de volta das suas flores.

O amigo deixou a chávena a meio caminho dos lábios, emudecendo as questões que lhe assaltavam o espírito havia tantos dias, e conformou-se com esperar mais umas horas. Aproveitando a sugestão de Henryk, e depois de mais uma chávena de chá, dirigiu-se ao aparador do vestíbulo e escolheu um charuto de palmo. Olhando para lá das sacadas que davam para o jardim da mansão, sentiu-se mais otimista. Via-se dali que os ventos corriam tranquilos e, que diabo, isso devia querer dizer alguma coisa. Acabou a manhã ao lado de Anna e munido de uma tesoura de podar.

Tal como Henryk afirmara, o Sol surgia afável no céu limpo. Oshpitzin podia assim celebrar mais um dia no meio da rua. A Praça do Mercado também gostava de se vestir bem em dias daqueles; apreciava ser *boulevard* e tão indiscreta como as tias francesas. Os grupos de judeus, encostados a um lado do terreiro, discutiam acesos a novidade daquela manhã, indiferentes aos pares de sombrinhas coloridas que se cruzavam à sua frente. Não longe dali, as margens do Sola recebiam alguns rapazes e raparigas que aproveitavam o calor estival para se banharem no mais charmoso e traiçoeiro afluente do Vístula. Era naquelas águas que judeus e *goyim* despiam as suas diferenças, num imenso recreio de chapiscos, risos destravados e cestos de comida.

Ao aproximar-se a hora de almoço, Sarah passava pelo vestíbulo quando ouviu bater à porta. Ficou surpreendida ao ver que Aleck e Wlodek tinham vindo juntos.

– Encontrámo-nos aqui mesmo – esclareceu o idoso, estendendo a mão à jovem.

– Entrem, por favor – convidou Sarah. – O doutor Reznyk já cá está.

– É um velho curioso – comentou Wlodek. – Não podia esperar, pois não? Onde é que se enfiou?

– Deve estar com o meu pai no jardim. Porque não vai ter com eles?

Wlodek não precisou de mais incitamentos, o que se entendia, até porque também ele trazia um jornal dobrado na algibeira.

– Coitados – disse Sarah, quando se encontrou a sós com Aleck. – Não veem a hora em que tudo isto termine.

– E tu? – perguntou Aleck, abraçando-a.

Os dois já tinham iniciado as aulas na universidade. Aleck fora bem recebido entre os colegas. A sua inteligência vibrante agitou aquele canto da Academia. Também as suas ideias políticas deram que falar. Não tardou a que outros professores e até alguns estudantes passassem a reunir-se regularmente com ele, nas traseiras de um armazém de livros da Rua Grodzka. O *vodka* corria tão livre como as ideias revolucionárias dos novos inconformados de Cracóvia, fossem eles polacos ou não. Na verdade, aqueles encontros atraíram alguns alunos estrangeiros da Jaguelónica, juntos numa espécie de apologia esquerdista clandestina, formando o que passou a ser pejorativamente conhecido como o Comintern. Sarah nunca participara nessas sessões, nem se envolvera nas atividades políticas de Aleck. Deixava-se seduzir pelas utopias igualitárias, mas a revolução do proletariado ainda não a convencera. Apesar de se ter mudado para

Cracóvia, era rara a vez em que não ia a casa no Shabat, regressando no comboio de domingo à tarde. Estava alojada no apartamento de uma das sete irmãs do doutor Reznyk, que a tinha aceitado com entusiasmo. Elka – era esse o nome da hospedeira – não impunha a Sarah a sua cativante personalidade. Atirada para uma cadeira de rodas desde os oito anos, sobrevivera à pólio usando a perseverança com que se resgatara de uma vida sem marido, filhos e pernas para andar. Agora, com pouco mais de cinquenta, continuava a valer-se dessa força e do esmero que o irmão médico contratara por bom preço a uma enfermeira de Katowice. A chegada de Sarah aconchegou a vida de Elka. Havia um traço comum naquelas duas existências, alguma coisa que as completava sempre que se juntavam. A mulher mais velha gostava de se ver como uma mancha intrusa no quadro moralista da Polónia independente, massacrando os seus costumes com golpes de pensamento. Oferecera a Sarah um caderno de poemas de Maria Konopnicka, cujas estrofes haveria de evocar em tempos impossíveis. Aleck, por seu lado, ocupara o último andar de um prédio ao lado do Collegium Maius, que ficava a cerca de cinco minutos da casa de Elka Reznyk. Dificilmente o casal poderia viver com mais intensidade: a academia, a paixão, a explosão das ideias e o desfraldar das bandeiras.

Mas ali, não. Ali era a casa da adolescência de Sarah, a fortaleza dos seus pais, e o sangue dos dois jovens deixava de ferver. Também por isso, o almoço daquele dia foi consensual e tranquilo. Wlodek e o doutor Reznyk tinham aceitado o convite com prazer, não fosse dar-se o caso de serem servidas algumas novidades de última hora. Infelizmente para ambos, Henryk manteve-se firme em deixar as revelações para o momento oportuno. A ansiedade que pairava no ar acabou por ser abafada graças às intervenções divertidas do bom doutor e, durante aquela hora e meia, ninguém tocou no assunto em que todos pensavam. Quando terminaram, o grupo dispersou e cada um ocupou o resto da tarde à sua maneira. Os dois homens mais velhos retornaram à Praça do Mercado, ansiosos por aferir a sensibilidade da populaça; Aleck e Sarah passaram o tempo no jardim, a ler e bebericar canecas de chá frio. Por seu lado, Henryk vagabundeou entre o escritório e o quarto, sempre agarrado ao caderno forrado a pele em que guardava as anotações mais diversas. Anna não precisava de outros sinais para se aperceber da ansiedade do marido, mas também sabia que era melhor deixá-lo esgotar-se naquele corrupio. Quando o Sol começou a perder o brilho, Henryk passou pela cozinha e substituiu o jantar por um copo de leite e uma mão cheia de *hamantashen*[26]. Pouco depois, conforme prometido, Wlodek regressou, disposto a não largar o seu protegido até que tudo estivesse terminado.

– Demora? – perguntou ele, dirigindo-se a Henryk, que já ajeitava a gravata, ao espelho, no vestíbulo.

– Estou pronto. Vamos lá – disse o dono da casa, antes de se despedir da mulher com um beijo.

Anna estava angustiada por não acompanhar o marido naquele momento crucial, mas a tradição da *Kehilla* desmobilizava qualquer vontade de se envolver com um mundo de homens.

Quando os dois amigos atravessaram o portão, o fiacre já os aguardava havia mais de meia hora. Cá fora, uma dúzia de curiosos rodeava a entrada da propriedade, à espera de saber notícias frescas antes dos demais. A viagem fez-se num ápice e num silêncio nervoso. Assim que desembocaram no largo, deram com a imagem surpreendente de uma multidão apinhada à porta do Herz. Tal como da primeira vez, Henryk escolhera o melhor hotel de Oshpitzin para acomodar a assembleia, porém, agora, chegou a pensar se não teria sido preferível utilizar a ampla esplanada exterior. De qualquer maneira, naquela altura, já pouco havia a fazer e, com mais ou menos incómodo, o salão grande teria de servir. Por causa da aglomeração, a carruagem foi obrigada a largar os passageiros mais longe do que o previsto, o que não impediu dezenas de curiosos de rodearem imediatamente os recém-chegados. As críticas e sugestões choviam de todo o lado:

---

[26] Pastel em forma triangular, consumido tradicionalmente pelos judeus asquenazes na Festa do Purim.

– *Gozaste bem o teu minuto de fama? São todos iguais!*

– *Não nos vire as costas, senhor Gross!*

– Lá dentro, meus amigos, lá dentro – repetia Henryk, furando entre a multidão.

E foi assim, no meio de apertos e palmadas mais ou menos amigáveis, que Henryk deu entrada numa plateia a rebentar pelas costuras. Ao passar pela coxia, não resistiu a olhar para o local onde, da última vez, tinha encontrado Zederbaum e o seu grupo. Tal como antes, estavam lá todos, e não pôde evitar um frémito quando viu cravados em si os olhos amarelos do judeu velho. Ao pisar o estrado que suportava a mesa dos palestrantes, e após cumprimentar o doutor Ressler, Henryk voltou-se para a sala, de maneira a observar com outra perspetiva todos os que o aguardavam. A vista era impressionante, parecia que toda a comunidade judaica da cidade e arredores ali acorrera só para o ouvir. Se tamanha adesão se devia à notícia matinal do *Zydowski* nunca o poderia saber, mas tinha boas razões para acreditar que sim.

– Espantoso, não é? Parece que ninguém ficou em casa – comentou o doutor Ressler. – Convém darmos mais um quarto de hora para ver se arranjam maneira de se encaixar todos.

Wlodek e o doutor Reznyk juntaram-se-lhes à beira da mesa e, durante quase uma hora, ficaram a observar aquela massa humana a inchar lentamente. Apesar de já ser noite e todas as janelas e portas se encontrarem abertas, o calor tornava-se insuportável, pelo que as queixas irritadas começaram a fazer-se ouvir.

– Acho que não vale a pena prolongarmos esta agonia – disse Henryk ao doutor Ressler.

– Tem razão, de qualquer maneira, não parece que caiba nem mais um alfinete. Vamos lá começar, então.

Dizendo isto, os quatro dirigiram-se aos seus lugares na mesa da tribuna, cabendo a Ressler uma breve introdução.

– Caros amigos, por favor... – As conversas esgotaram-se quase imediatamente, seguindo-se um desagradável arrastar de cadeiras. – Caros amigos, não esperava que nos voltássemos a reunir tão cedo. Permiti que comece como da última vez, congratulando-me pela vossa presença em tão grande número. Continuais a demonstrar a vitalidade extraordinária da comunidade que me destes a honra de dirigir. A *Kehillah* sois vós e é sobre vós que recai a responsabilidade de talhar o destino do povo judeu em Oshpitzin. É por isso que aqui estais hoje, porque se aproximam momentos críticos, momentos em que todos seremos chamados a dizer o que queremos para nós e para os nossos.

Na sua voz cava, Ressler dirigia-se à assembleia com o timbre de um patriarca. Sentia-se inspirado e prolongou a apologia por alguns minutos, exaltando a comunidade que tanto o orgulhava. Pudesse ele imaginar os jogos de bastidores, pensou Henryk.

Entretanto, a multidão ia dando sinais de impaciência. Todos estavam ansiosos por ver o candidato desvendar as novidades. Ciente disso mesmo, e certamente tão curioso como os restantes, o orador abreviou o seu introito.

– Nesse propósito, fui abordado há cerca de uma semana por um ilustre membro da nossa comunidade, que se mostrou interessado na marcação deste encontro. Como sabeis, é nosso hábito proporcionar a todos aqueles que pretendem dar a conhecer as suas ideias sobre o destino da *Kehillah* a possibilidade de o fazerem de uma forma organizada, pelo que acedemos prontamente ao desejo do senhor Henryk Gross. É também do vosso conhecimento que falta cerca de um ano para as eleições que irão designar os nossos representantes no Conselho Municipal de Oshpitzin, bem como o seu próximo presidente. Estou certo de que, tal como sempre aconteceu, a comunidade judaica da cidade irá apresentar pelo menos uma lista a essas eleições. Gostaria que fosse uma lista abrangente, consensual, dentro do possível. Ora o senhor Gross foi, até agora, a única pessoa que se afirmou disposta a encabeçar uma candidatura, decisão que partilhou connosco da última vez que nos reunimos, e hoje, por razões que só a ele cabem, entendeu prestar-nos um esclarecimento adicional. Posto isto e sem mais delongas, até porque sei que estais ansiosos por ouvi-lo, passo-lhe a palavra. Senhor Gross, faça favor.

As palmas que se seguiram foram apressadas, tal a voragem pelas notícias que se anunciavam. Quando Henryk se levantou para falar, não se encontrava um único distraído em toda a assembleia. Wlodek e o doutor Reznyk, consumidos pela curiosidade, transpiravam profusamente nos seus assentos, já cansados de traçar os cenários possíveis.

– Antes de mais, doutor Ressler, gostaria de lhe agradecer a oportunidade que me concede novamente – começou Henryk. – Como calcula, é um enorme privilégio estar no meio do meu povo, rodeado por tantos amigos. Sei que muitos de vós fizestes grandes sacrifícios para estar aqui hoje, pois reconheço-vos de terras vizinhas... de Osiek, Brzezinka, Zator, Chełmek e até Polanka Wielka... Meus amigos, que grande regozijo é ter-vos aqui, neste fim de tarde. Oxalá possa corresponder sempre àquilo que esperais de mim. – Henryk fez uma pausa e olhou para o caderninho que abrira sobre o tampo da mesa. Apesar de ter registado algumas notas para o discurso, naquele momento nem sequer tinha consciência de estar a olhar para elas. Sabia que os próximos anos da sua vida iriam ser jogados nos minutos seguintes, pelo que respirou fundo antes de continuar. Quando se sentiu preparado, encarou fixamente a audiência. – Chamei-vos aqui porque tenho duas coisas para vos dizer. São duas coisas que, como compreendereis, fiz questão que ouvísseis da minha própria boca e olhos nos olhos. Acreditai, não havia outra maneira.

Henryk parou de falar e encarou prolongadamente o seu povo.

Pelo silêncio da sala, era bem possível que a plateia tivesse deixado de respirar.

– A primeira coisa diz respeito a algo que fiz, num passado não muito distante. Quero que todos saibam que, há treze anos, no tempo em que lutava com o exército polaco pela soberania deste país, cometi um ato miserável, um ato indesculpável: escondi o meu judaísmo e humilhei, desonrei e quase matei um dos nossos. Fi-lo por cobardia, misturado no meio de um grupo selvagem de *goyim* e, se é verdade que paguei com a minha consciência um preço terrível, também é certo que nunca pude voltar atrás e apagar o meu erro.

Wlodek e o doutor Reznyk sentiram aquilo como um murro no estômago e olharam ostensivamente para Henryk, como se ele tivesse enlouquecido. Cá em baixo, toda a gente dava largas à estupefação que lhe ia no espírito. Depois do silêncio pesado que se seguiu à confissão de Henryk, começou a gerar-se um burburinho crescente, como pano de fundo para as primeiras vozes exaltadas. Acima de tudo, aqueles homens estavam confusos, atordoados, não era aquilo que esperavam ouvir. A sala demorou mais de cinco minutos a serenar, não obstante as inúmeras chamadas de atenção do doutor Ressler. Henryk manteve-se imperturbável durante todo esse tempo, ainda que pudesse observar algumas expressões desdenhosas. Quando retomou a palavra, teve a sensação de que a sala se continha a custo, tal como a rolha de uma garrafa de champanhe depois de agitada.

– A segunda coisa que vos quero dizer é que, ao contrário das últimas notícias, não tenciono desistir. Continuo candidato e espero ser o próximo presidente da Câmara Municipal de Oshpitzin.

Foi então que a rolha saltou. Uma parte da plateia irrompeu em gritaria, uns voltados para Henryk, outros contra o vizinho do lado e alguns para onde quer que estivessem virados. O grupo de Zederbaum tornara-se o grande instigador da agitação, reagindo dessa maneira ao contragolpe que os atingira e para o qual ainda não tinham encontrado explicação. Fosse como fosse, naquela altura, era evidente para toda a gente que Henryk não conseguiria ser indicado nem para polir os candeeiros da sinagoga. Os seus projetos políticos pareciam condenados e, com eles, também os sonhos de Wlodek, Reznyk e tantos outros que viam em Henryk Gross o rosto de uma judiaria revigorada.

Com o semblante lívido, o doutor Ressler encontrou uma réstia de alento para pedir calma à assistência.

– Senhores... senhores...

Entretanto, o candidato caído em desgraça ainda mostrava um sopro de vida quando se dirigiu de novo à multidão.

– Por favor! Ainda não terminei, deixai-me continuar.

Mas, desta vez, o doutor Ressler já não foi em seu auxílio. Permaneceu sentado, ao lado de Wlodek e Reznyk, exibindo a mesma perplexidade. Só muito tempo depois é que aquela gente pareceu capaz de serenar. Muito lentamente as discussões foram arrefecendo e as pessoas voltaram a sentar-se. O olhar de Henryk cruzou-se então com o de Zederbaum. O velho judeu fixava-o com uma intensidade doentia, procurando a todo o custo antecipar o que aí vinha.

Quando reparou que a sala era sua outra vez, Henryk prosseguiu:

– Por favor, peço-vos só mais uns minutos de atenção. É importante que conheçais a história completa. Faço questão de vos dizer como tudo aconteceu – disse ele, tentando expressar-se numa voz firme e tão enérgica quanto possível. – Como é do vosso conhecimento, saí dos Estados Unidos em 5678, na companhia de milhares de jovens polacos, para lutar na Europa.

Ao longo da meia hora seguinte, Henryk relatou pormenorizadamente os acontecimentos passados. Ao chegar ao ponto crítico, não procurou eufemismos para suavizar a prosa dolorosa. Tudo disse, tudo contou, perante os olhares indecifráveis dos espetadores.

– E aí está, meus senhores, era isto que tinha para vos dizer. Não espero que me perdoeis, aliás, como poderiam fazê-lo se eu próprio ainda não me reconciliei com o passado? Mas a minha vida não parou em Lomza. Bem pelo contrário, estou convencido de que aquele episódio me despertou para valores que me eram estranhos até então. Esta noite, vim aqui para vos contar tudo, para que soubésseis pela minha boca aquilo que aconteceu e o que pretendo fazer. Acredito que a verdade é o melhor ponto de partida para o meu futuro nesta cidade. Resta agora ao meu povo decidir se conta comigo no seu. Obrigado.

Quando se sentou, Henryk soube que tinha feito o que podia e isso deu-lhe uma sensação de tranquilidade. À sua frente as reações eram para todos os gostos: alguns aplausos mais entusiastas opunham-se ao patear envolvente que partia do grupo de Zederbaum, sendo que a grande maioria optava por palmas neutras ou braços cruzados. Era possível que a franqueza de Henryk tivesse colocado alguns dos presentes do seu lado. Restava saber se seria possível conseguir a tal solução de consenso por que tanto pugnara. Quando a noite parecia já nada ter a oferecer, uma certa agitação desviou todos os olhares para uma zona da sala. Alguns incentivos de origem desconhecida convenceram a multidão a sentar-se de novo. Quando isso aconteceu, Henryk constatou que apenas um homem permanecera de pé: Leopold Zederbaum.

– Doutor Ressler, dá licença que me dirija à sala? – perguntou.

Ressler olhou para Henryk com uma expressão hesitante, acabando por autorizar a intervenção de Zederbaum.

– Caros amigos – começou ele, rodando a cabeça devagar, para observar todos os rostos expectantes que o rodeavam. – Que magnífico discurso acabámos de escutar. Certamente todos nos sentimos solidários com o senhor Gross, com o sofrimento a que foi sujeito. Certamente todos louvamos o seu heroísmo quando arriscou a vida por uma Polónia soberana. – Nesse preciso momento, surgiu um jovem, vindo de uma porta situada à direita da mesa dos oradores, e dirigiu-se ao doutor Ressler. Após lhe ter segredado alguma coisa, o líder da *Kehilla* levantou-se prontamente e acompanhou o rapaz pela mesma porta. – Quantos de nós – prosseguiu Zederbaum –, enquanto jovens, não sonhámos um dia poder pegar numa arma e sair, de peito feito, para defender uma causa nobre? Henryk Gross não apenas o sonhou, como o fez realmente.

Henryk não fazia ideia aonde aquela introdução iria levar, mas, como é natural, não tinha ilusões.

Nesse momento, Zederbaum baixou o tom de voz, como se convidasse a plateia a refletir com ele.

– Contudo, há algo na intervenção do senhor Gross que me deixou algumas dúvidas. Diz-nos ele, a dada altura, que, ao longo do tempo em que serviu no exército, se foi apercebendo de uma crescente animosidade para com os judeus por parte dos seus camaradas. Ora, se nada me escapou, isso significa que a disposição antissemita do exército de Haller era tudo menos uma novidade para ele quando entrou em Lomza naquele dia fatídico. Assim sendo, a primeira pergunta que me assalta é a seguinte: porque é que o nosso estimado candidato insistiu em acompanhar esta gente ao longo de todo esse tempo? Porque é que não os abandonou no final da Grande Guerra? – Zederbaum deu um tempo para que a audiência refletisse sobre estas perguntas. Reparou, satisfeito, que alguns dos presentes comentavam com os vizinhos, encolhendo os ombros ou abanando a cabeça. Eram só sinais, mas sabia que começava a instalar a confusão. Restava-lhe, agora, transformar as dúvidas em certezas e assim assegurar-se de que Henryk Gross sairia daquela sala feito em farrapos. – Mas não, meus senhores, aquilo que nos é dado a concluir pela sua exposição é que o nosso candidato preferiu partir para a Polónia, para a maior comunidade judaica da Europa, lado a lado com uma horda de antissemitas virulentos que, como veio a confirmar-se, infernizaram a vida a tantos judeus neste país. Porque o fez? Não sei, não o podemos saber, porque isso ele não nos explicou.

Assim que disse isto, Zederbaum não pôde deixar de reparar no movimento que se gerara num dos lados da sala. Essa ligeira agitação deveu-se à reentrada do doutor Ressler, desta vez acompanhado por um cavalheiro de ar distinto. Zederbaum precisou de poucos segundos para se lembrar de onde conhecia aquela cara. Tratava-se de Chaim Heifetz, um conhecido judeu de Varsóvia que tinha cumprido um mandato como vice-presidente do Kolo, o Clube dos Deputados Judeus, no Sejm[27]. Na qualidade de representante da comunidade judaica no parlamento polaco, Heifetz encontrara-se uma vez com

[27] Câmara Baixa do parlamento polaco.

Zederbaum, o suficiente para a velha raposa não mais o esquecer. O doutor Ressler e o recém-chegado dirigiram-se para a beira do estrado, tendo aí permanecido, de pé e ao lado um do outro. Zederbaum, que detestava surpresas, não gostou de ver Chaim Heifetz por ali, pressentindo na sua chegada problemas inesperados.

Quando retomou o discurso, teve de fazer um esforço para se concentrar.

– Diz ainda o senhor Gross que foi por receio que brutalizou aquele judeu. Mas já sofreu o bastante por causa disso. Já pagou... como foi que disse, senhor Gross? Com a consciência, não é verdade? – Henryk ignorou a pergunta de Zederbaum, encolhendo os ombros. – Meu caro candidato, vai desculpar-me, mas a minha capacidade de compreensão é capaz de não ser tão grande como a sua autocomplacência.

O sarcasmo de Zederbaum foi pontuado com as primeiras gargalhadas, provenientes do seu grupo de apoiantes.

– Diga qualquer coisa, co'a breca! – explodiu entredentes o doutor Reznyk, olhando para Henryk pelo canto do olho; porém este manteve-se impassível.

– Pois é, meus amigos, chegamos a este ponto e quem vemos à nossa frente? Vemos um homem que pôde optar por acompanhar um grupo de facínoras ou virar-lhes as costas; por espancar um judeu ou não o fazer; por esconder a sua fé ou assumir-se como um homem de bem. – Henryk olhava para ele e reconhecia o bicho político que andara pelo país, durante quarenta anos, a lutar pela causa hassídica. Meu Deus, como pudera ser tão ingénuo? Zederbaum brandia a sua retórica com a acutilância de um espadachim, pelo que ninguém se surpreendeu com a estocada final. – Então, o que podemos concluir? – perguntou, abrindo os braços em sinal de demonstração. – Sempre que Henryk Gross foi chamado a optar, nunca escolheu o lado da virtude. Por medo, por imaturidade, por leviandade... por falta de caráter? Cada um tirará as suas conclusões, mas deixai que vos pergunte: se este homem for eleito, quem nos garante que, desta vez, irá fazer as escolhas certas?

E pronto. O golpe produzira os seus efeitos e a sala parecia rendida à dúvida instalada por Zederbaum. Uma dúvida razoável, admitia Henryk a contragosto. Que lhe poderia valer agora? Sentiu-se mais vulnerável do que nunca. Tinha jogado alto e, como tudo indicava, fora derrotado em toda a linha. Wlodek e o doutor Reznyk estavam cabisbaixos, também eles destroçados pelo ataque. Tinham percebido a estratégia de Henryk e nenhum o censurava por isso, mas sabiam que o amigo tinha deitado tudo a perder. Zederbaum recolhera a língua bífida e pôde então sentar-se. Apenas o brilho dos seus olhos traía a exaltação triunfante que fervilhava dentro de si. Um homem como ele podia surpreender-se, mas nunca dar-se ao luxo de ser apanhado desprevenido. Arrumara Henryk Gross com a mesma limpeza com que destroçara muitos outros. Restava-lhe aguardar que as águas acalmassem para surgir como rosto da *Kehillah* e candidato natural à presidência do Município. Quando toda a gente já parecia preocupada com o rescaldo da reunião e as consequências daquele desenlace, a voz do doutor Ressler fez-se ouvir acima da conversa generalizada.

– Senhores, por favor, agradecia que vos sentásseis! Peço-vos um último momento de atenção.

Desta vez, foi mais difícil restabelecer a ordem. O assunto que trouxera ali tanta gente parecia esgotado e, com ele, a vontade de permanecer naquela sala apertada. Muitos já se encontravam para lá da porta de saída e foi preciso chamá-los de volta. Quando, finalmente, toda a gente regressou aos seus lugares, Ressler pôde fazer o seu anúncio:

– Alguns de vós já terão reparado que temos connosco esta noite uma figura muito especial. Uma figura a quem a comunidade judaica deste país muito deve. Gostaria de saudar o distinto Chaim Heifetz, que, como sabeis, acaba de cumprir um meritório mandato de deputado no parlamento nacional.

Henryk rodou na cadeira, olhando por cima do ombro, e só então deu pela presença do deputado. A sua reação foi de estupefação, já que era a última pessoa que esperava ver ali.

– Acontece que o senhor Heifetz me solicitou autorização para vos dirigir umas palavras. Se é um privilégio ter entre nós tão notável tribuno, mais nos honra que se nos dirija. Tem, pois, a palavra, senhor Heifetz.

Depois dos aplausos da praxe, a plateia caiu num silêncio respeitoso. Não obstante ter ocupado o seu lugar no Sejm por um curto período, Heifetz havia construído uma reputação sólida. Soubera olhar os ministros nos olhos e pleiteara de forma implacável com os nacionais democratas, pelo que, apesar da sua juventude, deixara nome na Câmara Baixa. Quando começou a falar, todos puderam confirmar de onde lhe vinha a fama.

– Meus amigos, quero saudar, antes de mais, a querida comunidade de Oshpitzin, agradecendo ao seu honorável presidente o tempo que gentilmente me atribui. É para mim uma enorme alegria estar aqui hoje. Há muito que desejo visitar-vos, porque há muito que oiço falar de vós. Oshpitzin é frequentemente apontada como um modelo de vitalidade e harmonia. Vitalidade, porque vos comprometestes com o judaísmo e o sabeis viver com pluralidade; harmonia, porque construístes, ao longo de séculos, uma relação equilibrada e solidária com o povo cristão desta cidade. Sois um exemplo para a Polónia e a vossa postura deve servir de inspiração para muitos outros.

Heifetz carregava, sem dúvida, a marca dos tribunos. Pontuava as frases com a própria respiração e musicava-as com um ritmo sedutor.

Henryk, porém, não ouviu aquela introdução. Por mais que tentasse, não conseguia encontrar uma explicação plausível para a presença de Heifetz naquela reunião. Bem à sua frente, a meio da sala, Zederbaum agitava-se na cadeira pelo mesmo motivo, não disfarçando o mal-estar premonitório com que ouvia as palavras daquela visita inesperada.

– Como sabeis – prosseguiu Heifetz –, durante três anos tive a honra de defender o melhor que pude a comunidade judaica deste país no parlamento polaco. Foi uma experiência gratificante, mas, muitas vezes, demasiadas vezes, uma caminhada frustrante. E foi frustrante porque aquela câmara está manchada pelo antissemitismo. Muitas foram as ocasiões em que os parlamentares viraram as costas aos problemas das minorias; em que os governantes deste país se abstiveram das suas obrigações constitucionais e ignoraram o grito de um povo cada vez mais exposto à arbitrariedade e à segregação. Gostava de começar por chamar a vossa atenção para uma coincidência que pode ter passado despercebida. Acontece que, hoje mesmo, se cumprem catorze anos sobre a assinatura do Tratado de Versalhes. É uma data com um enorme significado para o mundo, para a Europa e, muito em particular, para a Polónia. Contudo, nesse mesmo dia e no mesmo local, assinou-se um outro tratado que, receio bem, tenha caído no esquecimento. Falo-vos do Tratado das Minorias, uma convenção em que o Estado polaco se comprometeu a proteger a vida e a liberdade de todos os seus cidadãos, independentemente da origem, língua ou religião. Falo-vos do compromisso que a Polónia assumiu com a Sociedade das Nações, segundo o qual as crenças de cada um nunca poderiam prejudicar os seus direitos cívicos, como o acesso a um emprego público ou o mero ato de votar nas eleições locais e nacionais. Falo-vos, acima de tudo, da garantia dada ao mundo pelos dirigentes deste grande país de que as suas minorias seriam respeitadas enquanto tal, o que significa a consideração da sua identidade cultural e religiosa. Hoje, meus amigos, tantos anos depois, podemos dizer que tudo é letra morta. Para onde resvalaram as garantias? Em que lugar da consciência nacional se arrumaram as igualdades prometidas? No último mês de fevereiro, os nossos representantes no Sejm votaram contra o orçamento apresentado pelo Governo como forma de protesto pela indiferença do Estado face à situação desesperada de muitos judeus. As nossas reclamações, ainda que totalmente legítimas, raramente são atendidas pelos nossos governantes. É mais provável conseguir alguma coisa através das pressões vindas do exterior, nomeadamente por parte da França ou dos Estados Unidos, do que por aqueles que, na Polónia, têm a obrigação de fazer cumprir a constituição e os acordos internacionais. A situação é dramática. As ações violentas contra diversas comunidades judaicas continuam a não merecer uma reação apropriada por parte das autoridades e, como se não bastasse, temos uma censura que não hesita em amordaçar a imprensa, pretendendo esconder a irresponsabilidade de quem devia tomar providências. Mas não é só. Que devemos pensar quando vemos o Estado negar-se a nomear magistrados judeus e, pior que isso, a afastá-los dos seus cargos? Como devemos reagir à discriminação dos trabalhadores judeus na indústria do tabaco, agora que se transformou num monopólio do Estado? O que podemos concluir quando vemos as autoridades polacas a interferir nos resultados das eleições realizadas no seio das nossas comunidades? Hoje, meus amigos, mais do que nunca, é fundamental agarrar, com unhas e dentes, todas as oportunidades que nos surgirem.

Começava, neste momento, a aparecer Heifetz, o *senhor do pathos*, elevando o tom da voz, dominando a audiência e levando-a pelos caminhos que queria.

– Devíamos tê-lo recrutado enquanto podíamos – gracejou o doutor Reznyk ao ouvido de Henryk, tentando animá-lo.

Foi então que Heifetz concluiu a primeira parte do seu discurso:

– Se pudermos colocar um judeu num lugar de poder, não o desperdiçaremos! Se tivermos de pôr de lado aquilo que nos divide, fá-lo-emos! Se pudermos ser senhores do nosso destino, agarraremos a oportunidade com ambas as mãos! Devemo-lo ao futuro dos nossos filhos e aos sonhos dos nossos pais.

Os aplausos desta vez não se contiveram e o deputado teve de aguardar para poder prosseguir.

– Mas, meus caros, não penseis que aqui vim para orientar o vosso voto ou influenciar a vossa escolha. Se aqui estou é apenas para vos chamar ao consenso. Pela primeira vez, em séculos, esta comunidade espreita a possibilidade de eleger um presidente para o Município e essa perspetiva obriga-vos a uma ponderação muito atenta. Cheguei ligeiramente atrasado a esta reunião e preferi aguardar no vestíbulo para não perturbar o vosso momento. Ainda assim, cheguei a tempo de ouvir parte da intervenção do senhor Gross e, já cá dentro, escutei as ideias do senhor Zederbaum. Antes de mais, devo informar-vos que conheço pessoalmente um e outro. Apresentaram-me o Leopold Zederbaum no meu primeiro ano de deputado. Foi nessa altura que ele me pediu para intervir a favor da reabilitação do património judaico danificado durante a guerra. Logo ali, fiquei com a convicção de estar na presença de um homem determinado, um defensor incansável das marcas do judaísmo neste país. Não voltámos a encontrar-nos, mas continuei a ouvir falar da sua ação extraordinária. Já com o senhor Gross a história é diferente. – Nesta altura, Heifetz interrompeu momentaneamente o discurso para, pela primeira vez, cruzar o olhar com o de Henryk, que lhe devolveu um aceno discreto. – Conheci Henryk Gross há mais tempo e, para minha felicidade, posso afirmar que somos amigos. No entanto, devo assegurar-vos que não foi ele que me pediu que viesse, que intercedesse por si. Não, Henryk não é desses. Diria até, sem risco de me enganar, que, de todos vós, é ele quem está mais surpreendido com a minha presença aqui. Deixai-me, pois, dizer o que penso sobre o que aqui foi afirmado. Sugere o senhor Zederbaum que Henryk procedeu mal ao ter escolhido acompanhar o exército de Haller nas campanhas polacas, quando sabia que nele se incluíam alguns antissemitas obstinados. Pois eu digo-vos, meus amigos, não só Henryk Gross tomou a decisão acertada, como deu provas de enorme valentia e determinação. Já considerastes os riscos a que se expôs, levado pela obsessão de lutar pelo seu país? Não apenas os riscos dos campos de batalha, mas também o risco de ser judeu numa convivência tão hostil? Não, senhor Zederbaum, Henryk não escolheu o lado errado; escolheu o caminho dos que estão prontos a arriscar a vida por aquilo em que acreditam.

– Muito bem! – exclamaram Wlodek e Reznyk quase ao mesmo tempo, incapazes de se conter perante a mudança do vento.

Na verdade, as palmas que agora se ouviam pareciam diferentes aos ouvidos dos amigos de Henryk. Eram palmas mais lentas, mas mais determinadas. Traduziam convicção e fizeram-nos acreditar que nem tudo estaria perdido.

– Mas vamos ao essencial: a confissão de Henryk Gross. Como homem de caráter que é, contou-vos com toda a frontalidade aquilo que fez e porque o fez. Não procurou justificações, preferiu apresentar-se como culpado. Foi um ato ignóbil e que, não tenho dúvidas, jamais deixará de o perseguir. Mas, caros amigos, convido-vos a vestir a pele de alguém completamente só na imensidão de um continente estranho e imerso na brutalidade de uma guerra sangrenta. Imaginai-vos rodeados por uma turba de fanáticos violentos e embriagados, a gritarem-vos, a incitarem-vos, a intimidarem-vos... O senhor Zederbaum acusa-o de não ter escolhido o lado da virtude, mas, meus amigos, lanço-vos um desafio: apontai-me um homem entre vós, um único homem justo e honesto, capaz de afirmar que Henryk Gross estava em condições de fazer uma escolha livre.

Henryk percorreu com os olhos a assistência. A maior parte dos presentes parecia hipnotizada pelas palavras do deputado, digerindo cuidadosamente o seu sentido. O silêncio era total e, aos poucos, alguns começavam a acenar com a cabeça, numa concordância muda. Mas não Zederbaum. Com uma expressão esgazeada, agitava-se na cadeira e o seu olhar ardia em fogo crepitante. A tal ponto que não foi capaz de se conter:

– Palavras vãs, senhor Heifetz! – atirou, colérico. – Palavras bonitas, mas vãs. É fácil para si aparecer agora entre nós, não é? Tanto tempo depois desses acontecimentos e perante pessoas que não viveram esses terrores. Como eu gostaria de o ouvir dizer as mesmas coisas às vítimas. Como gostaria de o ouvir desculpar o seu amigo à frente do judeu que ele quase matou.

Tal como uma coreografia ensaiada na perfeição, todos os rostos se viraram ao mesmo tempo na direção do deputado. Heifetz baixou momentaneamente os olhos, como se refletisse, antes de responder.

– Não é necessário, senhor Zederbaum – disse, com uma voz pausada. – Eu sou o judeu que Henryk Gross agrediu, naquele dia, em Lomza.

*

Quando a multidão dispersou, o que demorou mais de uma hora, Henryk e os amigos convidaram Heifetz para uma bebida numa sala recatada do Herz. Wlodek não parecia capaz de sossegar e circulava por entre o grupo, distribuindo comentários jubilosos. A certa altura deteve-se junto de Heifetz e encarou-o com uma expressão solene.

– Tenho de o cumprimentar, senhor. O gesto que teve para com Henryk, depois de tudo o que aconteceu, revela a grandeza dos homens incomuns.

– Exagera, meu caro – respondeu-lhe o deputado. – Eu é que estou devedor. Não me espanto que não conheçam a história completa, mas Henryk vai perdoar-me a inconfidência.

– Deixe-se disso – desvalorizou Henryk. – Já é altura de pôr uma pedra em cima de tudo.

– Ainda não – contrapôs Heifetz. – Pelo menos enquanto estes cavalheiros desconhecerem que você regressou a Lomza. – Surpreendidos pela iminência de outras revelações, Wlodek e o doutor Reznyk aproximaram-se um pouco mais de Heifetz. – É verdade, meus senhores. Um ano após o fim da guerra, Henryk foi à minha procura. Não descansou enquanto não me encontrou. Digo-vos apenas que muito do que consegui na minha vida depois disso a ele o devo.

O quadro completava-se finalmente e o grupo caiu num silêncio introspetivo. Por momentos, revisitaram os acontecimentos das últimas horas e a história incrível que os levara até ali. Foi o doutor Reznyk o primeiro a vir à tona:

– Tem a *Kehilla* a seus pés, meu caro – disse, aplicando uma palmada amigável nas costas do futuro presidente da Câmara.

– Devo-o a todos vós. E a si, em particular, Chaim – disse Henryk, erguendo o copo em direção a Heifetz. – Se não fosse a sua intervenção, o Zederbaum teria levado a melhor.

– Tolices – atalhou Heifetz. – Acabaria por se impor, de qualquer maneira.

– Mas foi um risco muito grande, Henryk – censurou Wlodek. – Agradeça a Deus por aquele patife não ter revelado que você só confessou por estar prestes a ser desmascarado por ele.

– E como é que provava tal coisa? – questionou Henryk. – Seria a minha palavra contra a dele. E ainda confirmava a fama de chantagista. Não, Wlodek, não era por aí. A única coisa que eu descurei foi a ferocidade com que ele contra-atacou.

– Bom, o que interessa é que correu tudo de feição – afirmou o doutor Reznyk. – Podia ao menos ter levantado o véu junto dos seus amigos.

– Para quê? Para passarem o tempo todo a tentar dissuadir-me?

Os dois idosos aceitaram aquele argumento com uma gargalhada.

– Desisto – disse o médico. – Você é capaz de prever tudo.

– Engana-se, Joshua. Havia uma coisa que eu não podia ter previsto – disse Henryk, virando-se para Heifetz. – Nunca podia adivinhar que seria Chaim a arrancar-me das garras do Zederbaum. A propósito, como diabo é que você aparece aqui esta noite?

Heifetz sorriu e esvaziou o copo de *brandy*.

– A Anna é uma mulher extraordinária. Estime-a sempre, meu amigo.

Henryk não se surpreendeu e sorriu também. De súbito, como que movido por um ímpeto urgente, virou-se e dirigiu-se ao bengaleiro para recolher o chapéu.

– É bem verdade – disse, voltando-se para o grupo. – E não merece estar em casa sozinha, a agonizar pelas boas notícias.

SHELTON, CONNECTICUT, EUA
Dezembro, 1969

O dia despertou com olhos de sono, cinzento, a prometer chuva. Como acordei mais cedo do que era costume, deixei-me ficar na cama a pensar sobre o que me reservaria aquele sábado. Depois do pequeno-almoço iria encontrar-me com Sarah junto ao *Konchi Manto*, de onde sairíamos para mais um passeio pelo *campus*. Passadas poucas semanas desde o dia em que escrevera ao Emmett, a minha vida parecia finalmente cicatrizar e já me atrevia a olhar os dias que aí vinham. Sem dar nas vistas, consegui apurar junto do meu pai que o irmão não aparecia por lá havia tempo e que o seu desaparecimento ocorrera pouco tempo após a data em que, presumivelmente, recebera a minha carta. As breves linhas que lhe enviei não poderiam ter sido mais veementes. Apesar de não me identificar – não fosse o sobrescrito parar às mãos erradas –, não sobrariam dúvidas a Emmett sobre o que estava em causa e quais as consequências que o aguardariam se não abandonasse Cottage Grove para sempre. Desistira de fazer contas; não me importava qual seria o passo a dar, caso a clareza da minha ameaça não produzisse o efeito desejado. Na altura saberia o que fazer e, acima de tudo, fá-lo-ia. Pela primeira vez respondia ao meu passado com a superioridade de quem odeia com a alma e com a razão, e isso era uma conquista tremenda.

Seriam cerca das dez da manhã quando me dirigi ao *Konchi Manto*. Desfazendo as promessas da alvorada, as nuvens esfarrapavam-se lentamente, destapando um sol frio e rasteiro. Ao contrário do que era costume, Sarah ainda não chegara, pelo que aguardei junto à árvore. Era realmente sedutor olhá-la de perto; ler-lhe o passado nos vincos da casca; imaginar corcéis contra o vento, gritos nativos, sotaques civilizados... Oh, sim, Clement estava certo. Havia algo de místico na sua sombra. E, talvez por isso, enfeitiçada pelo sibilar da brisa nas ramagens crespas, perdi o sentido ao tempo e ao lugar e fiz minhas as memórias da árvore velha. Quando o meu espírito regressou, já haviam decorrido mais de trinta minutos e Sarah não aparecia. Certa de a descobrir a meio do caminho, resolvi ir ao seu encontro. Contudo, ao longo do trajeto que me separava do edifício principal, não avistei ninguém. O sossego habitual das manhãs de sábado coloria o colégio como um quadro de Constable; por mim, o mundo poderia caber todo naquela paisagem.

Quando cheguei ao meu destino, e já do cimo da escadaria, ainda olhei em volta antes de entrar. Mas não, nem sinal de Sarah; teria de a procurar ali mesmo. Ao passar pelo grande portal, sobressaltei-me com uma voz vinda do alto:

– *Bom dia, Miss Parker.*

Ao olhar para o teto do átrio de entrada, dei de caras com Everett. Apesar da sua idade, encontrava-se empoleirado numa espécie de escadote de três pernas, de onde, com a paciência dos que já viveram muitas estações da vida, se entretinha a limpar os cristais de um lustre portentoso.

– Caramba, Everett, assustou-me... – reagi, enquanto olhava com mais atenção para o seu trabalho minucioso. – Que está a fazer? Meu Deus, diga-me que vai mesmo limpar isso tudo.

– Pode crer que sim – respondeu-me com um olhar prazenteiro. – Faço-o desde sempre. E uma vez por ano!

– Estou impressionada.

– Miss Gross aprecia muito os reflexos que este candeeiro faz nas paredes do átrio. Mas, para isso, precisa de estar impecável.

– E vai estar, não duvido. A propósito de Miss Gross, reparou se já desceu? Combinámos encontrar-nos, mas não chegou a aparecer.

– Julgo que não. Estou aqui há quase duas horas e a Miss Parker é a primeira pessoa que vejo.

Hesitei sobre o que fazer. Apesar da intimidade que já nos unia, Sarah nunca me tinha convidado a visitá-la nos seus aposentos.

– Sou capaz de ir bater-lhe à porta. Que acha? – perguntei, mais para mim mesma.

Everett limitou-se a sorrir e continuou o seu trabalho. Determinada, subi ao andar de cima. O quarto de Sarah localizava-se no final do corredor, paredes meias com o seu gabinete, lugar onde achei mais provável encontrá-la. Era possível que tivesse sido um assunto de trabalho a atrasá-la para o nosso encontro. Assim que entrei na sala dos retratos, aproximei-me da porta e bati delicadamente. Enquanto esperava, dei por mim a escutar a própria respiração e só então notei o peso do silêncio que me envolvia, sugerindo um brilho de vida nos olhares emoldurados. Continuando sem obter resposta, preferi ir à procura noutro lugar. Porém, ainda não tinha chegado ao corredor quando algo me fez hesitar. Parei por um breve momento e voltei atrás, decidida a verificar se a porta do gabinete estava trancada. Rodei a maçaneta suavemente, tão suavemente como se estivesse a cometer uma ilicitude, e o mecanismo cedeu sem qualquer ruído. Aproximando o rosto da aduela, resolvi chamar a meia voz, antes de entrar:

– Sarah?

Sem me aperceber de qualquer reação, abri um pouco mais a porta e espreitei para o interior da saleta. Quase imediatamente, dei com a figura de Sarah, tranquila como sempre, sentada de perfil num cadeirão de braços. Olhava fixamente através da grande janela lateral, como se algo fascinante a seduzisse para lá da vidraça.

– Desculpe ter entrado assim – disse-lhe –, mas bati à porta e queria verificar se...

As palavras foram-me morrendo na boca ao perceber que a Sarah não me estava a ouvir. Parecia estranhamente distante, como se os seus pensamentos a tivessem levado dali. Fiquei sem saber o que fazer. Sentia-me uma intrusa, mas não podia ir-me embora sem garantir que estava tudo bem, pelo que me aproximei cautelosamente.

– Sarah? Sente-se bem?

A dor explodiu-me no peito, súbita e violenta.

Assim que a vi, soube que aquela imagem iria permanecer em mim para sempre.

O lado direito de Sarah, até então encoberto pelo seu perfil sereno, estava manchado por uma película espessa de sangue ressequido. A causa era evidente na ferida profunda que exibia perto da sobrancelha e o seu olhar vazio não deixava lugar a dúvidas:

Sarah estava morta.

Sarah deixara de existir.

Permaneci longos minutos junto ao seu corpo leitoso, incapaz de qualquer gesto ou palavra. Lembro-me apenas de, a dada altura, ter atravessado o corredor dos departamentos e descido a escadaria principal, amparada ao corrimão de mármore. Quando cheguei ao rés do chão, sentei-me no degrau, sem reação. Everett deve ter-se sobressaltado com a minha aparência, porque veio célere ao meu encontro.

– Que se passou?

Limitei-me a acenar em direção às escadas e isso bastou para que ele, pressentindo a tragédia, as galgasse com a energia que lhe permitia a idade avançada. Deixei-me ficar ali, sentada e perdida numa angústia atordoada, não faço ideia quanto tempo. Nem as primeiras vozes que se anunciavam no exterior do edifício eram suficientes para me devolver àquele lugar e àquele momento. Só aos poucos fui permitindo que a confusão crescente penetrasse o meu espírito, ganhando forma nos rostos desconhecidos e no cheiro a cigarros. As pessoas não paravam de chegar num corrupio apressado em direção ao piso superior. Gente a subir e a descer escadas; instruções vindas de todos os lados, despidas de emoção; o polícia, o homem velho carregado com a pasta pesada, o fotógrafo... todos pareciam saber exatamente o que fazer. Como seria de esperar, não tive de aguardar muito até que me abordassem.

– *Miss Parker?*

Olhei para cima, com o ar esgazeado de quem acorda de um sono profundo.

– Desculpe incomodá-la. O meu nome é Mark Kinsella. Departamento da Polícia de Shelton. – Estava tão transtornada que me foi difícil focar a figura masculina diante de mim. – Dá licença que me sente aí?

Devo ter feito algum sinal porque ele acabou instalado à minha beira. Era um homem novo e lembro-me de que parecia pouco à vontade. Pigarreou, enquanto folheava um pequeno bloco, como se procurasse instruções sobre o que fazer. Sim, era evidente que estava nervoso.

Entretanto, continuava a chegar gente. Ao fundo, para lá das enormes portas que davam para o exterior, recordo vagamente a expressão dos olhos curiosos que se aglomeravam atrás das barreiras da Polícia.

– Parece que a senhora foi a primeira pessoa a ver o corpo – começou o detetive.

Ao ouvir aquela pergunta, despertei definitivamente do transe. Um inquérito policial era a última coisa de que precisava naquele momento.

– Se não contar com o assassino, acho que sim.

O homem forçou uma gargalhada embaraçada, talvez frustrado pelo que lhe pareceu um passo em falso.

– Naturalmente – desculpou-se. – Queria dizer que foi a senhora a dar o alarme.

– É verdade. Se quiser ponho-lhe isso por escrito – afirmei, ansiosa por me ver livre daquilo.

– Não é necessário. Pretendo somente fazer-lhe algumas perguntas de rotina, nada mais.

– Rotina... não há dúvida de que sabe escolher as palavras.

Mr. Kinsella fingiu que não ouviu o meu comentário e garatujou mecanicamente alguma coisa no caderno.

– Miss Parker, pode descrever-me os seus passos desde ontem, a seguir à hora de jantar?

– Estive no meu quarto, fechada à chave. Se quer saber, não vi ninguém, não falei com ninguém e fiquei lá a noite inteira. É um álibi fraco, mas é o que tenho.

– Muito bem – disse, voltando a escrevinhar. – E hoje? Por que motivo se foi encontrar com a vítima?

Esclareci-o, em meia-dúzia de palavras, sobre a breve história daquela manhã.

– Eram habituais esses vossos passeios?

– Sim. Nos últimos tempos, sim.

– Posso deduzir que eram amigas?

– Acho que sim – afirmei, quase sem voz.

A noção de perda chegava a causar-me dor física e, quanto mais tempo passava, mais clara se tornava a irreversibilidade da morte. O detetive, que captou a minha vulnerabilidade momentânea, foi lesto a manter-me à tona:

– Não faltaram oportunidades para conversarem – sugeriu.

– Pois não. Fizemo-lo muitas vezes. Miss Gross era uma ouvinte extraordinária.

– Mas também desabafava consigo, não é verdade?

Não, pensei, não era verdade e, agora que recordava os nossos encontros, mais me convencia de que Sarah morrera com os seus demónios privados e tão sozinha como vivera.

– Não, detetive. Sempre se mostrou muito reservada.

– Nunca lhe deu a entender que corria perigo? Uma ameaça? Ou um mero desconforto em relação a alguém, quem sabe?

– Não, nunca me sugeriu nada desse género.

– E a senhora, Miss Parker? Nunca viu nada que a alertasse de alguma maneira? Um sinal de animosidade, talvez...

Nessa altura, sorri por reflexo.

– Um sinal de animosidade? Tem noção do que é dirigir um colégio destes? Acha possível pôr isto a funcionar sem criar atritos com meio mundo?

– Está a lembrar-se de algum, em particular?

– As reprimendas aos alunos também contam?

– Contam? Não sei – disse o detetive, erguendo as sobrancelhas. – Que acha a senhora?

Durante cinco minutos pu-lo a par de alguns episódios a que havia assistido, não me esquecendo, naturalmente, de referir o sucedido com o Dylan e o Justin. Por momentos, quase cedi à tentação de lhe contar a ameaça que Rufus Hightower me dirigira, mas, que diabo, o que é que isso poderia contribuir para a investigação? Afinal, Sarah nem sequer estava implicada nessa história. Contudo, agora que pensava em Dylan, não pude deixar de recordar o episódio com a jovem colega e a confissão que deixara por escrito. Achei melhor relatar o ocorrido, tal qual me lembrava das palavras de Sarah, deixando para Mr. Kinsella o ónus das interpretações.

– Estou a ver... – murmurou o detetive, após ter apontado tudo o que lhe dissera. Deixou-se ficar por algum tempo a olhar para o que tinha escrito, enquanto mordiscava o coto do lápis. De repente, parecendo incapaz de encontrar algum dado relevante nos seus rabiscos, pôs de lado aquele raciocínio e voltou à carga. – E com adultos? Lembra-se de algum episódio menos agradável?

Falei-lhe genericamente das resistências que Sarah encontrara devido à sua postura reformadora, dando como exemplo o episódio da chegada do Justin e a reação explosiva de Raymond Forrester. Se o detetive valorizou essas informações, não o demonstrou.

– E mais? – insistiu ele. – Mesmo algo que lhe pareça superficial. Acredite, Miss Parker, é mais provável desvendar-se um crime a partir de pequenos indícios do que de grandes evidências.

– Lamento, Mr. Kinsella. Não me lembro de mais nada.

– Então, Miss Parker? – perguntou ele, com pouco entusiasmo. – Faça um esforço.

Não sei que mecanismo mental fez disparar o nome de Emmett na minha cabeça, mas, quando dei por isso, senti o sangue gelar. Mas não, não fazia qualquer sentido. Ou fazia? Oh, meu Deus...

Mr. Kinsella apercebeu-se de alguma coisa, pois testou-me imediatamente:

– Está tudo bem, Miss Parker?

Era absolutamente necessário pôr termo àquela situação confrangedora. O detetive nunca poderia desconfiar daquilo que acabara de me ocorrer.

– Está, Mr. Kinsella – afirmei com toda a convicção de que fui capaz. – Só estou cansada, peço desculpa.

– Compreendo – disse ele, parecendo pouco convencido. – Vamos fazer assim: por agora não a maço mais, mas vai prometer-me que, caso se lembre de alguma coisa, me contacta imediatamente. Posso contar consigo?

Acenei mecanicamente com a cabeça, enquanto o detetive me estendia um minúsculo cartão de visita.

Quando se levantou, cumprimentou-me com um aperto de mão. Apesar das circunstâncias, admito que me deixou boa impressão. Acima de tudo, parecia um sujeito preocupado em fazer as coisas bem feitas. Fiquei a vê-lo afastar-se em passos curtos, ao mesmo tempo que revia os apontamentos que registara no seu bloco.

– Os pequenos indícios, Miss Parker. Não se esqueça dos pequenos indícios – disse de longe, sem olhar para trás.

*

O funeral de Sarah realizou-se dois dias depois da sua morte e teve lugar em Ellington, uma pequena cidade do Connecticut, situada a cem quilómetros de Shelton. Tratou-se de uma cerimónia tão privada que só soubemos da sua realização no próprio dia. A começar por mim, não encontrei ninguém que levasse a mal aquele secretismo. No fundo, acho que toda a gente percebeu que tinha de ser assim, pois até na morte Sarah preferiria reservar-se.

Mas St. Oswald's também precisava de celebrar o luto e o reconhecimento. Aproveitando a coincidência de um dia sem aulas, já que nessa terça-feira se comemorava o nascimento do fundador do colégio, a homenagem decorreria ao ar livre, tendo em conta as previsões de uma semana invulgarmente seca. O palanque sem cobertura foi erguido no meio das primeiras árvores do bosque e dava para o enorme relvado do *campus*. Para além das cadeiras convencionais destinadas aos adultos, viam-se dezenas, centenas de almofadas de todas as cores, espalhadas ao acaso por toda a superfície. Foi sobre elas que os alunos se sentaram, enquanto ouviam os cânticos e as palavras ditas em memória de Sarah.

Preferi ficar de pé, encostada a uma árvore, a observar o mapa de gestos e emoções que se desdobrara sobre o relvado; estranha alquimia de sensações, como se a dor e a incompreensão pudessem diluir-se na paz coletiva. Mas, mesmo feridos, sentíamos a brisa no rosto e as pessoas pareceram-me diferentes, mais leves, coloridas como as almofadas a que se encostavam. Não pude deixar de pensar na redenção que Sarah tanto ambicionara para o velho colégio; ali estava o legado mais coerente de uma vida torrencial quebrada antes do tempo.

Até que Eva quis falar com a mãe.

E fê-lo ali mesmo, à frente de todos, mas apenas pelo improviso do seu violino. Os acordes doces e prolongados eram as dores da gente que agora se abraçava ou se isolava; e quando as dissonâncias súbitas rasparam as cordas como gritos, todos soubemos que Eva falava com a mãe e mais Alguém. Nunca me apeteceu abrir os olhos; preferi ouvi-la no escuro; traduzi-la em mim e guardar o momento para morrer com ele. Quando terminou, cada um se levantou e partiu; rostos áridos caminhando sobre folhas secas. Continuei encostada à árvore, de braços cruzados, a olhar o chão e a ouvir o restolhar ininterrupto dos passos cabisbaixos. Até que senti uma presença ao meu lado.

– *Miss Kimberly Parker?*

Ao erguer o rosto encontrei uma desconhecida. Era uma mulher elegante e teria cerca de sessenta anos. Usava óculos escuros e, sobre os ombros da gabardina cinzenta, protegera-se do frio com uma estola em pele. Reparei que estava muito tensa. Apertava a pega da carteira com ambas as mãos e mostrou-me um sorriso contraído.

– Sim, sou eu – confirmei.

– Lamento estar a incomodá-la nesta altura. É um momento difícil para todos.

– Foi uma homenagem bonita – afirmei, sem imaginar o que me poderia querer.

– Desculpe, nem me apresentei – disse, estendendo-me a mão. – Cellucci... Mrs. Cellucci.

O apelido estrangeiro chamou-me a atenção para o seu sotaque forte.

– Em que posso ajudá-la, Mrs. Cellucci?

– Gostava de falar consigo.

– Diga, por favor.

– Trata-se de um assunto sensível. Preferia fazê-lo noutro lugar, se não se importasse. – Olhei para Mrs. Cellucci sem saber o que dizer, o que a desafiou a abrir o jogo. Então, aproximou-se, como se quisesse ter a certeza de que ninguém nos ouvia. – Conheci muito bem a Sarah Gross. É por causa dela que gostaria de lhe falar.

Confesso que aquelas palavras me apanharam totalmente desprevenida. Quem seria aquela mulher?

– Pode dizer ao menos do que se trata?

– Aqui não, por favor; nem agora. Mas é urgente.

Hesitei. A última coisa que me apetecia naquela altura era encontrar-me com uma estranha para ouvir falar de Sarah. Tudo era ainda demasiado doloroso. Apesar disso, havia alguma coisa em Mrs. Cellucci que me despertava a curiosidade.

– E quando lhe daria jeito? – perguntei, pouco convencida.

Mrs. Cellucci parecia já ter tudo pensado:

– Não sou de cá, Miss Parker, venho de Fresno, mas só regresso à Califórnia dentro de duas semanas. Vim para me despedir da Sarah e vou ficar em Nova Iorque entretanto.

– Esteve em Ellington? – não resisti a perguntar.

– Estive. Foi uma cerimónia bonita, um momento especial, mas simples, muito simples.

– Como a Sarah desejaria.

– Como a Sarah aceitaria – disse ela, sorrindo. Apesar de me sentir tentada a procurar saber mais sobre o tipo de relação que tinham tido, percebi que dificilmente iria descobrir muito mais naquela altura. Quem sabe o tal encontro valesse a pena? Como se adivinhasse a minha hesitação, Mrs. Cellucci resolveu insistir. – Não costuma ir a Nova Iorque?

– Não, não habitualmente.

Era inútil saber que o meu mundo se resumia, cada vez mais, às distâncias indispensáveis.

– Estava a pensar convidá-la a passar um dia agradável – sugeriu com simpatia.

Nova Iorque... Tinha de admitir que a ideia de me libertar, nem que fosse por umas horas, da minha gaiola, era tentadora. Por outro lado, a suspeita que me ocorrera no final da conversa com Mr. Kinsella não me encorajava a viajar sozinha. Havia uma maneira, claro, mas não sabia se estava disposta a isso. Victoria Summerville era uma nova-iorquina compulsiva e, em trinta anos de casa e sem contar com as celebrações do dia de abertura, ninguém se lembrava de a ter visto em St. Oswald's durante o fim de semana. Era evidente que não era a companhia que eu escolheria para fazer a viagem, mas, que diabo, Nova Iorque era ao virar da esquina.

– Tenho de lhe responder hoje?

– Convinha que fosse o mais rapidamente possível.

– Para quando estaria a pensar?

– Que tal no sábado? – perguntou.

– No próximo fim de semana? Não sei... talvez.

– Gostava muito que aceitasse – insistiu. – Telefone-me de qualquer maneira, está bem? Mrs. Aniston sabe o meu contacto. A propósito, tem como ir?

– Se calhar de comboio, com uma amiga.

– Só precisa de dizer as horas a que a devo apanhar na Grand Central.

Dizendo isto, voltou-se para a planície relvada onde decorrera a cerimónia. À exceção de uns funcionários que arrumavam algum equipamento no palanque, o lugar já estava praticamente vazio. Como se o mundo tivesse parado naquele momento, Mrs. Cellucci varreu demoradamente com o olhar a enorme extensão do colégio. Observei-a pelo canto do olho, tentando imaginar por onde lhe vagueavam os pensamentos. Era evidente que sofria.

– Acredita em Deus, Miss Parker? – perguntou, subitamente.

Encarei-a, surpreendida, mas não me devolveu o olhar. Continuava a contemplar o jardim de almofadas que tínhamos à nossa frente, como se procurasse naquela terra as sementes da sua dor.

– Sim, acho que sim. No Deus de Voltaire, talvez... – respondi. Havia muito que deixara de me sentir confortável com o transcendente, pelo que optara por me converter à divindade das evidências.

– E é possível crer em Deus sem ter fé? – Fiquei calada, até porque percebi que a pergunta não me era dirigida. Apertando uma mão na outra, Mrs. Cellucci despertou do seu transe e olhou-me finalmente. – Não ligue. Acho que, quando chegamos à minha idade, temos pressa em resolver certos assuntos. Não a vou prender mais tempo. Muito obrigada por me ter aturado.

De repente senti uma grande empatia por aquela desconhecida. Havia uma sinceridade desarmante na sua postura.

– Essa agora. Gostei de a conhecer.

Mrs. Cellucci tirou os óculos escuros antes de se despedir com um aperto de mão. Os seus olhos, de um azul meigo, estavam inchados pela dor.

– Ainda vai demorar a passar, não vai, Miss Parker?

Respondi-lhe com um sorriso e acrescentei:

– Kimberly; trate-me por Kimberly.

Ela acenou em concordância.

– Pois seja... mas com a condição de me chamar Esther.

*

Contrariando a vontade do velho colégio, os ecos da tragédia não se esgotaram com a rapidez desejada. Os tempos eram outros e havia coisas que não podiam ser abafadas. O assassínio brutal da diretora de uma das mais elitistas escolas do país não poderia deixar de provocar sensação, muito para além do condado de Fairfield. E assim aconteceu, realmente. A notícia encheu as primeiras páginas e abriu telejornais um pouco por todo o lado. Infelizmente, a dimensão que os factos tomaram aos olhos da opinião pública não deixou de ser aproveitada de acordo com as conveniências. A semente acabaria por brotar de onde menos se esperava e sob a forma de um discreto editorial publicado num jornal conservador de Bethany, três dias após a tragédia. A sugestão era clara: a chegada do primeiro aluno negro a St. Oswald's coincidira com o mais terrível incidente da sua história centenária. Apesar de a associação ser miserável, a verdade é que funcionou como um rastilho, ateando o pasto de intolerância que se estendia por toda a América. Opondo-se ao esforço de Sarah, que pretendera fazer do colégio um símbolo contra o preconceito, St. Oswald's apresentava-se, de um dia para o outro, como uma bandeira da segregação. O que mais seria preciso para demonstrar os efeitos nefastos de certas misturas? Como acontece quase sempre nestas situações, as posições extremaram-se e o Carnaval veio à cidade. Num abrir e fechar de olhos, a até então tranquila povoação de Shelton viu-se virada do avesso. Centenas de pessoas acorreram ali vindas das proximidades: desde os simples curiosos, até aos grupos organizados que compareciam para gritar alto as suas convicções. Ao longo da extensão do muro que corria à beira da estrada, foram penduradas tarjas e pintadas inscrições favoráveis a uma ou outra tendência. Junto ao portão de entrada o cenário era bizarro. No lado poente, encontravam-se os grupos dos direitos civis, onde brancos e negros conviviam à volta de assadores portáteis, ora cantando em uníssono, ora gritando palavras de ordem. Alguns deles envergavam *t-shirts* brancas, onde se lia o nome de Justin Garrett e se exibia o retrato de um jovem negro, que, por acaso, não era Justin Garrett. No lado nascente, concentrava-se a raça branca e a cerveja. Menos efusivos e disciplinados do que os seus antagonistas, também eles se faziam ouvir, sobretudo em reação às iniciativas da outra parte. Ao fim de pouco tempo receberam um reforço de peso, quando ali estacionaram dois autocarros vindos de Fairfax, que haviam recolhido no caminho cerca de cinquenta membros do Klan. Perante este ajuntamento de sensibilidades, o diligente Departamento de Polícia de Shelton viu-se obrigado a enviar um pesado contingente de efetivos para assegurar a ordem pública. Porém, considerando a escassez de recursos, o peso desse contingente não se dividia por mais de seis polícias voluntariosos, pelo que se achou mais prudente colocar de sobreaviso as autoridades federais. Apesar da animosidade explosiva, a única vez em que os agentes locais tiveram de fazer mais do que orientar o trânsito foi quando um grupo da Supremacia Branca se lembrou de queimar uma cruz à beira da estrada.

A maneira como este folclore contrastava com a memória de Sarah só servia para aumentar a minha depressão. Tinha sido uma semana terrível. Não só perdera a única pessoa a quem confiara as minhas memórias proibidas, como não conseguia deixar de pensar em Emmett e na hedionda possibilidade que me ocorrera. Para meu desespero, quanto mais meditava naquilo, mais coerentes se tornavam as suspeitas. Emmett era um homem perturbado e ninguém poderia prever como reagiria ao sentir-se ameaçado. Quem sabe se, incapaz de me enfrentar, tivesse usado Sarah como alvo da sua fúria, como um aviso gravado a sangue. Sim, batia certo: a sua ausência de Cottage Grove, o conhecimento do meu paradeiro, a forma paranoica como me perseguia desde o dia do primeiro abuso... Além disso, já provara o sabor do mal e nada fazia crer que se tivesse repugnado. Mas que fazer naquele momento? Todos os meus instintos me diziam para avisar as autoridades. Talvez convencesse Mr. Kinsella a tratar o assunto com discrição... Disparate! Como seria possível esconder uma coisa dessas, num caso que arrastava uma legião de jornalistas sequiosos de escândalo? Não havia alternativa, um desabafo sussurrado ao detetive seria um grito para o mundo, o que tornaria as coisas bem piores do que antes. Perante este cenário, convenci-me a dar tempo ao tempo, e talvez as coisas se resolvessem por si próprias. Iria aguardar que o vendaval amainasse, dando-me oportunidade de decidir o que fazer. No fundo, nenhuma novidade face aos últimos quinze anos.

Se bem que se tivesse tentado minorar o trauma dos alunos, procurando por todos os meios preservar as rotinas, a atmosfera pesada vivida naquela semana espraiara-se pelos corredores e locais de convívio. As conversas tornaram-se abafadas e os risos perderam vontade nas expressões divagantes. Era caso para dizer que a tragédia tinha tocado a todos. Raymond Forrester aliviara a sua altivez e Miranda deixara esbater as cores, contraindo-se numa figura irreconhecivelmente submissa e indiferente.

– *Perdeste o teu motivo. Ganha juízo e volta para casa* – aconselhou a mãe, numa visita que lhe fez no dia a seguir à cerimónia do colégio.

Mas Miranda não voltou. Permaneceu ali, na sua nova pele, forçada a descobrir um lugar no mundo.

Não cheguei a procurar Clement. Por muito que o desejasse, tudo estava ainda demasiado fresco e precisava de resolver aquela dor com os meus próprios recursos.

A questão da liderança de St. Oswald's ficou em aberto apenas por cinco ou seis dias, tempo suficiente para o Comité designar um desconhecido como diretor interino do colégio. Chamava-se Martin Dingle e era um jovem executivo, solteirão convicto, vindo de uma das empresas da fundação. Como pude constatar mais tarde, aquele homem baixinho era uma força da natureza que vivia cada hora como se fosse a última. Calculei que a alcunha de *Single Dingle*, que passei a ouvir muitas vezes nos corredores do colégio, se devesse tanto ao seu estado civil, como àqueles pequenos discos de vinil que tocavam a 45 rotações.

Mas, por muito eficiente que fosse Mr. Dingle, St. Oswald's tinha um luto a cumprir e uma orfandade a que se habituar.

Pudesse eu ter adivinhado o que iria descobrir quando o pó assentasse...

SHELTON, CONNECTICUT, EUA

Dezembro, 1969

Cumprira-se uma semana desde a morte de Sarah. O Natal aproximava-se como uma nuvem cinzenta, pois seria a primeira vez que o passaria longe daqueles que amava. Engendrar uma justificação falsa sobre a minha saúde acabara por ser bem mais fácil do que comunicá-la a Nat, no entanto, a possibilidade de encontrar Emmett sobrepunha-se a tudo. Continuava decidida a esconder da Polícia as minhas suspeitas. Procurava, a todo o custo, admitir que eram apenas isso, suspeitas, ou, quem sabe, obsessões de uma mente desgastada por uma vida de receios. Fosse como fosse, pelo que se lia nos jornais, não parecia haver desenvolvimentos no apuramento da verdade. Com o aproximar do fim de semana, a imprensa fora aliviando o garrote. Os dois autocarros regressaram a Fairfax na sexta-feira, largando encapuçados no caminho, e a feira acabou por se levantar, deixando atrás de si uma cidade dormente.

A primeira coisa que fiz depois de ter aceitado o convite de Esther foi abordar Victoria Summerville e pedir-lhe que me aceitasse como companheira de viagem. Devo reconhecer que a sua atitude me surpreendeu: não só se mostrou radiante pela minha companhia, como fez questão de disponibilizar o elegante apartamento que possuía em Murray Hill.

Assim, naquela manhã de sábado, Victoria foi a primeira pessoa que encontrei mal comecei a descer as escadas da residência. Aguardava-me já no dorso de Mathilde e, apesar da hora, levava o cigarro aos lábios num ritmo que desmascarava a sua ansiedade. Quando me viu chegar, o rosto abriu-se num sorriso aliviado.

– Bom dia, Kimberly! Julguei que se tinha esquecido.

– Estou atrasada?

– Não ligue. Enquanto não me apanhar dentro do comboio, não sossego. Vai ver que me porto melhor no regresso.

Quando Jerry nos deixou junto do portão do colégio, o táxi já lá se encontrava. A viagem até Derby fez-se num instante e o comboio partiu à hora marcada. Chegámos a Nova Iorque pelo meio-dia e, devo dizer, por culpa da fulgurante contadora de histórias que me acompanhou, nem dei pelo tempo passar.

Para quem vem de Shelton, aportar à Grand Central constitui um choque violento. Se a cidade que nunca dorme tivesse um coração pulsante, seria seguramente o descomunal terminal da 42nd Street. Era extraordinária a forma como Victoria serpenteava por entre as vagas de gente. Sem saber como, em poucos minutos estávamos na rua, expostas a um reconfortante sol de inverno. Mrs. Cellucci, ou melhor, Esther, combinara encontrar-se comigo naquele local, àquela hora.

– *Kimberly?*

Virei-me e ali estava ela. Apareceu acompanhada por um indivíduo mal-humorado de fato cinzento, baixo e entroncado como um quadrado. Assim que nos viu, o homem afastou-se em passos baloiçantes e desapareceu no meio da multidão. Por sua vez, Esther aproximou-se e cumprimentou-me calorosamente antes de se apresentar a Victoria.

– Naturalmente vem almoçar connosco – convidou.

– Obrigada, mas não. As solteironas também têm agenda – afirmou Victoria, piscando-me o olho.

– Ao menos aceite uma boleia...

– Também agradeço, mas a minha casa fica a poucos quarteirões. E ainda por cima estou ansiosa por me juntar à confusão.

– Acho que nunca vou compreender os nova-iorquinos – comentei, com um piscar de olho.

– É para que me dê valor, filha – afirmou Victoria. – Para que perceba o que me custa passar a semana naquela pasmaceira.

Tinha bom remédio, pensei, afinal já atingira a idade da reforma havia dois anos. Por outro lado, compreendia o seu dilema: fosse eu uma aposentada sem família, talvez trocasse o apartamento com vista para o East River por dois dedos de conversa e um jogo de canasta.

Permanecemos ali por mais alguns minutos, sem dizer nada de importante até Esther reparar nas horas. Feitas as despedidas, dirigimo-nos até à esquina da 42nd Street com a Park Avenue, onde já nos aguardava o homem do fato cinzento. Com uma boa dose de desplante, deixara o seu espada estacionado em cima do passeio e aguardava-nos junto à porta traseira escancarada. Sem esperar por instruções, tirou-me da mão a maleta em que trouxera uma muda de roupa e alguns produtos de higiene, colocando-a sobre o assento da frente. Assim que nos instalámos, Esther, inclinando-se para diante, dirigiu-se ao homem, que, entretanto, ocupara o lugar do condutor:

– Guido, pode ser o L'Osteria, está bem?

Como se tivesse sido picado por alguma coisa, o homem arrancou imediatamente.

– Não lhe perguntei se gosta de comida italiana... – lembrou-se Esther.

– Gosto, sim, não se preocupe.

Sem que nada o fizesse prever, a viagem até ao restaurante tornou-se inesquecível. Guido conduzia com o rosto colado ao vidro, arremessando o carro a uma velocidade furiosa por entre os espaços que se abriam no trânsito formigante de Manhattan. Parecia não se importar com os impropérios que lhe dirigiam e, pior do que isso, com o estado em que entregaria as passageiras.

– Já desisti de o civilizar – desabafou Esther, com a mão esquerda fincada à pega lateral.

– Se o caminho de regresso for parecido com isto, talvez seja preferível ficarmo-nos por um chá e torradas – sugeri, a rir.

Enfrentámos as sacudidelas durante mais alguns minutos, balançando sincronizadas, ora para um lado, ora para o outro, como numa dança bem ensaiada. O certo é que, apesar de não ser longe, cometemos a proeza de chegar à Amsterdam Avenue em menos de dez minutos e ainda com o pequeno-almoço no estômago.

O restaurante L'Osteria passaria despercebido à maioria dos transeuntes. A pesada porta de madeira envernizada era ladeada por janelas de moldura branca, tal como acontecia em todos os edifícios do quarteirão. A única diferença para quem passava eram os reposteiros cor de vinho que se viam no interior e uma singela placa de latão, em que se gravara o nome da casa. Com as pernas ainda pouco firmes, subimos os quatro degraus que antecediam a entrada e Esther empurrou a porta entreaberta. Entrámos num pequeno átrio decorado com gravuras do sul de Itália e vasos suspensos. Fazia-se ouvir um som de guitarra tradicional, proveniente de uma telefonia elétrica colocada entre os pratos de uma vitrina. Conhecendo os cantos à casa, Esther puxou por uma pequena corrente de ferro, pendurada ao lado da janela. Por ação de algum engenho disfarçado na decoração calabresa, aquele gesto deu origem ao badalar de uma sineta, situada algures no interior da sala de jantar.

Numa questão de segundos, apareceu um empregado vestido de preto, magro como um fuso, que limpava apressadamente as mãos a um guardanapo de linho.

– Bom dia, Mrs. Cellucci, como está? O *signor* Vittorio já tinha perguntado por si.

O homem afastou-se para nos deixar passar em direção ao espaço das refeições. Era um local aprazível, decorado como uma cantina italiana, traduzindo nos pormenores a calorosa personalidade mediterrânica. As mesas estavam aparelhadas com toalhas da cor dos cortinados e, por entre os guardanapos de pano e os talheres de alpaca, pousavam-se discretos candeeiros de lâmpadas incandescentes, ocultas por quebra-luzes de cetim *bordeaux*. Ao fundo, sob uma sanca carregada de *prosciutti* pendentes e folhas de parreira em seda, situava-se um pesado balcão de madeira encerada. Entre este e uma esplêndida garrafeira preenchida com tintos da península, vi um homem enorme, cuja calvície luzidia contrastava com um bigode negro e tão crespo como uma escova de sapatos. Quando levantou os olhos do que estava a fazer e descobriu Esther, soltou um bramido grave e ergueu os braços num gesto vigoroso.

– *Mia cara Esther! Come stai?* – Depois de se aproximar, e usando as mãos gigantescas, o homem segurou-a pelos ombros, observando-lhe o rosto com um enlevo genuíno. – *Oh, sei più bella che mai...* – Então, cumprimentou-a com dois ruidosos beijos na face e levou-a pelo braço até ao balcão. Não pareceu dar pela minha presença, mas não levei a mal, pois era evidente o entusiasmo com que reencontrava uma velha amiga.

– *Che mi dici di Augusto? Ha dimenticato che esistiamo? Non ricordo l'ultima volta che l'ho visto. E la piccola Amelia? Deve essersi fatta donna ormai, giusto?*

Esther não escondia a boa disposição que lhe proporcionava aquele gentil fala-barato.

– *Vittorio, mio buon amico...* – disse, sorrindo. – *È così bello sentirti. Augusto ti invia i suoi saluti. È un uomo veramente occupato, sono sicura che puoi capirlo. E hai ragione: Amelia è una donna. Presto si sposerà, ci credi?*

Postos em dia os assuntos comuns e de lado os cumprimentos afetuosos, Esther puxou-o até mim.

– *Lascia che ti presenti qualcuno.*

O homem presenteou-me com um olhar bonacheirão e estendeu-me energicamente a mão.

– Chamo-me Vittorio, *signorina*. Seja bem-vinda a esta sua casa.

Esther completou as apresentações e, mais discretamente, perguntou a Vittorio:

– Não se esqueceu do meu pedido, pois não?

– Como poderia? Vamos, venham comigo.

Seguimo-lo através das coxias apertadas até uma porta de madeira escura que Vittorio abriu para nos dar passagem. A sala estava decorada como uma casa de família. Ocupando uma das paredes longitudinais, situava-se um louceiro até à altura do teto, onde se perfilavam colunas repetidas de pratos brancos em porcelana. Nas paredes mais pequenas e forradas a papel pintado à mão, encostavam-se, frente a frente, dois aparadores cobertos por toalhas de linho bordado e molduras com retratos a sépia. Os rostos e os cenários representados devolviam à vida orgulhosos italianos de fato, palhinha e laçarote, crianças vestidas de branco em cerimónias católicas e compridas mesas, fartas de gente e comida, de onde parecia ser possível ouvir gargalhadas, *funiculis* e *funiculás*. A última parede, além da cristaleira coberta por um lençol, reunia três portas de sacada pintadas de um azul acinzentado e venezianas que se escancaravam para um denso jardim de inverno. A mesa redonda que ocupava o centro da divisão, escondida por uma camilha de veludo coçado, aguardava-nos, já na presença de um *lambrusco* e dois copos de pé alto.

– Esqueceu-se de que não bebo álcool? – perguntou Esther, com um sorriso condescendente.

– O que anda o Augusto a fazer? Ainda não a converteu? – disse, enquanto recolhia um dos copos. – Não se preocupe, tenho ali o seu refresco.

Com um movimento brusco, Vittorio arrancou de uma só vez o lençol da cristaleira, pendurando-o no antebraço. Posto isto, avançou até um escaparate de onde retirou um prato de queijinhos de cabra temperados com azeite, mais o jarro de refresco que reservara para Esther.

– Já podem sentar-se. Espero que fosse disto que estava à espera, *cara*.

– Melhor era impossível.

O homem abandonou a sala e nós instalámo-nos à mesa.

– Estou impressionada com o seu italiano – comentei.

– Vinte anos casada com um napolitano – esclareceu Esther. – E com toda a sua família, já agora.

– Deduzo que não é italiana.

– Oh, não. Sou um bocadinho mais moderada – disse, sem contudo revelar a sua origem.

Resolvi não fazer perguntas, pelo menos para já. A tarde prometia ser longa e certamente Esther não me chamara a

Nova Iorque para me deixar na obscuridade. Naquela altura, e enquanto íamos experimentando algumas obras-primas saídas da cozinha de Vittorio, Esther falou-me sobretudo da família. Como me tinha dito da primeira vez em que nos encontráramos, vivia na Califórnia. Casara-se com Augusto, um italiano de coração enorme, de quem recebera o apelido, uma filha muito amada chamada Amelia e, segundo me apercebi, meios suficientes para excluir das contas da vida as ralações dos remediados. Via-se que tinha uma profunda devoção pela América e tudo o que significava. Fez-me algumas perguntas, mas, curiosamente, parecia munir-se de mil cuidados nessa abordagem, como se procurasse evitar-me constrangimentos. Não pude deixar de me lembrar de Sarah e da sua subtileza. Mas Esther era diferente. Tinha uma dimensão mais terrena e acessível.

O tempo foi passando à volta das pequenas histórias, em que se cruzavam em correrias, tropelias e gritarias, Alessios, Francescas e Gaetanas, mais recitais e receitas, líricas e perfumadas a *parmigiano* e estragão. Provava-se assim a total conversão de Esther às idiossincrasias do clã Cellucci.

– Como viu, acho que só não me conseguiram habituar ao vinho – disse, fazendo círculos com o dedo na borda do copo de laranjada. Tinha passado mais de meia hora desde que nos sentáramos, quando Esther, inspirando pesadamente, decidiu abrir o jogo. – Pedi ao Vittorio que nos descobrisse um sítio onde pudéssemos estar à vontade – afirmou, enquanto dobrava o guardanapo. – Temos todo o tempo do mundo. Ninguém nos vai incomodar aqui.

– Confesso que me está a deixar ansiosa – disse, enquanto pousava os cotovelos na mesa e entrelaçava os dedos sob o queixo. Estava pronta; pelo menos era o que eu julgava nessa altura.

Rodando sobre a cintura, Esther alcançou a carteira que pendurara nas costas da cadeira e colocou-a sobre os joelhos. Com gestos prolongados, retirou aquilo que me pareceu um retrato antigo, a preto e branco.

– Reconhece-a? – perguntou, exibindo-me a fotografia.

– Oh, meu Deus... É a Sarah – respondi extasiada. Ali estava ela, mostrando a sua beleza exuberante e um olhar que nunca lhe havia visto. Não teria mais do que vinte anos e num dos cantos do retrato surgiam algumas palavras escritas à mão; uma dedicatória, calculei. Embora um pouco mais arredondada, reconheci sem dificuldade aquela caligrafia.

– É a letra dela – afirmei, ao mesmo tempo que aproximava o olhar para ler o que dizia; no entanto... – Curioso, não entendo o que escreveu...

Esther assentiu com um suave aceno de cabeça.

– É natural. Calculo que não fale polaco.

Eis a primeira surpresa.

– Polaco? A Sarah escreveu-lhe em polaco?

– É uma surpresa para si, presumo.

– Surpresa total. Quer dizer que a Sarah era polaca?

– Não propriamente. A Sarah nasceu nos Estados Unidos, mas foi muito nova para a Polónia. Era lá que estavam as origens dos seus pais.

– Quem diria... E a Esther?

– Eu nasci na Polónia, sim – respondeu, acenando com a cabeça. – Vivi lá a primeira parte da minha vida.

Confesso que estava um pouco surpreendida. A Sarah nunca desvendara nada sobre o seu passado. Talvez por me ter apercebido dessa sua relutância, houve alturas em que me deixei levar pela imaginação, procurando idealizar os cenários que me ocultava. Porém, nem por aproximação esses devaneios me levaram à Polónia.

– A primeira vez que a vi foi pouco tempo depois de ela e a família se terem mudado para a minha cidade – informou Esther. – Calculo que nunca tenha ouvido falar de Oshpitzin. – Encolhi os ombros. Não me dizia nada. – É natural. E Oswiécim?

Também não, o nome era-me completamente estranho.

Esther baixou os olhos e mostrou um sorriso sem brilho:

– Talvez saiba o que foi Auschwitz...

– Auschwitz? Sim, claro. Era um campo de concentração na Alemanha.

– Na Polónia – corrigiu Esther. – Mas, antes de ser aquilo que a tornou famosa, Auschwitz era a cidade onde nasci. E, antes de ser Auschwitz, era Oswiécim, como lhe chamavam os polacos; ou Oshpitzin, como lhe chamávamos nós.

– Nós?

– Nós, os judeus.

– A Sarah...

– Sim, a Sarah era tão judia como eu. – Outra novidade. Em poucos minutos, conseguia mais informação sobre aquela mulher fascinante do que ao longo dos meses em que convivêramos. – Bom – acrescentou a Esther, abrindo mais o sorriso –, talvez não levasse o ritual tão a peito.

– É tudo uma grande surpresa. Acredite que não fazia ideia.

Esther acenou com compreensão e, de repente, como se se lembrasse do que a tinha levado ali, recolheu a fotografia e pendurou a carteira outra vez.

– Há mais surpresas, Kimberly – afirmou. – E foi por isso que a chamei aqui. Existe uma história extraordinária para ser contada e, depois da morte da Sarah, sou a única pessoa que o pode fazer. Peço-lhe a maior atenção. Talvez surjam momentos difíceis, talvez oiça coisas que preferia nunca ouvir, mas a história tem de ser servida completa. Só então perceberá porque decidi falar consigo e com tanta urgência.

– Conte-me – limitei-me a dizer. – Não me esconda nada.

Esther afastou a cadeira para trás, levantando-se. Dirigiu-se a uma das portas que davam para o jardim e, sem olhar para mim, deu início ao relato:

– Conheci a Sarah em 1924. A minha mãe trabalhava havia pouco tempo na casa que os Gross tinham na Rua Plebanska, em Oshpitzin.

OSHPITZIN, POLÓNIA

Outubro, 1938

Haviam passado mais de quatro anos desde a primeira vez que Henryk Gross tomara posse como presidente da Câmara de Oshpitzin. A forma notável como exercera o cargo levou a que ninguém imaginasse aquela cadeira ocupada por outra pessoa. Por essa razão, não causou surpresa que o seu povo lhe confiasse mais um mandato, reelegendo-o por confortável maioria. O governador voltou a dar o aval e Zederbaum engoliu mais um sapo.

Entretanto, as gradações ideológicas da cidade iam-se espraiando de maneira diferente na paleta política da *Kehillah*, onde os intelectuais progressistas reafirmavam num tom cada vez mais urgente o discurso sionista, alertando para os sinais que lhes chegavam do coração da Europa. As ditaduras consolidadas em Itália ou na Alemanha polinizavam sementes totalitárias pelo continente e o curso da Guerra Civil Espanhola apontava para uma regência autocrática da Ibéria. Mas o que começava a incomodar algumas elites judaicas da Polónia era a afirmação da Alemanha e do seu *Führer* no jogo geoestratégico europeu. A recente anexação da Áustria ou o oportunismo com que Hitler olhara as reivindicações dos sudetas eram motivo mais do que suficiente para reavivar o espetro da má vizinhança. Por outro lado, havia a dramática questão dos judeus alemães, varridos para debaixo do tapete no seu próprio país. Aos olhos de muitos, a forma como a Alemanha, grande referência civilizacional, se permitia tratar parte dos seus cidadãos tornara-se um aval de perversidade, sendo esses ventos, soprados do ocidente, a levantar a poeira antissemita que os tempos agrestes vinham depositando sobre o solo polaco.

Entretanto, Sarah completara o curso com tal distinção que não tardou a colher os frutos, juntando-se a Aleck no seleto corpo docente da Jaguelónica. Esse novo estatuto permitiu ainda ao casal assumir publicamente a sua relação, pelo que tudo parecia correr de feição. Talvez por isso Aleck não se preparara para o vendaval que o atingiu no final daquela manhã. Estava satisfeito com a primeira aula do dia. A obra de Máximo Gorky trazia à tona as suas melhores faculdades de pedagogo e contestatário e os alunos absorviam-lhe as ideias com o mesmo vigor. Assim, quando a aula terminou, deixaram-se ficar, rodeando o jovem professor com perguntas e comentários. Aleck tornara-se uma espécie de coqueluche da Academia de Cracóvia, traduzindo o entusiasmo romântico da Revolução e os anseios irreverentes de uma corte de estudantes. Sarah divertia-se com a situação, pois conhecia-lhe a aversão ao estrelato. Porém, naquele dia, ao furar intempestivamente por entre o grupo, o humor da jovem esgotara-se por completo.

– Anda – disse ela, ao chegar perto de Aleck. – Preciso de falar contigo.

Os alunos, surpreendidos pela maneira explosiva como Sarah entrara em cena, olhavam, ora para ela, ora para Aleck, sem saber o que pensar. Quando o casal abandonou a sala, o grupo dispersou espontaneamente.

– Que aconteceu? Estás branca...

– Em que maldita escola é que nós damos aulas?! – explodiu ela, encostando-se à parede do corredor.

Aleck, que já se habituara aos picos emocionais da companheira, segurou-lhe o rosto com as mãos, fazendo-a olhar para si.

– Queres dizer-me o que se passou?

Sarah tentava recompor-se, mas era evidente que precisava de tempo. Permanecia com os braços cruzados e os olhos presos ao teto abobadado, como se estivesse a assistir à repetição dos acontecimentos que a tinham deixado naquele estado. Por fim, talvez pela presença de Aleck, conseguiu respirar fundo e caiu numa letargia resignada.

– Bancos do gueto... – disse, numa voz quase impercetível. – Lembras-te? Já falámos disso antes...

Aleck sentiu o sangue latejar-lhe as têmporas. Como poderia não se lembrar? Era uma prática abjeta, introduzida uns anos antes no Politécnico de Lvov, pela qual os alunos judeus eram convidados a ocupar bancos à parte nas salas de aula das universidades aderentes.

– Lembro. Porque é que falas disso?

– Porque é que falo disso? – disse ela, forçando um riso amargo. Aleck preparou-se para a resposta que, no fundo, já adivinhara. – Talvez porque uns estafermos quaisquer viram nisso um saudável modelo de convivência para esta universidade.

– Não é possível – reagiu Aleck. – Não aqui.

Sarah acenou afirmativamente.

– Oh, sim, Aleck, aqui mesmo. Na tua escola, na minha escola.

– Tens a certeza? – perguntou ele, descoroçoado. – Quem te disse isso?

– Ninguém me disse! Vi eu mesma. Pelos vistos já toda a gente sabia. Não sei em que mundo andamos, Aleck.

– Acho que alguém me deve uma explicação – declarou Aleck, a ferver.

Sem mais palavras, virou as costas a Sarah, pronto a ir tratar do assunto pessoalmente.

– Deixa-te estar – disse Sarah, segurando-o pela aba do casaco. – Não me parece que possas mudar seja o que for nesta altura.

– Não me interessa. Quero saber como acontecem coisas destas nas minhas costas.

– Por favor, Aleck... tu és judeu, de que estavas à espera? Que te convocassem formalmente para dar instruções? Fica descansado, que já devem estar a pensar numa maneira de lidar connosco.

– Mas o reitor...

– O reitor faz o que pode. Não lhe peças o impossível.

Aleck esfregou o rosto com as mãos, como sempre fazia quando algo lhe pedia a máxima concentração. Algum tempo depois, voltou a lembrar-se de Sarah e de como aquilo a deixara.

– E tu? Como estás?

Ela não lhe respondeu logo. Naquele momento, parecia rever todos os dados, ensaiando febrilmente cálculos sobre cálculos e comparando-os com os resultados que previra para a sua vida mais próxima. Aleck estudava-lhe o rosto, como se conseguisse ler para lá da sua expressão divagante.

– Eu não sou como tu – disse Sarah, finalmente. – Falta-me temperatura no sangue...

Aleck sabia-o e nunca a censurara por não a ter consigo nas trincheiras; as obsessões de Sarah voavam por paragens que ele não poderia alcançar. Naquele momento receou que ela capitulasse.

– O que queres dizer com isso? – perguntou ele.

– Quero dizer que a minha vida segue por outro caminho.

Aleck franziu o sobrolho, desafiando-a com o olhar.

– Perdeste o juízo? Vais desistir?

Conhecendo perfeitamente o efeito que aquilo causava em Aleck, Sarah preferiu dar-lhe a mão e levá-lo dali para fora. Percorreram apressadamente os corredores que os separavam da saída, ignorando tudo o resto à sua volta. A universidade situava-se à beira da gigantesca Praça Rynek, pelo que em pouco tempo se viram em campo aberto, rodeados por uma multidão que caminhava em todos os sentidos, gozando o sol outonal de Cracóvia. Aleck deixou-se guiar até ao Krzysztofory, um palacete do século XVII, onde funcionava há muitos anos o restaurante Pod Palma. Como àquela hora já estava bastante cheio, precisaram da ajuda de um funcionário para encontrar um lugar. Acabaram por se sentar a uma pequena mesa quadrangular, ao lado de uma das pesadas colunas da sala principal, e permaneceram em silêncio alguns minutos. No centro de uma sinfonia de conversas, risos, sons de loiças e talheres, Sarah e Aleck pareciam estranhamente deslocados. Pediram *vodka* para os dois e continuaram calados até ele acabar de fumar um dos seus minúsculos cigarros.

– Não é possível que isto esteja a acontecer outra vez – disse Aleck, abanando a cabeça no meio de uma cortina de fumo.

Ela sorriu sem vontade.

– Mas está, Aleck. A Europa sofre de medievalismo e, de vez em quando, tem uma recaída. É tão simples quanto isso.

Sarah não podia deixar de pensar na terra onde nascera. Quantas vezes se imaginara de regresso... Contudo, sabia bem como a América chocava de frente com as convicções do homem que amava.

– Há pouco estavas a falar a sério? – perguntou Aleck, olhando para o copo vazio. – Pensas que desistir é a melhor opção?

– Não volto à escola, Aleck.

A resposta de Sarah tinha o peso de uma sentença.

– Prescindes de tudo? Por causa de um bando de néscios?

– A universidade não é tudo. Muito menos agora, da maneira como as coisas estão.

– E o que tencionas fazer da tua vida?

– Não achas que é cedo para me perguntares isso? Que diabo, acabei de bater com a porta – disse ela, sem disfarçar alguma irritação.

Aleck acendeu outro cigarro, deixando-o consumir-se sozinho entre dois dedos amarelecidos. Nessa altura pediu mais dois *vodkas*. Fora apanhado desprevenido. Parecia-lhe agora evidente que haviam construído as suas vidas em torno da universidade. Fosse a Georgia-Augusta ou a Jaguelónica, nunca tinham vivido a sua relação para lá do mundo académico, sem os horários das aulas, sem as insónias de trabalho ou as noites de amor dormidas em ninhos de páginas escritas e equações por resolver. Era essa a vida que sabiam viver e assustava-os o desconhecido.

– Não sei o que te diga – sussurrou Aleck.

Sarah encarou-o com o rosto determinado.

– Não te passe pela cabeça sair também – afirmou Sarah.

Sabia perfeitamente o que a universidade significava para ele. Ao contrário de si, a Jaguelónica era tudo o que Aleck possuía naquele país. Trocara a família e o passado pela Academia e não seria admissível pedir-lhe que largasse o pouco que tinha. Além disso, estava envolvido até ao pescoço no projeto de organização da nova biblioteca universitária, cuja construção principiara sete anos antes.

– Pelos vistos está a tornar-se um terreno demasiado hostil – disse Aleck, pensativamente.

– Tens as costas largas, hás de impor-te às circunstâncias.

– Assim como me impus em Göttingen – comentou ele, com um sorriso inexpressivo.

– Há uma diferença, Aleck. Desta vez és imprescindível para eles. Pelo menos enquanto a biblioteca não estiver a funcionar.

Aleck sabia que Sarah tinha razão. A sua saída era impensável, não só para ele, mas para a direção da universidade. Tinha nas mãos a organização dos milhares de volumes destinados à nova biblioteca. Era a si que cabia coordenar esse processo tão complexo, selecionando os livros merecedores de restauro, orientando a catalogação, ou gerindo os pedidos de novas aquisições. Os cadernos onde guardara os seus registos nos últimos três anos eram armas poderosas contra quem se atrevesse a enfrentá-lo.

Como era inevitável, Sarah e Aleck acabaram por ensaiar com sucesso os primeiros passos de uma vida diferente. Contrariando os costumes da época, decidiram morar juntos e, assim, ocuparam o pequeno apartamento que Henryk possuía na Rua Grodzka, a poucos minutos do armazém do Comintern. A nova morada situava-se em pleno centro de Cracóvia e, segundo Sarah, demasiado perto da universidade. Na verdade, a sombra do Collegium Maius, o mais antigo edifício da Jaguelónica, nunca deixou de pairar sobre o casal, sobretudo a partir do momento em que a jovem decidiu colaborar com Aleck no trabalho insano em que se envolvera. Todos os dias o jovem professor chegava a casa com grossos calhamaços escurecidos pelo tempo, onde se registavam os milhares de volumes espalhados pelas várias faculdades da Jaguelónica. O apartamento da Rua Grodzka transformou-se rapidamente numa repartição, aonde acorria, a qualquer hora do dia ou da noite, gente, conhecida ou não, mas sempre portadora de mais e mais títulos, catalogados nem sempre pelo mesmo método. Assim que Sarah entrou em cena, Aleck reconheceu o papel crucial desempenhado pelo seu pensamento matemático. Sabia que, sem ele, o processo de registo corria o risco de se desagregar como folhas ao vento.

A verdade é que a forma dedicada como Sarah se entregara àquele trabalho acabou por interromper o velho hábito de visitar a casa paterna aos domingos. No entanto, quando o verão chegou e os últimos volumes foram encaixotados, Aleck pôde, enfim, gozar a merecida licença. Foi então que Sarah apanhou o primeiro comboio para Oshpitzin, onde se refugiou na companhia de Aleck, dos pais e, sempre que possível, da adorada Esther. Recordaria aqueles dias como os mais felizes que vivera na Polónia. Pela primeira vez, encontrara maneira de equilibrar as necessidades de uma personalidade diletante com as emoções, com o tempo e com as personagens da sua história privada. Aleck, que não encontrava por ali grandes motivos de exaltação intelectual, aceitou a provação de se ver longe das estantes e das reuniões onde corria a prosa e o absinto. Fazia-o por Sarah, com o mesmo ardor apaixonado dos primeiros dias. Até à vista dos outros a relação do jovem casal impressionava. Um axioma da alma, gostava de gracejar o doutor Reznyk ao ouvido de Sarah.

NOVA IORQUE, NI, EUA
Dezembro, 1969

Sentia-me enfeitiçada pelas histórias que acabara de ouvir e não dera pelo correr das horas. Esther fez questão de me contar tudo, desde o início. Transportara-me para um mundo que eu não conhecia, mas as suas palavras eram cinematográficas. Falou-me da sua infância, da história de Sarah, dos seus pais e dos avós que deixara na América; recordou com detalhe as eleições de Oshpitzin, os banhos no rio e até os pássaros para lá de um muro.

– Foi um verão estranho – disse ela. – Hoje, ao olhar para trás, lembro-me de que parecia uma despedida. Esbarrávamos a todo o momento com a euforia da Sarah e do Aleck. Enchiam o casarão só com a sua energia, não viam mais nada que não fosse um ao outro. Mas eu não. Era como se sentisse alguma coisa a aproximar-se, alguma coisa demoníaca. E até nas ruas se percebia isso. As pessoas desistiam de disfarçar o medo. Cada vez mais se falava da Alemanha, da iminência da guerra...

– E nunca pensaram em fugir? Em sair da Polónia? Afinal, se havia ali alguém com capacidade para organizar uma fuga, eram certamente os Gross.

Esther acenou energicamente, mas abriu as mãos em sinal de impotência, perante um passado imutável.

– Que quer? Não faz ideia das pressões que o Henryk sofreu para regressar à América. Sobretudo do pai, o velho Adam. Quantas cartas lhe escreveu, meu Deus...

– Acho que consigo imaginar a sua postura; Henryk, o eterno otimista... Absolutamente convicto do poder regulador do resto do mundo.

– Foi romântico até ao fim – concordou Esther. – A última pessoa a convencer-se de que a Polónia tinha os dias contados. Nem aquilo que o Hitler andava a fazer aos judeus alemães o preocupava. Para ele era apenas cobiça, não havia nada de ideológico por detrás. Se quer que lhe diga, só encontro uma atenuante para que não tenha fugido com a família: a *Kehillah*. Acredito que sentisse um peso muito grande por causa do cargo que ocupava. Não quis virar as costas ao seu povo.

– E o Aleck? Não o estou a ver a assistir a tudo de braços cruzados.

– O Aleck mudou muito com a saída da universidade. Não lhe vou dizer que amoleceu, mas houve ali uma mudança de prioridades, isso é certo. Habituou-se depressa ao ninho dourado que era a casa dos Gross. Bastava-lhe estar ao lado da Sarah e assistir tranquilamente ao correr dos dias. Lá está, olhando para trás, fica a ideia de que ninguém fez tudo o que podia.

– Nem a Esther?

– Nem eu. Nunca me passou pela cabeça fugir. É natural que a minha desculpa fosse melhor. Não tinha os recursos dos Gross e, ainda por cima, as coisas não estavam a correr bem lá em casa. O Motke adoeceu com uma infeção pulmonar, uma coisa muito séria naquela altura. Imagine um rapaz, um homem ativo como ele era, de um momento para o outro atirado para uma cama. Esteve muito mal, chegámos a pensar que não resistia. E sabe quem lhe valeu? O doutor Reznyk... Mandou-o uns meses para um sanatório e isso salvou-o. Chegou vivo a casa, graças a Deus. Só que, como calcula, ainda estava bastante debilitado, não tinha condições para ir trabalhar. Hoje, custa-me dizer, mas acabou por ser mais um fardo para mim e para a minha mãe. Um fardo bem-vindo, mas pesado. – Subitamente, Esther pareceu animar-se e mostrou-me um sorriso aberto. – Mas sabe o que acabou por nos trazer alguma alegria? O meu irmão Sholem, acredita? Havia de o ver. Estava outro, parecia que queria recuperar o tempo perdido.

Arranjou trabalho na fábrica de *vodka* do Jacob Haberfeld e até deixava uns trocos lá em casa... Foi bom, foi muito bom ver aquele menino dar a volta.

Ao dizer isto, Esther regressou ao silêncio e dirigiu-se até à janela. Ficou ali, de pé, encostada à ombreira e com os braços cruzados, a observar o jardim. Olhei-a com empatia. Neste género de relatos há sempre algo privado, algo que não se conta, por isso não disse nada e deixei-a viajar sozinha pelo tempo que lhe apetecesse. De repente, abriu a porta que dava para o exterior, deixando entrar uma aragem gelada e um intenso cheiro a seiva. A diferença de temperatura fê-la estremecer, mas nem por isso hesitou em sair lá para fora. Juntei-me a ela e, durante alguns minutos, limitámo-nos a apreciar a amálgama de plantas que cresciam por todo o pátio quadrangular. Como se precisasse daquele intervalo para se recompor, Esther foi-me falando do jardim de inverno. Achei espantoso o conhecimento que demonstrava sobre esta ou aquela planta, recordando-se da evolução de cada uma, relativamente à última vez em que ali estivera. Parecendo saber ao certo do que estava à procura, foi colhendo algumas flores, que juntou num *bouquet* elegante. Uma prímula, um jasmim, uma margarida inglesa...

– São lindas – reconheci, com a voz contraída pelo frio da tarde.

– Tenho a certeza de que o Vittorio não me vai levar a mal – disse, depois de me oferecer o ramo. – Agora, venha. Vamos para dentro. Quero falar-lhe da guerra. – Regressámos à sala e à mesa, onde ainda se viam duas *ravieras* intocadas. Esther pousou os braços cruzados sobre o tampo e voltou ao passado. – Em primeiro lugar, convém situá-la: os alemães invadiram a Polónia no dia 1 de setembro de 1939, mas só chegaram a Oshpitzin dois dias depois e a Cracóvia a meio da semana seguinte. Sabe que quando entraram na cidade não consegui ter medo? Difícil de entender, não é? Tantos meses a alimentar o receio e, quando o mal nos entra pela casa adentro, parecia que estava imunizada.

– Talvez fosse mais corajosa do que pensava.

– Acha? Não sei... Tinha muitos problemas em casa, não me podia dar ao luxo de ser piegas. Andávamos loucas de preocupação com o Sholem, que acabara de ser recrutado pelo exército. O Motke não, ao menos isso... Escapou à guerra porque, como calcula, ainda mal se tinha nas pernas e precisava de mim, precisava da mãe.

– Que continuava a trabalhar para os Gross...

– Ah, sim, sempre. Enquanto tivesse forças, a minha mãe não cedia. Foi nessa altura que o Henryk ganhou juízo. Umas horas antes de os alemães entrarem em Oshpitzin levou a família para Cracóvia. Era uma cidade maior. Lá pensou que poderiam passar mais despercebidos, não sei. Ficaram instalados no apartamento da Sarah.

– E deixou a cidade sem presidente?

– Não, nem pensar. Só ficou em Cracóvia o tempo suficiente para instalar a mulher e a filha. Se não me engano, regressou logo no dia seguinte.

– E encontrou uma cidade diferente...

– Uma cidade diferente, uma cidade amordaçada, assustada. Até o nome lhe tinham mudado. Que diabo de nome era aquele? Que significava? Ninguém sabia, ninguém percebia. Auschwitz? O que era Auschwitz?

CRACÓVIA, POLÓNIA

6 DE SETEMBRO, 1939

Sempre foi possível encontrar na história das guerras alguns vestígios de virtuosismo. São os tais atos heroicos que, por despontarem no campo da indignidade e da indiferença, dobram o seu valor. Stanislaw Klimecki era apenas um homem bom e não se tinha como capaz de façanhas excecionais. No entanto, aquele dia preparara-lhe algumas surpresas. A invasão da Polónia tinha começado há cinco dias e as forças alemãs não deviam estar longe de Cracóvia. Klimecki acabara de ser designado presidente da Câmara da cidade, substituindo assim Boleslaw Czuchajowski, que havia desocupado apressadamente o gabinete. Para aquele advogado de cinquenta e cinco anos a responsabilidade do novo cargo não era suficiente para o isolar no gabinete, pelo que, como vinha fazendo ao longo do seu recentíssimo mandato, também naquela manhã saiu à rua. Fê-lo ao romper da aurora e não estranhou ver as longas filas de pessoas que, àquela hora, já aguardavam a abertura das padarias. Cracóvia vivia momentos aflitivos, os bens haviam-se esgotado num ápice devido à guerra e Klimecki sofria pela sua gente. Após se ter inteirado com os próprios olhos do sentir das ruas, dirigiu-se em passos apressados até ao café Noworolskiego, onde comprou uma bebida quente e um bolo seco. Subitamente, ouviu o som de uma explosão distante; depois, outro. Nesse momento, soube no seu íntimo do que se tratava. Saindo a correr para o exterior do café, Klimecki amaldiçoou-se por não ter ordenado a colocação de bandeiras brancas à entrada da cidade. Como era possível que não lhe tivesse ocorrido? Cracóvia não tinha um único militar a protegê-la e, se não queria ver sangue a correr em vão, devia fazer os possíveis por transmitir essa informação aos invasores. Ignorando os riscos da decisão, encaminhou-se até perto do edifício da Câmara e instalou-se ao volante do seu automóvel. Sem saber ao certo para onde se dirigir, gastou tempo precioso às voltas pelos locais de onde julgava ter ouvido os petardos, sem, contudo, vislumbrar um único soldado alemão. Ao não saber mais onde procurar, lançou-se a toda a velocidade em direção ao bairro de Podgórze. Quando se preparava para atravessar a ponte Pilsudski, travou a fundo. No outro extremo do tabuleiro encontrava-se um grupo de homens fardados e não teve dúvidas de que eram aqueles que procurava. Com o coração a rebentar-lhe no peito, ouviu disparos. Seria um aviso? Quereriam atingi-lo? Indo buscar coragem a algum lugar desconhecido, Klimecki saiu do carro, agitando febrilmente os braços e gritando em direção aos militares:

– *Feuer einstellen!* Cessar-fogo!

Os alemães não seriam mais de uma dúzia e vinham fortemente armados. Klimecki e a patrulha convergiram cautelosamente para o meio da ponte. Quando estavam separados por cerca de vinte metros, o presidente da Câmara colocou os braços sobre a cabeça, para que os soldados se certificassem de que não constituía qualquer ameaça. Um alemão, cujas insígnias se diferenciavam ligeiramente das dos restantes, separou-se do grupo e avançou até ele. Tratava-se de um *Unteroffizier*[28] ainda muito jovem e, talvez por isso, mais nervoso do que gostaria de aparentar.

– Qual é a sua ideia? – vociferou, num tom despropositadamente agressivo. – Klimecki que, como tantos polacos, dominava a língua alemã, apresentou-se, passando para a mão do seu interlocutor os documentos que o identificavam, bem como a natureza do seu cargo. Apercebendo-se de quem se tratava, o

[28] Não sendo totalmente linear a equivalência entre os postos militares da Wehrmacht (forças armadas alemãs) e de outros países, tendo em conta as funções atribuídas, um *Unteroffizier* corresponderia, na altura em questão, a um posto situado entre o cabo e sargento (por referência ao exército português).

militar pareceu hesitar. – Que pretende? – perguntou com prudência.

– Quero apenas informá-los de que a cidade está totalmente desmilitarizada – afirmou Klimecki, rezando para que acreditassem nele. – Os nossos soldados abandonaram Cracóvia nos últimos dias. O vosso caminho está livre. Não é necessário bombardear; não é preciso usar a força.

Perante esta informação relevante, o alemão fixou os olhos em Klimecki, estudando-lhe intensamente a expressão. Não sabia o que pensar, muito menos o que fazer.

– Por que diabo hei de acreditar em si? – grunhiu.

O polaco foi apanhado desprevenido com aquela observação. Parecia-lhe uma dúvida mais do que legítima e censurou-se por não a ter previsto. Agora, perante a situação, não lhe restava alternativa:

– É simples – disse, encolhendo os ombros. – Tomem-me como refém, até que comprovem o que vos disse.

O alemão refletiu por momentos e, parecendo ficar satisfeito, foi ter com os seus companheiros para conferenciar. Quase imediatamente, dois deles abandonaram o grupo e dirigiram-se em passo acelerado para uma coluna militar que se aproximava, vinda da Cidade Velha.

A verdade é que a audácia de Klimecki valeu a Cracóvia uma invasão sem destroços, para além dos provocados no orgulho de um povo agredido. Porém, como provariam os anos seguintes, as ações dos novos heróis nacionais não seriam suficientes para aliviar a opressão sobre a Polónia ocupada.

As ideias que Hitler tinha congeminado para aquele país tinham sofrido uma importante alteração, com a recente assinatura do Pacto Molotov-Ribbentrop, entre a Alemanha nazi e a União Soviética. Dissimulada por detrás de um tratado de não-agressão, os dois países haviam acordado a maneira infame de dividir entre si o massacrado território polaco. A estratégia foi desenhada e cumprida com eficiência: dezassete dias após a invasão alemã, os soviéticos, aproveitando a desorientação das forças polacas apanhadas no meio de dois fogos, entraram pela fronteira oriental, obrigando à fuga desordenada dos derrotados para a Hungria ou a Roménia.

A Polónia achava-se assim dividida, repartida à força, pela quarta[29] vez na sua história milenar. O bolo separava-se agora em três fatias: a primeira, a ocidente, passava a integrar o Reich alemão; a segunda, situada a leste, pertencia aos soviéticos; a terceira, colocada entre as duas anteriores, e que passou a ser conhecida como Governo-Geral, constituía território polaco sob administração alemã. Seria neste setor intermédio que, em outubro de 1939, se instalaria o *Obergruppenführer*[30] Hans Frank, administrador-mor da Polónia ocupada. Este jurista, conhecido pelo ódio que dedicava aos judeus, tinha sido nomeado por Hitler com a instrução precisa de pôr ordem no território. Dono de uma autoestima exacerbada pelo cargo que ocupava, Frank viajou até à Polónia, decidido a mostrar ao *Führer* a sensatez da sua escolha. Uma vez que Cracóvia fora indicada como capital do Governo-Geral, restava ao novo governador instalar-se de acordo com o seu estatuto e prosápia. Para isso, não achou melhor do que ocupar uma ala no mais simbólico e respeitado monumento da Polónia, o Castelo Real de Wawel.

*

A guerra teve um efeito devastador em Henryk. Lutara por uma pátria livre e por um país onde os judeus se sentissem respeitados. De um momento para o outro, arriscava-se a perder as duas batalhas. Mas não era tudo. A segurança da família poderia estar comprometida. Não obstante os avisos que recebera, fora suficientemente cego para ignorar os sinais à sua volta. Os relatos de violência exercida sobre gentios e judeus chegavam de todos os lugares. Um dia depois de ter deixado Anna e Sarah em Cracóvia, Henryk voltou a Oshpitzin para reassumir as suas responsabilidades no Município. Porém, numa demonstração

[29] Não contando com as divisões territoriais do séc. XIX.

[30] Posto paramilitar da SS equivalente ao de Tenente General (por referência ao exército português).

eloquente das intenções alemãs, os membros cristãos do Conselho Municipal foram instruídos a excluir todos os judeus daquele órgão. Henryk via-se, de repente, afastado do cargo e dos projetos em que se envolvera havia mais de cinco anos.

Mas a voragem nazi não ficou por aí. Nas semanas seguintes, o longo pesadelo foi ganhando forma, atingindo com brutalidade a população judaica do Governo-Geral. Por decreto alemão, apenas as lojas dos gentios puderam manter-se operacionais, não demorando a que essa regra se estendesse aos restantes negócios. Por causa disso, Henryk foi informado de que dispunha de quarenta e oito horas para abandonar as instalações da sua indústria de curtumes, estando, no entanto, impedido de retirar qualquer peça de maquinaria.

Sem nada que o prendesse a Oshpitzin, custou-lhe menos virar as costas aos sonhos e rumar a Cracóvia.

Não tinham passado dois meses desde o início da guerra.

*

Fosse pelo uso da razão, ou por essa construção metafísica chamada intuição de mãe, a verdade é que Anna não se surpreendeu com o desabafo da filha:

– Também já sou mãe – disse Sarah, segurando a mão de Anna contra o ventre liso.

Anna ergueu ligeiramente as sobrancelhas. Depois sorriu; e beijou-a e olhou-a intensamente. Encontrou na filha uma expressão infantil, submissa, tão rara nela... Nem em criança Sarah se mostrara assim. Anunciava-se mãe perante a própria mãe e, no entanto, ali estava ela, hesitante, fragilizada e docilmente dependente.

– O Aleck já sabe?

– Soube-o primeiro do que eu, acreditas? Há uns dias que andava com essa conversa. Não me perguntes como, talvez se tivesse apercebido de alguma diferença no meu comportamento, no meu rosto, não sei...

– Como é que reagiu quando lhe confirmaste?

– Sabes como ele é – respondeu Sarah, refletindo ela própria sobre a personalidade do homem que amava. – O Aleck é capaz de ser um bocadinho como o pai, quando era novo. Vive mergulhado nas ideias, nos princípios universais, nos grandes desígnios... Para ele um filho é a demonstração de que se pode reduzir todo o universo à escala humana e isso, não duvido, apanhou-o desprevenido.

– Mas está feliz?

– Como um menino – disse Sarah, largando a mão da mãe.

Além do entusiasmo que provocou no pequeno mundo dos Gross, a notícia estilhaçou as últimas resistências de Henryk. Naquele momento só lhe ocorria uma opção: pegar na família e sair dali, desistir da Polónia. Já não encontrava pretextos para prolongar os seus projetos pessoais à custa do bem-estar de Anna, de Sarah e da criança que aí vinha. No entanto, e apesar da determinação, Henryk cedo descobriu que escolhera um caminho difícil. Tal como milhares de judeus ameaçados, teria de encontrar uma porta de saída e, acima de tudo, um porto de abrigo. A resposta, como acontece tantas vezes, acabaria por surgir no acaso de uma conversa.

– Já ouviu falar do Livro Branco que os ingleses aprovaram em maio? – perguntou-lhe o doutor Reznyk, enquanto caminhavam por uma rua da Stare Miasto, a zona mais antiga de Cracóvia.

– Vagamente. Tem a ver com o Médio Oriente, não é?

– Com a Palestina, para ser exato. Pelos vistos, Sua Majestade mostra-se disposta a ver-se livre daquele empecilho. E, segundo consta, quer deixar como herança um Estado independente, governado a meias por árabes e judeus.

Henryk foi incapaz de suster uma gargalhada.

– Rei Jorge, o magnânimo! Como é que se pode recusar, sem ofender a Coroa?

– Complicado, não é? Ainda por cima aquilo foi feito à medida dos árabes. A ser como propõem os ingleses, vamos ter direito a um gueto na Palestina. Já viu que desplante?

– Isso surpreende-o? Chama-se geopolítica, meu caro. Como é que o Chamberlain calava os aliados árabes?

– O diabo que os carregue a todos, mais os seus joguetes! – bradou o médico, antes de encarar o amigo com uma expressão enigmática. – Seja como for, ainda não nos fecharam as portas.

Henryk foi lesto a detetar-lhe uma inflexão na voz.

– Espere lá... – disse, ao mesmo tempo que estudava o rosto do médico. – Não me vai dizer que está a pensar em fazer as malas.

– Eu? Eu não, nem pensar – disse o doutor Reznyk, sorrindo. – Para mim já é tarde. Na verdade, estava a pensar mais em si e nas raparigas.

Henryk arregalou os olhos, apanhado de surpresa por algo que lhe soava como um enorme disparate.

– Quer mandar-me para o deserto, Joshua?

– Qual é a alternativa? – Seguiram-se alguns momentos de silêncio, enquanto Henryk procurava sem sucesso uma resposta sensata. – Pense bem, meu caro – insistiu o doutor, debruçando-se ligeiramente. – Você está determinado em pôr-se a andar. Não ganha nada em adiar as coisas. Amanhã pode ser tarde demais. E depois, as opções são escassas. Quer fugir por onde? Temos os flancos tapados. Só vejo duas hipóteses: sair pelo norte, até à Suécia, ou pelo sul, até à Turquia e daí para a Palestina.

– E a sua escolha seria...?

– A Palestina, como é óbvio! – exclamou o médico. – Apesar de tudo, é a escolha mais avisada. Nesta altura, a Europa é de evitar a todo o custo. Ninguém pode adivinhar o que Hitler tem planeado, mesmo para os países nórdicos. – Henryk puxou uma fumaça mais prolongada e ficou, por momentos, a observar a espiral que se erguia da ponta do seu charuto. Nunca tinha considerado aquela possibilidade, mas não podia ignorar os argumentos do amigo. Vendo-o hesitante, o doutor Reznyk jogou a última cartada: – Arranjo maneira de vos pôr em Haifa a tempo da Chanuká[31]. Depois é uma questão de deixarem as coisas acalmar e decidirem o que querem fazer da vossa vida.

[31] Festividade judaica, também conhecida por Festa das Luzes, que se comemora por um período de 8 dias e que em 1939 teve início ao pôr-do-sol de 6 de dezembro.

– É caso para dizer que pensou em tudo – disse Henryk, com um sorriso distante.

O homem mais velho olhou-o com ternura.

– Conhece a estima que tenho por si. É por isso que lhe peço que não hesite. Vá e leve a família, Henryk. Pode não encontrar outra oportunidade.

*

– A Palestina? – perguntou Anna, fazendo o possível por avaliar rapidamente todas as implicações.

Sentados ao seu lado, Sarah e Aleck apertaram instintivamente a mão um do outro. Durante um tempo, ninguém disse nada. Era uma proposta drástica, algo que só se poderia esperar em tempos radicais.

– Receio que não tenhamos muito por onde escolher – disse Henryk, depois de lhes conceder oportunidade para ponderar a ideia. Não se sentiam capazes de verbalizar todas as perguntas que desfilavam à sua frente. Sabiam que ninguém estava em condições de oferecer respostas definitivas, no meio de tantas circunstâncias excecionais. Foi por isso que todos se sentiram confortados, ao constatar que Henryk já tinha algo concreto a apresentar. – Saímos de Cracóvia na manhã do último domingo de novembro. Temos de atravessar a Roménia e chegar ao porto de Constança antes de dia 30, que é quando o nosso barco sai a caminho do Bósforo, na Turquia. Conto que cheguemos a Istambul, o mais tardar, no sábado seguinte. Se tudo correr como espero, alcançaremos a Palestina a meio da outra semana.

Sarah olhou de lado para Aleck. A resposta de um seria a resposta do outro.

– Que achas?

Aleck inspirou profundamente e passou a mão pelo rosto.

– Já fugi uma vez, porque não? – disse, encolhendo os ombros.

Nessa altura, todos olharam para Anna, como se esperassem ouvir uma última hipótese por considerar.

– Estás a contar-nos tudo? – perguntou ela, olhando o marido de frente.

Henryk fixou o rosto sereno da mulher e respondeu-lhe com o olhar. Não, não lhes estava a contar tudo. Não lhes estava a contar os perigos que implicava atravessar o sul da Polónia, ou mesmo a Roménia de uma ponta à outra; não lhes estava a falar da resistência do Governo turco face aos sucessivos pedidos de reabastecimento nos seus portos por parte dos navios de refugiados; e não, não os alertava para as restrições que os britânicos, cada vez mais pressionados pelas forças árabes da Palestina, colocavam à chegada de judeus. Na verdade, não tinha nada melhor a propor e pareceu-lhe desnecessário adicionar preocupações, numa altura em que decidiam virar as suas vidas do avesso. Não existiam alternativas livres de risco e, depois, as coisas mudavam a uma velocidade extraordinária; os problemas de hoje raramente eram os de amanhã. Além disso, conhecia a família. Ali não havia inocentes, não havia desculpas nem lugar a ilusões. Fosse qual fosse a decisão, ela seria tida como uma escolha de todos; fosse qual fosse o resultado, saberiam repartir entre si os méritos ou as culpas.

Quando Henryk teve a certeza de que o grupo estava decidido a fazer a viagem, respirou fundo. Não saberia o que fazer se a sua proposta fosse rejeitada. Nos minutos que se seguiram, deu a conhecer mais alguns detalhes, até que, sem mais delongas, se levantou e saiu da sala. Havia uma fuga para pôr em marcha.

Os restantes elementos da família permaneceram sentados, calados, olhando para lá da presença uns dos outros. Cruzavam imagens do passado com as projeções recentes. Era-lhes difícil ver o futuro com a clareza que desejavam e isso angustiava-os.

Foi Aleck quem os devolveu à Terra.

– Amanhã vou à universidade. O reitor Splawinski convocou-me.

– O Splawinski? Aproveita para te despedir – sugeriu Sarah.
– Poupa-lhes essa chatice.

Aleck ignorou aquele comentário. Custava-lhe abandonar a Jaguelónica, apesar de tudo.

– Pelo que sei, chamou toda a gente. Quer lá os professores todos.

– Fazes ideia porquê?

Mesmo sabendo que o seu futuro próximo ocorreria longe dali, Sarah temia pelo destino da universidade.

– Não – respondeu Aleck. – Mas nesta altura é de esperar o pior, certo?

*

Aleck acordou muito antes da hora prevista. Ergueu-se ligeiramente da almofada, para espreitar através da janela. A manhã estava chuvosa, amarga, assim como deve acontecer num país espezinhado. Olhando para o lado, observou Sarah, que dormia. Sempre se extasiara com a sua beleza, mas, agora que o encanto se duplicava no seu ventre, parecia-lhe transcendente. Sentiu uma vontade inexplicável de a chamar, de lhe dizer aquilo que se passava com ele todas as vezes que a olhava. Mas não o faria. Limitou-se a ter cuidado para não a acordar quando a beijou no rosto. Por fim, levantou-se, aconchegou-lhe a manta, protegendo-a do frio cortante de novembro, e preparou-se para sair.

Aleck sempre gostara das segundas-feiras, mas, naquele dia, sentia-se como o clima. Desceu as escadas do prédio e saiu. As ruas estavam desertas e, apesar de o Sol começar a aparecer, ainda cheiravam intensamente a chuva. Já que precisava de fazer tempo, decidiu calcorrear as artérias antigas que antecediam a universidade. Tentou, sem sucesso, adivinhar o motivo da convocatória. Conhecia bem o reitor, até porque partilhavam o mesmo departamento, e tinha-o como homem de bem, um defensor obstinado da Academia. Talvez as atuais circunstâncias o forçassem a uma dispensa coletiva; talvez estivesse prestes a ser posto no olho da rua... Mas que diabo lhe poderia interessar tudo isso? No fundo, por absurdo que lhe parecesse, Aleck estava condenado a mais um exílio; um exílio árido, onde o pó do deserto faria as vezes do pó dos livros. A meio do caminho, resolveu entrar num bar de esquina, habitualmente frequentado por estudantes. Sentou-se ao balcão e pediu um absinto. Não lhe interessava que não fosse a hora adequada. Na verdade, naquele momento, sentiu um desprezo absoluto por tudo o que fosse adequado. Queria sair dali, percorrer as ruas, gritar os manifestos, restaurar as utopias e as ruínas de uma vida partida aos bocados. Dessem-lhe um invasor, bastava um, e esfregar-lhe-ia a cara com o rancor que o acompanhava desde os tempos de Göttingen. Quis isso e muito mais, mas lembrou-se de casa, de Sarah, do filho... e fez-se dócil outra vez.

Quando a hora chegou, Aleck sentia-se capaz de enfrentar qualquer coisa. Tinha bebido mais do que contara e, ao sair do bar, reconheceu distintamente o calor do álcool. Reagiu contra o torpor, caminhando com pressa em direção ao Collegium Novum. O encontro estava marcado para o meio-dia, na sala 66, pelo que já não tinha muito tempo. À medida que se aproximava, estranhou o invulgar corrupio de soldados alemães deslocando-se em camiões militares pelas ruas de Cracóvia. Quando acabou de contornar uma das árvores que antecediam o edifício da universidade, chocou com a imagem de uma pequena multidão, concentrada à frente dos arcos ogivais da fachada. À primeira vista, parecia estar ali a maioria dos professores da Jaguelónica, o que não admirava face aos permanentes rumores que traziam toda a gente em suspenso. Aleck descobriu no meio do grupo alguns colegas do seu departamento e foi ter com eles.

– Aleck! – cumprimentou um. – Fizeste-me perder os últimos zlótis que tinha na carteira. Apostei às cegas que não punhas cá os pés.

O grupo riu com gosto, enquanto cumprimentava calorosamente o recém-chegado.

– E deixava um bando de reacionários como vós a falar por mim?

Os professores riram outra vez. Gostavam de Aleck, admiravam-no e, porque não reconhecê-lo?, confortavam-se com a sua presença. Não sabiam o que se iria passar na reunião, mas quem sabe não viessem a beneficiar da sua postura contestatária.

– Então, está combinado – disse um deles. – Os murros na mesa ficam a teu cargo. Tens de concordar que é justo. Não dizem que a voz de um alemão vale dez vezes a de um polaco?

– Tento na língua – afirmou Aleck, piscando o olho aos outros dois. – Há coisas que não se dizem. Esqueces que tenho o sangue sujo? Não passo de um filho bastardo do Reich.

Nenhum dos homens quis alimentar as palavras de Aleck. Todos conheciam a sua história e temiam por ele.

– Caramba, até os aposentados fizeram questão de aparecer – comentou um, interessado em mudar de assunto.

– Pois eu só estou aqui por consideração ao Splawinski – acrescentou o mais velho. – A propósito, alguém faz ideia do que ele pretende?

Embora o cenário do encerramento da universidade pairasse no pensamento de todos, cada um guardou para si esse receio. De qualquer maneira, a resposta não tardaria, já que os últimos professores estavam prestes a entrar no local da reunião. Caminhando apressadamente na peugada de Aleck, o pequeno grupo misturou-se no fim da fila, não demorando a atingir o átrio do edifício e, pouco depois, a sala da assembleia. Ao verificar que estava repleta, Aleck separou-se dos amigos e foi à procura de lugar. Quando já se preparava para desistir, acabou por descobrir uma cadeira vaga, junto à coxia. Depois de cumprimentar com um breve aceno os professores mais próximos, sentou-se e ficou a observar a envolvência majestática da sala 66. Tratava-se de um dos espaços mais nobres de toda a Jaguelónica. As paredes eram forradas a papel carmim decorado com as armas da universidade e elevavam-se a mais de seis metros de altura. O lambrim de madeira rodeava todo o espaço e, acima deste, fixavam-se candeeiros de parede e pesadas molduras douradas, cujos retratos expunham séculos acumulados de sabedoria. Todos os presentes pareciam reduzir-se sob o peso do lugar e as conversas sobrepunham-se com uma contenção quase monástica. Quando toda a gente aguardava que fosse o reitor Splawinski a dirigir-se à audiência, abriu-se uma porta lateral, de onde surgiu, em passada larga, um oficial alemão, trajado com o uniforme negro da SS. As vozes extinguiram-se instantaneamente e os olhares convergiram para a figura sinistra que ocupava o centro do estrado. O homem chamava-se Bruno Müller e comandava a Divisão 4 da Gestapo[32] em Cracóvia. Desvalorizando o facto de estar a pisar o palco no qual, durante mais de cinquenta anos, haviam ensinado alguns dos mais eméritos académicos do país, o *Obersturmbannführer*[33] Müller usurpou o púlpito, desafiando a plateia com o olhar gelado. Como os desprezava a todos... Naquele momento, para a sua mente doutrinada a régua e esquadro, representavam a execrável *Inteligencja* polaca e mereciam tudo aquilo que os esperava.

– Meus senhores[34]... – começou. Fez uma pausa momentânea, enquanto percorria as expressões expectantes à sua frente. – Meus senhores, irei ser muito breve. Verificámos, para nosso descontentamento, que a universidade deu início ao ano académico sem ter solicitado permissão às autoridades alemãs. Ora, não nos parece que essa tenha sido a atitude mais acertada. Além disso, estamos a par da hostilidade com que este corpo docente avalia o nosso papel neste país.

– Não me digam – murmurou Aleck para os professores mais próximos. – Querem ver que magoámos suas excelências?

– Posto isto – prosseguiu o oficial –, tenho a comunicar-vos que a universidade fica encerrada a partir deste momento. Todos os presentes serão detidos imediatamente e levados para um campo de prisioneiros. – O troar de indignação eclodiu por toda a sala. Ainda assim, a voz de Müller foi capaz de se impor com clareza. – Devo adverti-los de que não iremos admitir qualquer reclamação! E há mais, meus senhores, desaconselho-os vivamente a resistir, caso contrário serão trespassados pelas armas.

---

[32] Polícia Secreta do Estado.

[33] Posto paramilitar da SS equivalente ao de Tenente-Coronel (por referência ao exército português).

[34] O discurso que se segue traduz efetivamente as palavras com que Bruno Müller se dirigiu à assembleia de professores, naquele final de manhã do dia 6 de novembro de 1939.

Dizendo isto, bateu com as mãos uma na outra, motivando com este gesto a entrada abrupta, pelas portas laterais, de dezenas de soldados alemães, armados com espingardas. Estes, no meio de uma berraria tresloucada, misturaram-se com os professores, empurrando-os com brutalidade até à saída. Aleck estava atordoado com o que observava à sua volta. Via homens que se habituara a respeitar caídos no chão, descompostos, atingidos pelas coronhas das armas, ou numa correria que a dignidade dos anos já não permitia. Desceram atabalhoadamente a escadaria até ao átrio da entrada e dirigiram-se à rua, onde os aguardavam alguns dos camiões que Aleck tinha visto nas imediações. A eficiência dos alemães via-se também nas pequenas coisas. Aquela amálgama de gente desorientada ia sendo arrumada com um desembaraço notável. Aleck deixara-se ficar para o fim, ajudando como podia os professores mais velhos a subirem para os veículos. Quando sobravam pouco mais de meia dúzia de prisioneiros para encaixar, ouviu-se uma voz, que conseguia gritar mais alto do que os soldados:

– *Professor Hirsch!*

O primeiro instinto de Aleck foi não responder, mas logo percebeu que era inútil tentar passar despercebido. Ao olhar em direção à voz que não cessava de chamar pelo seu nome, reconheceu um funcionário da universidade, acompanhado por um soldado alemão com a espingarda a tiracolo.

– Sou eu – disse Aleck, quando os dois passaram por si.

O funcionário parou e passou os olhos num pequeno bilhete que trazia consigo, certificando-se, mais uma vez, do nome que procurava.

– Professor Hirsch, certo?

Aleck cerrou as pálpebras em sinal de concordância. O funcionário pareceu aliviado e virou-se para o soldado, acenando-lhe afirmativamente. Sem dizer uma palavra, o militar agarrou Aleck pela manga e levou-o consigo, de volta ao interior do edifício. Já lá dentro, encaminharam-se para uma porta entreaberta, de onde acabava de sair o reitor Splawinski, acompanhado por dois soldados. Ao cruzar-se com o olhar do reitor, Aleck viu aquilo que o medo profundo pode fazer a um homem. Nesse momento, jurou a si mesmo nunca deixar que o vissem nesse estado, acontecesse o que acontecesse. Assim que entrou na sala, reconheceu o rosto esquálido de Bruno Müller. Encontrava-se a discutir com outro oficial e não pareceu ter--se apercebido da sua chegada. A discussão prolongou-se por pouco tempo e, ainda o outro militar não tinha saído da sala, já Müller se dirigia a Aleck, com um sorriso estampado no rosto. Apesar de aparentar boa disposição, não se deu ao trabalho de o cumprimentar.

– Professor Hirsch! – exclamou, observando-o de alto a baixo. – Não me diga que se ia embora sem se despedir. – Aleck permaneceu mudo. O oficial deu dois passos ao lado e debruçou-se sobre uma secretária apinhada de papéis. Folheou um dos processos com rapidez, parando numa das páginas para ler o seu conteúdo, ao mesmo tempo que sublinhava com o dedo. Simulando surpresa pelo que achara, assobiou teatralmente. – Estou impressionado consigo, professor. Tem aqui qualidades para todos os gostos. – Aleck continuou em silêncio. Era evidente que aquele monólogo já tinha o destino traçado. – Um judeu bolchevique... Intelectual, ainda por cima!

Nesse momento, Aleck não resistiu a provocar o oficial:

– E alemão, se quiser acrescentar.

Müller não acusou o toque. Provavelmente já lhe haviam passado pelas mãos algumas personagens como Aleck. As suficientes para perceber que não tinha nada a ganhar por dialogar com ele.

– O senhor é um caso especial – continuou. – Não íamos cometer a desconsideração de o misturar com a escória que estamos a despachar nos camiões. Por isso, caro professor, vai fazer o favor de aguardar aqui mesmo, até que venham ter consigo.

Dizendo isto, encostou dois dedos à pala e abandonou rapidamente a sala.

Aleck ficou só, na companhia do soldado e de uma multidão de fantasmas. Apesar de prisioneiro, naquele momento sentiu-se inexplicavelmente poderoso. Parecia-lhe uma experiência metafísica. As imagens desfilavam à sua frente com uma nitidez surpreendente. De repente, podia ver o que lhe reservava o futuro e os retratos do passado. Pensou na morte e no filho que não conheceria. Não teve medo; não se angustiou. Na verdade, ao olhar para trás, apenas conseguia lamentar uma coisa...

Não ter acordado Sarah naquela manhã.

NOVA IORQUE, NI, EUA
Dezembro, 1969

– O pior foi não saber o que era feito do Aleck – afirmou Esther. – Diziam que tinha ido com os outros professores, mas ninguém nos dava certezas, foi horrível.

Olhei para o relógio de parede quando bateram as seis horas da tarde. Lá fora, as formas do jardim já se escondiam na penumbra. É estranho, mas naquele momento senti uma paz difícil de decifrar. Talvez os meus demónios privados se abafassem debaixo daquele manto de memórias poderosas.

– O que se passou na universidade naquele dia teve um imenso eco, mesmo para lá da Polónia – prosseguiu Esther. – Eram mais de cento e oitenta professores. Pessoas com grande valor científico e intelectual. Gente que, sem ter feito nada para isso, foi presa e deportada para um campo de concentração na Alemanha. Não faz ideia dos protestos que choveram de todo o lado. A guerra não podia justificar um ato daqueles, era uma infâmia. E foi por causa dessas pressões que a maioria sobreviveu. Aos poucos, parte deles conseguiu regressar à Polónia.

– E o Aleck?

– Nem sinal. Tanto podiam tê-lo mandado para a Alemanha, como podia estar em Cracóvia, ou noutro lugar qualquer. Não sabíamos nada. Para piorar as coisas, a Sarah foi detida pelos alemães dois dias depois de ele ter sido preso. Foi um choque enorme para todos. Felizmente, não passou de um susto. Foi interrogada, só isso, nem sequer a maltrataram. Umas horas depois já estava cá fora.

– Que é que eles queriam?

– Não sei ao certo, mas só podia ter a ver com o Aleck. A Sarah nunca se envolvera na atividade política dele, nunca participara nas reuniões da Rua Grodzka. Não é que isso valesse de muito, mas eles não tinham nada que pudessem usar contra ela, além, claro, da sua relação com um judeu comunista. A verdade é que não voltaram a incomodá-la. Entretanto, a primeira coisa a cair por terra foi o plano do Henryk para tirar a família dali. A Sarah nem sequer queria ouvir falar na Palestina ou em sair da Polónia. Pelo menos enquanto não soubesse o que acontecera ao Aleck. E os pais, como imagina, não punham a hipótese de partir sem ela.

– Previsível, não acha?

– Oh, sim. Nem eu a abandonaria – afirmou Esther, com veemência. – De qualquer maneira, a incerteza manteve-se por muito tempo. O Henryk fez o que pôde para saber o que se passara. Tinha amigos que chegaram a pô-lo em contacto com a resistência polaca. Houve mesmo quem garantisse ter ouvido falar de um homem que tinha morrido em Cracóvia, numa prisão da Gestapo, menos de quinze dias após as detenções na universidade. Pela descrição, até podia ser o Aleck, mas não deixava de ser um rumor, só isso. Faz ideia do que custa viver com uma dúvida dessas?

– E nunca pensaram em regressar a Oshpitzin?

– Para quê? Tinham-lhes tirado tudo. Até a casa estava ocupada. Vá-se lá saber porquê, os alemães meteram na cabeça que era melhor juntar os judeus das cidades vizinhas em Oshpitzin. Foi preciso arranjar teto para aquela gente toda. Cada dia chegavam mais e mais pessoas. Vinham de todo o lado: de Bielsko, Czechowice, Katowice, Đywiec... Não faz ideia do caos. Aconteceram situações indescritíveis... Foi nessa altura que acabei por ir ter com a Sarah. Os Gross arranjaram-me um cantinho no seu apartamento.

– Foi viver para Cracóvia? E a sua família?

– Não tinha escolha. Oshpitzin já não tinha nada para oferecer a um judeu. Ainda por cima, o doutor Bleich foi dos primeiros a serem presos. Fiquei sem ter a que me agarrar. Podia ser que em Cracóvia arranjasse qualquer coisa. Mesmo mal paga, não queria saber. Que mais podia eu fazer para ajudar a minha família? Entretanto, o Sholem regressou a Oshpitzin, foi um milagre. É claro que nem ele nem o Motke conseguiram encontrar um trabalho a sério. De vez em quando lá faziam um serviço qualquer e conseguiam trazer alguma coisa para casa, mas era raríssimo. Está a ver o quadro, não está? E só não foi pior porque os Gross nunca deixaram de pagar à minha mãe. Tal e qual como se continuasse a trabalhar para eles. A Anna era uma mulher única. Fez sempre questão de saber como estavam a correr as coisas em Oshpitzin. Nunca se esqueceu dos que lá tinha deixado.

Porque será que não me surpreendi? Ao longo do relato de Esther, fui construindo os meus próprios afetos e Anna distinguia-se a cada episódio em que entrava. Pareceu-me, desde o início, uma mulher de enorme caráter. Sem dúvida, a raiz mais forte da personalidade de Sarah.

– Bom, mas também não devia ser fácil para os Gross.

– Não era fácil para ninguém – admitiu Esther. – E, mais uma vez, há que saudar a sagacidade da Anna. Foi ela que convenceu o marido a preparar a chegada da guerra. Se quer que lhe diga, nem sei como é que conseguiu contrariar o idealismo dele. Mas foi um tiro certeiro. Percebeu que, quando os alemães se instalassem por lá, os bens dos judeus corriam o risco de mudar de mãos. Então, umas semanas antes da invasão, o Henryk distribuiu uma quantidade muito generosa de zlótis por alguns amigos. Gente de confiança, como imagina. Gente que ocupava posições destacadas na sociedade de Cracóvia da altura e, o mais importante de tudo, cristãos insuspeitos. Quando a guerra começou, foi a eles que os Gross recorreram.

– E não teve más surpresas?

– Ainda há pessoas de bem, acredite – comentou Esther. – De qualquer maneira, acho que as guerras revelam tanto os maus instintos como os bons.

– Em partes desiguais, infelizmente.

– Talvez, mas, neste caso, estou certa de que a condição humana saiu por cima. E pode crer que não foi fácil. Os riscos eram enormes. Sabe qual era a pena por ajudar um judeu? A morte, Kimberly. A morte sem misericórdia, sem julgamento. Em nenhum outro país os alemães foram tão radicais. Tudo teve de ser feito com mil cuidados, mas era assim, sem dar nas vistas, que os bens essenciais iam aparecendo. Havia sempre um punhado de zlótis debaixo do colchão. E foi graças a isso que os Gross puderam auxiliar tanta gente. A Anna coordenou tudo, mais uma vez. Recebia as pessoas, ouvia-as, recolhia os produtos e ainda arranjava maneira de os levar aos destinatários certos. – À medida que ia falando, Esther conservava o olhar preso nas voltas com que torcia o guardanapo de pano, e o seu rosto tornava-se mais tenso, a cada palavra. – Sabe uma coisa? – disse, ao virar-se para mim. – Até essa altura, eu pensava que já tinha tido a minha dose. Sabia o que era viver com dificuldades. Tive sempre de lutar para conseguir alguma coisa. Tomei conta dos meus irmãos, ajudei a minha mãe enquanto as outras catraias brincavam na rua, enterrei um pai... Mas nada se podia comparar àquilo. Nada nos preparara para os alemães. Ninguém nos ensinara o que era o medo, ninguém nos dissera como se olha o mundo de baixo para cima. Era como se, de repente, acordássemos num planeta diferente, onde tudo aquilo em que acreditávamos deixava de fazer sentido... Se ao menos pudéssemos adivinhar.

CRACÓVIA, POLÓNIA
Abril, 1940

Cracóvia era uma cidade colorida numa tela sem brilho. Assim se via Henryk naqueles tempos, incapaz de descobrir razões para olhar em frente. O mês de abril tinha-o atirado ao chão com brutalidade ao roubar-lhe de uma assentada o amor de Adam e Wlodeck. Aqueles dois homens, separados por um oceano de recordações e mantidos vivos um no outro por mais de oitenta anos, cansavam-se assim de existir, no decurso de poucos dias, rasgando a alma ao filho tido e adotado.

Entretanto, os judeus sentiam cada vez mais a mão de ferro com que Hans Frank domesticava o seu Governo-Geral. Nas semanas que se seguiram à ocupação, uma série de decretos emitidos pela autoridade germânica esfumaram todas as esperanças de que pudessem ser poupados ao mesmo destino da judiaria alemã. Infelizmente, não só tal se confirmou, como qualquer inibição que pudesse conter as brutalidades do regime nazi aos olhos da própria população deixava de fazer sentido naquele pedaço de terra escondido do mundo.

Tal como acontecia um pouco por toda a Polónia ocupada, também Cracóvia teve direito ao seu conselho judaico, o *Judenrat*. Este órgão, que reunia alguns dos judeus mais influentes da cidade, tinha como principal missão intermediar a relação entre as forças invasoras e a comunidade. No entanto, tendo em conta as medidas praticadas, tudo resultava em mais uma invenção perversa, através da qual os alemães obrigavam os judeus a contribuir para a própria desgraça. Era ao *Judenrat* que cabia fornecer as listas malditas, o rol de nomes destinados ao trabalho escravo ou à deportação para lugar incerto. Forçados a participarem com a força do seu suor sempre que os invasores determinassem, os judeus polacos assistiram ainda ao desfazer de vidas inteiras de esforço e sofrimento. Negócios de gerações extinguiram-se como velas na tormenta e até o acesso ao dinheiro se tornou mais difícil.

– Quinhentos zlótis?! – exclamou Henryk. – Que disparate é esse?

O homem de sobretudo coçado mostrou uma boca sem dentes quando sorriu.

– É tudo o que lhe posso entregar agora. Conhece a lei, senhor Gross. Não estão autorizados a receber mais do que isso.

Anna acercou-se do marido e apertou-lhe suavemente o braço.

– Henryk... aceita.

Ele olhou-a antes de encolher os ombros com um ar resignado. Vendo naquilo um sinal de concordância, o outro homem tirou apressadamente o dinheiro do bolso, lambuzou os dedos e contou-o duas vezes à vista de Henryk. Então, pousou as notas na mesa da sala e agarrou na mala que Anna lhe entregava. Depois de a esconder sob a aba do casaco, saiu sem dizer mais nada.

Anna encarou o marido com afeição. O dinheiro que ele pusera a salvo antes da guerra nem sempre lhes chegava no momento certo e havia gente com pressa de ser ajudada.

– Que ia eu fazer com as joias nesta altura?

Henryk não respondeu nem olhou para ela. Sentiu-se incapaz de lhe dizer que haveria outra oportunidade. Ainda assim, poderiam estar bem pior. Afinal, continuavam a dispor de bens inatingíveis por parte da maioria da população de Cracóvia.

Quando souberam que todos os judeus com mais de onze anos passavam a estar obrigados ao uso de uma braçadeira com a estrela de David, a família já não conseguiu surpreender-se. «Mostrem a mesma altivez com que eles usam as malditas braçadeiras vermelhas», ordenava o doutor Reznyk, numa carta enviada a Henryk. Infelizmente, a altivez sugerida vergava-se com frequência à força bruta imposta por Frank e os seus algozes.

– O nosso estimado governador parece disposto a dar-nos outro presente – informou Henryk, durante uma das insónias que vulgarmente arrastavam o casal noite dentro. – Pelos vistos quer limpar Cracóvia, o mais tardar, até novembro.

– Limpar? Que queres dizer com isso? – perguntou Anna.

– Que quero dizer? – repetiu ele, com sarcasmo. – *Judenfrei*, minha querida. Uma cidade livre de judeus. Desparasitada, como eles dizem.

Anna apertou a mão do marido. Pela primeira vez, Henryk encarava os factos sem os habituais matizes otimistas. A realidade era demasiado brutal, até para os seus olhos sonhadores.

– Vão mandar-nos embora? Não há nada que possamos fazer?

Henryk encolheu os ombros e não respondeu. A luz que provinha do exterior variava de intensidade, à medida que as nuvens escondiam ou descobriam a Lua. A noite estava quente e a cidade calara-se para dormir. Ele olhou pela janela, como se procurasse resposta nos perfis escuros do quarteirão.

– Talvez haja. – Prolongou o silêncio por mais alguns momentos, procurando validar o seu raciocínio. – Talvez não nos mandem embora se precisarem de nós.

Anna inclinou a cabeça em direção ao marido.

– Estás a pensar que trabalhando...

– Estou a pensar que se não nos acharem úteis temos mais hipóteses de ser corridos. Só isso.

Esta conclusão levou Henryk a valer-se novamente das amizades semeadas antes da guerra e, mais uma vez, soube colher os seus frutos. Sim, já tinha ouvido falar do armazém Ratajczyk, em Zablocie, uma zona industrial da cidade. O espaço havia sido confiscado pelas autoridades alemãs e era agora utilizado como centro de abastecimento das forças militares instaladas na região de Cracóvia. Todos os dias passavam por ali dezenas de camiões, depositando ou levantando contentores cheios de tudo e mais alguma coisa, sendo necessário garantir que a logística se mantinha ao ritmo exigido. Felizmente para os responsáveis da manutenção militar, a mão de obra local era abundante, disponível e, acima de tudo, barata. O trabalho dividia-se em diversas tarefas, cada qual da responsabilidade de um grupo específico de trabalhadores. Aos polacos cabia registar a chegada dos produtos, acondicioná-los e preparar a sua distribuição por todos os aquartelamentos do distrito; os judeus responsabilizavam-se por carregar o recheio dos contentores entre o terminal e o armazém, bem como pela limpeza das instalações. Ao contrário dos primeiros, não recebiam qualquer pagamento e, segundo se dizia, até os pequenos descuidos motivavam punições severas. Havia ainda uma equipa de funcionários alemães, que constituía a secção administrativa, a quem cabia gerir os pedidos e a distribuição. A princípio, Henryk resistiu a esta possibilidade, pois, para além de ser um trabalho duro, prometia perigos que não era capaz de calcular. Por fim, talvez ciente da urgência que se impunha, lá agarrou a oportunidade com ambas as mãos. Mas sobrava-lhe mais uma vez o problema de Sarah. O bebé estava prestes a nascer e teria de descobrir uma alternativa para a filha. Estava fora de causa submetê-la ao ritmo insano do armazém; no entanto, achava mais prudente encontrar-lhe um trabalho. Como já acontecera antes, seria o acaso a oferecer a solução. Henryk deslocava-se regularmente a Kazimierz, o bairro da cidade onde, havia cinco séculos, se concentrava a maioria dos judeus de Cracóvia. Apesar disso, assim como outros cracovienses mais abastados, Henryk escolhera outro sítio para morar. Considerava-se a si mesmo um assimilado, um judeu do mundo, para quem as fronteiras de Kazimierz eram uma muralha asfixiante. Contudo, naquela manhã, sentiu um profundo prazer – poderia dizer alívio – ao percorrer o empedrado irregular que cobria as ruelas do bairro. Era um lugar pobre, cinzento como o viver dos que acolhia, mas sentiu-se em casa. Ali ninguém lhe olharia a braçadeira e não encontraria portas fechadas. Viu passar poucos veículos, mas muita gente triste; viu homens barbudos, gastos como os fatos escuros, dobrados pela vergonha, cobertos por chapéus iguais e nuvens esmagadoras. Deslocavam-se em grupos e não paravam em frente das montras vazias, nem sorriam como Henryk os recordava. Passou pelas lojas abandonadas, pelos gaiatos sentados sem vontade de brincar e por mulheres velozes, abraçadas a sacos de pão duro como se fossem filhos. Nisto se transformara Kazimierz e os judeus da Polónia. Mas Henryk estava ali com um propósito. Tal como sucedera de outras vezes, o doutor Reznyk pedira-lhe um favor. Sabendo que alguns dos seus antigos doentes se tinham refugiado em Cracóvia, o bom doutor sentia-se na obrigação de os visitar, averiguando das suas necessidades e ajudando como podia. Quando, por qualquer razão, se via impedido de cumprir esse hábito generoso, não hesitava em pedir a Henryk que o substituísse. Este, que conhecera muitos deles nos tempos de Oshpitzin, gostava de ajudar. Procurava perceber as suas dificuldades e, se não substituía o olhar clínico de Joshua, conseguia valer-lhes com leite, zlótis ou uma palavra amiga. Naquele dia, cumpridas as visitas, restava-lhe uma tarefa antes de regressar a casa. Dirigiu-se a uma farmácia situada numa esquina da Rua Stradomska, para comprar um unguento e dois frascos de xarope. A encomenda destinava-se a uma das famílias que acabara de visitar e tencionava entregar-lha ainda durante a manhã. Ao entrar no estabelecimento, aguardou que os dois clientes que lá se encontravam fossem atendidos. Quando chegou a sua vez, encostou-se ao balcão e disse o que pretendia. O farmacêutico desceu ligeiramente os óculos ao longo do nariz e olhou com atenção para ele. Era um homem de meia-idade e pouco cabelo, vestido com uma bata salpicada pelos químicos que preparava no laboratório das traseiras.

– Isso vai-lhe custar dinheiro vivo – disse, com o ar de quem se vê forçado a dar uma má notícia.

Henryk não estranhou, nem lhe levou a mal. A estrela de David que Anna lhe ponteara na manga direita tornara-se um símbolo de miséria.

– Chega? – perguntou ao pousar meia-dúzia de moedas à frente do farmacêutico.

Este limitou-se a guardar as necessárias numa gaveta por baixo do balcão e foi tratar da encomenda. Surgiu poucos minutos depois, segurando dois frascos e uma pequena embalagem de cartão. Entregou os produtos a Henryk, depois de os acondicionar num embrulho de papel.

– Desculpe aquilo de há pouco, mas os seus amigos não me deixam alternativa. Quer ver?

Voltou a abrir a gaveta onde guardara o dinheiro, retirando um bloco grosso atado com um elástico. Debruçando-se sobre o tampo, ajeitou os óculos, fazendo questão de exibir a Henryk o conteúdo do livro de fiados.

– Faz ideia do que aqui está? – perguntou. – Faz ideia do que é que eu podia fazer com o dinheiro destas dívidas?

Da maneira como as coisas estavam, provavelmente pouco mais do que comprar umas côdeas de pão e aguentar-se, imaginou Henryk. Ainda assim, não pôde deixar de sentir simpatia pela generosidade do homem. Já na posse de tudo o que precisava, segurou o embrulho debaixo do braço e saiu para a rua. Não tinha dado cinco passos, quando, de repente, parou. Deixou-se estar ali, no passeio, indiferente às pessoas que passavam e pensou. Pensou e decidiu depressa. Satisfeito com a sua ideia, regressou à farmácia.

– Falta alguma coisa? – perguntou o farmacêutico.

Henryk foi direito ao assunto:

– Dava-lhe jeito mais um par de braços para o ajudar aqui na farmácia?

O homem baixou ligeiramente a cabeça, olhando-o por cima dos óculos.

– Desculpe?

– Estaria disposto a aceitar um funcionário para colaborar consigo?

Desta vez o farmacêutico foi lesto a responder:

– Um funcionário? Valha-me Deus, homem, não acabei de lhe mostrar como vai o negócio? Um funcionário... – repetiu a sorrir. – Lamento, amigo, mas vai ter de procurar noutro sítio.

– Na verdade, nem sequer era para mim, sabe? Estava a pensar noutra pessoa, em alguém que me é muito próximo. – Dizendo isto, Henry debruçou-se sobre o balcão, como se se preparasse para lhe confidenciar qualquer coisa. – E se eu lhe disser que não tem de se preocupar com o salário?

O farmacêutico ergueu o sobrolho.

– Não sei, amigo... Acho que já estou a ver qual é o seu problema e gostava de poder ajudar, mas não sei. Tenho medo de arranjar sarilhos. E depois, não sei se ter aqui um judeu será bom para o negócio. Sabe como é, as pessoas falam...

Henryk ainda não jogara o seu melhor trunfo e, ou muito se enganava, ou iria sair dali com o problema de Sarah resolvido.

– E livrar-se do seu livro de fiados? Seria bom para o negócio?

Ao chegar a casa, naquela noite, Henryk pediu a Anna, a Sarah e a Esther que se juntassem à mesa da cozinha. Quando as três se sentaram, já se tinham preparado para os factos consumados.

NOVA IORQUE, NI, EUA
Dezembro, 1969

É curiosa a maneira como certas recordações nos prendem aos lugares onde as vivemos, mesmo que estes não passem de um cenário tão neutro como papel de embrulho. Aquele pequeno espaço, arrumado nas traseiras de um modesto restaurante de imigrantes calabreses, tornara-se suficientemente amplo para acolher toda a tragédia de Sarah. Ficaria comigo até ao fim dos meus dias, pois, sempre que as sombras da memória me levassem de volta às ruas de Cracóvia, seriam projetadas, como um filme mudo, nas cristaleiras daquela sala. Mas Esther, não. Com ela tudo era diferente. As evocações devolviam-lhe até os cheiros e os sons. Recordar o sofrimento era sofrer outra vez; lembrar-se da família era amar novamente.

A hora ia adiantada e ainda havia tanto para ser dito. Esther era uma excelente ilustradora. Decalcava as suas recordações com precisão, colorindo a narrativa com pinceladas expressivas. De tal maneira que, naquele momento, me vi a seu lado na companhia de Anna e Henryk, entrando pela primeira vez no armazém de Zablocie.

– A princípio ninguém nos ligou nenhuma – disse Esther. – Lembro-me de ter ficado surpreendida com o número de pessoas que andavam por ali, a correr de um lado para o outro. Ficámos parados, à espera de que alguém viesse ter connosco. A certa altura, apareceu um homem, um polaco, e seguimo-lo. O Henryk foi mandado para junto de um grupo que estava a substituir o oleado de um camião; eu e a Anna fomos lavar janelas. Deram-nos umas esfregonas com uns cabos compridos, uns baldes e foi tudo, não nos disseram mais nada. Nem sequer sabíamos aonde ir buscar água. E, depois, o trabalho era horrível, não faz ideia. As janelas estavam cobertas com uma espécie de gordura. Por mais que esfregássemos, aquilo não saía e, pior do que tudo, estávamos a trabalhar cá fora, com os pés enterrados na lama.

– E a Sarah? Como se deu na farmácia? Teve algum problema com a gravidez?

– Não. Correu tudo bem, mas nem uma semana se aguentou no novo emprego. O bebé nasceu pouco depois e ela acabou por ficar quase um mês em casa. Henryk pagava a uma mulher para ir lá de vez em quando dar uma ajuda. Depois, também teve sorte, o farmacêutico era uma pessoa séria e guardou-lhe o lugar. Ainda por cima, quando regressou, foi bem tratada. Ele simpatizava com ela e poupava-a muito, dava-lhe condições para tratar do filho. E que lindo era o bebé, Kimberly, não faz ideia... Chamava-se Daniel.

Daniel...? Outra revelação, outra enorme surpresa... Mais uma vez Esther apanhava-me desprevenida. Até esse momento estava convencida de que aquela criança era Eva. Quem seria aquele filho? Porque nunca ouvira falar dele? Ainda assim, naquele momento, optei por calar aquelas perguntas. Esther esclarecer-me-ia mais tarde, tinha a certeza.

– Não consigo imaginar os sentimentos de quem dá à luz um filho em tempos tão duros – limitei-me a comentar.

– Não é fácil pois não? Era como se multiplicássemos a vida por dois. O dobro da alegria, mas também o dobro do medo, da incerteza... Ainda por cima havia o problema do Aleck. A Sarah nunca se libertou da angústia. Por um lado queria acreditar no seu regresso, por outro tentava convencer-se de que o filho iria crescer sem pai. Se calhar foi por causa disso que se agarrou ao miúdo daquela maneira. Não é que eu estivesse à espera de uma mãe indiferente, longe disso, mas chegava a ser obsessivo; era como se precisasse do filho para respirar. Felizmente podia levá-lo consigo para a farmácia, senão, acredito que tivesse desistido de tudo só para ficar com ele.

– Não me surpreende, sabe? É fácil perceber o que essa criança representava para ela.

– Entretanto, parecia que as coisas estavam a mudar – prosseguiu Esther. – Todos os dias surgiam novidades sobre a guerra. A Alemanha virou-se para ocidente, invadiu uma série de países: a Holanda, a Bélgica, a própria França... Era uma demonstração de poder assustadora. Mas sabe uma coisa? Nessa altura chegámos a acreditar que iam deixar de ter tempo para nós. Já viu a ingenuidade? Quem é que podia imaginar a obstinação deles? Para os nazis nós estávamos um degrau abaixo da condição humana, não éramos dignos de existir. Quando demos por isso, já não tínhamos nada. E depois veio a limpeza. Em meia dúzia de meses conseguiram expulsar milhares de judeus da cidade. Fosse para o campo ou para aldeias vizinhas, tanto lhes dava. O importante era que desaparecêssemos dali.

– Tiveram de se mudar outra vez!?

– Nós, não. Nem uns tantos milhares que tinham trabalho em Cracóvia. Está a ver como foi importante o plano do Henryk? E no caso de Sarah não foi fácil, porque nem sequer trabalhava para os alemães. Passámos horas no gabinete de evacuação a tratar da papelada, no meio de dezenas, centenas de pessoas. Henryk desdobrou-se em contactos, era o caos, mas conseguimos as autorizações. Cracóvia era tudo menos um paraíso, mas pelo menos já sabíamos com o que contar e, acima de tudo, estávamos juntos. – Nesse momento, Esther mostrou-me uma expressão conformada. – Infelizmente, aquilo com que contávamos não foi bem o que veio a acontecer. E percebemos isso quando ouvimos falar, pela primeira vez, do gueto. Se não me engano, foi na primavera de 1941. Mais um choque brutal para todos. Lembro-me de que, a princípio, nem conseguíamos perceber o que eles queriam. Um bairro judeu? Já existia um em Cracóvia. E há quase 500 anos, por amor de Deus! Que diabo pretendiam com aquilo? Estava com a Sarah quando li o decreto. Tinham-no pendurado à porta do *Judenrat*. Indicava razões sanitárias, razões de ordem pública, imagine. Então, acabaram por escolher Podgórze, que era um lugar do lado de lá do rio.

Não faz ideia de quantas pessoas tiveram de expulsar para nos meter lá. Foram centenas de famílias polacas postas na rua de um dia para o outro.

– E eram obrigados a mudar-se?

– Oh, sim. Era obrigatório para todos os judeus de Cracóvia. No fundo, tratava-se de uma prisão, nunca nos iludimos. – Esther ergueu-se da cadeira e esticou as costas doridas. Como a sala estava iluminada apenas por uma pequena lanterna a petróleo, decidiu procurar o interruptor do candeeiro de teto. Quando o encontrou, meio escondido atrás de uma vitrina, o lugar foi envolvido por uma luz ténue e amarelada. Apesar de nos encontrarmos no centro de Manhattan, o silêncio era absoluto, como se a cidade tivesse parado para ouvir o absurdo. Esther regressou à mesa e sorriu-me quando se sentou. O seu olhar cruzou-se então com o meu e acrescentou todas aquelas coisas que a dor intensa recusa às palavras. – Para os Gross foi terrível – disse, quando se sentiu pronta outra vez. – Foi para todos, bem sei, mas para os Gross foi pior. O meu caso era diferente. Nunca tinha tido comodidades. Sabia o que era ter frio no inverno; sabia o que era partilhar uma casa pequena com uma família de cinco pessoas. Mas eles não. E não faz ideia do que foi aquilo. Meu Deus, como tudo me parece tão claro, tão nítido, passados todos estes anos... As pessoas, os milhares de pessoas a seguirem em fila, pelas ruas, pela ponte do Vístula, em direção ao gueto, sem saberem o que as esperava... Os carros puxados por cavalos, carregados com pilhas de cadeiras, armários, quadros, malas... como se transportassem vidas inteiras... E, no fundo, era exatamente disso que se tratava. Mudar, mudar tudo e para muito pior. Lembro-me de ter feito a viagem na companhia da Anna e da Sarah. Fomos numa charrete a cair de velha, mas com a vantagem de ter uma cabina fechada. Aquilo era humilhante, sabe? As pessoas amontoavam-se à beira dos passeios para ver o êxodo. Era um espetáculo digno de ser apreciado, acredite. Quando chegámos a Podgórze, encontrámos um cenário de guerra. Os passeios estavam atafulhados com mobília. Homens e mulheres desnorteados, uns carregados com os seus pertences, outros, coitados, com os braços caídos, sem saber onde os guardar. É preciso ver que, nessa altura, as casas já estavam quase todas ocupadas e acho que ninguém se queria convencer de que tinha de partilhar a nova morada com estranhos. Éramos mais de quinze mil. Quinze mil a viver num bairro que antes albergava três mil. É fácil fazer as contas, não é? Imagine três ou quatro famílias a dividirem um apartamento.

– E nem nessa altura vos ocorreu regressar a Oshpitzin?

– Não. Lá ainda era pior. Os alemães juntaram os judeus de Oshpitzin no gueto de outra cidade, Sosnowiec. Só mais tarde é que os enviaram para o campo de Auschwitz.

– E a sua família? – perguntei, sem ter a certeza de o querer fazer.

– A minha mãe e os meus irmãos foram com eles... – murmurou. – Nunca mais os voltei a ver. – Assim que disse isto, saiu dali, desceu ao inferno e regressou num instante. Fugiu daquela memória com tanta urgência que nem me deixou reagir. – Gostava que visse o apartamento que nos calhou – prosseguiu, com palavras apressadas. – Imagine uma sala com cozinha e dois quartos, mais uma coisa qualquer parecida com uma casa de banho. Agora ponha catorze pessoas a viverem ali dentro. Pessoas cansadas, revoltadas, desiludidas... Foi difícil, Kimberly, foi muito difícil.

Nesse momento, alguém bateu vigorosamente à porta. Estava tão embrenhada no relato que o coração me saltou no peito.

– Entre – autorizou Esther.

Era Vittorio que, sem dizer palavra, entrou sala adentro, impetuoso. Abraçava um conjunto de toros de pinho seco e dirigiu-se a um aquecedor de ferro, abrindo com a biqueira do sapato a porta de vidro enegrecido. Depois de depositar a lenha na fornalha, usou um jornal velho e o seu *Zippo* com a bandeira tricolor para lhe chegar fogo, o que conseguiu com uma rapidez assinalável. Sem nunca olhar para nós, abandonou a sala com o mesmo passo decidido. Acho que só quando começámos a sentir o conforto do lume, percebemos como o ambiente tinha vindo a arrefecer. Quase por instinto, fomo-nos encostar, de braços cruzados, às colunas que ladeavam a salamandra.

– Sabe como é que aquecíamos a casa naquela altura? – perguntou Esther, sugestionada pelo perfume crepitante do pinheiro. – Com a mobília que se amontoava nas escadas do prédio. Mal tínhamos espaço para nós, quanto mais para móveis. Vivíamos os cinco na sala do apartamento. Conseguimos encaixar lá duas camas. Uma para o Henryk e a Anna, e na outra dormia eu, mais a Sarah e o filho. Durante o dia encostávamos essas camas às paredes e arrastávamos uma mesa minúscula para o meio da sala. Era lá que fazíamos as refeições.

– Há pouco disse que era uma prisão. Ninguém saía do bairro?

– Alguns saíam, sim. Sobretudo, no princípio. Saíam para o lado ariano, como lhe chamávamos. Depois as coisas foram-se tornando piores. Eu e o Henryk tínhamos autorização, porque continuámos a trabalhar no armazém alemão, mas, como a Sarah não pôde prosseguir na farmácia, a Anna preferiu fazer-lhe companhia. Tinha medo de a deixar sozinha com o miúdo, acho eu. Havia cada vez mais miséria, mais desespero.

– E continuavam a trabalhar porquê? Eram obrigados? Já estavam enfiados num buraco, que ganhavam com isso?

– Era melhor continuarmos a mostrar que podíamos ser úteis. Já nos tínhamos valido disso uma vez. Pelo menos parecia óbvio que não pioraria a nossa situação. E depois havia outra coisa importante, que era o contacto com o exterior. Não faz ideia de como isso era decisivo. A partir do momento em que isolaram o gueto, começou a haver falta de tudo. Todas as coisas, incluindo os bens mais básicos, passaram a custar o dobro, o triplo ou mais, relativamente aos preços do lado de lá. Viver dentro daqueles muros era uma arte.

– Conseguiam trazer muita coisa quando iam trabalhar?

– Oh, não, nem pensar. Se quer que lhe diga, acho que nunca trouxemos nada. Era perigosíssimo. Aquilo que o Henryk fazia era manter ativos os seus contactos do lado ariano. O que interessava era garantir que o dinheiro continuasse a aparecer e caísse nas mãos certas. Depois, era uma questão de fazer as coisas discretamente, não dar nas vistas. Foi assim que conseguimos sobreviver dentro do gueto. Em cada dois ou três dias, limitávamo-nos a abrir a porta do apartamento e recolher o saco que alguém lá deixara. Assim mesmo, sem cumprimentos, sem perguntas, sem pagamentos, sem nada.

– Nunca ninguém desconfiou?

– Não. Aqueles que podiam desconfiar beneficiavam tanto como nós, portanto mantiveram a boca fechada. Estou a falar das duas famílias que partilhavam connosco o apartamento e de um casal que vivia nas escadas do prédio.

– E revolta? Ninguém tentava reagir?

– Está a falar de alguma coisa organizada?

– Também.

– Não. Pelo menos nada que ameaçasse a sério o poder dos alemães. Houve um ou dois grupos de resistentes, mas estou convencida de que os seus objetivos estavam para lá do gueto. Conseguiram até rebentar um café, no centro da cidade, e matar uma dúzia de nazis, mas não foi nada que influenciasse verdadeiramente a nossa vida lá dentro. O que havia era muita gente com vontade de ajudar. Lembro-me de um hospital na Rua Rekawka, que acolheu muitos miúdos doentes, e do orfanato da Anna Feuerstein. Depois apareceram algumas organizações que albergavam as crianças sem-abrigo, que lhes davam umas refeições quentes... Ainda cheguei a ir assistir a um teatrinho representado por elas. Era impressionante o que se conseguia fazer com tão pouco.

– E ajuda do outro lado do muro?

– Muito pouca. Como lhe disse, os riscos eram tremendos. Como é que se podia pedir ajuda a alguém perante tantas ameaças? É evidente que houve heróis. Há sempre heróis.

– Polacos?

– Sim, polacos – confirmou Esther. – Polacos de coração grande. Ouvi tantas, tantas histórias... Penso que as pessoas gostavam de as contar. Deixavam-nas sonhar... Falavam também do alemão da Rua Lipowa. Um homem bom, ao que parecia. Diz-se que salvou muita gente. E o Pankiewicz, claro, outra figura excecional. Tinha uma farmácia numa esquina do largo, a poucos metros do nosso apartamento. Era lá que se planeavam os abastecimentos clandestinos do gueto. Estou a falar de coisas essenciais, como comida ou medicamentos. Também era o local indicado para quem precisava de um documento falso ou de se esconder por alguma razão. No fundo, fazia-se lá tudo aquilo que só podia ser feito às escondidas. E pronto. Acho que fica com uma ideia bastante razoável daquilo por que passámos naqueles tempos. Acordávamos juntos, comíamos juntos, dormíamos juntos e assistíamos à angústia uns dos outros. Sem grandes palavras, sem planos para o futuro.

– E nunca ouviram rumores sobre coisas mais graves.

– Rumores sempre houve. Sobretudo a partir do final desse ano; sobretudo desde que a Alemanha invadiu a União Soviética, no mês de junho. Sim, muitos rumores. Dizia-se que os nazis estavam a assassinar todos os judeus a leste; que tinham camiões especiais para gasear as pessoas; que nos estavam a reunir para acabarem connosco, enfim, uma série de informações que, sinceramente, pareciam não fazer qualquer sentido.

– Era assim tão difícil de acreditar que aquela gente estava disposta a tudo?

– Era, Kimberly. Era muito mais difícil do que negar. Pelo menos naquelas circunstâncias. Já pensou no que valíamos para eles? Aquilo que valia a nossa força de trabalho? Chegaram a instalar fábricas e oficinas em pleno gueto para nos aproveitar até ao tutano, que diabo. Construíram um campo de trabalho em Plaszów, que ficava nos arredores de Cracóvia, pela mesma razão. Punham-nos a compor pontes e caminhos de ferro, emprestavam-nos às empresas alemãs para lá do gueto e ainda eram pagos por isso. Consegue imaginar algum bem mais precioso do que um judeu naquela altura? Quem é que, no seu juízo perfeito, iria pensar que os alemães estavam dispostos a abrir mão de tudo isso?

Esther falava com uma veemência que ainda não lhe havia visto. Era como se tentasse justificar – quem sabe, a si própria – as razões da sua credulidade. No fundo, quem lhes poderia apontar alguma coisa? Cada um construiu os seus castelos de areia e se agarrou à vida o melhor que pôde.

– E o pequenino? Como é que cresceu num ambiente desses?

– O Daniel? Cresceu feliz, pode acreditar – disse Esther. – A Sarah encarregou-se de o garantir. Era tão bonito, Kimberly... Tinha o cabelo castanho-escuro, tal qual o pai, mas os olhos eram da mãe... e tenho a certeza de que não preciso de lhe recordar como eram os olhos da Sarah. De resto, faziam aquilo que uma mãe e um filho fazem quando estão juntos, mesmo rodeados por arame farpado. Sempre que o tempo permitia, a Sarah saía com ele. Costumava levá-lo a um sítio de onde podiam ver o Sol a pôr-se, por cima do muro do gueto, e ficavam ali até ele desaparecer. Passeavam imenso e ela cantava o caminho todo. Levava-o muitas vezes para junto de outras crianças e ficava ali, horas a fio, a vê-lo gatinhar, a dar os primeiros passos, a ensaiar meias palavras... nunca o apressava, nunca lhe levantava a voz. Amava-o, apenas isso.

O tom que Esther usava nas suas frases não era neutro; ou, pelo menos ao meu ouvido, assim parecia. Toda a melodia da sua voz me chegava como um mau prenúncio.

Não precisei de esperar mais:

– O Daniel devia ter quase dois anos quando o mundo se virou do avesso. Estávamos há um ano naquele lugar maldito quando começaram as deportações. Era uma confusão atroz, ninguém sabia o que pensar. A princípio, dizia-se que nos estavam a mandar para Plaszów, depois constou-se que seria para uns campos de trabalho no norte. A nossa única preocupação foi, como sempre, ficarmos juntos. Tínhamos sido bem-sucedidos até então e só Deus sabe como isso foi importante para todos... Naquela altura o Henryk era o único que continuava no armazém, por isso fez tudo o que pôde para nos arranjar um trabalho. Podia ser qualquer coisa, não interessava. Talvez isso nos salvasse. Mas, depois da deportação de junho, percebemos que seria apenas uma questão de sorte. Todas as teorias, todas as lógicas com que nos iludíramos, esfumavam-se à medida que o gueto ia sendo esvaziado. Aquela gente queria realmente ver--nos desaparecer. A todos. Já não se importavam com o desperdício. Aquilo a que assisti nas ruas, durante as deportações, não tem explicação. Pelo menos segundo os padrões que éramos capazes de conceber. Víamos o terror à solta. Ali não havia privilégios, nem para as mulheres, nem para as crianças, nem para os doentes, nada. Era tudo tratado com a mesma bestialidade. Morreu muita, muita gente.

– No gueto?

– Sim, no gueto. E à vista de todos.

– Como é que escolhiam quem partia, ou quem vivia?

Esther encolheu os ombros.

– Para lhe responder tinha de entrar na mente dos alemães. Não faço ideia. Talvez se limitassem a estabelecer um número, como se fosse uma encomenda. Depois, era uma questão de empacotar tudo numas dezenas de vagões e despachar o recheio. Para onde? Ninguém fazia ideia.

– Mas devia haver alguma coisa que pudessem fazer.

– Rezar – disse Esther. – Não me lembro de mais nada. Rezar para que a guerra acabasse, rezar para que a obsessão dos alemães afrouxasse, sei lá. E fizemo-lo, pode crer. Só que, infelizmente, nem a guerra acabou tão cedo, nem os nazis relaxaram, nem a desgraça deixou de nos cair em cima todos os dias. – Nessa altura Esther calou-se e abanou a cabeça levemente, um gesto que interpretei como uma censura fora de tempo. Não procurei saber quem implicava naquela acusação muda, muito menos o que ali havia de remorso. A verdade é que aquele momento de silêncio carregava um peso absurdo, franzindo o olhar com que Esther espreitava o passado. Quando voltou a falar, as suas frases pareciam ditas como palavras escritas, ponderadas, exatas: – Foi em outubro de 42. Era um dia como outro qualquer. Acordámos com um estrondo. Percebemos que devia ser quase de manhã porque já se via alguma claridade. A primeira pessoa a reagir foi o Henryk, que nos proibiu de acender as luzes. Corremos até às janelas para espreitar. Os passeios começaram a encher-se de soldados alemães. Iam em pequenos grupos, apressados, a berrar sabe-se lá o quê uns aos outros. Reparámos que cada equipa se dirigia a um prédio determinado. Não se preocupavam em bater à porta. Bastava-lhes uns encontrões com as espingardas e desapareciam lá dentro. O Henryk não perdeu tempo e gritou-nos para fazermos o que tínhamos planeado. Então, eu e a Sarah saímos pela janela que dava para as traseiras do prédio e apoiámo-nos na escada de incêndio. Quando já estávamos lá fora, a Anna passou-nos o bebé e juntou-se a nós. Só o Henryk é que não nos acompanhou.

– Porquê?

– Fazia parte do combinado e tinha sido uma imposição dele. A ideia era que o Henryk pudesse distrair os soldados quando eles chegassem, que fizesse tudo para evitar que nos descobrissem na escada de incêndio.

– Mas isso significava que se ia deixar apanhar.

– Ele quis assim. Fez questão de que assim fosse. Foi a melhor maneira que encontrou de salvar a família e, até certo ponto, conseguiu. Quando os soldados entraram no nosso quarto só deram com ele. Acredita numa coisa? Passei por situações terríveis naqueles tempos, mas nunca me senti tão assustada, tão impotente... Estávamos num beco sem saída. Não podíamos ir a sítio nenhum, ali empoleiradas. Restava-nos esperar que o Henryk cumprisse o seu papel e os soldados não fossem muito zelosos. Até porque, se nos descobrissem, o mais certo era sermos mortas ali mesmo.

– Oh, meu Deus... E o Daniel? As crianças sentem o medo dos adultos.

– Portou-se à altura. Não fez um ruído, não se mexeu sequer. Pobre menino, querido herói... E pronto, não lhe posso contar o que se passou dentro do quarto. Só consegui perceber que o Henryk terá dito que trabalhava para os alemães no armazém, porque o ouvi várias vezes a falar no *Arbeitskarte*. O *Arbeitskarte* era o cartão que lhe tinham dado no trabalho. Mas, por muito que Henryk falasse, eles berravam mais. Até que, finalmente, deixámos de os ouvir e percebemos que se tinham ido embora.

– E o Henryk tinha ido com eles – deduzi.

– Sim, levaram-no – confirmou Esther, cerrando as pálpebras. Ficou assim, durante algum tempo, até olhar para mim com uma expressão sem brilho. – E quer saber o que aconteceu? Uns minutos depois de os soldados terem desaparecido, ainda estávamos agarradas à escada, a Anna virou-se para a Sarah e disse-lhe: «Eu sei que um dia me perdoarás.» Depois beijou-a, a ela e a mim, beijou o neto, abraçou-o com força e preparou-se para sair. Eu fiquei petrificada, não conseguia entender aquilo que ela estava a fazer. Nessa altura a Sarah reagiu. Sem nunca largar o filho do colo, agarrou o braço da mãe com a mão que tinha livre e puxou-a na sua direção. A Anna encarou-a e segredou-lhe qualquer coisa ao ouvido, não sei o quê. A verdade é que, aos poucos, a Sarah libertou-a do abraço e deixou-a ir. Não houve mais palavras, não houve lágrimas. Então a Anna saiu e foi ter com o Henryk. Nunca me esqueço da sua serenidade. Da maneira como escolheu partir com o homem que amava.

Lembro-me do olhar infinito de Esther.

Lembro-me de que não quis ouvir o resto.

– Não se sobrevivia no campo de Belzec – afirmou. – Só peço a Deus que tenham estado juntos até ao fim.

CRACÓVIA, POLÓNIA

Fevereiro, 1943

A casa onde Sarah vivia com Esther e Daniel era miserável. Tinham sido expulsos do anterior apartamento no último mês de dezembro, quando os nazis dividiram o bairro em duas zonas: o gueto A e o gueto B. Enquanto o primeiro albergava os judeus que podiam trabalhar, o segundo destinava-se aos doentes e a todos os que os alemães não considerassem suficientemente produtivos. A separação entre os dois perímetros era assegurada por uma cerca de madeira e arame farpado, que podia ser atravessada do lado A para o lado B, mas não no sentido contrário. Por infelicidade, no momento dos realojamentos, Esther contraiu escarlatina e encontrava-se bastante debilitada. De nada valeram os argumentos e as boas perspetivas de cura. Foi assim que Sarah, na companhia de uma enferma e de uma criança, foi depositada no lado dos condenados, em plenas águas-furtadas de um prédio deteriorado da Rua Limanowskiego. O espaço era deprimente. A única janela, apesar de conservar todos os vidros, empenara de tal maneira que deixava passar o uivo permanente dos ventos da Silésia. Além disso, o chão de madeira mostrava o soalho levantado em mais de metade da superfície. Mas o pior era o teto e a cobertura do prédio. O estuque já deixara o ripado visível havia muito e parte das chapas de zinco que o cobriam tinha sido levada por alguém, ou para vender no mercado negro, ou para proteger dos elementos alguma casa igualmente decadente. Como se não lhes bastasse a decrepitude da nova morada, as duas amigas e o pequeno Daniel dificilmente poderiam olhar para aquele pardieiro como o seu refúgio, já que não era invulgar encontrarem na penumbra da mobília destruída um ou outro vulto adormecido pelo *vodka*, algum judeu derrotado a quem a porta sem ferrolho não desencorajara a entrada. Porém, o verdadeiro drama surgia à hora das refeições, se é que as refeições tinham hora para aqueles que passavam fome. Muitas foram as vezes em que Sarah levou o filho nos braços até ao *Kinderheim*[35], o orfanato recentemente inaugurado no gueto, para apelar à inesgotável boa vontade com que as enfermeiras descobriam sopa nos tachos vazios. No entanto, com o correr dos dias, também aquele lugar resvalava dramaticamente para a desgraça. As condições eram atrozes e as crianças, fracas pela doença ou pela fome, passavam os dias deitadas, partilhando as camas sujas. Quando esse recurso se esgotou completamente, Sarah valeu-se dos poucos bens que lhe restavam para trocar por meio quilo de salsichas ou uma lata de leite em pó.

De resto eram batatas, quando as havia. Batatas com pão, batatas com cenouras, batatas sem mais nada. Duas ou três vezes, bateu-lhes à porta o antigo fornecedor com uns frascos de iogurte que alguém fizera passar do lado de lá do muro. Esses eram dias de festa, ou pelo menos momentos em que as duas mulheres ganhavam coragem para acreditar que o Sol nasceria mais uma vez.

Os primeiros sinais da doença de Daniel tinham sido detetados por Sarah havia quase uma semana. Desde então, o rapazinho tinha-se mantido febril, com tosse. Naquela manhã, como fazia de vez em quando, ela resolveu dar-lhe um banho rápido. Depois de amornar algumas canecas de água no pequeno fogareiro a álcool que Esther trouxera de Oshpitzin, pousou o filho numa pequena tina e começou a lavá-lo com cuidado. No entanto, quanto mais lhe tocava, mais se apercebia de que algo mudara. A princípio, julgou ter aquecido demasiado o banho, mas, já cá fora, ao vesti-lo em cima do colchão velho,

[35] Casa de acolhimento de crianças.

percebeu que algo não estava bem. A temperatura de Daniel parecia muito acima do habitual. Sarah preocupou-se, não sabia como agir. Por um lado, o seu instinto dizia-lhe para refrescar o filho, por outro, o ambiente era tão gelado que lhe apeteceu ir buscar todos os farrapos que pudesse para o proteger. Ansiosa por lhe devolver algum bem-estar, acabou por optar pela primeira hipótese, pelo que, durante algum tempo, se ajoelhou ao seu lado, enquanto lhe passava pachos de água fria na testa e no pescoço. O pequeno lá recuperou ligeiramente, mas, com o chegar da tarde, não só a febre voltou, como as queixas já apontavam à barriga e a disposição parecia cada vez pior. Vendo o seu estado deteriorar-se a cada minuto, Sarah pediu a Esther que fosse falar com Irena. Irena Drozdzikowska era uma rapariga que as duas tinham conhecido durante a doença de Esther e que trabalhava na farmácia de Tadeusz Pankiewicz.

Apesar de pouco passar das cinco da tarde, a noite pousara sobre Podgórze como um manto negro e glacial e a neve, que deixara de cair havia dois dias, mantinha-se como gelo sujo nos passeios vazios. Empurrada pelo frio cortante, Esther chegou à Praça Zgody em poucos minutos. À distância, a farmácia pareceu-lhe vazia e receou que já ninguém a atendesse. Só se tranquilizou quando viu surgir para lá do balcão a bata inconfundível de Tadeuz. Como lhe soube bem franquear a porta e aquecer-se na temperatura convidativa daquele lugar. Não era só a que provinha do pequeno aquecedor de ferro, mas sobretudo a que lhe chegava das palavras atenciosas dos que ali estavam.

– Esther! – saudou Irena, acabada de surgir do laboratório. – Que aconteceu, estás doente?

Era evidente que não esperava visitas de cortesia àquela hora e com aquele tempo.

– É o Daniel – respondeu Esther. – Está a arder em febre e queixa-se muito da barriga.

– Está com diarreia? – perguntou Tadeuz, enquanto mudava de lugar um grande frasco de vaselina.

– Sim, agora, ao fim da tarde.

– Manchas no corpo?

– Não sei, julgo que não.

– Bom, o que interessa neste momento é baixar-lhe a febre – disse Irena, retirando uma pequena caixa de cartão de um dos armários laterais. – Dá-lhe um destes mal chegues a casa e insiste se a febre não diminuir.

– Obrigada, Irena. Não sei o que seria...

– Espera – interrompeu Tadeuz. – Leva também este pacote. Mistura o pó com um pouco de água. Pode vir a ser preciso, nunca se sabe.

– O que é? – perguntou Esther.

– É para dormir, apenas isso – disse ele. – Guarda-o bem, pode salvar uma vida.

– Não estou a perceber...

Irena apressou-se a esclarecer.

– Todos os dias estamos à espera de que eles surjam outra vez por aqui. Ninguém sabe o que é que têm planeado para as crianças, mas, se for preciso escondê-las, o melhor é mantê-las silenciosas, entendes?

Ah, sim, Esther percebeu, mas preferiu não imaginar em que circunstâncias teria de recorrer àquilo.

Tadeuz preparou-se para atender os dois rapazes que acabavam de entrar na farmácia, mas ainda transmitiu a Esther as recomendações habituais:

– Vão vigiando a criança. É possível que lhe apareçam umas manchas rosadas no corpo, mas, com o que levas aí, deves conseguir aliviá-lo. Depois, vamos esperar que os sintomas desapareçam aos poucos. E água, dá-lhe água fervida. – Esther agradeceu e preparava-se para dizer mais uma coisa, quando o farmacêutico não a deixou concluir: – Podes ir, podes ir, não te preocupes.

Esther desapareceu no meio da noite. Estava mais animada. As palavras de Tadeuz tranquilizaram-na e desejava ardentemente chegar a casa para começar o tratamento.

Os dias que se seguiram não trouxeram melhoras visíveis ao pequeno Daniel. Continuava a fazer febres altas e tinha sonos cada vez mais agitados. O único motivo de alento residia no clima menos agreste que se ia instalando com a chegada de março.

Naquele dia, o gueto acordou no meio de nevoeiro e com uma agitação pouco habitual. Reconhecia-se no rosto de todos a ansiedade pelo desconhecido. A seleção tinha sido marcada para as nove da manhã e destinava-se a escolher trabalhadores judeus. Assim, cada um dos habitantes do gueto em condições de trabalhar deveria fazer prova disso, exibindo o seu *Judenpass* com as necessárias inscrições. Nem Esther, nem Sarah se encontravam nesse grupo. A primeira só há pouco recuperara da doença e a segunda só tinha olhos para o filho enfermo. Infelizmente para esta, o seu papel de enfermeira prometia estar para durar. Ao fim da terceira semana, desde que se declarara a doença, o estado de Daniel era cada vez mais preocupante. Ainda assim, só quando Sarah observou o sangramento no pano com que improvisara a fralda do filho, desistiu de dar mais tempo ao tratamento prescrito na farmácia e decidiu procurar um médico. Não tinha nada com que lhe pagar, mas o desespero sobrepôs-se a tudo. Como já calculava, esse era o tipo de ajuda que não abundava no gueto. As solicitações que a miséria provocava deixavam poucas mãos capazes ao dispor dos muitos doentes de Podgórze. Apesar disso, Sarah conseguiu descobrir um judeu velho que, malgrado ter abandonado a prática há mais de vinte anos, ainda se lembrava de ter jurado entrar em todas as casas que albergassem um doente.

– Este garoto já não tem muito a que se agarrar – disse ele, segurando-lhe o pulso. – Que é que lhe tem dado, sem ser sopa de batata?

A pergunta não era uma acusação, mas também não era uma pergunta. O estado de Daniel impressionava até os seus olhos gastos. O tempo que aquele menino passara no gueto reclamava finalmente o seu preço. Apesar de ter mais de dois anos, tinha a estatura de uma criança de colo, esquelética e apática. Crescera no meio de condições degradantes e agora, que a situação se tornava cada vez mais desesperada, havia dias em que não levava nada à boca. Além disso, a doença esgotara a pouca energia que lhe sobrara. Sempre que acudia a um caso como aquele, a habitual serenidade do médico estilhaçava-se numa nuvem de interjeições acaloradas, amaldiçoando entredentes o que a velhice lhe havia reservado. Ignorando os ânimos do doutor, Esther colocou-lhe na mão o remédio cedido por Tadeuz. Olhando-o por cima das lentes sem aros, devolveu-o abruptamente.

– Se é o que há, tem de servir – rosnou. – Mal não faz.

E continuou a examinar o pequeno Daniel, apalpando-lhe o abdómen com uma atenção extrema.

Quando concluiu, pediu uma toalha molhada e ele próprio percorreu com ela o rosto, o tronco e as axilas do seu jovem doente. As mãos idosas tremiam, mas todos os seus gestos misturavam de forma sublime a ternura e a mestria.

Ao levantar-se, olhou para Sarah:

– Não desista dele, ouviu? Este miúdo está a lutar com tudo o que tem. Aparentemente o intestino está intacto, mas tem de vigiar, vigiar sempre.

Sarah debruçou-se sobre o pequeno e limpou-lhe o suor da testa com a mão, libertando-lhe o cabelo empapado com as pontas dos dedos. Sem desviar o olhar do filho, desafiou o médico:

– Eu luto com ele, não se preocupe. E o doutor? Que vai fazer para o ajudar?

O homem mostrou um ar resignado. Sabia os meios que tinha ao dispor e estava consciente do pouco que podia fazer.

– O garoto precisa de se alimentar de outra maneira. Qualquer coisa sem ser sopa de batata, percebe? É urgente, com os diabos! – Depois, fixando os olhos em Daniel, respirou profundamente, enquanto limpava os óculos a um lenço. – Vou ver se mando cá alguém da *Centos*. Não lhe garanto que venham, mas vou fazer os possíveis. – A *Centos* era uma organização que se devotava ao auxílio das crianças judias e, todos os dias, operava verdadeiros milagres no gueto. Contava com alguns voluntários para prestar assistência e o médico acreditava poder convencê-los a ajudarem o pequeno Daniel. – Já sabe onde me encontrar – disse, ao despedir-se.

Olhou uma última vez para aquele lugar e abanou a cabeça, murmurando qualquer coisa para si mesmo. Quando saiu, as duas mulheres deixaram-se ficar de joelhos, ao lado de Daniel.

– Achas que vem alguém? – perguntou Esther, mas Sarah encolheu os ombros e continuou a confortar o filho.

– Só sei uma coisa – disse, com os olhos perdidos em Daniel. – Nem eu nem ele vamos ficar à espera.

Felizmente, nem Sarah nem o filho tiveram de esperar, pois, nessa mesma noite, receberam a visita de um voluntário enviado pelo médico. O homem não perdeu tempo a fazer perguntas. Ele próprio parecia precisar de toda a ajuda que pudesse encontrar. Ao invés, dedicava o resto das suas forças a resgatar crianças das ruas ou simplesmente a fazer-lhes chegar um prato de comida. Daquela vez, transportava consigo uma lata com água potável e dois frascos de leite condensado. Trazia também uma porção de carne seca para fazer sopa, três maçãs e dois pães de quilo. Prometeu voltar no dia seguinte, mas não podia dizer a hora. Esther agradeceu-lhe e levou-o à porta. Quando regressou, já Sarah reduzira a puré uma das maçãs e se aproximara de Daniel para o alimentar. Apesar de também estar muito enfraquecida, fê-lo apaixonadamente, retribuindo com sorrisos carinhosos as queixas impacientes do filho.

Quando os três se deitaram lado a lado nessa noite, a luz da lua pareceu-lhes mais intensa do que nunca. Era como se lhes viesse prometer um novo alento.

Ou, quem sabe, apenas despedir-se...

*

As deportações levadas a cabo no gueto tinham arrastado consigo os membros do *Judenrat* como retaliação pela sua recusa em colaborar com as forças invasoras. Assim, em sua substituição, os alemães criaram um novo órgão, o *Kommissariat*. Aos olhos dos nazis, o *Kommissariat* do gueto funcionava de forma bastante satisfatória, já que divulgava e fazia cumprir as suas ordens com prontidão. Na verdade, David Gutter, o controverso líder do novo organismo, olhava a sua posição como um salvo-conduto inestimável e prometera a si mesmo não olhar a meios para manter os alemães satisfeitos. Contudo, naquela manhã, David subiu a escada que dava acesso ao seu gabinete na Rua Limanowskiego com o semblante carregado. Apesar de ter acordado pouco antes, sentia-se exausto e inquieto. Passara os dias anteriores agarrado às listas, perante filas intermináveis de habitantes do gueto aptos a trabalhar que tinham sido chamados a registar-se. Lembrava-se bem das deportações de junho e outubro e, embora não partilhasse os seus receios com ninguém, as movimentações dos últimos dias não auguravam nada de bom. Como de costume, ainda não tinha alcançado o fim das escadas e já encontrara os primeiros judeus que ali acorriam à procura de uma ajuda que não lhes podia dar. Ignorou os cumprimentos que lhe dirigiram e empurrou com o ombro a porta do gabinete. A primeira pessoa que encontrou foi Asher, o seu assistente.

– Manda toda a gente embora – ordenou, sem olhar para ele. – Hoje não atendo ninguém.

– E que lhes digo? – perguntou Asher, que detestava fazer aquele papel.

– Não quero saber. Já tiveste tempo para inventar alguma coisa.

Pois já, pensou Asher. David nunca mostrara grande paciência para as relações públicas, mas, ultimamente, tornara-se impossível conseguir-lhe um minuto de atenção. O escasso tempo que sobrava passava-o nervosamente à janela, como se esperasse algures no horizonte a aproximação de uma tempestade destruidora. Indiferente aos protestos que lhe chegavam das escadas, provenientes daqueles que havia tantos dias tentavam, sem êxito, chegar-lhe à fala, David repetiu o hábito diário e pôs-se a observar a rua. Já não conseguia olhar o gueto como o seu quintal e, pior do que isso, a cada dia que se cumpria mais se convencia de que o seu futuro seria tão sombrio como o dos infelizes que ajudara a desaparecer. Os passeios, que poucos meses antes transbordavam de gente, surgiam-lhe agora despidos de vida. Evitava pensar qual o destino daqueles que partiam nos comboios e irritava-se sempre que lhe falavam nos rumores sinistros.

– Matar-nos? Isso é uma idiotice sem sentido. Por que diabo nos iriam desperdiçar?

Repetia para si mesmo o argumento favorito dos judeus do gueto quando se tratava de enxotar os demónios. Porém, naquele momento, ao deparar-se-lhe a desolação nas ruas, não pôde deixar de questionar a sua fé na lógica dos alemães. Os seus pensamentos foram subitamente interrompidos pelo ruído de um motor que se aproximava do outro lado do muro. Assim que viu surgir o *Mercedes* 170 cinzento na entrada ocidental do gueto, soube que iria ter mais problemas para resolver. Como adivinhara, o veículo imobilizou-se à frente do edifício do *Kommissariat* e dele saíram apressadamente dois indivíduos. Reconheceu de imediato um deles. Tratava-se de Symche Spira, um homem da sua confiança, chefe da *Ordnungsdienst*, a Polícia Judaica que operava no gueto. Tal como David, também Spira vira no bom relacionamento com os alemães um privilégio precioso e, por essa razão, não perdia uma oportunidade de mostrar serviço. O segundo homem, fardado com um uniforme de oficial da SS, aproximou-se do prédio em passos rápidos e hirtos, logo seguido de Spira. Atravessaram a porta do edifício e David limitou-se a ajeitar as abas do casaco enquanto aguardava a sua chegada. Quando as reclamações vindas das escadas se extinguiram de repente, David soube que o alemão estava próximo e dirigiu-se à entrada para o receber. Ainda não a tinha alcançado quando a porta se abriu com violência, dando passagem ao oficial e ao atarantado Spira. Sem dizer nada, o militar aproximou-se da secretária de David e pousou com estrépito uma pasta de cartão sobre o tampo. Só então se virou para ele:

– Leia isto – ordenou com frieza.

David colocou os óculos e olhou de relance para Spira como se procurasse um esclarecimento. O papel que encontrou no meio da pasta continha dois textos, um escrito em alemão, outro em polaco. David leu o segundo com atenção e sentiu-se desfalecer. As ordens não davam lugar a dúvidas: até às cinco horas da tarde desse mesmo dia, todos os habitantes do lado A deveriam ser reunidos junto à entrada próxima da Rua Wegierska, de onde seriam evacuados para o recém-construído campo de Plaszów. Por seu lado, os residentes do lado B aguardariam vez nas suas casas, já que, no dia seguinte, iriam ser enviados para trabalhar na Ostbahn, a companhia responsável pelos caminhos de ferro alemães a operar na Polónia.

– Vão acabar com o gueto? – perguntou David, com a voz sumida.

Spira estremeceu e olhou atónito, ora para David, ora para o alemão. Era evidente que também fora apanhado de surpresa. O oficial ignorou a pergunta com aspereza:

– Limite-se a garantir que as coisas correm bem – disse, ao mesmo tempo que colocava a pasta vazia debaixo do braço e abandonava o gabinete sem mais explicações.

Ao ver-se sozinho com Spira, David sucumbiu finalmente ao desânimo. Deixou-se cair na cadeira, sentindo-se vencido pelos acontecimentos.

– Acabou tudo, Sym. Vai ser o fim de todos nós. – O chefe da Polícia, que ainda não havia recuperado do choque, andava de um lado para o outro, murmurando perguntas a si próprio. – Reúne os teus homens e dá-lhes as instruções – ordenou David, sem qualquer vestígio de energia. – Não vale a pena perder tempo com o lado B, amanhã tratamos disso. Hoje limita-te aos prédios do lado de cá. Corram todos os edifícios, todos os apartamentos. Não deixem ninguém por avisar.

– Mas vamos fazer tudo sozinhos? – perguntou o polícia.

A pergunta de Spira acabou por ser respondida pelo tropel ruidoso que irrompera pela rua. Os dois homens aproximaram-se da janela. O espetáculo era esmagador. Filas de camiões convergiam para a entrada do gueto, largando uma carga excitada de militares armados. Viam-se dezenas de soldados alemães, acompanhados por um grande número de guardas lituanos, ucranianos e letões, treinados pela SS no campo de Trawniki. Spira ficou petrificado, incapaz de reagir.

– Mexe-te, com os diabos! – gritou-lhe David. – Chama a tua gente.

Spira correu para a porta como um coelho assustado e foi fazer o que lhe mandavam. Cerca de meia hora depois, o número de polícias judeus perfilado junto aos militares alemães já se aproximava das duas dúzias. De repente, toda a gente pareceu percorrida por um frémito e as formaturas alinharam-se nervosamente nos passeios. A presença de Amon Göth, o perverso comandante de Plaszów, produzia com frequência esse efeito nas pessoas. Vê-lo franquear a entrada do gueto, vestido com uma gabardina de couro negro, segurando uma espingarda automática numa das mãos e um *stick* de cavaleiro na outra, dava a imagem fiel de um predador insaciável. Talvez levado pelo impulso caçador, Göth fazia-se acompanhar por *Ralf* e *Rolf*, os seus cães de companhia, que tantas vezes atiçara contra os prisioneiros. Atrás dele, a corte habitual. Spira já conhecia alguns daqueles oficiais de baixa patente e esperou até que Göth acabasse de vociferar as suas ordens para se aproximar de um *Hauptsturmführer*[36] com quem já tratara certos assuntos. As instruções eram claras: a polícia do gueto deveria garantir que todos os judeus expulsos dos seus alojamentos se concentravam junto à porta da Rua Wegierska. Não seriam toleradas quaisquer insubordinações e o alemão fez questão de deixar claro que havia balas suficientes para resolver as coisas a mal, se necessário. Spira não demorou a transmitir as orientações aos seus homens e, pouco depois, misturado com o grupo de guardas da SS, todo o contingente se espalhou pelo gueto. Infelizmente, para a população judaica, aquela ação acabou por se transformar num episódio dramático, culminando, de forma atroz, com largos meses de sofrimento. À medida que iam sendo forçadas a abandonar os apartamentos, largas centenas de pessoas eram encaminhadas para o lugar da reunião. Iam assustadas, mas obedeciam como podiam aos berros e empurrões

---

[36] Posto paramilitar da SS equivalente ao de Capitão (por referência ao exército português).

que lhes chegavam de todo o lado. O pior foi quando perceberam que não estavam autorizadas a levar os filhos consigo. O destino daqueles judeus era o campo de Plaszów, onde seriam submetidos a trabalho escravo, sob condições trágicas; ali não havia lugar para crianças. Mas, como há ordens que não se gritam a uma mãe, Göth e a sua matilha de soldados tiveram de argumentar com os punhos e as coronhas das espingardas. Foi então que as mulheres se tornaram ardilosas, dissimulando os filhos por entre as colunas de gente que se encaminhava até à saída do gueto. Algumas tentaram aproveitar a confusão para escapar, outras preferiram adiar o destino refugiando-se no lado B, mas poucas escaparam ao zelo dos guardas. No final, já perto do fim da tarde, quase seis mil judeus tinham sido reunidos no local previsto, dando início a uma marcha penosa até ao campo de trabalho de Plaszów. Os seus gritos eram a memória cruel que deixavam aos filhos abandonados. Estes, desorientados, horrorizados, olhavam para lá dos soldados, procurando ver nos acenos dos que partiam algum sinal que lhes desse esperança. Mais tarde, foram levados pela Polícia Judaica para o *Kinderheim* e despejados ao lado de outras crianças sem sorte.

Quando a noite chegou, o silêncio da morte pousou sobre o gueto e as ruas esvaídas de gente repousaram finalmente. O lado A vagara para sempre e quem olhasse os seus passeios desertos veria um campo árido, maldito como todos os cemitérios sem nomes; não encontraria flores, nem epitáfios; veria malas esquecidas e bonecas e carrinhos de madeira largados à pressa, únicas lápides que ali se erguiam sem ordem ou razão. Então saberia que algo terrível acontecera, pois há sempre um mau prenúncio num brinquedo abandonado.

*

Nem Sarah, nem Esther testemunharam os acontecimentos ocorridos nesse dia, no outro lado do gueto. Só souberam aquilo que tinha acontecido por causa do casal que lhes bateu à porta naquela noite. Fora o acaso e o desespero que os levara até ali. Traziam um pequenito com eles, apertado o tempo todo no colo da mãe. Tinham conseguido passar para o lado B no auge da confusão. Estavam esfomeados e tremiam convulsivamente. Esther entregou-lhes um cobertor para taparem o menino e deu a cada um metade de um pão. Era pouco, era o que tinham. O casal comeu-o avidamente, repartindo com o filho, em pequenos pedaços. Ninguém disse nada e ninguém olhou para eles. Se bem que fosse a mais frequente das degradações do gueto, a fome extrema queria intimidade e não se espreita quem a combate, mesmo quando a arma não passa de uma côdea de pão duro. Depois de os recém-chegados terem recuperado forças, houve lugar a uma prudente troca de palavras.

– A nossa vez chega amanhã – disse o homem, enquanto afagava os cabelos do filho. – Vão mandar-nos para os caminhos de ferro.

A mulher olhou para o marido como uma mãe. Apesar de ser muito jovem, a expressão cansada já vira o inexprimível.

– Tolo... – disse ela, passando-lhe a mão pelo rosto. – Continuas a acreditar...

O homem não reagiu, limitando-se a encolher os ombros com apatia.

– O meu marido prefere ser ingénuo, mas eu não tenho ilusões. Quem é que sobra no gueto? Crianças, velhos, doentes...?

– O que acha que vai acontecer? – sussurrou Esther.

A mulher abanou a cabeça e não respondeu, mas, nessa noite, ambas as mães apertaram os filhos contra si durante o sono.

Foi o frio que despertou Sarah às primeiras horas da manhã. Na verdade, tinha acordado com frequência ao longo daquela noite. Daniel delirara muitas vezes enquanto dormia. Sarah não sabia por onde errava o espírito do filho, mas sufocava ao vê-lo vaguear sozinho entre tanta angústia. Ansiava poder entrar nos seus sonhos, abraçá-lo do lado de lá dos pensamentos, roubar-lhe as dores e sofrê-las por ele.

Depois de lhe ter verificado uma vez mais a temperatura, conseguiu animar-se um pouco; talvez a febre estivesse a desaparecer. Lutando contra a ansiedade, foi até à janela e espreitou a rua.

O Sol ainda não nascera e não se via ninguém. Então resolveu pensar em si por momentos. O filho precisava dela com saúde e, naquela altura, sentia-se extenuada. Aproximou-se de uma bancada improvisada num aparador já sem portas. Em cima desta encontravam-se dois tachos retorcidos, meia dúzia de talheres, uma caneca de esmalte e copos arrumados sobre uma pilha de pratos metálicos. Sarah riscou um fósforo para acender o fogareiro de Esther e colocou sobre a chama o tacho com água, esperando que fervesse. Quando ficou pronta, despejou parte num copo e deixou arrefecer. Entretanto, foi lavar-se atrás de um roupeiro que, atravessado num dos cantos da divisão, fazia as vezes de biombo. Sentindo-se revigorada, tratou de completar a primeira refeição do dia. Juntou duas colheres do leite condensado trazido pelo voluntário num copo com a água fervida e foi sorvê-lo para a janela, enquanto inspecionava as ruas uma vez mais. Sarah apurou o ouvido, talvez à espera de distinguir no silêncio da madrugada a melodia inspiradora de uma oração matinal. Dizia-se, por ironia, que o gueto era a maior concentração de lugares de culto de toda a diáspora, pois não havia lar que não reunisse um mínimo de dez almas para orar; porém, naquele momento, todo o local estava profeticamente silencioso. Conseguia escutar apenas sons indistintos, algures para lá da vedação, e o sibilar ritmado da respiração de Daniel. Imersa num fascínio sombrio, continuou por mais alguns minutos a percorrer com a vista o cenário cinzento do gueto, sem se deter em nenhum pormenor. Naquele lugar, por muito que olhasse, não descobria razões para ver. Tudo ali era redundante: a agonia, a morte, ou simplesmente os metros corridos de arame farpado. Quando se preparava para ir ter com o filho, alguma coisa lhe chamou a atenção. Apesar de haver uma ordem que mandava entaipar todas as janelas com vistas para lá do gueto, aquelas águas-furtadas tinham passado despercebidas, permitindo a Sarah observar, por entre o recorte dos prédios, fragmentos da paisagem do lado ariano. Foi por uma dessas nesgas que se apercebeu da passagem ininterrupta de veículos militares. Nesse momento soube o que estava prestes a suceder e correu a acordar Esther.

– Levanta-te, depressa! Eles vêm aí.

Esther ergueu o tronco e olhou para todos os lados, atordoada.

– Temos pouco tempo – disse Sarah. – Prepara leite para o Daniel. Tenho de tratar de uma coisa.

– Em que é que estás a pensar?

– Já não temos o Henryk para nos dar cobertura – respondeu Sarah, enquanto retirava apressadamente alguma roupa do armário. – Nem escadas de incêndio.

– Vamos entregar-nos?

– Vamos preparar-nos. Depois logo se vê.

– Para que queres tanta roupa?

Sarah não respondeu e continuou a tirar tudo o que encontrava no armário, espalhando as coisas pelo chão. Quando terminou, escolheu um sobretudo que pertencera ao pai e duas grandes echarpes de lã. Colocou essas peças sobre uma cadeira e virou-se para Esther:

– Quando o leite estiver pronto, vai para a janela e diz-me o que se está a passar.

Dois minutos volvidos, Esther apagou o fogareiro com um sopro e fez o que a amiga lhe mandou, enquanto Sarah se dirigia à bancada onde preparavam as refeições. Separou apressadamente algumas maçãs e a lata de leite por abrir. Encheu duas garrafas com água e colocou numa pequena caixa de folha os medicamentos de Daniel.

Entretanto, o casal que os visitara na noite anterior, despertado pela agitação, não perdera tempo a reunir as poucas coisas que lhe pertenciam e já se encontrava junto à porta. Tinham embrulhado o filho num cobertor e olharam hesitantes para as duas raparigas antes de saírem sem dizer nada.

– Então? – perguntou Sarah, virando-se para Esther. – Já se vê alguma coisa?

– Não, acho que não... Espera... ali ao fundo! Sim, são eles, os soldados... Meu Deus...

– Que foi?

– São tantos...

– Que estão a fazer?

– Para já, nada – respondeu Esther, ousadamente esticada para lá da janela. – Estão só a reunir-se à entrada do gueto.

– Chega-me o leite do Daniel.

Esther entregou-lhe a caneca, enquanto Sarah procurava na algibeira o pacote que Tadeuz lhe entregara na farmácia. Assim que o descobriu, misturou uma pequena porção no leite morno e dirigiu-se ao filho, que ainda dormia.

– Daniel, querido, abre os olhos, só um bocadinho.

Ao ouvir a voz doce de Sarah, o pequeno acordou e conseguiu oferecer à mãe um sorriso extenuado.

– Tens de beber isto até ao fim.

Daniel fez uma careta e desviou o rosto, procurando evitar o que a mãe lhe oferecia, mas Sarah ergueu-lhe a cabeça com a mão. Aparentando um grande sacrifício, o rapaz encostou os lábios gretados ao recipiente, bebendo o leite em pequenos goles. Sarah já se habituara aos gestos nobres de Daniel, mas desconfiava de que aquele estoicismo não duraria muito mais. Quando ele terminou, sorriu à mãe. Sabia que a tinha deixado contente.

– É assim mesmo, és um valente – disse Esther, aproximando-se para recolher a caneca. – Agora podes continuar a dormir, está bem, querido?

Daniel fechou os olhos, indiferente à pressa dos adultos e, passado pouco tempo, caiu num sono profundo. Entretanto, a agitação nas águas-furtadas ia aumentando, à medida que os guardas armados desembocavam no gueto. Esther colocara-se definitivamente à janela e ia relatando ao pormenor tudo o que via.

– Atenção! – exclamou, de repente. – Vêm aí.

Na verdade, tal como acontecera no dia anterior, um vasto contingente de militares e polícias espalhava-se pelas ruas do gueto B, quais caçadores excitados pela perspetiva de um festim de violência.

– Depressa – ordenou Sarah. – Preciso de ti. – Esther abandonou imediatamente o seu posto de vigia e foi ter, mais uma vez, com a amiga. Sarah ajoelhara-se e estendera sobre o chão as duas echarpes de lã, formando uma cruz. Depois, deitou-se de barriga para cima, atravessada sobre elas. – Traz-me o Daniel.

Esther abeirou-se do rapazinho, colocando-se de cócoras ao seu lado. Ergueu-o sem qualquer esforço e, com todo o cuidado, levou-o à mãe.

– Está a dormir tranquilo – disse Esther.

– Pousa-o sobre o meu peito.

Assim que sentiu Daniel confortavelmente encostado ao seu tronco, Sarah fez passar sobre ele as pontas das echarpes, cruzando-as sobre as costas do filho. Então, com a ajuda de Esther, ergueu-se e completou a atadura, dando mais duas voltas completas em torno do rapaz e de si própria. Quando Daniel lhe pareceu suficientemente seguro e tão confortável quanto possível, apertou o nó contra o abdómen. Devido ao seu estado de extrema fraqueza, bem como à eficácia do pó de Tadeuz, o pequeno manteve-se adormecido durante o tempo todo. Oxalá continuasse assim por mais algumas horas.

– Ajuda-me a vestir o sobretudo – disse Sarah.

Esther pousou-lhe o casacão nos ombros e ajudou-a a passar os braços pelas mangas compridas. Apesar de o pai não ter sido um homem muito alto, o sobretudo descia-lhe quase até aos pés, sendo convenientemente folgado para envolver duas pessoas. Quando se sentiu pronta, Sarah distribuiu as maçãs, a lata de leite e as garrafas de água pelas enormes algibeiras do casaco, não se esquecendo de acrescentar os medicamentos de Daniel.

– E agora? Esperamos? – perguntou Esther.

– Esperamos.

Sem mais nada a fazer, colocaram-se outra vez à janela e testemunharam os terríveis acontecimentos que se desenrolavam nas artérias do gueto. Apesar de o dia anterior ter sido violento, não se comparava à barbárie que estava a acontecer naquele momento. O som das armas e dos gritos golpeava o ar e o espírito dos que aguardavam a sua vez. As pessoas saíam dos prédios debaixo de pancadaria, obrigadas a uma pressa de que a maioria já não era capaz. Os soldados estavam loucos e disparavam a matar, em plena rua, sobre todos os que não lhes obedeciam à primeira. Os corpos das crianças e dos velhos tombavam desamparados, sem vida e sem saber porquê. Aqueles que escapavam ao juízo arbitrário das bestas predadoras encaminhavam-se num único sentido.

– Estão a mandá-los para a praça – observou Sarah.

– Meu Deus – disse Esther. – Vão matar-nos a todos.

– Não digas isso. Anda, vamos sair daqui.

– És louca? Queres meter-te no meio daquilo?

– Preferes que te venham buscar cá acima? – perguntou Sarah, dirigindo-se à porta.

Esther hesitou, mas acabou por acompanhar a amiga. Ao descerem as escadas bafientas do prédio, ouviram o choro e as orações dos que preferiram esperar pela morte nas suas casas. Quando atingiram o rés do chão, Sarah abriu cuidadosamente a porta do edifício e espreitou para a rua. A visão era demente e esmagadora. As pessoas passavam à sua frente, angustiadas, apressadas, correndo ou cambaleando no limite do esforço, mas sempre gritando a Deus e aos homens. Olhando para a esquerda, Sarah apercebeu-se da proximidade de um grupo de soldados ucranianos que abandonavam o prédio contíguo.

– Depressa! Segue-me.

Quando Esther se preparava para franquear a porta, Sarah segurou-a pelo braço e encarou-a com uma serenidade surpreendente.

– Nunca me deixes – disse-lhe. – Prometes?

Esther conseguiu sorrir.

– Já to prometi uma vez – respondeu, recordando o momento em que abraçara Sarah à beira do Sola.

As duas encararam-se por mais um momento e saíram, dispostas a olhar o demónio nos olhos.

Assim que saíram, não hesitaram em seguir o fluxo de gente que se dirigia à Praça Zgody. A distância era muito curta e demoraram poucos minutos até entrarem no largo. O espetáculo era medonho. Como era possível que já estivesse ali tanta gente? Pelas contas de Sarah, estariam amontoadas naquele lugar mais de quinhentas pessoas e não paravam de chegar mais e mais. Viam-se famílias inteiras, mas também aqueles que apareciam completamente sós. Alguns estavam feridos, outros agarravam-se desesperados a corpos moribundos, e havia quem vagueasse por entre a multidão, à procura, apenas à procura. À medida que o número de pessoas aumentava, a violência dos soldados crescia também. Batiam furiosamente, ora com as vergastas, ora com os canos das espingardas, muitas vezes sem motivo, mas sempre com ódio e com vontade. A certa altura, surgiu no meio daquela gente uma mulher que conseguia gritar mais alto do que os outros. Estava vestida com uma espécie de camisa de dormir imunda e o cabelo desgrenhado cobria-lhe parte do rosto. Nada do que dizia fazia sentido e ninguém lhe ligou. Apenas quando começou a rasgar a pouca roupa que lhe restava algumas mulheres a foram sossegar. Conversaram com ela, procurando chamá-la à razão. A princípio parecia uma tarefa impossível, mas, aos poucos, foi recuperando a compostura, até que se deixou tombar no lancil do passeio. Ficou ali sentada, com os braços caídos e a cabeça inclinada para a frente, ao mesmo tempo que murmurava uma ladainha indecifrável. Subitamente, as mulheres que a rodeavam pareceram perceber nas suas palavras alguma coisa que lhes chamou a atenção. Aproximando-se, sacudiram-na com firmeza, pedindo-lhe para repetir o que dissera. Gerou-se alguma confusão e agora eram as mulheres que gritavam. Uma delas, com o rosto lívido, levantou-se e encarou a multidão que observava a cena. Levou as mãos à cabeça em sinal de desespero:

– O *Kinderheim*... destruíram o *Kinderheim*... Mataram todas as crianças!

A notícia atingiu aquela gente com violência. Os gritos e o choro convulsivo uniam agora homens e mulheres. A morte das crianças era também a morte da esperança. O fim chegara.

Ao longo das horas seguintes, continuaram a juntar-se mais pessoas. Algumas misturavam-se na multidão, outras, as que tinham procurado esconderijo e haviam sido descobertas, eram mortas com um tiro na nuca, à frente de toda a gente, para dar o exemplo.

Sarah e Esther estavam sentadas no centro da praça e aproveitaram a floresta de pessoas para verificar o estado de Daniel. Sarah desabotoou discretamente o sobretudo e aliviou o laço das echarpes. Nesse momento o pequeno abriu ligeiramente os olhos e a mãe passou-lhe um pouco de água pelo rosto e pelo cabelo. Beijou-o e segredou-lhe aquela canção em iídiche que aprendera com o avô, nos passeios de domingo, à beira do Lago Michigan:

Unter Daniel's vigele
Shteyt a klor vayse tzigele
Dos tzigele is geforn handlen
Dos vet zayn dayn baruf,
Rozhinkes mit mandlen
Shlof zhe Daniel, shlof[37]

Meu Deus, como o amava...

Que dor insuportável era tê-lo ali, escondido da morte, num cenário depravado. Tão vulnerável, tão dependente, tão frágil... Mas, quando o apertava contra si, sentia-lhe no hálito doce o sopro da vida e isso obrigava-a a acreditar.

Foi já perto do fim da tarde que os guardas deram as ordens de evacuação. De um momento para o outro, os gritos, os empurrões e os tiros voltaram. Esther ajudou apressadamente Sarah a resguardar Daniel no seu abraço maternal. Quando terminaram, já toda a gente se movimentava em direção à saída norte do gueto, pelo que se limitaram a seguir no meio da multidão. Sarah procurava a todo custo continuar rodeada por muita gente, de maneira a proteger-se do olhar atento dos soldados. Nesse momento, uma mulher de idade muito avançada

---

[37] Excerto adaptado da canção de embalar *Rozhinkes mit Mandlen (Passas e Amêndoas)* da autoria de Avram Goldfaden, muito popular entre os judeus asquenazes: *Sob o berço de Daniel / Repousa a cabrinha branca / Ela irá ao mercado / À procura de um regalo / / E dar-te-á passas e amêndoas / Dorme, Daniel, dorme.*

que caminhava à frente delas não resistiu aos encontrões e ao cansaço, caindo desamparada sobre o empedrado da praça. Perante aquilo, Sarah e Esther não hesitaram e interromperam a marcha.

– Não posso mais... Deixem-me ficar...

Não dando ouvidos à capitulação da mulher, Esther tentou, com esforço, erguê-la. Entretanto, Sarah, impedida de ajudar por causa do peso que já trazia consigo, observava o acontecimento parada no meio da multidão que continuava a passar. De repente, deixou de ver e sentiu-se cair no vazio. Não chegou a perder a consciência, mas achou-se no meio do chão e sentiu uma dor explosiva na cabeça. Alguém a agredira com enorme violência. Então, ouviu um tiro disparado mesmo ao seu lado e, por momentos, acreditou ter sido atingida. Só ao ver a mulher que Esther tentara socorrer caída à sua frente, com o olhar vazio, percebeu o que sucedera. Tentou levantar-se, mas estava atordoada. Olhou para o lado, à procura de Esther, mas não a viu. Em vez disso, foi uma vez mais castigada com um golpe nas pernas; depois outro, a meio das costas; e mais um... as pancadas sucediam-se e com elas as ordens, gritadas numa língua que não reconhecia. Durante todo o tempo do ataque, Sarah procurou proteger o filho, oferecendo as costas à brutalidade do guarda que lhe batia sem parar. A dada altura, tal como caíra, foi erguida do chão pelos braços fortes de alguém. Ao seu lado estava Esther e um rapaz muito alto. Tinha sido ele a levantá-la, certamente por insistência da amiga. Sarah apoiou-se no ombro de Esther e arrastou-se como pôde dali. Fora severamente agredida e estava muito maltratada, mas a sua preocupação era Daniel. Tentou imediatamente perceber como estava o filho e destapou ligeiramente a lapela do casaco, revelando o rosto adormecido da criança. Reparou, com alívio, que ele estava a respirar bem e que, por qualquer milagre, escapara ileso às agressões. Só então se lembrou de sentir as próprias dores.

– Como estás? – perguntou Esther, sem parar de caminhar.

– Mal – respondeu Sarah. – Mas acho que sobrevivo.

– E o Daniel?

– Está tudo bem. Continua a dormir.

Sem força para mais palavras, as duas prosseguiram em silêncio, no meio da multidão. A certa altura, Sarah sentiu o peito molhado e pensou que a fralda de Daniel já estivesse ensopada. Por instinto, introduziu a mão dentro da roupa, tocando a zona húmida. Quando a retirou, observou a ponta dos dedos e sentiu-se gelar. Sangue. A dúvida era esmagadora: quem teria sido ferido? Ela... ou Daniel? Pondo de lado a prudência, abriu de rompante o sobretudo, procurando avidamente, com os olhos e com as mãos, a origem da hemorragia. Foi Esther a primeira a reparar:

– Oh! Pobrezinho!

Dizendo isto, segurou com a mão a face de Daniel, inclinando-lhe ligeiramente a cabeça. A ferida expunha-se na parte lateral do crânio, logo acima da orelha, e arrepiava pelo aspeto. Sarah sentiu o mundo fugir-lhe de baixo dos pés. Na atrapalhação do momento, não se havia apercebido da primeira vez, mas agora era evidente que algo de muito grave acontecera.

– Daniel, querido – disse Sarah, abanando-o com vigor. – Acorda, filho. Fala comigo.

Mas Daniel não respondia. A pancada que recebera fora suficiente para o ter deixado inconsciente. Sarah sabia que tinha de fazer qualquer coisa. Sem nunca parar de caminhar, decidiu começar por lavar o ferimento, pelo que levou a mão aos bolsos, à procura da garrafa de água. Não demorou a perceber que as suas provisões também tinham sido atingidas. A lata de leite tinha sido perdida no meio da confusão e a água já não era mais do que um vestígio na algibeira encharcada. Pior do que isso, a caixa dos remédios estava aberta e os pós salvadores dissolvidos no líquido que se perdera. Sarah cerrou os dentes e lutou contra o desespero. Ceder agora era desistir do filho, mas o que poderia fazer naquelas circunstâncias? Procurando manter-se protegida do olhar dos soldados, encostou-se mais a Esther e observou a ferida com atenção, afastando os cabelos ensanguentados de Daniel.

– Que te parece?

Esther aproximou o olhar e tateou a cabeça do pequeno.

– Não noto nenhum afundamento. Parece ter sido só de raspão.

– Mas foi suficiente para o fazer desmaiar.

– Não há nada que possas fazer, Sarah. Nem penses em parar agora. Se nos veem descolar do grupo, matam-nos sem hesitar.

À falta de alternativa, continuaram a acompanhar o cortejo e a cacofonia de desesperos. Só quando viram as paredes angulosas da velha pedreira é que se aperceberam de que o gueto tinha ficado mesmo para trás.

– Para onde vamos? – perguntou Esther. – Que diabo de lugar é este?

Sarah ergueu o rosto, tentando ver acima do plano das cabeças mais próximas, mas de pouco lhe valeu, já que nada lhe era familiar. Caminharam por mais alguns minutos, imitando o passo dos outros, numa marcha dorida. Só quando transpuseram a cancela perceberam que se encontravam no campo de trabalho de Plaszów e nenhuma quis imaginar o que se seguiria. Sentiam-se exaustas, com uma sede terrível, esmagadas pela preocupação face ao estado de Daniel. Naquele momento, pouco lhes interessava o lugar que os alemães tinham escolhido, desde que houvesse alguma hipótese de aliviar o drama que estavam a viver. Percorreram cerca de trezentos metros, até chegarem a uma área de extração de cascalho. Dali podiam observar o amontoado de compridos barracões de madeira, bem como dezenas de homens e mulheres vestidos com uniformes às riscas e vergados ao peso de um trabalho incessante. O campo era um local silencioso. Não se viam árvores e os únicos vestígios de vida chegavam pelo som que centenas de pés cansados arrastavam no pó do chão. O dia estava soalheiro e o frio de março já se suportava, sobretudo agora que não corria vento. Nenhuma das raparigas percebeu as ordens que lhes gritavam, pelo que quando todos pararam, elas pararam também. Sentindo que o percurso terminava ali, muitos foram os que se deixaram cair, ansiosos por descansar de uma caminhada cruel para os seus corpos fracos e doentes. Quando o som dos tiros irrompeu pelo campo, o terror instalou-se outra vez e com ele mais gritos e súplicas.

– *Não se sentem! Não se sentem, que eles matam-vos!*

Todos os que se haviam sentado levantaram-se como puderam, amparando-se uns aos outros, e assim ficaram. A princípio, o desconforto da espera foi substituído pela ansiedade e a especulação que a nova situação provocava, mas, com o passar das horas, o suplício tornou-se inevitável. Sarah e Esther encostaram-se, procurando equilibrar-se uma na outra e, desse modo, aliviar o esforço de tanto tempo passado em pé. Só por volta da meia-noite a loucura acabou. Os guardas ucranianos começaram por empurrar violentamente os que estavam na periferia do grupo. Atirá-los ao chão era a sua maneira de lhes autorizar o descanso e, de um momento para o outro, deixou de se ver gente levantada. Também Sarah e Esther tombaram pelos joelhos, aliviadas e quase desfalecidas. Assim que o fizeram, Sarah reconheceu o som milagroso que lhe chegava de perto. Destapando o peito, confirmou a sua suspeita e deparou-se-lhe o olhar envolvente do filho.

– Olha quem acordou... – disse, conseguindo desenhar um sorriso.

O pequeno mostrou-lhe os olhos encovados, ligeiramente franzidos pela dor e incompreensão.

– Quero água... – pediu, numa voz sumida.

Sarah deixou a sede do filho substituir a sua própria sede e, sem saber como o aliviar, sofreu para lá do que pensaria suportável. Olhou febrilmente à sua volta, procurando o que sabia não poder encontrar. Ainda assim, não se sentiu no direito de não fazer nada. Libertou o filho das echarpes e entregou-o a Esther.

– Toma conta dele. Eu não me demoro.

Dizendo isto, abandonou-os e desapareceu no meio da multidão. A ausência de nuvens destapava um luar intenso, obrigando-a a deslocar-se curvada, de modo a manter-se ao abrigo da vigilância dos guardas. Limitando-se a breves explicações, foi recebendo os nãos de quem há muito esgotara o pouco que tinha. Quando estava prestes a desistir e regressar para junto do filho, recebeu um aceno de esperança:

– Experimente falar com aqueles – disse alguém, apontando para um casal idoso que se sentara com ar extenuado sobre um pequeno caixote de madeira. Sarah dirigiu-se até lá e falou-lhes de Daniel. Eles escutaram-na sem lhe prestar atenção, indiferentes a mais uma história de desespero. Perante o silêncio dos dois, Sarah olhou-os prolongadamente, quem sabe se à espera de um milagre. Quando lhes virou as costas, percebeu que já pouco haveria a fazer.

– *Espere* – disse uma voz atrás dela.

Sarah estacou e olhou para trás. O casal encarava-a agora com um olhar perscrutador.

– Não é a filha dos Gross? – perguntou o homem.

Sarah aproximou-se e anuiu, com o coração a bater mais forte.

– Sim, sou eu.

O homem e a mulher entreolharam-se, como se procurassem resposta um no outro.

– Claro que é – disse ele, inspirando pesadamente. – Não deve haver mais ninguém com esses olhos.

Enquanto dizia isto, levantou-se a custo, logo imitado pela mulher.

– A sua mãe ajudou-nos um dia – acrescentou ele, ao mesmo tempo que abria o caixote onde se sentara, retirando daí uma garrafa de vidro escuro.

– Não temos copo – disse, estendendo-lhe a garrafa. – Leve a que conseguir, mas só para a criança.

Sarah não hesitou e agarrou com as duas mãos aquela oferta de vida.

– Obrigada – disse, antes de encher a boca com toda a água de que foi capaz.

Não engoliu uma gota.

Devolveu a garrafa ao casal e foi ter com o filho. Quando chegou junto de Daniel, curvou-se sobre o seu rosto, uniu os lábios aos dele e despejou todo o amor do mundo naquele beijo.

O menino não voltou a sorrir, na verdade não disse nada, mas o seu olhar parecia mais desperto.

Para aumentar o sofrimento de todos, com a noite veio o frio. Um frio que se tornou ventoso, que se impregnava pelos poros da roupa e da pele, gelando os ossos e as almas abandonadas. Esther e Sarah fizeram como toda a gente e procuraram abrigar-se no calor dos corpos vizinhos. Ali não havia lugar para a vergonha; ninguém via mal em receber no regaço a cabeça de um desconhecido, ou em abraçar alguém de quem não se soubesse o nome. Impondo-se pelo cansaço, também o sono se estendeu sobre todos. Não era o sono dos que dormem, mas dos que sonham acordados, assustados, doridos e desesperados por despertar de um pesadelo impossível. O campo caíra num silêncio perverso, quebrado de vez em quando pelas vozes distantes das patrulhas.

Que horas seriam? A multidão acordou sobressaltada. Os gritos, outra vez os gritos... Desta vez, porém, a luz ofuscante confundiu toda a gente. A madrugada ainda não recebera a primeira claridade, portanto aquela luz só podia ser maligna. Esther apercebeu-se dos focos que a encandeavam desde as torres de vigia. À volta do grupo surgiram alguns homens de cabelo rapado, equipados com os seus uniformes de prisioneiros, que gritavam instruções em iídiche e polaco:

– As crianças! Há alguma criança entre vós? Entreguem as vossas crianças! Serão bem tratadas.

Alertados pelo choro infantil que de vez em quando escapava ao zelo das mães, os alemães preparavam-se para resolver o problema da única maneira que sabiam. Sarah estremeceu e apertou Daniel contra si. Com a ajuda de Esther, voltou a esconder o filho por baixo do sobretudo, apertando à pressa as echarpes. Mais uma vez, o pequeno permaneceu silencioso e imóvel. Pouco tempo depois, chegaram os guardas. Depois de se dividirem em grupos de dois, misturaram-se entre os prisioneiros e começaram a olhar para toda a gente, empurrando e destapando, numa procura meticulosa. Sarah estava de pé e manteve os braços caídos, virando-se ostensivamente para a patrulha. Os homens, armados com espingardas e vergastas, passaram por ela e ignoraram-na. Mas nem todos tiveram a mesma sorte, a julgar pelos gritos desesperados que se ouviam algures do meio do grupo. A reação angustiada das mães e o som do choro das crianças eram vencidos pelos tiros e pancadas dos guardas. Os sobreviventes apertaram-se uns contra os outros, reduzindo toda a multidão a um cacho de almas desfeitas. Quando tudo terminou, os guardas partiram, os focos extinguiram-se, as vozes calaram-se e a noite reinstalou-se sobre todos, mais negra do que antes, apesar das novas estrelas que acabavam de nascer.

Com a chegada da manhã o tempo tornou-se afável. Sarah abriu os olhos e regressou ao inferno. Dormira a espaços e sentia-se estonteada. Olhou para o filho e viu-o cada vez mais apático. Sabendo que Daniel estava bastante desidratado, foi ter com o casal da noite anterior, mas, desta vez, voltou sem nada. Não sobrava uma gota de água e a vida daqueles judeus parecia evaporar-se com ela.

Como se contam as horas quando o tempo só promete somar dores às dores sentidas? Aquele monte de gente remexia-se como um organismo moribundo, agonizando por entre as rotinas brutais que Plaszów reservava às suas presas. Indiferentes ao inferno em que apodreciam os judeus vindos do gueto, dezenas de prisioneiros percorriam de cabeça baixa os caminhos circundantes, formando grupos de escravos, obrigados a um esforço obsceno. A maioria transportava pedras de grandes dimensões; outros trabalhavam na cerca, esticando meadas de arame farpado. Viam-se ainda alguns homens e mulheres que caminhavam velozmente nos seus tamancos de madeira, incumbidos de tarefas, úteis ou inúteis, mas sempre urgentes, sempre sofridas. Ao vê-los, Esther calculou quanto mais precisariam de aguardar para que lhes coubesse a mesma sorte; no entanto, com o passar do tempo, e como ninguém lhes dedicava qualquer atenção, não pôde deixar de pensar que Plaszów seria um ponto de passagem, que o seu destino seria longe dali. Nesse momento decidiu parar de imaginar.

Daniel acordou ao princípio da tarde e deixou escapar qualquer coisa parecida com um grito. Sarah deitara-se no chão e, mantendo o filho encostado a si, conseguira adormecer. Ao ouvir o clamor do rapazinho, olhou para ele com preocupação. O pequeno mostrava um esgar de dor e levava a mão à cabeça repetidamente. Sarah calculou que a pancada que sofrera começara a dar problemas e observou-o com cuidado. Por baixo do cabelo do filho, via-se uma ferida purulenta. Sem água para a lavar, Sarah utilizou a própria saliva como desinfetante, lambendo delicadamente o sangue e as impurezas acumuladas. Daniel choramingava baixinho, sem força para protestar ou resistir à dor. Quando terminou, a mãe sentou-se de pernas cruzadas, deitou o filho no colo e embalou-o. Entre a angústia e a exaustão, Daniel cedeu à última e acabou por adormecer. No meio do sono, ia emitindo ténues murmúrios e palavras sem sentido, ditas na voz dilacerante de uma criança em sofrimento. Apesar de manter os olhos fechados, as lágrimas escorriam num fio que Sarah limpava febrilmente, como se assim lhe pudesse secar a dor.

Esther olhou para ela numa pergunta muda mas Sarah não disse nada; era-lhe demasiado difícil.

O tempo foi passando, fazendo-se gigante como um monstro sádico, e foram muitos os que preferiram morrer. Talvez por isso, o som lamurioso das orações não parasse de ser chorado, numa despedida que tinha de chegar ao céu. Mas nem todos aceitaram aquela redenção. Daniel, como tantos mais, continuou a desafiar a sombra negra. Cada um teria as suas razões, mas, para ele, a mãe bastava-lhe. Estava ali, junto dele, e isso mantinha-o preso à vida. Sarah sempre o soube, mas, ao ver o estado do filho, deixou que a dúvida se instalasse. Era a única dúvida a que uma mãe se proíbe, mas o amor por Daniel tinha de ser mais forte do que a dor eterna da morte de um filho. Sarah lutou consigo própria o resto da tarde, porém, quando a noite se aproximou, Daniel acordou numa grande agitação. Olhou para todos os lados, não parecendo reconhecer nada à sua volta. O ataque de tosse que se seguiu era aflitivo e os espasmos violentos impediam-no de respirar. Sarah procurou sossegá-lo, mas, quando o conseguiu, parecia não haver qualquer réstia de energia naquele corpo frágil. Quando Daniel tentou falar, os seus lábios feridos só deixaram escapar um hálito moribundo. Ao ver o olhar suplicante que o filho lhe dirigiu, Sarah apertou-o contra si, por breves momentos, enquanto procurava a coragem para o que tinha de ser feito.

– Daniel, querido... ouve a mãe... Lembras-te quando íamos ver o Sol pôr-se, para lá do muro? – Daniel encarou-a com os olhos semicerrados. – Lembras-te quando cantávamos aquelas canções para nos despedirmos dele, todas as tardes?

Nesse momento, percebendo ao que estava a assistir, Esther desviou o olhar para o céu.

Daniel não respondeu, mas Sarah viu nos seus olhos que a estava a ouvir. Depois, calou-se. Há coisas que precisam de tempo para ser ditas.

– Quero que feches os olhos, querido, e penses no Sol... – Daniel fixou o olhar na mãe e prolongou-o como se a quisesse aproveitar só mais um bocadinho. Então, lentamente, deixou que aquela imagem de amor se extinguisse para sempre e cerrou as pálpebras. – Agora vai ter com ele. Voa até ao Sol...

Os gemidos fracos com que respirava foram-se tornando, aos poucos, mais espaçados. Sarah inclinou-se e beijou-o.

Só então foi capaz de se despedir.

– Já não tens dores, pois não, meu querido?

Apertou o filho contra o peito e embalou-o para que adormecesse amado.

Não demorou muito.

Quando Daniel chegou ao Sol, Sarah levantou os olhos.

A noite caíra sobre o campo.

Amanhã, talvez outro dia voltasse a nascer.

Embora não para ela.

NOVA IORQUE, NI, EUA

Dezembro, 1969

– Está uma noite bonita – declarou Esther, olhando para lá da sacada, com o queixo pousado numa das mãos. – A voz de Esther trouxe-me de volta. Aquilo que me contara tinha-me atirado ao chão e precisei de tempo para me reerguer. Nesse lapso, esvoacei entre Cracóvia e St. Oswald's, vasculhando no que me ocorria das palavras e gestos de Sarah, lembrados agora à luz de uma história indizível. Desejei tê-la ao meu lado, despida do seu segredo. Olhá-la nos olhos, sabendo o que tinham visto; ouvir-lhe a voz, sabendo o que fora capaz de dizer por amor. – Está uma noite bonita – repetiu. – Podíamos sair daqui.

Não pensei duas vezes. De repente, aquele lugar parecia transformado numa câmara abafada, cheia de sombras.

– Sim, vamos – afirmei, decidida. – Vamos já.

– A história ainda não terminou – avisou Esther. – Podemos acabá-la em minha casa. Quem sabe, pudesse passar lá a noite.

– Victoria está à minha espera.

– Nada que não se resolva com um telefonema.

Hesitei por momentos, mas tinha de saber mais, saber tudo.

– Acho que não haverá problema. Posso telefonar daqui?

– Naturalmente – disse Esther, sacudindo as migalhas das mangas. – Venha. Tratamos já disso.

Vestimos os casacos e saímos sem olhar para trás. Vittorio estava ao balcão a decantar um *Barbaresco* de uma garrafa poeirenta. Olhou para nós sem denunciar qualquer reação e continuou a sua tarefa.

– Vão-se embora sem provar a *Ribollita*? – perguntou, mantendo os olhos fixos no vinho escuro que escorregava pelo decantador.

– Não achas que já chega por hoje? Foste um anfitrião maravilhoso – disse Esther, com afeto. – Agora, diz-me onde tens um telefone.

O homem encolheu os ombros e apontou com o queixo para o outro extremo do balcão, onde se encontrava um telefone equilibrado sobre uma pilha de revistas e mapas desdobráveis de Manhattan. Dirigi-me até lá e consultei o bilhete onde apontara o número. Victoria não me levou a mal. Na verdade, até achei ternurenta a sua preocupação em saber se eu estava bem, se precisava de alguma coisa. Entretanto, junto do balcão, Esther pagou a conta e prometeu trazer a família assim que houvesse oportunidade. Vittorio levou-nos até à porta e despediu-se de nós com dois beijos na face. Mal saímos do L'Osteria, sobressaltei-me com a figura que nos surgiu de rompante. Esther reagiu com naturalidade, até porque já estava à espera.

– Obrigada, Guido, mas acho que era capaz de dispensar o carro. Que lhe parece, Kimberly? – perguntou-me.

Olhei para o céu e o luar parecia ter vindo para ficar. A aragem que corria era suave e o frio, apesar de intenso, suportava-se bem. De qualquer maneira, após tanto tempo fechada nas traseiras do restaurante, ansiava por ar livre.

– Porque não? Apetece-me caminhar.

Guido não precisou de mais instruções e desapareceu com a mesma discrição com que havia surgido. Esther sorriu sem tristeza, pela primeira vez nas últimas horas, e lançou-me um olhar tranquilizador.

– Não fique a pensar que faço parte de alguma família mafiosa. Guido é apenas o *chauffeur*. Pode crer que não faz mal a uma mosca.

– Esteja descansada, que isso não me passou pela cabeça – respondi, a rir.

– Tem a certeza de que se sente com força para ir a pé até minha casa? Ainda é um esticão, e já é muito tarde. Guido vai andar de olho em nós, de qualquer maneira.

– Desde que não sejamos atacadas por uma mosca.

Esther sorriu outra vez e deu-me o braço.

– Vamos, então.

À nossa frente, a Amsterdam Avenue afunilava-se no coração do Upper West Side como um túnel a céu aberto, moldado por árvores ocasionais e uma arquitetura variada. Não se via muita gente na rua e os carros resumiam-se a meia dúzia de luzes brancas e vermelhas vistas ao longe. Apesar de a noite estar sossegada, dificilmente aquele cenário proporcionaria a intimidade da sala de Vittorio. Por outro lado, confirmei o alívio de me ver fora de quatro paredes. A brutalidade do que acabara de ouvir deixara-me tão arrasada como ansiosa por conhecer o resto da história, mas Esther precisou de um quarteirão inteiro para retomar o relato.

– A Sarah manteve o filho nos braços, mesmo depois de o Daniel ter partido. – Ao dizer aquilo, inspirou pesadamente e mordeu o lábio. – Não faz ideia do que me custa trazer de volta essa imagem.

– Desculpe estar a fazê-la recordar tudo isso – disse eu. – Falo a sério, Esther, passe adiante.

– E porquê? Acha que é por estarmos a ter esta conversa que eu a recordo com mais nitidez? Não, Kimberly. Infelizmente, trago todos os pormenores comigo há demasiado tempo. Não passou um dia em que não visse a Sarah a apertar o filho morto contra o peito; a embalá-lo, a dizer-lhe aquelas palavras que mais ninguém quis ouvir. Não queira saber quantas vezes os olhares dos dois me aparecem em sonhos. Olhares iguais, olhares perdidos, vazios... No fundo, penso que cada um morreu à sua maneira naquele dia. – Perante o que me dizia, não pude deixar de recordar a sensação estranha que tantas vezes me causaram os olhos de Sarah. A falta de brilho e de vida; a forma como ocultavam tudo o que não estivesse à flor da pele. – Ficámos ali, encostados uns aos outros, sem comer, sem beber, a noite inteira – prosseguiu Esther. – Só na manhã do dia seguinte começámos a perceber que alguma coisa iria mudar. Apareceram muitos guardas ao mesmo tempo. Vinham acompanhados por cães, berravam como possessos, foi um pandemónio. Levantámo-nos todos, tão depressa quanto pudemos... Bom... quase todos. Infelizmente, para alguns já não havia muito a fazer. Ficaram dezenas de corpos estendidos no chão quando partimos.

– E a Sarah? Como reagiu?

– A Sarah levantou-se como os outros. Sempre agarrada ao corpo do filho e sempre calada, parecia hipnotizada, deixou-se arrastar. Se quer saber, duvido de que tivesse sequer consciência do que se estava a passar à sua volta. Mantive-a o tempo todo junto a mim, no meio do grupo. O importante era que os guardas não reparassem no garoto. Não por ele, pobrezinho. O meu receio era o que pudessem fazer à Sarah. – Não sei porquê, mas a evocação daqueles corpos em movimento, doridos na alma e na carne, fez-me olhar para o que me rodeava naquele momento. À medida que nos íamos deslocando para sul, os passeios enchiam-se de gente. Eram muitos os casais que atravessavam a rua, ora na direção do Central Park, ora a caminho da Broadway. Viam-se também grupos de jovens barulhentos, surgidos das esquinas dos quarteirões, bem como alguns solitários, homens e mulheres sem nome. Ao cruzar-me com os seus rostos, ainda imersa na história brutal que ia conhecendo, perguntei-me se haveria entre eles quem soubesse alguma coisa sobre a volatilidade da vida; quem reconhecesse no acaso o frágil motivo que os separava dos mártires de Plaszów. – A certa altura parámos todos – continuou Esther. – Vimos uma série de camiões estacionados. Não sei quantos, uma dúzia, talvez. Estavam à nossa espera. Depois foi o costume. Mais ordens, sempre mais ordens, mais gritos «*Schnell! Schnell! Schnell!*», depressa!, depressa!, tinha de ser tudo feito a correr. Não lhes interessava se havia ali gente incapaz de se mexer, gente a morrer. Tentei ajudar a Sarah a subir para o camião, mas não foi fácil, por causa do Daniel. Ela mantinha-o preso, como se fosse uma parte do seu corpo. Só foi possível porque os que já tinham subido iam puxando os mais aflitos. E, pronto, em meia hora estávamos todos arrumados e saímos dali. Não se via nada lá para fora, porque a traseira dos camiões estava protegida por uns oleados, portanto só podíamos adivinhar para onde nos levavam.

– Ninguém desconfiava?

– Toda a gente desconfiava. Se calhar por isso é que ninguém disse nada. Já não me lembro quanto tempo demorou a viagem, mas não deve ter sido muito mais do que uma hora, hora e meia. Pior foi quando chegámos. Ficámos ali parados, dentro dos camiões, horas a fio. Mais uma espera, mais uma dose de inferno. A princípio, não se ouvia nada, depois começaram as súplicas. Não podíamos ver, mas sabíamos que vinham dos outros camiões. Passado um bocado já era ali, ao nosso lado, no nosso camião. A certa altura era eu própria que gritava. Não queira imaginar a angústia, a agonia... Estávamos esmagados uns contra os outros. Era quase impossível respirar. E aquilo nunca mais acabava, meu Deus... A seguir a um minuto, vinha sempre mais um minuto, e outro, e outro... Lembro-me de que, a dada altura, começámos a ouvir uns motores. Depois, percebemos pelas vozes que se estavam a juntar alemães ali à volta. E cães, ouviam-se muitos cães. Nunca me esqueci do ladrar dos cães... Então, de repente, alguém afastou os oleados. Saímos como pudemos, o importante era abandonar aqueles caixões o mais depressa possível. Assim que pus os pés no chão, a minha preocupação foi saber onde estava. Que diabo de lugar era aquele? Toda a gente fazia a mesma pergunta. Só víamos barracões de tijolo, barracões de madeira, a perder de vista. Ah, e prisioneiros também. Aproximaram-se de nós, misturaram-se connosco. Mas nunca nos olharam de frente, acredita? Talvez tivessem pudor de nos mostrar como seria o nosso fim, não sei. Eram todos cadavéricos, com uniformes às riscas, do género dos que tínhamos visto em Plaszów. Andavam à procura de malas, sacos, qualquer coisa que tivéssemos trazido. Mandavam-nos pousar tudo. Devíamos identificar esses objetos, porque mais tarde iriam ser-nos devolvidos. Perguntámos-lhes onde estávamos, mas era impossível arrancar-lhes alguma coisa. Até que, não sei como, começou a ouvir-se no meio do grupo aquela palavra: Birkenau, Birkenau, Birkenau...

– Já sabiam o que era?

– Penso que todos nós já tínhamos ouvido falar, mas, lá está, fazia parte da longa lista de rumores que circulavam no gueto. Não acredito que alguém soubesse ao certo o que era aquilo, muito menos o que lá faziam às pessoas. E depois, nem sequer estávamos no campo principal, que era em Oshpitzin, na minha cidade, na cidade da Sarah. Tinham-nos mandado para um subcampo de Auschwitz. O maior, o que matava mais gente. Se quer saber, nem sequer fui capaz de reconhecer aquele sítio. Estava totalmente diferente.

– Já lá tinha estado?

– Em Brzezinka? Oh, sim, tantas vezes. Era uma aldeia vizinha. Mas é preciso ver que os alemães tinham destruído tudo, expulsado toda a gente. Quem é que podia imaginar que, pouco tempo antes, aquilo tinha sido um lugar cheio de vida?

– Não consigo imaginar o vosso estado de espírito. Ninguém reagiu?

Esther encolheu os ombros, com um ar resignado.

– Reagir a quê? Ao medo? Ao desconhecimento? Havia meses que vivíamos com esses sentimentos, sem saber o que esperar. Não, Kimberly, ninguém reagiu. As pessoas estavam desorientadas e esgotadas. Naquela altura, a única coisa que importava era arranjar o que comer e beber. Era garantir que ficávamos junto dos filhos, dos maridos, dos pais, dos amigos, fosse quem fosse que nos pudesse dar uma mão. Ainda por cima, tudo aquilo era caótico. Oxalá eu soubesse descrever-lhe o cenário. Eram centenas e centenas de pessoas que tinham sido despejadas ali ao mesmo tempo. Uns a berrar, outros a chorar, muitos deles apáticos, completamente perdidos... Até que os guardas começaram a chamar toda a gente. Tínhamos de nos dividir rapidamente em dois grupos. De um lado as mulheres e as poucas crianças que tinham conseguido esconder até ali; do outro, os homens e os rapazes mais velhos. Os prisioneiros iam-nos dirigindo para cada uma das filas. Lembro-me de que um deles não parava de dizer baixinho: *Selektion, Selektion*... Foi nessa altura que percebi que nos iam escolher. Não sabia porquê, ou para quê, e se quer que lhe diga também não me interessava. O meu único receio era de que me separassem da Sarah.

Nessa altura, Esther parou de falar, pois, ao dobrar a esquina de mais um quarteirão, sentimos nas costas uma ventania súbita e desagradável.

Perante o meu ar encolhido, resolveu sossegar-me.

– A Broadway é já ali – disse, apontando com o olhar para o fundo da rua. – Moro ao pé do Hudson, não falta muito. – Empurradas pelo vento forte, percorremos em silêncio o que nos separava da Broadway. No entanto, só quando atingimos a Riverside Drive, na margem do Hudson, é que Esther voltou a Birkenau. – Como calcula, ainda havia um problema para resolver. Tínhamos uma criança morta nos braços. Tive medo pela Sarah, tive medo de que os alemães lhe fizessem mal quando descobrissem. Tentei explicar-lhe isso, mas era inútil. A única coisa que consegui foi que agarrasse o corpo do filho ainda com mais força.

– Não devia ser fácil abandoná-lo ali, como um objeto...

– Não, não era fácil, eu sei, mas tínhamos de fazer alguma coisa. Então, levei a Sarah para junto das outras mulheres. Pusemo-nos no meio delas, mais para ganhar tempo. A certa altura, percebemos que a nossa fila começava a andar. Era uma marcha lenta, quase parada. Conseguíamos ver, lá ao fundo, uns sujeitos fardados, mas não se percebia o que estavam a fazer. Só mais tarde, quando já estávamos a uns cinquenta metros, é que compreendi. Deviam ali estar uma dúzia de SS. Pelos uniformes, calculei que alguns deles fossem oficiais. Dois deles estavam a examinar as pessoas à medida que chegavam. Não diziam nada, não faziam perguntas. Um olhar rápido e era tudo. Depois mandavam-nos, ora para a direita, ora para a esquerda. O curioso era que mandavam quase todos para o mesmo lado. Eram poucos, pouquíssimos, os que iam para a direita. Os mais fracos, os que já não podiam andar, eram postos em camiões e partiam, ninguém sabia para onde. De repente, só me recordo de sentir um encontrão no braço quando o soldado passou por mim. Atirou-se à Sarah aos berros. Não era difícil adivinhar o que queria. Faltavam-nos meia-dúzia de metros para chegar aos oficiais. O soldado agarrou o Daniel, mas a Sarah não o largava por nada. Então ele puxou-o com tanta violência que ela caiu ao comprido no chão. Ficou ali, no meio do pó, encolhida, enquanto ele tentava arrancar-lhe o filho dos braços. Ainda tentei ir em seu socorro, mas houve alguém na fila que me agarrou. Não valia a pena. O homem continuava a puxar pelo Daniel, mas a única coisa que conseguia era levar a Sarah de rastos. Depois apareceu outro alemão para ajudar. Deu-lhe um pontapé tão brutal que, por instantes, ela deve ter perdido os sentidos. Foi o suficiente para o outro conseguir sair dali com o corpo do menino. Havia de ter visto como o levou, Kimberly. Como um saco de lixo. Preso por uma perna, a arrastar a cabeça pelo chão. Assim. Acabou por atirá-lo para um camião, para cima de uma pilha de corpos, os corpos dos desgraçados que não tinham resistido à viagem. Era dessa maneira que terminava a história do Daniel. Uma história breve, demasiado breve. Cheia de amor, cheia de sofrimento, e para quê? Para acabar assim.

Quantas vezes teria Esther revisto aquele drama ao longo dos últimos anos? Como será que vê o mundo quem já presenciou uma coisa assim? Olhei-a e senti uma enorme compaixão. Esther lutava contra as lágrimas enquanto olhava para o alto, para o céu da cidade. Não sei o que procurava nas estrelas, mas talvez desejasse voar até elas, conhecer fadas e contos para crianças, nos quais estas coisas nunca acontecem.

Deixei-a estar. Só voltou a falar quando virámos para a 86th Street, a rua onde se situava a sua casa. Parecia ter sobrevivido a uma tempestade e isso notava-se no registo da voz:

– Quer ver um retrato da dignidade absoluta? – perguntou-me, quase em surdina. – Então pense na imagem da Sarah, naquele momento, perante o olhar de toda a gente. Levantou-se do chão e sacudiu o pó do rosto e do cabelo. Mais uma vez, não chorou, mais uma vez, não disse nada. Depois, com a cabeça bem erguida, fixou os olhos no SS que lhe tinha batido. Não sei quanto tempo é que aquilo durou. Estávamos todos hipnotizados pelo que estava a acontecer. Era um desafio, uma acusação, uma maldição, sei lá... Parecia que era ela contra o mundo inteiro. Até que, claro, o alemão saiu do transe e desatou a berrar e a agarrá-la. – Naquele instante, Esther começou a andar mais devagar, até quase parar no meio do passeio. Parecia querer recordar-se de alguma coisa com mais precisão. – Foi essa a primeira vez que o vi – disse, com o olhar franzido.

Olhei para ela com curiosidade. Pareceu-me, novamente, perturbada, quase assustada.

– Quem? – perguntei.

– Chamavam-lhe o Corvo – disse entredentes. – Apenas isso, o Corvo. Não precisou de abrir a boca. Bastou-lhe dar um passo em frente e o guarda deixou cair os braços, ficou a olhar para ele, sem dizer nada, sem fazer nada. O homem aproximou-se dela. Andava lentamente, muito devagar. Olhou-a com interesse. Primeiro de alto a baixo, depois só nos olhos. Estudou-os durante imenso tempo. Dava a sensação de que queria descobrir alguma coisa, era estranho. A Sarah nunca lhe virou a cara. Enfrentou-o o tempo todo, nunca mostrou medo. E sabe Deus que tinha razões para isso. Ele ainda era relativamente novo, quarenta anos, quarenta e cinco no máximo. Era muito alto, ainda mais alto do que os outros. Estava vestido com um daqueles uniformes negros que alguns SS usavam, com a banda vermelha e tudo. Mas sabe o que me impressionou mais? Foi a sua calma, a maneira como se impunha. No meio daquele frenesim, daquela miséria toda, ele parecia mover-se um nível acima.

– Era o chefe?

– Era o responsável pela Gestapo em Auschwitz, o que também não é pouco. Pelo menos fazia dele o homem mais temido do campo. Nem os alemães se sentiam à vontade ao seu lado. Era ele quem mandava as pessoas para o Bloco 11.

– Desculpe...?

– Se quer ter uma ideia aproximada, pense na câmara dos horrores. Era lá que eles guardavam todos os que queriam castigar. Torturaram e mataram muita gente naquelas celas.

O inferno dentro de outro inferno. – Nessa altura Esther voltou-se para mim. – A verdade é que foi ele que nos salvou a vida.

– O Corvo?

– O Corvo – confirmou. – Assim que virou as costas à Sarah, fui ter com ela e trouxe-a outra vez para a fila. Os soldados não voltaram a incomodá-la. Passado um bocado, chegámos até aos oficiais que estavam a fazer a seleção. Foi nessa altura que o Corvo segredou alguma coisa ao que nos estava a examinar. Não sei o que lhe disse, mas o outro nem pestanejou. Limitou-se a fazer um gesto com a cabeça, mandando-nos para junto do grupo bom, o grupo daqueles que se iam salvar. E sabe quantas pessoas é que escaparam às câmaras de gás naquela tarde? Quinze homens e dezasseis mulheres... Todos os outros estavam mortos passadas duas horas. E eram centenas, valha-me Deus. Centenas de inocentes chacinados, assim, num abrir e fechar de olhos. Por que diabo acha que nós escapámos? No estado em que estávamos, de certeza que não parecíamos mais úteis aos alemães do que os outros infelizes. Pode acreditar, Kimberly. Fomos poupadas apenas porque aquele homem, aquele monstro, assim o quis.

– Mas porquê?

No preciso momento em que fiz a pergunta, reparei no carro de Guido, que se encontrava parado junto ao passeio, com o motor ligado. Esther abrandou o passo, ao mesmo tempo que apontava para o prédio que tínhamos à frente. Era um edifício fantástico, de cinco pisos, com a fachada curva e varandas de ferro. Estava engavetado no meio de dois prédios muito maiores, mas a traça requintada distinguia-o dos demais.

– Conto-lhe lá em cima, pode ser?

AUSCHWITZ, POLÓNIA
Março, 1943

Max Kirchmann era um homem só. Sempre se recordava de ter sido assim. Fora-o em criança, fora-o em rapaz e nunca deixara de o ser. Ainda assim, era ali, em Auschwitz, que a sua personalidade complexa se tornava mais impenetrável. Conhecia bem o efeito que isso provocava nas pessoas. Sabia que o facto de ser o responsável pelo departamento que a Gestapo mantinha no campo principal ajudava à imagem que dele faziam. A Polícia Secreta do Estado continuava a povoar os pesadelos de justos e pecadores, um pouco por todo o Reich, mas, ao contrário de muitos camaradas seus, Max não se orgulhava do terror que causava nos outros. Era natural que o estatuto lhe trouxesse benefícios, não o negava, mas fazia questão de os reduzir à sua atividade de polícia e carrasco. Irritava-o ser conhecido pelo «Corvo», mas isso era apenas um pormenor. Na verdade, detestava Auschwitz, todas as suas rotinas, os que ali viviam e tudo o que representava. Aquele buraco, no sul da Polónia, era um pântano desolador e com o fim traçado. Fora ali colocado por influências superiores, interessadas em lhe garantir uma posição prudentemente distante da frente russa. Só ele sabia o que faria se pudesse escolher. As suas origens aristocratas tinham-no moldado à imagem do diletante, tão apreciada na alta sociedade de Viena, a cidade onde nascera. Em meados dos anos vinte, viajara até aos Estados Unidos na companhia do pai, que ali fora colocado como encarregado de negócios da República Austríaca. Após quatro anos em Princeton, regressara a casa pronto a conquistar tudo o que desejasse. Já na Alemanha, convivera no seio das elites, indo sempre mais além na senda da excelência. Tornara-se um obstinado, voltara a estudar e fizera-se conhecedor das coisas grandes do mundo. Por essa razão nunca se conformara com o que via agora à sua volta. Já não reconhecia a Alemanha dos poetas e pensadores; o berço de Kant tornara-se cadafalso de Brecht, Thomas Mann e de outras ideias que Max venerava; mesmo as judaicas, de todas as mais perigosas aos olhos da hierarquia nacional-socialista. A verdade é que rejeitava com desdém a obsessão antissemita que o rodeava. O seu fermento fizera-se de palavras transcendentes como as de Heyse ou Kafka e não concebia que a natureza atribuísse tais virtudes a *Untermenschen*[38].

Por tudo isso desprezava os nazis. Quase tanto como o próprio Hitler. Para ele, o *Führer* não passava de um rústico carregado de autoestima.

Mas havia outra coisa, algo de que não poderia libertar-se: Max era um herdeiro convicto da tradição pangermanista dos Kirchmann. Por isso adquirira a cidadania alemã ainda antes do *Anschluss*[39], trocando a mansão familiar por um apartamento desafogado na Leipziger Strasse, em Berlim, a dois passos da Chancelaria. Moldado pelos padrões rígidos do pai, tornara-se prussiano de têmpera e convicção. Talvez por isso, ninguém dos seus círculos próximos estranhou o fascínio que Max devotava ao elitismo da SS, muito menos a determinação de se lhe juntar. Nunca prescindiria do código de honra e sujeitar-se-ia à cadeia de comando com a mesma lealdade de aço que distinguira os outros militares da família. Saberia cumprir a missão e, como de costume, fá-lo-ia melhor do que qualquer outro que estivesse no seu lugar. Ele era assim: diferente, maior. E crescera a lembrar-se disso todos os dias.

O seu papel em Auschwitz não era fácil: deveria garantir que os vários campos se mantinham a salvo dos impulsos perigosos

---

[38] Palavra alemã que significa «sub-humanos» e que era pejorativamente associada aos judeus.

[39] Anexação da Áustria por parte da Alemanha Nazi, que teve lugar em março de 1938.

dos prisioneiros. Max considerava-se um especialista sempre que era chamado a desencorajar tentações de fuga ou resistência. Sujava as mãos no sofrimento dos outros, mas isso nunca o perturbara. Pelo contrário, fazia questão em levar os interrogatórios até ao fim, mesmo quando esse fim coincidia com o fim do interrogado. Ainda assim, orgulhava-se de nunca ter tido um gesto violento além do que julgava imprescindível. Max não era sádico; era bem pior do que isso. Por altura dos confrontos, esvaziava-se totalmente de sentimentos, agindo como um mecanismo triturador. Nunca procurara no seu íntimo o aval para esses atos. Era naturalmente intransigente, mas também eficaz, resistia às fraquezas e detestava ter dúvidas. Talvez por isso, a recordação daquela judia deixara-o perturbado. Mal olhara para ela, soubera que já a vira; Max nunca esquecia um rosto. Para mais, aquela beleza só podia ser única. E os olhos... Já estava em Auschwitz havia mais de um ano e só se lembrava do olhar dos arrogantes, dos apavorados e dos mortos. Mas o da rapariga, não. Era diferente. Era superior e confrontador; tal qual o que ele imaginava em si mesmo. A forma como o encarara no dia da chegada ao campo, minutos depois de lhe terem arrancado o filho morto, fê-lo sentir-se diminuído e chegou a pensar matá-la ali mesmo. Sabia que era isso que todos esperavam dele, então quis experimentar o gozo de os defraudar. Também por isso foi misericordioso. Porém, continuava às escuras; por muito que se esforçasse, não se recordava das circunstâncias em que a conhecera e isso exasperava-o. Não demorou a encontrar o seu nome através dos registos do campo, mas não foi suficiente. Sarah Gross parecia-lhe tão vulgar como as centenas de nomes que Max já investigara. Felizmente estava no lugar certo para descobrir o que procurava. Sem estar seguro dos seus motivos, preferira acautelar-se e mandara o outro deixá-la viver, juntamente com a companheira.

*

Esther entrou esbaforida pela sala. Sabina estava sentada a um canto e olhou-a com um sorriso terno. Quando se aproximou da mãe, tentou beijá-la sem o conseguir. Não percebeu porquê. Sentiu-se confusa, triste, inacreditavelmente triste, e nem então soube porquê. Ao virar-se para o outro lado, viu as fatias de *kugel* a arrefecerem num prato em cima da mesa. O coração disparou-lhe no peito. Tinha uma fome terrível e aquele pudim, apesar de tão próximo e disponível, parecia-lhe estranhamente inalcançável. Estava certa. Rodeou a mesa várias vezes e esticou os braços ao limite, mas não chegou a tocar-lhe. Olhou para a mãe à procura de ajuda, de uma explicação, mas Sabina já lá não estava. Vergada pela frustração, Esther deitou-se no chão duro. Sentia-se cansada, mas era-lhe difícil dormir por causa das dores no corpo. Finalmente abriu os olhos, mas, antes de ver qualquer coisa, foi agredida pelo fedor insuportável. Estava há quase um mês no campo, mas nunca se habituara. Ao seu lado, sobre a madeira rija, dormiam Sarah e outras duas mulheres. Por cima de si, eram mais quatro e no estrado de baixo apenas três. Uma delas gemia, juntando o seu lamento aos muitos que se ouviam por todo o bloco. O edifício lembrava um enorme organismo vivo, doente nas suas entranhas, onde apodreciam mais de quatrocentas mulheres apertadas umas contra as outras, cobertas de doenças, piolhos e imundice. Ao longo de todo o campo, muitas dezenas de estábulos iguais àquele dormiam o mesmo sono agonizante, à espera de vomitar as suas presas para o inferno de um novo dia. Esther fez tudo para sonhar outra vez e voltar à sala da sua infância, mas as portas abriram-se de rompante. Os gritos da chefe do bloco doeram-lhe como bofetadas.

– *Raus! Raus!*[40]

Não conseguia imaginar como iria suportar outro dia como o anterior, ou como o que viera antes desse. Ao seu lado, Sarah ergueu-se sem uma palavra, porque naquele lugar não se usavam palavras. Deixaram-se escorregar até ao chão e calçaram as socas de madeira a que se tinham abraçado toda a noite. Perdê-las ou deixá-las roubar poderia significar a morte, pois ninguém sobrevivia descalço em Birkenau. Cambaleantes, dirigiram-se à porta

---

[40] Saiam! Saiam!

de saída. Lá fora o escuro da madrugada era vencido pela luz dos focos, antecipando o despertar do monstro. As prisioneiras iam saindo, alinhadas em grupos de cinco, a caminho das latrinas. Aquele era um dos momentos mais esperados do dia e a ansiedade com que as mulheres aguardavam na fila transformava-se frequentemente em desespero. Devido às desastrosas condições sanitárias do campo, grande parte das detidas sofriam de disenteria, pelo que, muitas vezes, não conseguiam controlar o organismo. Assim que entravam no bloco, corriam como loucas, chapinhando os pés numa lama imunda, até alcançarem as latrinas. O local era deprimente e roubava-lhes toda a privacidade ou dignidade. A bancada de cimento prolongava-se por longos metros, onde se dispunham dezenas de buracos redondos. As mulheres sentavam-se ali, lado a lado, mas raramente podiam permanecer o tempo de que precisavam. Novamente os gritos e as vergastadas se encarregavam de vagar aqueles lugares a favor das desgraçadas que aguardavam à entrada. Algumas conseguiam, ainda, lavar-se à pressa, recorrendo às enormes barras de sabão fétido e à água fria, caso esta se lembrasse de correr pelas torneiras oxidadas.

Quando, finalmente, abandonavam o edifício, iam comer. Ao chegarem ao bloco, recolhiam as suas malgas e juntavam-se à fila. Assim que chegava a sua vez, estendiam os recipientes para que outra prisioneira os enchesse com um líquido escuro e amargo, que poderia passar por café. Por enquanto, seria o suficiente. Teriam de se lançar numa jornada de trabalho insano apenas com aquela água suja no estômago. Uma vez saciadas com a primeira refeição do dia, as mulheres perfilavam-se no pátio exterior, para o *Appell*, a chamada infernal. Durante uma, duas, três, quatro horas, as doentes e as sãs, ao frio, ao vento ou debaixo de um calor sufocante, tinham de responder pelo número que lhes coubera e garantir que não existia diferença entre as prisioneiras registadas e as que se encontravam na parada. Sempre que surgia alguma discrepância, a contagem reiniciava-se e era nessa altura que algumas perdiam o alento e caíam de joelhos. Umas vezes, a saraivada de pancadas era bastante para as devolver à posição inicial, outras, que não eram raras, tornava-se misericordiosa e extinguia-lhes para sempre o sofrimento. Ao final da tarde, quando regressassem do trabalho, aguardava-as o mesmo ritual obsceno. Naquela manhã a contagem foi magnânima, visto que só se repetiu por uma vez. Esther imaginou como seria quando Auschwitz lhes mostrasse a face fria dos meses de inverno. Assim que as *kapos*[41] se convenceram de que os números batiam certo, começaram a distribuir as prisioneiras pelos vários grupos de trabalho. Ser escolhido para este ou aquele grupo fazia muitas vezes a diferença entre a vida e a morte. Infelizmente para a maior parte, essa diferença deixara de se notar. Não era o caso das duas raparigas. Com pouco tempo de campo, Sarah e Esther ainda exibiam raras marcas de sofrimento, ainda assim, as suficientes para que evitassem olhar uma para a outra, não fossem recordar o que não queriam. Os rostos já não eram os mesmos e os crânios rapados igualavam-nas à multidão de mulheres com quem se cruzavam.

E, depois, havia a fome...

Como se descreve a fome em Auschwitz?

Por palavras? Haveria que as inventar, primeiro.

Não, a fome naquele lugar não se media pelo verbo, antes pela aritmética das horas. As horas que passavam desde a última refeição e as horas que faltavam até à próxima. Quando finalmente se avistasse o fumo da panela, a contagem far-se-ia ao minuto. E os últimos minutos, já contados no fim da fila, far-se-iam passos. Passos lentos, travados, depravados. Depois, aquilo que as esperava não passava de um engano sádico... delicioso. Após o café matinal, seguia-se, pelo meio-dia, um caldo pobre, onde boiavam vestígios de batata e nabo. À noite, como prémio para mais de dez horas de trabalho exaustivo, um pedaço de pão com duas fatias de salame seco ou simplesmente besuntado com margarina. Era nestas condições que, naquela manhã, as duas raparigas aguardaram a ordem da *kapo* para

---

[41] Prisioneiros designados pelos SS como supervisores, a quem cabia, entre outras tarefas, dirigir o trabalho forçado de outros detidos.

partirem rumo ao trabalho. À sua volta juntavam-se rostos já vistos. Rostos, apenas; ali ninguém tinha nome. Distinguiam-se uns aos outros pelo número tatuado no braço; distinguiam-se a si mesmos pela memória dos tempos em que tinham sido pessoas. Quando a ordem chegou finalmente, Esther e Sarah mais um grupo de prisioneiras seguiram em passos ritmados na direção do local de trabalho. Num daqueles paradoxos grotescos que tão bem diziam com a insanidade do campo, a música fez-se ouvir, melodiosa e compassada. A recém-formada orquestra de Birkenau era constituída por prisioneiras e pretendia marcar a cadência e o espírito dos corpos andantes, num clima de festividade mórbida. Todo o grupo marchava agora, atravessando o campo das mulheres no sentido da porta da morte, que era o nome por que era conhecida a entrada de Birkenau. Iam trabalhar numa das cozinhas do campo, um privilégio. Poder passar a maior parte do dia num espaço coberto, a salvo do clima drástico da Alta Silésia, era das maneiras mais eficazes de enganar a morte. Além disso, tomando os cuidados necessários, as prisioneiras que trabalhavam nas cozinhas conseguiam desviar para si alguma coisa, que acabavam por trocar no mercado negro do campo. Dessa maneira, obtinham algumas preciosidades, como um cobertor adicional ou simples folhas de papel que usavam para escrever memórias ou combater o frio por baixo da roupa.

Quando Birkenau entardeceu, Sarah e Esther comeram o seu pão e partiram com as restantes mulheres para o dormitório. Mais tarde, nessa noite, no estrado do beliche e abafada pelos corpos das outras, Sarah lembrou-se do muro da sua infância. Como gostaria de fazer regressar aquele momento; de ter seguido os pássaros para lá do Sol.

*

A primeira coisa que Max viu, ao chegar ao seu gabinete, foi o sobrescrito lacrado com o carimbo da Gestapo e a inscrição *Vertraulich!*, confidencial. Calculou logo do que se tratava, até porque aguardava aquilo havia muito tempo. Sentiu-se mais ansioso do que estava à espera e isso surpreendeu-o. Sempre cioso do seu autocontrolo, dirigiu-se até à mesa redonda onde tantas vezes despachara a vida ou a morte dos prisioneiros e serviu-se de chá quente. Segurando o pires numa das mãos, aproximou-se da janela e deixou-se envolver pelo sabor da bebida, enquanto tentava antecipar o que estava prestes a desvendar. Para alguém na sua posição, obter informações detalhadas sobre os antecedentes de um prisioneiro não constituía um problema e, ou muito se enganava, ou aquela judia tinha uma história interessante para descobrir. De certeza que havia algo a distingui-la do grupo de miseráveis com quem chegara. Mal terminou o chá, pousou a chávena no sítio original e sentou-se à secretária. Com gestos meticulosos, desfez o lacre e retirou do sobrescrito duas pastas de cartão. Na primeira constava o nome que já decorara: *Gross, Sarah*; na segunda, estava agrafada a fotografia de um homem. Assim que a viu, Max precisou de poucos segundos para se recordar de tudo: já sabia quem era Sarah Gross. A memória da Sonderaktion Krakau, em que tinham sido presos dezenas de professores da Jaguelónica, ainda estava bem viva. Afinal, tinha sido a sua primeira missão na Polónia. Claro que se recordava do professor Hirsch. Um subversivo perigoso, a quem fora dado o destino inevitável, a bem da segurança do Reich. Max supervisionara o interrogatório e assistira à sua morte sem ter recolhido qualquer informação de valor. Não descobrira se tal se devera à firmeza de caráter do professor, se ao mero desconhecimento, mas nunca se preocupara com isso. Também se lembrava bem da rapariga. Fora ele que a mandara prender para ser interrogada. Não a ouvira pessoalmente, mas cruzara-se com ela e observara-a diversas vezes ao longo dessa tarde. Agora, sim, recordava-se de como, já então, a imagem daquela judia o impressionara. O interrogatório não oferecera nada de novo. As informações credíveis que atestavam a ausência dela das reuniões do *Comintern*, bem como a falta de indícios do seu envolvimento noutras atividades ilegítimas fizeram com que Max decidisse libertá-la.

Porém, agora era diferente. À curiosidade suscitada pelo reconhecimento difuso no dia em que ela chegara ao campo juntava-se algo mais, algo que o confundia. Por mais que tentasse evitá-lo, o olhar com que o enfrentara nessa altura parecia persegui-lo. Pouco tempo após esse acontecimento Max decidira tomar providências. Deixá-la desprotegida em Birkenau era um risco que não estava disposto a correr, pelo menos enquanto não descobrisse de onde a conhecia. Por isso, horas depois de ter ordenado uma investigação rigorosa sobre a rapariga, fez com que a mandassem para as cozinhas. A outra iria com ela, até porque as hipóteses de sobreviver em Auschwitz aumentavam para os que tinham em quem se apoiar. Desde então, e já passara mais de um mês, encontrara-a por duas ocasiões, a última das quais na manhã desse mesmo dia. Ficara satisfeito ao constatar que mantinha alguma robustez, mostrando-se ágil nos movimentos. É evidente que a transformação fora assinalável, e, na primeira vez que a vira após o encontro inicial, enfiada no uniforme de prisioneira e sem cabelo, Max sentira-se ofendido.

Entretanto, naquele momento, preferiu desviar esses pensamentos e olhou atentamente para os papéis acabados de chegar. A espessura da informação pareceu-lhe prometedora. Havia ali bastante com que se entreter. E assim foi, de facto. Durante cerca de duas horas, Max mergulhou a fundo na vida da judia dos olhos feiticeiros. Estava ali tudo: onde nascera, onde vivera e estudara; a identidade dos pais, dos avós de Chicago e dos amigos próximos. Mas havia mais. Os acontecimentos que tinham marcado a existência de Sarah e dos seus apareciam descritos em detalhe. Max passou a conhecer Henryk e o que o trouxera à Polónia; soube o que acontecera em Lomza e a forma como Zederbaum se aproveitara disso; conheceu a ligação de Henryk com o deputado judeu e a sua conivência com o administrador do distrito. A obsessão do investigador fora tal que até o nome da pianista lituana que ensinara Sarah em Cracóvia aparecia nos apêndices que concluíam o relatório. Depois de ter lido com atenção todo o conteúdo, pousou os papéis e encostou-se ao espaldar da cadeira, entrelaçando os dedos sobre o colo. Iria dedicar os momentos seguintes a processar o que acabara de saber. A reflexão aproximava-o das suas suspeitas iniciais. Sarah era uma mulher diferente das demais. Uma raridade, mesmo fora do campo. Tratava-se de alguém com uma educação excecional, carregada de experiências interessantes. A isso tudo teria de somar aquilo que não viera escrito no papel: a beleza, a beleza crua com que o agredira da primeira vez. Fora educado na escola de Viena para ser um homem do Renascimento, mas quem lhe formara o gosto descurara-lhe o inconformismo intelectual. Desprezava os que mediam a estética a régua e esquadro e até nisso a judia o extasiara. O desenho assimétrico do seu rosto devolvera-lhe um olhar de cores diferentes, intenso, e fora através dele que ela lhe exibira aquela força provocadora. Max era um leitor de rostos. Treinara-se a arrancar segredos, a vasculhar nos labirintos das almas e a ver o que mais ninguém descobria. Por isso sabia que não podia estar enganado. No mínimo, a judia ganhara o direito a uma observação mais atenta.

A primeira coisa a fazer seria falar com ela, mas a sua intuição dizia-lhe que não iria ser fácil.

*

Aquela madrugada prometia um dia igual aos anteriores. Como habitualmente, Esther foi a primeira a reagir. Ergueu-se num impulso e acordou Sarah. Assim que tocaram com os pés no chão, viram de relance a chefe do bloco, acompanhada por uma guarda alemã. Naquele momento, a primeira conseguia gritar ainda mais alto que o habitual:

– Número 3.8451[42]! 3.8451!

Esther olhou instintivamente para o número que tinha tatuado no braço e confirmou que o seu era o 3.8450. Assim

[42] O sistema de registo e numeração de prisioneiros em Auschwitz não previa qualquer ponto entre os algarismos. No entanto, como os números 38450 e 38451 foram efetivamente atribuídos a dois prisioneiros judeus, entendeu-se não usurpar essa derradeira referência, pelo que se introduziu a alteração.

sendo, o de Sarah deveria ser o que a chefe do bloco procurava, uma vez que a amiga havia sido registada imediatamente a seguir a si. Sem perder tempo, Esther arregaçou-lhe a manga, pondo a descoberto o braço e o número gravado a azul. Não se enganara:

– É o teu número – disse a Sarah. – Vai ter com elas. Depressa!

Sarah não mostrou qualquer sinal de se querer mexer, pelo que Esther foi obrigada a arrastá-la pela banda do casaco até às mulheres que a procuravam. Assim que chegou junto delas, Esther quase empurrou a amiga para cima das duas. A passividade de Sarah estava a deixá-la desesperada.

– 3.8451? – perguntou a alemã, confirmando pela enésima vez aquele número, no papel que trazia consigo.

– *Jawohl!* – disse Esther, na vez de Sarah.

A guarda puxou-lhe o braço e confirmou o registo inscrito na pele. Com um aceno de cabeça, deu a saber à chefe do bloco que não precisava mais dela. Olhando Sarah nos olhos, ordenou que a acompanhasse.

Temendo que a amiga não colaborasse, Esther segredou-lhe:

– Por favor, Sarah. Faz o que ela diz. Por nós as duas. Peço-te.

Ela acabou por obedecer e acompanhou a guarda. Assim que saíram do bloco, dirigiram-se a pé até à entrada principal do campo. Era um passeio de mais de setecentos metros, que lhes levou alguns minutos a percorrer. Durante esse tempo, não foi trocada uma palavra entre as duas. Ao chegar à porta da morte, a guarda mandou-a aguardar e desapareceu por uma entrada secundária do edifício que ligava Birkenau ao exterior. Sarah permaneceu ali, sozinha e em pé, mais de três horas. Só então a alemã surgiu acompanhada por um *Kriminalassistent*, um oficial da Gestapo, trajado à civil. Aproximaram-se dela e o homem dirigiu-se-lhe num tom aceitável. Não chegou a ser cordato, nem fez qualquer esforço para ser agradável, mas a sua postura revelava uma neutralidade pouco comum naquele tipo de encontros.

– Sarah Gross?

Se a guarda estranhou a brandura daquele tratamento ou o facto de ter sido utilizado o nome da prisioneira, em vez do seu número de registo, não o demonstrou. Permaneceu impassível até ao momento em que o carro abandonou o campo de extermínio de Birkenau e se dirigiu a Oshpitzin. Sarah regressava à terra do seu pai, do avô e de tantas outras memórias. Mas o que a esperava pouco tinha a ver com o que lá deixara. Dentro de poucos minutos, iria conhecer de perto o *Stammlager*[43] de Auschwitz.

No instante em que o carro entrou na cidade, Sarah estremeceu. A estrada que ligava os dois campos não atravessava os locais que lhe eram mais familiares, ainda assim sentiu-se agredida pela paisagem. Quando passaram ao lado do portão do campo principal, sob a inscrição «*Arbeit Macht Frei*»[44], o carro seguiu em frente, paralelo à vedação eletrificada de arame farpado, e não chegou a entrar no campo. Ao fundo da rua, virou à direita e parou, poucos metros depois, junto à entrada do edifício onde funcionava o *Politische Abteilung*[45]. Depois de saírem do carro, Sarah seguiu o oficial até aos primeiros degraus do prédio. Já lá dentro, o alemão dirigiu-se a um corredor que era constantemente atravessado por funcionários silenciosos.

– Espere aqui – disse-lhe, sem olhar para trás.

Sarah encostou-se a uma parede, enquanto o homem se anunciava junto a uma porta lateral. Um minuto depois, regressou e passou à sua frente sem lhe prestar atenção. Usando a visão periférica, Sarah apercebeu-se de uma presença à entrada da sala de onde o *Kriminalassistent* tinha saído. Quando olhou para lá deu de caras com a expressão inquisidora de Max Kirchmann. Não demorou a reconhecê-lo. Max observou-a demoradamente, como se quisesse assegurar-se de que se tratava da pessoa certa. Assim que teve a certeza, chamou-a pelo nome, convidando-a a entrar. A princípio, Sarah pareceu desprezar o seu apelo, mas sabia que não valia a pena resistir, pelo que

[43] Campo principal.

[44] *O Trabalho Liberta.*

[45] Departamento Político. Um dos vários departamentos que operavam nos campos de concentração nazis e que integrava a Gestapo e a polícia criminal, *Kripo*.

acabou por ir ter com ele. Max afastou-se para a deixar passar, mantendo aberta a porta do gabinete. Nem mesmo o espírito errante de Sarah foi capaz de ignorar aquele improvável gesto de deferência. Após ter entrado no refúgio privado do Corvo, aguardou em pé, pronta para tudo.

– Sente-se, por favor – disse ele, depois de fechar a porta e enquanto puxava uma das cadeiras que rodeavam a mesa redonda.

Sarah sentou-se de imediato e procurou lembrar-se de há quanto tempo não fazia um gesto tão simples como aquele. Não havia cadeiras em Auschwitz, pelo menos nunca vira nenhuma. E porque existiriam? Em que circunstâncias poderiam ser úteis aos prisioneiros? Era, apenas, mais um dos retalhos da vida normal que o campo negava às suas presas.

Quando Max se instalou no lado oposto da mesa, Sarah fixou os olhos numa das volutas que decoravam o bule de porcelana pousado à sua frente e manteve-se assim a maior parte do tempo. Não receava o confronto com o alemão, mas odiava-o e a tudo o que ele significava. Max sabia-o e cabia-lhe, antes de tudo, refrear o sentimento negativo, mostrando-lhe que estava na presença de um homem diferente. O silêncio que se gerou naqueles instantes foi subitamente quebrado por um par de pancadas leves na porta do gabinete.

– Entre – disse Max, que já esperava aquela interrupção.

Tratava-se de um jovem loiro, que pediu licença antes de entrar. Não estava fardado, embora trouxesse um vistoso alfinete de gravata com a inscrição *Geheime Staatspolizei*, abaixo do emblema do partido nazi. O rapaz tinha as feições duras de um homem velho e transportava um tabuleiro que pousou na mesa. Assim que o fez, saiu por onde entrara, sem uma palavra. Sarah nem sequer olhou para o que tinha sido posto à sua frente. Por isso não viu os dois pães de trigo, cobertos de sementes, nem as grossas fatias de queijo da Baviera, o fiambre ou o frasquinho de doce de lima. Melhor assim, até porque nunca lhes tocaria. Não importava que o seu corpo enfraquecido lhe gritasse o contrário. Conhecia os alemães; por trás da sedução, haveria um preço a pagar. Max apercebeu-se da relutância de Sarah e começou a quebrar o gelo.

– Coma, por favor – disse com amabilidade. – Pode acreditar que não lhe vou pedir nada em troca.

Max não hesitou em falar-lhe em alemão, sobretudo depois de saber que a rapariga estudara em Göttingen. Sarah manteve-se imóvel e ele deu-lhe tempo. Entretanto, aproveitou aquele momento para a estudar numa nova perspetiva. Tentou concentrar-se no seu olhar e esquecer o estado lastimável de tudo o resto. Embora não o encarasse, Sarah já erguera os olhos. Mantinha-os longínquos e vazios, mas tão poderosos como Max se lembrava. No entanto, naquele momento, o importante era explicar-lhe porque a tinha mandado chamar. As informações que reunira recentemente sobre Aleck Hirsch acabaram por constituir o pretexto de que precisava.

– Deve querer saber porque está aqui – começou. Como Sarah continuava sem mexer um músculo, ele inclinou-se ligeiramente e aproximou dela um olhar acutilante. – Não a quero manter curiosa. O nome Aleck Hirsch diz-lhe alguma coisa? – Desta vez, Sarah foi incapaz de suster um ligeiro frémito, reação mais do que suficiente para o olhar treinado de Max perceber que o estava a seguir. – Temos informações credíveis que provam a vossa relação, mas gostava de o ouvir da sua boca.

Tal como previra, Sarah manteve-se em silêncio, mas isso não o preocupou. O mais difícil estava feito. Tinha garantido a sua atenção e isso, para já, bastava-lhe.

Passados alguns momentos, Max voltou a recostar-se na cadeira e cruzou a perna. Preferiu dar-lhe espaço, apreciar mais de longe as reações que aí vinham.

– Como calcula, estamos a par das ideias perigosas do professor Hirsch – prosseguiu Max, enquanto acendia um cigarro. – E, dada a vossa proximidade, receamos que possa ter sido... contaminada, se percebe o que quero dizer.

Sarah fervia por dentro, desesperada por fazer a pergunta que a perseguia havia tanto tempo: que sucedera a Aleck? Morrera? Ou acontecera algum milagre?

Adivinhando os seus pensamentos, Max optou por acabar logo com aquilo. Dispensava bem a existência de um fantasma na vida da rapariga.

– Foi lamentável que tenha morrido daquela maneira – disse, expirando uma coluna de fumo. – Era evidente que se tratava de um homem notável.

Parou de falar e preparou-se para observar os estragos que a notícia provocara. No entanto, apesar do impacto, ela não deixou escapar nenhum dos estilhaços. Fechou-se ainda mais, sem fazer qualquer esforço para se agarrar durante a queda livre que se seguiu. Limitou-se a cair, ao longo de um poço sem fim, em cujas paredes via agora passar as imagens desfocadas de Henryk, Anna, Daniel e Aleck. Aqueles rostos sorridentes chamavam-na a encontrar na outra vida o que perdera nesta.

Quando regressou a si, Sarah era uma mulher diferente. A última luz extinguira-se. Continuaria prisioneira de Auschwitz, mas livrara-se para sempre da esperança. Sentiu-se liberta. Isso deu-lhe a segurança dos que não têm nada a perder e tornou-a poderosa. Já podia enfrentar a morte e a iniquidade, olhos nos olhos. Inspirou profundamente e encarou Max finalmente.

– Foi para isso que me chamou aqui? – perguntou, com uma frieza metálica.

Desta vez, Max foi apanhado de surpresa e endireitou-se na cadeira. O estatuto que granjeara vinha-lhe, sobretudo, da capacidade de prever este tipo de coisas, mas Sarah, por tantas razões, desviava-se do padrão. Ainda assim, tinha experiência e intuição bastantes para saber quando devia ir direito ao assunto.

– Quero ajudá-la – disse Max. – Nada mais. – Num relance, Sarah avaliou-lhe a expressão, não chegando a sentir-se curiosa. – Quero que vá trabalhar para mim – continuou ele. – Quero tirá-la daqui. Alimentá-la em condições, livrá-la de Birkenau. Com um pouco de sorte, quem sabe, fazê-la sobreviver à guerra.

– Quem lhe disse que quero sobreviver?

Max levantou-se da cadeira e esmagou demoradamente o cigarro no cinzeiro de folha, antes de falar:

– Não chegou aqui há dois dias. Já teve tempo suficiente para desistir de viver. Birkenau é o sítio ideal. – Max acabara de tocar na corda mais sensível. Sarah perguntara-se muitas vezes quais as razões que a mantinham presa a uma existência tão inviável. Em parte, devia-o a Esther, à sua proximidade, à sua dedicação, o que não deixava de ser um motivo válido. No entanto, cada vez mais duvidava de que fosse suficiente. – Então? – insistiu Max. – É um trabalho suave, se comparado com as suas funções em Birkenau.

– Não sabia que os alemães nos davam a escolher.

– Normalmente não dão. Por isso sugiro-lhe que aproveite.

Sarah não precisou de tempo para refletir.

– Não – disse, levantando-se abruptamente. – Posso ir?

Max aproximou-se da janela e olhou lá para fora. Meditou na resposta de Sarah e acendeu mais um cigarro. De repente, virou-se bruscamente e marchou até à porta do gabinete, de onde ordenou alguma coisa, na direção do corredor. Quando voltou, encaminhou-se de novo para a janela. Ficou ali, por momentos, a assobiar o *Das Kaiserlied*, aparentando estar atento ao que se passava para lá da vedação de arame farpado.

– Sei que tem uma grande amiga no campo – disse, subitamente, sem deixar de olhar para a rua. – Uma amiga de infância, digo bem?

Sarah olhou-o instintivamente.

Continuando de costas para ela, Max parecia observar com fascínio o fio de fumo que se elevava do seu cigarro.

– É pena – concluiu. – Podíamos salvar as duas.

Nesse momento alguém bateu mais uma vez à porta. O *Kriminalassistent* que a trouxera surgiu novamente, mostrando-se pronto para a levar de volta. Sarah acompanhou-o, mas saiu dali arrasada pela proposta do alemão.

RAJSKO, ZONA DE INTERESSE DE AUSCHWITZ, POLÓNIA

MAIO, 1943

Para alguns setores da sociedade alemã, a guerra de 1914--1918 não tinha sido perdida na frente de batalha, mas dentro da própria Alemanha, devido ao colapso da indústria alimentar do II Reich. Obstinada em impedir a repetição desse erro trágico, a hierarquia nacional-socialista quis fazer dos territórios conquistados a leste um espaço vital para o desenvolvimento da Alemanha, suportado numa agricultura autossuficiente. Por isso, pouco depois de Hitler ter chegado ao poder, foi criado o *Forschungsdienst*, um órgão destinado a coordenar o trabalho de uma legião de investigadores dedicados às ciências agrárias, orientando-os no sentido das prioridades do Estado. Um dos produtos mais requisitados era a borracha, essencial para o esforço de guerra, uma vez que dele dependia, entre outras coisas, o fabrico de pneus para os veículos militares. Assim, perto de Oswiécim, a poucos minutos do campo de Auschwitz I, o todo-poderoso conglomerado industrial alemão I.G. Farben, devidamente apadrinhado pela SS, ergueu uma fábrica gigantesca destinada à produção de borracha sintética. Apesar disso, mesmo para este método artificial, continuavam a ser necessárias pequenas quantidades de borracha natural que só se conseguiam através da importação. Por essa razão, as autoridades alemãs entenderam apostar na plantação de dentes-de-leão, plantas capazes de produzir borracha de alta qualidade. A fim de viabilizar o processo e aumentar o teor de borracha em cada planta, foi necessário recorrer à ciência, pelo que se montou uma unidade de investigação e produção, acarinhada ao mais alto nível pelo Governo. A estação agrícola de Auschwitz localizava-se a cinco quilómetros do campo principal, na aldeia de Rajsko. A plantação de dentes-de-leão foi assim iniciada em 1942, tendo sido nos laboratórios aí criados que se desenvolveram as experiências tendentes a garantir o sucesso pretendido. O trabalho nas estufas era exigente, sendo fundamental recorrer a uma mão-de-obra vasta e eficiente. Para tal foi transferido de Ravensbrück[46] um grupo de prisioneiras que ficaram alojadas num pequeno subcampo, construído propositadamente a poucos metros das plantações. Para além de albergar as trabalhadoras e assim evitar o contratempo que implicava o trajeto diário entre Rajsko e Auschwitz, salvaguardava-se a mão-de-obra essencial das condições degradantes que as esperariam em Birkenau ou no *Stammlager*. Conscientes desse privilégio, todas as mulheres levaram ao limite a sua dedicação e o trabalho desenvolveu-se a um ritmo admirável. Mas aquelas estufas não eram as únicas que podiam ser encontradas na aldeia. Nas traseiras do Palacete, nome por que era conhecido o mais distinto edifício das redondezas, fora levantada uma outra, em ferro pintado de branco e vidro. Max descobrira-a numa quinta abandonada, na aldeia vizinha de Polanka Wielka, e conseguira convencer o *Zentralbauleitung*[47] a ajudá-lo na transferência da estrutura. Foi necessário um exército de camiões para transportar todo o material, além das dezenas de prisioneiros vindos de Birkenau, que reergueram a estufa na sua nova morada. Tinha sido um projeto arrojado, tornado possível graças às verbas disponibilizadas pelo próprio Max. No fundo, era mais um presente que oferecia a si mesmo. Sempre tivera um grande fascínio pela botânica e agora, que estava condenado a passar os seus dias no esgoto do mundo, sabia-lhe bem trocar

[46] Campo de concentração destinado a mulheres, erguido em 1939 na Alemanha, a norte de Berlim.

[47] *Zentralbauleitung der Waffen-SS und Polizei Auschwitz*. Departamento responsável pela gestão e planeamento das obras na zona de interesse *(Interessengebiet)* de Auschwitz.

o fedor do *Lager* pelo perfume das plantas. Optara desde o primeiro momento pela produção de crisântemos, uma flor que o seduzia desde a juventude. Estabelecera um objetivo e isso mantinha-o convenientemente estimulado. Pretendia criar o seu próprio *cultivar*[48], uma flor com características únicas. Para isso contava com o conselho sabedor dos cientistas russos que trabalhavam na estação e com as duas judias francesas que mobilizara no campo de Rajsko para o ajudarem a cuidar dos espécimes. O Palacete também fora um achado. Só lamentava que os anteriores proprietários, apesar da pressa da evacuação, tivessem tido o sangue-frio de lhe deixar uma residência com as paredes vazias. Tinha passado os últimos oito meses a restituir a dignidade que um edifício daqueles reclamava e, a partir daí, com a estufa finalmente operacional, passara a suportar o seu fardo com outro alento. O momento preferido do dia acontecia quando regressava dos campos de prisioneiros pelo fim da tarde. Percorria o interior da estufa ainda antes de retirar a farda. Normalmente, chegava a tempo de trocar impressões com as trabalhadoras, procurando inteirar-se de todos os pormenores sobre a evolução das plantas.

Nos últimos tempos, a sua presença em Rajsko tornara-se ainda mais interessante. A perspetiva de ter a judia ali, todos os dias, era uma motivação adicional. Como não era ingénuo, sabia que ela só mudara de ideias por causa da amiga que tinha em Birkenau, mas não se preocupou. Acreditava no tempo e, acima de tudo, em si próprio, pelo que não duvidou de que seria capaz de quebrar o gelo. Assim que a tivesse na estufa, trazê-la para o Palacete não exigiria mais do que tato e perseverança.

Nesse dia, Max passou as horas de trabalho com uma agitação pouco comum. Sarah chegara a Rajsko naquela manhã, mas, como ele saíra muito cedo, não tinha tido oportunidade de a receber na sua estreia. Teria de ficar para o fim da tarde. O pior é que essa altura nunca mais chegava. Tinha feito

[48] Planta ou conjunto de plantas cujas características (cor, tamanho, etc.) diferem das da mesma espécie e se mantém de forma estável e consistente depois de propagado.

inúmeras viagens entre o seu gabinete e o bloco 11, pelo que se sentia fisicamente esgotado. Assim que chegasse a casa, iria vê-la. Explicar-lhe-ia como se transforma um crisântemo numa coroa-de-rei e saberia ser paciente.

Max abandonou a secretária à hora do costume e dirigiu-se para casa. Tal como era habitual, conduzia ele próprio o seu *Stoewer* cinzento. Havia muito que dispensara o motorista nos trajetos particulares; sempre eram mais uns momentos de libertação que oferecia a si mesmo. Quando chegou a Rajsko, passavam poucos minutos das cinco da tarde. Em vez de se encaminhar para o Palacete, estacionou junto à estufa, deixando propositadamente o boné negro sobre o banco do condutor. Em passos largos, aproximou-se da porta, que abriu cuidadosamente. A primeira imagem que viu foi a de Sarah. Naquele momento estava ao lado de Margot, uma engenheira judia, oriunda da Córsega, que ali fora colocada, acompanhada de extraordinárias recomendações. Enquanto a francesa explicava detalhadamente a morfologia da flor, Sarah observava o exemplar com atenção. Ao aperceberem-se da chegada de Max, as duas mulheres tiveram o cuidado de manter os olhos presos ao crisântemo, evitando assim o contacto visual com o Corvo. Ao contrário de quase todos os SS, ele sabia ser agradável com os prisioneiros. Porém, como todos tinham ouvido falar do seu lado obscuro, já se habituara a interlocutores aterrorizados. Até então, nunca se incomodara com isso, mas, desde que abrira aquela janela na sua vida, teria de demonstrar que para lá da sua fama abjeta existia um homem capaz de ser generoso. Quando chegou junto das duas, dirigiu-se a Margot:

– Que me diz? – perguntou, apontando para Sarah, com o queixo. – Escolhemos bem?

Sem nunca o encarar, Margot devolveu um rápido aceno de cabeça.

– *Jawohl, Herr Kommandant.*

Ali, em Rajsko, Max era assim tratado: *Herr Kommandant*... E gostava disso, soava-lhe bem. Mas não era por bazófia, até porque dispensava bem o servilismo daquela gentalha. Não, aquilo que o entusiasmava era a sensação de autonomia, de ser senhor do seu próprio espaço, um reino para lá de Auschwitz. Quando se colocou de cócoras, junto a um canteiro, para estudar as flores, sentiu uma sedução quase erótica. Segurando pelo pedúnculo, fez estalar o caule com um gesto seco, arrancando à terra um *cultivar* cor de limão. Levantou-se sem tirar os olhos daquele crisântemo imperial e aproximou-o de Sarah.

– Já reparou no tom que conseguimos? Olhe bem para ele. A expressão mais sublime da simplicidade. A cor, o tamanho, a estrutura, tudo tem uma função, um propósito exato. E, quando não há excessos, encontramos a beleza em estado puro. – As duas prisioneiras mantiveram-se em silêncio, imobilizadas entre a perfídia do monstro e o feitiço da planta. – Podemos imaginar alguma tarefa mais elevada do que esta? Estamos a aprimorar o trabalho divino, já pensou nisso?

Sarah não conseguiu deixar de pensar nas outras vezes em que o Corvo se vira na pele do Criador; nas vezes em que se mascarara de Deus, decidindo sobre a vida e a morte de inocentes. Emergindo do seu êxtase momentâneo, Max aproximou-se mais de Sarah e estendeu-lhe a flor. Com o rosto fixo no chão, Margot observou pelo canto do olho aquele gesto surpreendente. Já se habituara à civilidade com que o *Herr Kommandant* tratava os trabalhadores da estufa, mas nunca lhe vira nada parecido com uma demonstração de afeto. Sem fazer qualquer esforço para corresponder à cortesia, Sarah manteve as mãos encostadas às ancas. Ele não se deixou ficar de mão estendida; colocou-lhe a flor no bolso da bata e virou-lhe as costas.

Naquela noite, Max sentiu-se mergulhado num vendaval de emoções contraditórias. Vagueou pelo Palacete no seu roupão de seda, sem nunca largar o cálice de *Rémy Martin*. Apesar de ser sexta-feira, preferiu ficar em casa como de costume. Muitos dos oficiais tinham por hábito aproveitar o tempo livre na Solahütte, uma pousada situada na montanha, a meia hora de Auschwitz. Max fora lá apenas uma vez, por ocasião do aniversário de Höss, o comandante do campo, mas nunca mais lá voltara. Detestava caçar ou assistir a recitais de acordeão e, acima de tudo, não tinha paciência para tipos como Mengele ou Kramer. Alguns dos oficiais colocados em Auschwitz tinham optado por mandar vir a família, instalando-se placidamente nalguma casa da região, usurpada sem pudor ao legítimo proprietário. Para os ajudar nos trabalhos domésticos, tornara-se habitual recorrerem aos serviços de alguma adolescente polaca, recrutada localmente. Max, que vivia só, tivera sorte na escolha. Kasia era diligente nas tarefas e sabia o seu lugar. Além disso, embora muito nova, tinha um talento inato para a cozinha, sabendo ser rápida e requintada em igual medida. Porém, nessa noite, a jovem serviçal havia muito que regressara a casa. Liberto dos passos atarefados da rapariga, as paredes do Palacete ampliavam-se e ele sentiu o peso do vazio. Não que a presença da garota acrescentasse algo à sua vida, mas conseguia distraí-lo, nem que fosse de si mesmo. Isolado em casa, fez questão de correr as cortinas e fugir das paisagens que o dia lhe deixara. Continuaria um homem solitário, a ver o mundo de cima e os deuses de frente, cada vez mais certo de que havia um lugar para a judia ao seu lado. Mas Max conhecia o sofrimento dela. Tratava-se de uma mulher muito ferida, com a vida estilhaçada em pedaços irrecuperáveis. Desejou ir a tempo de a resgatar. Se alguém o podia fazer, era ele, apenas ele. Mais ninguém saberia devolvê-la à dimensão de onde viera. Mas, para isso, havia que derrubar um muro. Trazê-la para Rajsko fora essencial e agora, que a tinha ao pé, valer-se-ia de tudo para a fazer sua. Já se apercebera da importância que a amiga tinha na vida dela e não lhe seria difícil assegurar a sobrevivência de mais uma judia, mesmo em Birkenau. Estava convencido de que isso iria ser a chave para o mundo privado de Sarah.

*

Havia um ano que Sarah partira, e os dias em Birkenau pareciam ainda mais longos aos olhos extenuados de Esther. A amiga pouco lhe dissera, mas sossegara-a garantindo-lhe que não iria para longe, que ficaria bem. Esther não se tranquilizou, mas já se habituara à angústia das incertezas. Por outro lado, sabia que continuava com sorte. Fora transferida havia menos de três meses para os armazéns do campo e não se podia queixar. O local situava-se junto ao Crematório IV e era constituído por dezenas de blocos, nos quais todos os dias se procedia à separação dos bens suprimidos aos recém-chegados. Aquele setor de Birkenau era conhecido pelos prisioneiros como «Canadá», num paralelo entre a abundância que enchia os barracões e a lendária prosperidade desse país. Além disso, as condições de vida que ali se proporcionavam aos detidos eram substancialmente melhores. Esther via as outras mulheres mais robustas, com os cabelos compridos, parecendo até desenvoltas. Não deixou de pensar que a sua mudança para aquele local talvez significasse uma viragem. Talvez pudesse, também ela, deixar crescer o cabelo. Talvez sobrevivesse... O seu dia a dia no «Canadá» era extenuante. A deportação dos judeus húngaros tivera início três dias antes e, pelo avolumar incessante de bagagens, pôde calcular a quantidade de pessoas que todos os dias chegavam ao campo. Foi também ali que Esther assistiu mais de perto ao hediondo processo de extermínio. Embora nunca tivesse visto mais do que os sucessivos grupos de homens, mulheres e crianças a caminho dos Crematórios IV e V, tudo se tornou óbvio, até porque as marchas se faziam num só sentido. Apenas mais tarde, muito mais tarde, soube dos detalhes que ocorriam nas suas costas, a poucos metros dos armazéns onde trabalhava. As vítimas caminhavam angustiadas, mas longe de imaginar o que as esperava. Havia-lhes sido prometida a permanência no campo, mas, para tal, deveriam em primeiro lugar tomar banho, desinfetar-se. Iludidas com essa perspetiva, entravam no edifício do crematório, despindo-se completamente. A seguir mudavam-se para a sala dos duches, de cujo teto pendiam várias bocas de chuveiro. Já lá dentro, aguardavam que todo o grupo fosse instalado, até que a porta se fechava hermeticamente. Apesar das mentiras em que queriam acreditar, a ansiedade ia crescendo à medida que os segundos passavam e a água não corria. Até que, finalmente, todos os demónios irrompiam pela sala ao mesmo tempo. Quando o gás começava a fazer-se sentir, os corpos fundiam-se no desespero. Todos tentavam, por todos os meios, elevar-se o mais possível, para adiar a morte. Como se pede a uma mãe que escolha entre o ar que respira e o filho que lhe pende dos braços? Como se pede a um homem solidário que o seja ainda, quando, para viver mais uns instantes, tem de pisar o rosto de um amigo? Os gritos eram a única expressão com que se podia dizer adeus a um filho, a um pai, a um irmão... Quando tudo terminava e o silêncio atestava a morte, esperava-se mais um pouco até se abrir a porta e expor os rostos retorcidos. O inferno cristalizara-se nas suas expressões e aqueles que o testemunhassem lá saberiam o que fazer com aquela recordação. A suprema iniquidade atirava então para as mãos de outros judeus a tarefa de retirar os corpos. O *Sonderkommando* era o mais absurdo dos grupos de trabalho de Auschwitz, pois cabia aos seus membros assegurar a eficácia de todo o processo dentro dos crematórios. Eram eles que mentiam aos seus, falando-lhes de vida, ao mesmo tempo que os encaminhavam para a câmara de gás; que escondiam as lágrimas, quando se despediam para sempre das próprias mães com um «até já» sorridente; que cortavam o cabelo ou arrancavam o ouro aos dentes dos corpos já sem vida; que os introduziam nos fornos até as cinzas deixarem sem prova o horror que ali acontecia, hora após hora, dia após dia...

O extermínio dos judeus húngaros estendeu-se até julho e resultou na morte de mais de quatrocentas mil pessoas. Durante os meses que se seguiram, Birkenau assistiu ainda à destruição de milhares de polacos, ciganos e judeus, entre outras vítimas sem culpa. No final, mais de um milhão de vidas haviam sido consumidas em Auschwitz e o mundo perdera a inocência para sempre.

Enquanto Esther resistia na sombra destes acontecimentos, Sarah fazia o mesmo na estufa de Rajsko, ao mesmo tempo que garantia a sobrevivência da amiga. As horas que passava à volta dos crisântemos afastavam-lhe o pensamento das pessoas e dos momentos que não queria recordar. Dividia as suas rotinas diárias pela estufa e pelo Palacete. Todas as tardes, assim que Max regressava de Auschwitz, encontrava-a no seu escritório, debruçada sobre grossos cadernos, nos quais registava meticulosamente os dados dos cultivos. Sarah reservava sempre algum tempo para Kasia. Gostava dela e não a culpava pela veneração com que olhava o patrão. No fundo, Max sempre a tratara com respeito e remunerava-a generosamente pelos seus serviços. Em tempo de guerra, era fácil compreender as vantagens que essa situação trazia para a rapariga e a sua família. Mas havia outra coisa que fazia de Kasia uma personagem especial na vida de Sarah. Afinal, depois de Esther, ela e Margot tinham sido as únicas pessoas com quem comunicara desde a morte de Daniel. É óbvio que nem uma, nem outra espreitaram para dentro da cela de dor em que se transformara, mas, sem se aperceberem, entraram com ela na segunda parte da sua vida. Uma fase de fantasmas, esconderijos e outras coisas que não deveriam ser recordadas. Ainda assim, o Sol nascia de novo e Sarah continuou a acordar todas as manhãs.

Quando, naquela tarde, ouviu o som das chaves na porta de entrada, Sarah ergueu os olhos para o relógio de parede encostado a um canto do escritório onde se encontrava a trabalhar. Achou estranho que Max regressasse tão cedo e isso deixou-a de sobreaviso. Passados alguns minutos, a porta escancarou-se atrás de si.

– Um dia miserável – disse ele, ao entrar no escritório. – Cansei-me de perder tempo neste país condenado. – Depois de ter desabotoado o colarinho e aliviado a pressão da gravata preta, encostou-se a um aparador, servindo-se de uma bebida. Sorveu o conhaque em goles prolongados e foi espreitar os registos por cima do ombro de Sarah. Assim que acabou de beber, encheu o copo mais uma vez e regressou para junto dela. – Está a fazer um trabalho notável – elogiou.

Sarah achou-o nervoso; um pouco hesitante, talvez. Desejou saber o que lhe passava pela cabeça. Observando pelo espelho à sua frente, viu Max engolir o resto do conhaque de uma só vez e receou descobrir-lhe uma faceta que não conhecia. Continuou a escrever, virando página sobre página, mantendo-se distraída dele a todo o custo.

De repente, sentiu uma mão sobre o ombro e todo o seu corpo se contraiu. Era a primeira vez que havia algum contacto físico entre os dois.

– Venha comigo – disse ele, pousando o copo ao lado dos cadernos. – Ela fechou o que tinha à sua frente, mas não fez tenções de se levantar. – Venha comigo – insistiu Max. – Não tenha medo.

Sarah cravou instintivamente as mãos nos braços da cadeira. A última coisa que queria era acompanhá-lo, no entanto ele permanecia encostado ao espaldar da sua cadeira. Durante alguns momentos não se passou nada e ela acreditou que, afinal, as coisas ficariam por ali.

Então, quando parecia certo que Max já aceitara a sua recusa, ele agarrou-a pelo cotovelo.

– Venha. Faço questão. – Sarah sentiu que ele a puxava com uma delicadeza firme, pelo que deixou de resistir e levantou-se. – Isso – congratulou-se Max. – Vai ver que é bom para si largar os papéis por um bocado.

Sarah abandonou o escritório, seguindo-o através do grande átrio. Ao passar ali, reparou com apreensão que Kasia se despedia naquele momento, preparando-se para abandonar o Palacete.

– Obrigada, *Herr Kommandant* – disse ela, satisfeita por sair antes da hora habitual.

Sarah ainda lhe viu um sorriso antes de a porta se fechar e se ver sozinha na companhia do alemão. Este, sentindo-se cada vez mais confiante, até porque o álcool começava a produzir efeito, conduziu-a à sala de visitas, que se seguia ao vestíbulo.

– Instale-se onde quiser – disse ele, sugerindo com o olhar um sofá próximo. – Esteja à vontade.

Sarah preferiu sentar-se na borda de um cadeirão de braços, mesmo ao lado do piano vertical. Esforçava-se desesperadamente por manter os pensamentos longe daquela sala.

Entretanto, repetindo o que fizera antes, Max dirigiu-se a uma mesinha com garrafas e encheu um cálice de *sherry*, desta vez oferecendo-o a Sarah. Ao ver que ela não iria aceitar, esvaziou-o de um só gole e aproximou-se do piano, cruzando os braços sobre o tampo. Olhava agora para Sarah com um enlevo provocador. Reparou na evolução do seu estado desde que chegara a Rajsko pela primeira vez. A sua pele voltara a luzir e ganhara peso. O cabelo havia muito que lhe tocava nos ombros, devolvendo-lhe a beleza original. Lembrou-se de que aquela transformação só fora possível devido à sua intervenção e ficou satisfeito consigo próprio. Oxalá ela o reconhecesse.

– Este é o seu lugar, não é? – disse Max, percorrendo com a vista as prateleiras repletas de livros. Sobre a caixa-de-ressonância do piano, ao lado do cálice já vazio, encontrava-se um pequeno busto de Beethoven. Max afagou o bronze frio com uma das mãos, encarando a face angulosa do compositor. – Não acredito que este homem tenha trabalhado sozinho – comentou. – Não reconhece a caligrafia dos deuses quando lê as suas pautas?

Sarah ficou calada. Sabia aonde ele queria chegar. Insinuando-se no seu mundo – ou pelo menos naquilo que fora o seu mundo –, aquele homem lutava por se aproximar. Sarah só não sabia porquê, mas não tardaria a descobrir.

Num gesto repentino, Max afastou o feltro verde que cobria o teclado.

– Gostava de a ouvir. – Sarah manteve-se impassível, ignorando apaticamente aquela proposta. Ele aguardou alguns momentos e insistiu. – Por favor. Era importante para mim.

Sarah levantou o rosto, mas não olhou para ele.

– Não vou tocar para si – afirmou num tom sumido, mas definitivo. – Nunca.

Ao contrário dos outros homens, dos homens comuns que nada lhe diziam, também nas emoções Max era paradoxal. Não que não as sentisse; na verdade, toda a sua vida era um caldo borbulhante de paixões; mas sabia refreá-las, tornando-se frio. Também ali, perante a resposta de Sarah, sentiu a explosão interior que tão bem conhecia. Desta vez, porém, os efeitos pareciam mais avassaladores. Como sempre fazia quando a temperatura do seu íntimo atingia a ebulição, utilizou a sua técnica particular de respiração, fazendo o ritmo cardíaco cair para um nível assustadoramente baixo. A cor do seu rosto fez-se mais branca e as pupilas contraíram-se num ponto irrisório. Naquele momento, lutava contra o seu instinto predador. Sentiu-se ultrajado e tão injustiçado que perdeu toda a complacência.

– Quem é que se julga? – perguntou, debruçando-se sobre Sarah. – Como se atreve a tratar-me assim, depois de tudo o que fiz por si? Depois de ter salvo a sua vida e a da sua amiga?

Sarah sentiu-se ameaçada pelo bafo de álcool e ódio com que ele a fustigava, mas não se mexeu. Tentou desviar os pensamentos, mas a pujança do ataque manteve-a ali.

Max levantou-se, acendeu um cigarro e voltou a servir-se de uma bebida. Recuperando o ar glacial, foi fumar e inebriar-se para junto do armário que cobria a parede do fundo. Ficou ali parado, de costas para ela, como se procurasse nas lombadas dos livros a resposta adequada àquela provocação. Sarah conseguia ouvi-lo a respirar e pressentiu o furacão que se estava a formar. De repente, contrariando tudo o que em si era previsível, Max estilhaçou o copo contra o chão de pedra e virou-se para ela com os olhos esgazeados. Sem uma palavra, em três passos vigorosos, aproximou-se, agarrou-a por um braço com brusquidão, puxou-a e levou-a consigo.

Quando Sarah subiu as escadas, o seu espírito esvoaçava finalmente por outras paragens. Aprendera a enganar o sofrimento, fugindo-lhe por entre as dores.

Durante os meses que se seguiriam, Sarah haveria de subir muitas vezes ao andar de cima; Kasia continuaria a sair mais cedo e Esther somaria dias de vida ao seu inferno em Birkenau.

No fundo, Auschwitz era assim e, enquanto o mundo rodasse ao contrário, as histórias de sobrevivência continuariam a ser escritas com sangue e lágrimas.

NOVA IORQUE, NI, EUA
Dezembro, 1969

Acordei com um bater cauteloso na porta do quarto. Demorei algum tempo até perceber onde estava e só quando ouvi a voz de Esther é que me situei.

– Bom dia... – respondi, em direção à porta. – Desço já.

– Não se apresse – respondeu-me do corredor. – Pediu para não a deixar dormir, mas desça quando lhe apetecer. O pequeno-almoço pode esperar.

– Obrigada. É só o tempo de tomar um banho e arranjar-me.

Tinha ficado à conversa com Esther pela noite dentro e deitara-me havia menos de três horas, já em plena luz do dia. Ergui-me atordoada e sentei-me na beira da cama de casal, tentando acertar com os pés nos chinelos de quarto. Deixei-me estar ali algum tempo, até que me levantei e fui à janela olhar a rua. Os farrapos de neve que se viam no ar desfaziam-se antes de chegar ao chão. Talvez fosse o frio a manter o Upper West Side na cama até mais tarde. De resto, era uma manhã de domingo igual às outras. Observavam-se alguns corredores solitários a caminho da margem do Hudson, dois ou três casais de idosos e outros tantos ciclistas de fim de semana. Dei por mim a pensar que nunca imaginara Manhattan daquela maneira. Afinal, a metrópole buliçosa também sabia ser domingueira.

Ansiosa por me revigorar, fui tomar um duche. Tal como o resto da *suite*, a casa de banho era espaçosa e fora decorada com simplicidade. Chão em tábuas de pinho envernizado, duas gravuras na parede, mais um frasco de flores secas, uma vitrina para as toalhas, as convencionais louças brancas, e era tudo. Libertei-me da camisa de noite e rodei a torneira do chuveiro. Quando a água quente se soltou num jato e o vapor reconfortante me envolveu, comecei a ordenar as ideias. As recordações da véspera surgiam-me agora, difusas como a memória de um sonho. Eram imagens difíceis de aceitar, que se colavam à pele como feridas resistentes ao tempo. A água continuava a escorrer-me pelo corpo. Pudessem os horrores escoar-se com ela para o esgoto a que pertenciam. Quando terminei, vesti-me rapidamente e saí com o cabelo ainda húmido. No fundo do corredor deserto, a luz matinal projetada pela grande claraboia fazia brilhar o mármore das escadas e encaminhei-me para lá. Como chegara tarde na noite anterior, Esther não me havia apresentado os cantos à casa, mas calculei que a cozinha se situasse num dos pisos inferiores. O silêncio manteve-se até alcançar o andar térreo e me aperceber de vozes para lá de uma porta próxima. Assim que bati discretamente, reconheci a voz de Esther:

– Entre, Kimberly!

A primeira coisa a chamar-me a atenção na cozinha foi o cheiro. Um perfume incrível de tomate e cebolas refogadas, com alho, ervas e sei lá que mais. Esther encontrava-se à frente do fogão, de avental, ao lado de uma rapariga atraente, que usava *jeans* e uma bata florida. Olhavam as duas para mim, com um sorriso tão acolhedor como o aroma do cozinhado.

– Que vergonha... – admiti. – Fui a última a levantar-me.

– Essa agora – contrariou Esther, devolvendo os olhos ao fogão. – Nem dez horas são. Devia era ter aproveitado para descansar, isso sim.

Continuou a polvilhar o preparado com ervas variadas, refrescando-o de vez em quando com salpicos de vinho branco e provando o resultado após cada acrescento.

– Que cheirinho... – disse eu.

Esther sorriu e piscou um olho cúmplice à rapariga que cozinhava ao seu lado.

– Apresento-lhe a Meredith. É um doce. Acredite que não é fácil encontrar nesta cidade quem queira trabalhar ao domingo.

– O som inesperado do fervilhar vindo da panela concentrou novamente a atenção das duas, que se apressaram a reduzir a intensidade da chama. – Lume brando, querida – disse Esther a Meredith. – O lume brando é sempre o melhor tempero.

Ao ouvir-lhe aquelas palavras, recordei-me do que a distinguira da sua maior amiga. A marca de Esther opusera-se sempre ao radicalismo com que Sarah se deixara apaixonar pelas coisas da vida. Mas, sim, era Esther quem estava certa. O fogo forte, quando lavra, não escolhe caminhos.

Entretanto, controlada a temperatura, Esther lembrou-se de mim novamente:

– Kimberly, por favor, coma qualquer coisa. Tem a mesa posta lá fora. Sirva-se do que quiser, já vou ter consigo.

Saí pela porta que me indicou e fui ter a uma lindíssima marquise em ferro, ao estilo Belle Époque. Para lá das vidraças, via-se o jardim que preenchia as traseiras da casa. Mais do que as flores, chamaram-me a atenção as árvores de grande porte que escondiam os prédios altos em redor. A meio da divisão, encontrava-se a mesa coberta por uma toalha e tudo aquilo que eu poderia desejar num pequeno-almoço. Sentei-me a olhar para o jardim e servi-me de leite ainda quente. Lamentei não ter apetite para experimentar todos os doces de fruta, *pastrami* e *croissants* à minha frente. Ainda me sentia abalada, chocada.

Esther apareceu poucos minutos depois. Despira o avental e vinha a limpar desajeitadamente as mãos a um pano da louça, enquanto mantinha presa debaixo do braço uma pasta de couro. Não pude deixar de reparar no seu olhar fresco. Apesar de ter dormido menos do que eu, a pele do seu rosto amanhecera luzidia. Sentou-se a meu lado e afastou as duas chávenas que tinha à frente para pôr a pasta que transportava. Depois de a pousar, esticou ligeiramente as costas, provavelmente por ter estado muito tempo debruçada ao fogão.

– A Meredith tem jeito para a cozinha e sei que posso deixar tudo nas mãos dela, mas o molho não. O molho não se aprende nem se ensina. Cada um faz à sua maneira. Cada casa, cada família, tem o seu, e isso para um italiano é sagrado. Que hei de eu fazer?

– Acho graça à forma como já assimilou tudo isso.

– Julga que me deram alternativa? Não conheço gente mais teimosa, acredite. Adoráveis, mas impossíveis de contrariar.

– Gostava de os conhecer.

– Costumam vir almoçar aos domingos, quando estou em Nova Iorque, mas hoje vão ter de procurar outro sítio – afirmou com um ar afetuoso. – Precisamos de tranquilidade para acabarmos a nossa conversa. Não faz ideia de como eles são quando se juntam.

– Eles?

– Sim, a Amelia e o noivo, mais as duas irmãs do Augusto, com os maridos e os filhos. É uma festa, pode acreditar.

– E o seu marido?

– Oh, o Augusto é mais difícil de apanhar por aqui. Está na Califórnia, à volta das vinhas – declarou Esther, encolhendo os ombros. – Tenho pena de que não o conheça. Sei que iriam gostar um do outro.

Naquele momento, uma nuvem passageira atravessou-se à frente do sol matinal, quebrando ligeiramente a claridade da marquise. O instinto levou-nos a olhar para o céu e, por momentos, ausentámo-nos dali. Não sei em que pensava Esther, mas o meu espírito voou até Sarah.

– Bom, calculo que queira conhecer o fim da história – disse ela.

Talvez fosse imaginação minha, mas parecia-me mais ansiosa do que no dia anterior.

– Sim, claro... Mas, se não se importa, há uma coisa que gostaria de compreender primeiro; uma coisa em que tenho pensado bastante desde ontem. – Hesitei por momentos, enquanto procurava ordenar as ideias, encontrar as palavras adequadas. – Já sei que o Max mantinha a Sarah subjugada, que era dominador, brutal e tudo o mais, mas... há algo que não bate certo. Por mais que tente, não consigo entender porque é que ela se submeteu. Porque é que não fez nada. Tem pouco a ver com o caráter dela, percebe? No fundo, tinha perdido tudo. Imagino-a mais facilmente a reagir do que a permitir aquela humilhação, dia após dia, semana após semana... Era perigoso? Podia morrer? E então? Que é que lhe sobrava na vida? Que é que lhe restava que valesse tanto sofrimento?

Tinha colocado aquela questão sem olhar para Esther, pelo que só quando o fiz reparei nos seus olhos marejados de lágrimas. Olhou para o teto, lutando contra si própria, mas não parecia capaz de dizer nada. Senti o chão a fugir-me de baixo dos pés, pois receei ter dito alguma coisa muito inconveniente.

– Não faça caso – disse ela. – Isto passa.

Mas não passou. Esther cedeu finalmente às recordações. Deixou-se quebrar e chorou. Era um choro transbordante, destravado, completo; e tão imprescindível que fiquei calada, à espera. Aos poucos, o seu soluçar foi-se tornando mais leve, mais espaçado, até que se juntou ao meu silêncio.

Demorou algum tempo até olhar para mim.

– Desculpe. Não queria que isto acontecesse. Estava a portar-me tão bem.

– Fui eu a culpada, não fui?

Esther piscou-me o olho encharcado:

– Foi. Pôs o dedo na ferida, só isso. Mas tem razão. Aquela atitude não tinha nada a ver com ela, pois não? Sempre pensei nisso, sempre me perguntei: porquê, mas porquê, Sarah!? Porque é que não reagiste? Porque é que não acabaste com tudo? Porque é que resististe a tanta dor? Podias ir ter com os teus... Podias abraçar o Daniel outra vez... Porquê, amiga? – Abanou a cabeça levemente e sorriu com amargura. – Mas eu sei porquê... Tinhas esta simplória, não é verdade? Não me podias deixar só, bem sei.

De todos os momentos que passei com Esther, aquele seria o que me acompanharia mais de perto ao longo da vida. Para além de um instantâneo do passado, recordá-lo-ia como o retrato nítido de uma alma; a catarse de alguém que tocou o amor na sua forma mais límpida.

Quando ela se juntou de novo a mim, a história estava contada. Tudo o mais seriam detalhes.

Pelo menos foi isso que eu pensei naquele momento.

– O fim da guerra foi o fim do campo, naturalmente – continuou Esther. – Havia semanas que andávamos a ouvir rumores. Até os alemães pareciam diferentes. Naquela altura, já sabiam que a guerra estava perdida. Foi a primeira vez que vi alguma esperança entre nós. Todos os dias acordávamos na expetativa de ver os russos ou os americanos aparecerem. Até que, certa vez, a chefe do bloco veio ter comigo. Disse-me que naquele dia eu não podia sair, tinha de ficar no barracão.

– Disse-lho só a si?

– Julgo que sim, pelo menos as outras saíram todas. Fiquei deitada no meu beliche, sozinha, praticamente o dia inteiro. Fui buscar cobertores aos estrados vazios. Estávamos no pino do inverno, fazia um frio terrível.

– Imagino que ninguém lhe tenha dado explicações.

– Pois não. Não fazia ideia do que se estava passar, mas a partir de certa altura e durante as horas que se seguiram fui-me apercebendo da agitação que ia lá fora. Vozes distantes, muitas vozes, parecia que estavam a juntar toda a gente... Ainda me empoleirei nos beliches para espreitar pelas janelas, mas dali não se via nada. Sentia-me desesperada por saber o que era aquilo. Então, muito tempo depois, as vozes foram-se calando e o campo caiu num silêncio sepulcral. Só então é que ganhei coragem para sair do meu bloco. Meu Deus, era a desolação total... Onde estava toda a gente? Que tinha acontecido ali?

– Mataram os prisioneiros – sugeri, já incapaz de me surpreender.

– Terão matado alguns, sim, mas levaram a maior parte com eles. A pé, através da Alemanha. Estou convencida de que a ideia era abandonar os campos sem deixar provas. Foi por isso que as evacuações começaram muito antes de os soviéticos chegarem. Nos últimos tempos os alemães destruíram tudo o que puderam. Rebentaram os crematórios e as câmaras de gás, queimaram os armazéns do «Canadá», os documentos, tudo aquilo que os pudesse incriminar. Não lhes dava jeito deixar atrás de si uma multidão de testemunhas nem um monte de cadáveres, como calcula. Morreu muita gente nessas marchas. As pessoas caminhavam dezenas de quilómetros por dia, no meio da neve, descalças, mal vestidas, doentes, sem comer... Se não andavam à velocidade que os guardas queriam, eram espancadas, muitas vezes até à morte. Para que tenha uma ideia, das prisioneiras do meu bloco só uma sobreviveu à marcha. Perdeu os pés por causa do frio, mas sobreviveu.

– E deixaram-na a si sozinha no campo.

– Sozinha, não. Ainda ficaram lá uns milhares de pessoas, as mais fracas. Desleixaram-se com a pressa, é a única explicação que encontro.

– Sim, mas, pelos vistos, no seu caso não houve desleixo.

– Pois não. Nem com a Sarah. Duas ou três semanas antes da libertação de Auschwitz, Max entregou-a pessoalmente a uma família polaca de Rajsko. Ficou lá até ao dia em que o Exército Vermelho chegou.

– E acha que foi ele que intercedeu por si, em Birkenau?

– Quem mais poderia ter sido?

– O que significa que vos salvou a vida outra vez.

Esther ergueu o sobrolho, mostrando-se conformada com um facto indesmentível.

– Parece que sim.

– E o que pensa disso?

– No que me diz respeito, continua a ser um escroque, um biltre sem perdão. Aquilo que fez foi em proveito próprio, foi por causa da sua obsessão doentia pela Sarah.

Naquela altura, lembrei-me de escavar um pouco mais fundo.

– Acha possível que a tenha amado?

Esther não precisou de pensar na resposta.

– Amado? Se a amasse, não a teria sujeitado a tudo aquilo. Não a teria violentado; não a teria chantageado e oprimido durante tanto tempo. Acredito que se sentisse enfeitiçado por ela, nada mais. Sabe uma coisa? Das conversas que tive com a Sarah, fiquei sempre com a ideia de que se tratava de um homem em permanente conflito consigo mesmo. Alguém absolutamente intolerante com tudo o que não fosse excecional segundo a sua visão do mundo; capaz de se interessar apenas pelo que era extraordinário e genial, fosse uma pauta de música, um livro ou uma mulher superior; uma mulher como a Sarah.

– E ela? Quando é que a voltou a ver?

– Assim que o campo foi libertado. Levaram-me para um hospital de campanha porque me sentia muito debilitada. Foi lá que a encontrei. Soube mais tarde que tinha andado uma semana à minha procura, mas quando passou por mim naquele dia nem me reconheceu. Eu devia estar linda, deitada numa maca só com uns cobertores por cima. A única coisa que tinha trazido comigo era uma colher, uma colher torta e ferrugenta. Mas não a largava por nada deste mundo, acredita? Hoje parece ridículo, eu sei, mas aquela colher era um símbolo de sobrevivência. Além dos sapatos, era o único tesouro que podia possuir dentro do campo. Valia uma vida. – Nessa altura, virou-se para mim, como se fosse uma criança a confessar uma travessura. – Ainda a tenho comigo.

Nunca cedi à arrogância de tentar compreender aquilo que Esther possa ter sentido naquele lugar. Havia muitas perguntas que iriam ficar sem resposta. Depois das últimas vinte e quatro horas, mesmo após o relato detalhado que acabara de ouvir, continuaria sem saber como se sofria em Auschwitz. Como era o frio, a fome ou o medo. Talvez um dia o glossário da humanidade acrescentasse essas entradas novas. Até lá, restava a coleção de gestos como aquele; de alguém que nada tem e se agarra a uma colher ferrugenta como se da própria vida se tratasse.

– E como lhe pareceu a Sarah? – perguntei.

– Fisicamente estava com muito melhor aspeto do que eu. Percebi imediatamente que tinha sido protegida, não tinha nada a ver com a última imagem que guardara dela. Não definhara como a maioria dos prisioneiros. Se quer que lhe diga, estava ainda mais bonita do que me recordava. Quando finalmente me reconheceu, ficou parada, a olhar. Vou lembrar-me sempre desse momento, como ela se aproximou de mim, muito devagar, com a ponta dos dedos na boca. Parecia uma menina assustada. Não disse nada, não chorou, não mostrou alegria por me ver, nada. Limitou-se a destapar a manta que me cobria e deitou-se comigo. Depois, dobrou-se, agarrada aos joelhos, e enroscou-se em mim como um bebé. Não faz ideia das vezes que lhe pedi que se abrisse, que me dissesse o que lhe tinha acontecido. Só mais tarde, muito mais tarde, foi capaz de me contar a sua história. De qualquer maneira, o importante, naquele momento, era estarmos de novo juntas. Havia que continuar a sobreviver. Em todo o caso, houve uma coisa que me surpreendeu muito. Era como se ela tivesse mudado de personalidade; vinha diferente. Parecia, como hei de dizer, mais... pacificada.

– Talvez já tivesse aceitado.

– Ou desistido – propôs Esther. – Estou convencida de que, depois de tanto sofrimento, a Sarah se cansou de ser rebelde. Trancou o passado dentro de si, apagou a luz e deitou fora a chave.

Aos poucos, algumas coisas começavam a fazer sentido. A forma como se neutralizava, como se reservava, contrastava com a intensidade do seu afeto. Quando nos encarava, fascinava-nos. Os seus olhos eram espelhos. Ao olharmos para eles descobríamo-nos de uma maneira como nunca nos víramos, pois Sarah devolvia-nos um reflexo de verdade. Mas os espelhos têm uma limitação: não deixam ver através. E, sim, agora já percebia porquê.

Nesse momento, o sol voltou a inundar a marquise e apeteceu-me olhar lá para fora. A imagem dos prédios de Nova Iorque, recortados atrás das árvores, sugeriu-me um pretexto para mudar de cenário.

– Quando é que vieram para a América?

– Uns meses depois de termos saído de Auschwitz. Não foi uma decisão fácil, sabe? Durante os meses seguintes, tentámos a todo o custo saber o que tinha acontecido às nossas famílias, mas a confusão era muita, não faz ideia. Ninguém sabia, ninguém dizia nada. Ainda assim, ouvíamos todos os dias novas histórias e todas contavam o mesmo. Cada dia que passava, mais nos convencíamos de que já não tínhamos por quem esperar.

– Como descobriram o que lhes aconteceu?

– Se está a falar de uma confirmação, nunca a tivemos. A maior parte das vítimas dos campos de extermínio não eram registadas. Só compreendemos o que sucedera quando foram conhecidas as listas das deportações. Mas isso foi mais tarde, já estávamos na América.

– E porquê a América?

– Era a solução óbvia; a Sarah tinha cá a família. Mas foi complicado, a Europa estava um caos, vimo-nos aflitas para sair da Polónia. Sentimos um alívio enorme quando conseguimos lugar num comboio. Ia para França, mas para nós era indiferente. Desde que fosse para ocidente, tanto nos fazia; o importante era fugir àquilo. Quando chegámos a Paris, a Sarah conseguiu contactar alguém em Chicago através da embaixada e, dois dias depois, tínhamos mais um problema resolvido. Lembro-me da sensação incrível de chegar a Le Havre e ver o navio ancorado. Não faz ideia de quanta gente lá estava. Pessoas como nós, desejosas de virar as costas às recordações; às boas e às más... O melhor era mesmo olhar o mar... – Ao longo dos minutos seguintes, Esther foi-me relatando o dia da partida. Descrevia com tal rigor as expressões dos viajantes e os detalhes da confusão que só faltou o cheiro a maresia e os gritos das gaivotas para me ver no cais a caminho da América. – E pronto – concluiu. – Partimos a bordo do *Hermitage* no dia dois de julho e chegámos a Nova Iorque uma semana depois. Foi mesmo a tempo, diga-se de passagem.

– A tempo de quê?

– A tempo de a Eva não nascer em pleno Atlântico – disse Esther, a sorrir.

Bastaram alguns segundos para processar aquela informação.

– Que diz? Está a sugerir que Eva...

– ... é filha de Max Kirchmann? Sim, estou. Que é filha de um assassino execrável? Pois é. Lamentável, mas verdadeiro.

– Oh meu Deus...

A ideia de Sarah transportar no seu ventre o fruto de algo tão ominoso contrastava abruptamente com a imagem de Eva. Esther pareceu adivinhar os meus pensamentos:

– Já sei o que está a pensar – afirmou. – Mas talvez se surpreenda quando eu lhe disser que a Sarah aceitou essa gravidez com a maior serenidade.

– Como é possível? Era a semente de um monstro a germinar dentro dela...

– É uma situação muito íntima. Não lhe consigo dizer o que lhe passou pela cabeça. Nunca mo disse, nunca lho perguntei. Quer saber o que acho? Acho que a Sarah sabia aquilo de que seria capaz enquanto mãe. Não admitia que um filho criado por si pudesse transformar-se num ser amoral.

– Ou, quem sabe, fosse apenas uma amarra que lançava à vida. A última.

– Ou isso. De qualquer maneira, o tempo veio dar-lhe razão. A Eva é uma rapariga extraordinária. Íntegra, como era a mãe, posso assegurar-lhe.

– Sempre foi a ideia que tive dela – afirmei, recordando aquela jovem tremenda. Parecia ter o caráter de Sarah, a mesma capacidade de se impor pela inteligência. Talvez cedesse um pouco ao orgulho intelectual, mas, que diabo, não seria justo pedir-lhe o recato com que a mãe vivera a última metade da sua vida.

– E pronto – concluiu Esther. – Chegámos à América e, como seria de esperar, a Sarah foi recebida e acarinhada pela família. Os avós já tinham falecido, mas o velho Adam pensara em tudo e deixou-lhe uma fortuna considerável. Ela instalou-se em Chicago, a Eva nasceu... parecia que as coisas se comporiam com o tempo.

– E a Esther?

– Eu? Eu acompanhei-a, como pode imaginar. Para onde haveria de ir? Não tinha ninguém. A minha vida resumia-se a ela e à minha nova sobrinha. Cheguei a acreditar que as feridas pudessem sarar, sabe?

– Mas não foi isso que aconteceu...

– Não, é óbvio que não. Há dores que o tempo não apaga. Mas para a Sarah foi muito pior. Ela não estava bem ali. As memórias do Henryk e da Anna surgiam-lhe de todo o lado. Nos objetos da casa dos Gross, onde vivíamos, nos familiares e amigos que tinham conhecido os pais, nos lugares que frequentara com a mãe e com o avô... Era evidente que Chicago estava a destruir o pouco ânimo que lhe restava. O seu processo de sobrevivência ainda não chegara ao fim. Precisava de sair dali, ir para outro sítio, se possível, bem longe.

Não pude deixar de recordar o meu primeiro encontro com Sarah. A maneira afetuosa com que recebeu aquela foragida, vinda do outro canto da América. Afinal, também ela se soltara das raízes.

– E foi assim que foi para o Connecticut – concluí.

– Sim. E encorajada por um antigo amigo do avô. Bom, era mais do que um amigo. Tinha sido ele a tomar conta das empresas nos últimos anos. Era, por assim dizer, o delfim do Adam, o seu sucessor, caso o Henryk não regressasse, como veio a acontecer. A Kimberly conhece-o bem.

– Conheço? Quem é?

– Edward Cohen-Morgenstern, ou, simplesmente, Ed Morgenstern.

– Morgenstern? O presidente do Comité?

– O presidente do Comité, o presidente da Fundação, o presidente das indústrias Gross. É só escolher.

– Não admira que tivesse tanta consideração por ela.

– Ah, sim, não faz ideia de como a respeitava. Foi ele que a lançou, que a ajudou nos primeiros anos em St. Oswald's. E não foi nenhum favor, diga-se de passagem. Sarah tinha uma formação académica de excelência. Tinha todas aquelas capacidades que nós sabemos.

– E era esse o desejo da Sarah? Ensinar?

Esther encolheu os ombros.

– Duvido de que, naquela altura, a Sarah tivesse grandes desejos. Acredito mais que a sua ideia fosse fugir de um sítio que a martirizava e fazer qualquer coisa que lhe aliviasse o espírito. E, para isso, o colégio serviu-lhe que nem uma luva. Era a solução ideal, acho eu. Ficou um ano e tal a estagiar, mas toda a gente via que podia chegar longe. A tal ponto que, cinco anos depois de ter entrado, o então diretor faleceu e Morgenstern nomeou-a para o lugar.

– Um passo bem grande – refleti, enquanto esclarecia mais um mistério na minha cabeça. Apesar de lhe reconhecer tantas capacidades excecionais, nunca compreendera como tinha sido possível a uma professora tão jovem chegar ao topo de um colégio como St. Oswald's.

– Lembro-me bem da confusão que lhe causaram as mentalidades que encontrou, sobretudo no início – prosseguiu Esther. – Disse-me uma vez que o colégio parecia uma fábrica de parafusos: todos os alunos saíam iguais, a rodar para o mesmo lado. Hoje tenho poucas dúvidas de que foi essa frustração a tirá-la do fundo do poço. Aquilo mexeu muito com ela. Revoltou-a. E, pronto, foi à luta, abalou os alicerces, deitou abaixo e reconstruiu à sua maneira.

– Nada a que não tivesse assistido com os meus próprios olhos. Não faz ideia de como a admirei por isso.

– É natural. Acredita que ainda me lembro de todas as histórias incríveis que me contou na altura? Devem ter sido tempos muito especiais para ela. Tenho pena de não a ter acompanhado, sabe? Mas também achei que era o momento de cada uma caminhar pelo próprio pé. Ainda fiquei durante dois anos em Chicago, a trabalhar nos escritórios Gross, até que conheci o Augusto. O resto pode imaginar. Casei-me com um homem que só sossega quando me vê a sorrir, fui adotada por uma família de gente boa... E depois há a Amelia. Que mais posso eu pedir? Saiu-me a sorte grande, acho eu.

– E a Sarah? Continuou a vê-la?

– Duas ou três vezes por ano, a princípio. Depois, nem isso.

– Visitava-a em St. Oswald's?

Esther pareceu hesitar.

– No início sim, mas, a partir de certa altura, ela preferiu que passássemos a encontrar-nos aqui, em Nova Iorque. Não voltei ao colégio.

Percebi pelo tom de Esther que a história chegara ao fim. Havia algo de caótico no silêncio que se seguiu. Embora procurasse rever o que ouvira nas últimas horas, parecia incapaz de fixar uma ideia, uma imagem. Os momentos que Sarah me oferecera em vida alternavam, aos tropeções e sem ordem, com os seus episódios privados. Quis arrumá-los a todos num lugar qualquer que pudesse visitar mais tarde. Com o tempo, talvez soubesse o que fazer com eles.

Entretanto, ocorreu-me uma última dúvida.

– E o Max? Chegou a ser apanhado?

Esther abanou a cabeça e empurrou a pasta de couro na minha direção.

– Nos últimos anos recolhi muitas coisas como estas.

Soltei os atilhos sem fazer ideia do conteúdo da pasta. Tratava-se de um grosso volume de papéis, a maior parte folhas de jornal amarelecidas e dobradas em quatro. Fui passando uma a uma e lendo por alto os pequenos trechos sublinhados das notícias. Diziam quase sempre respeito a nazis em fuga e o nome de Max Kirchmann surgia diversas vezes. Os jornais estavam ordenados cronologicamente e, não obstante percorrerem os últimos vinte anos, os títulos anunciavam poucos sucessos quanto ao número de criminosos de guerra levados à justiça. Olhei para Esther, sem ter a certeza de perceber o que me queria dizer.

– Sair com vida de Auschwitz não é o fim de nada – esclareceu então. – Acho que só se sobrevive aos campos na hora em que se morre. O verdadeiro problema está nos dias que ainda têm de ser vividos, mas uma coisa é certa: sempre que um desses monstros é apanhado, tudo se torna um bocadinho menos sombrio.

Não era difícil entender a obsessão que Esther me mostrava naquele seu arquivo; ou as pequenas coisas que procuram dar ordem a uma vida remendada. Continuei a passar as folhas. No fim do maço, encontrava-se um envelope de grande formato. Alguém garatujara na aba uma série de inscrições indecifráveis que ignorei ao mesmo tempo que retirava do sobrescrito mais uma folha de jornal. O papel apresentava-se ainda mais escurecido do que os anteriores, o que fazia supor uma edição bastante antiga. Ocupando cerca de um quarto da página, surgia uma fotografia na qual três homens sorriam para a câmara. Os dois mais velhos envergavam fardas militares de gala e, pela exuberância das insígnias e condecorações, seriam com certeza oficiais de alta patente. No entanto, apesar de não luzir como os restantes, foi o terceiro a chamar-me a atenção: trajado à civil, era o mais alto do grupo e o seu rosto esguio pareceu-me, de repente, incrivelmente familiar. A razão tornou-se óbvia assim que reconheci nele o semblante pálido de Eva e o sorriso insolente com que ambos projetavam a inteligência superior. A legenda e o texto que se seguia estavam escritos em alemão, mas o meu olhar encontrou sem dificuldade nem surpresa o nome de Max Kirchmann. Um pouco mais acima, no topo da página, a data do jornal indicava o ano de 1926, o que, após um cálculo rápido, me fez deduzir que, naquela fotografia, Max teria aproximadamente a idade que a filha contava agora. Fiquei muito tempo a olhar para a imagem, inexplicavelmente enfeitiçada, a tal ponto que foi com relutância que a devolvi à pasta. No entanto, por um impulso qualquer, retirei-a de novo com brusquidão e aproximei o olhar. Havia naquele retrato mais alguma coisa; tive a certeza de que era importante, mas não consegui identificá-la logo e isso começou a incomodar-me.

A ideia atravessou-se primeiro como um vulto.

Depois veio a náusea; uma negação fugaz..., outra náusea. Então ergui os olhos. Esther encarava-me como se esperasse uma reação minha. Sou incapaz de descrever os momentos que se seguiram. Recordo apenas como o seu silêncio arrasava todas as minhas convicções. Não, não era possível que até aquela história, tão estranha e longínqua, acabasse por me rebentar nas mãos!

Lutando contra a evidência, voltei a olhar o jornal.

E, já sem dúvidas, vi aquele rosto com mais quarenta anos em cima.

ESTADOS UNIDOS DA AMÉRICA

Dezembro, 1969

Deitou-se a pensar nela e, apesar de continuar sozinho, foi com ela que acordou de madrugada. Ficou na cama uma hora, o que acontecia todos os dias, embora, desta vez, se esquecesse de apreciar o silêncio. Quando o Sol nasceu, nem sequer se levantou para ir ver a árvore velha da janela da biblioteca. Preferiu fazer o mesmo que vinha fazendo desde o dia em que ela morrera e continuou deitado, à volta com as imagens. Viu-a estendida no chão, agarrada ao corpo do filho sem vida, e recordou o olhar vertiginoso com que o conquistara; lembrou-a no meio dos crisântemos e regressou aos últimos tempos do Palacete: ali estava ela, deslumbrante, com uma vida no ventre; uma vida que ele lhe oferecera...

Por isso não compreendera aquela carta. Recordou o dia em que a recebera e o efeito devastador que lhe causara. Uma semana... Dera-lhe uma semana para abandonar St. Oswald's, para desistir dela e dos anos plácidos que idealizara para o fim da vida.

Como a odiara por isso...

Então, fez questão de que ela o soubesse. Procurou-a naquela noite e acusou-a; lembrou-a de que lhe devia a vida.

Porque não cedera? Ao menos que o culpasse; que o ofendesse; que o confrontasse... Mas não. Pagou-lhe tudo com desprezo.

Queria esquecer o que sentira ao vê-la sem vida.

Queria desesperadamente voltar atrás, recuar o golpe consumado. Não fora para isso que a procurara...

E então quisera morrer também, mas não se tinha preparado.

Já passara mais de uma semana desde esse dia e não parara de lutar contra as memórias. Sentia-se à beira da loucura. Via-a em todo o lado, rodeada pela legião de espetros acusadores que ele mesmo lançara à morte havia tantos anos, e a cada visão crescia o seu desejo de desaparecer.

Continuou na cama.

Vagueou entre o sono e o despertar. Confundiu um com o outro e decidiu levantar-se. Saiu para a biblioteca pela hora do costume e passou o dia sentado, curvado atrás do balcão e da cortina que correra já à volta de si mesmo. Ao cair da tarde, depois de o último leitor ter abandonado a sala, levantou-se e caminhou em passos lentos e ásperos pelas naves vazias. As memórias grotescas perseguiam-no como a sombra que arrastava atrás de si por entre as arcadas e as estantes com livros.

Então sentou-se no segundo degrau da escada de ferro. Ficou ali, cotovelos nos joelhos, velando o rosto com as mesmas mãos que usara para se condenar.

A decisão fora tomada no momento em que a perdera, mas só agora começava a despedir-se. Soube-o ao ver o jardim da sua infância e as imagens de guerreiros nos livros de colorir; soube-o ao sentir o gosto das maçãs quentes e o cheiro da serradura e dos cavalos. Só sossegou quando recordou a voz da mãe. Na verdade, juraria que a estava a ouvir naquele preciso momento. Vinha lá de cima, algures das prateleiras da galeria.

Quis ir ter com ela e subiu a escada.

Estava preparado.

EPÍLOGO
COTTAGE GROVE, OREGON, E.U.A.
Outubro, 2013

A chuva parou. Os pingos que ficam desprendem-se do beiral e caem no pátio encharcado como notas de um piano. O quarto continua frio, anoiteceu há muito, o caderno está fechado sobre a escrivaninha e receio que não guarde outras páginas em branco.

Olho uma vez mais para a janela. É quando o Sol se esconde que prefiro regressar. Os rostos que encontro acabam por ser quase sempre os mesmos. A maior parte pertence a gente que já partiu e, ainda assim, de todos, esses são os mais presentes na minha vida. Nat é o primeiro. Não fui a tempo de me despedir, melhor assim. Para ser franca, ainda hoje, vinte anos depois, não encontrei coragem para o fazer. A mãe também não, mas essa foi mais radical e não quis lutar sozinha contra a doença. Viveu por ele e morreu com ele. Num lapso de dois meses, a casa esvaziou-se e o mundo tornou-se um lugar inóspito.

Mas olhar para trás é também mergulhar naquele fatídico mês de dezembro de 1969, quando perdi duas pessoas de quem esperei tanto. Ainda recordo o timbre da voz com que Esther me ofereceu o absurdo; a dor açucarada das suas palavras ao falar-me das cartas que Sarah lhe escrevia. «Um hábito que ficara dos tempos de Göttingen», disse-me. Numa delas, enviada poucas semanas antes de morrer, Sarah confiara-lhe que Max Kirchmann se encontrava em St. Oswald's havia muitos anos, sob a capa de bibliotecário do colégio. Mas Sarah falara-lhe também de mim, a rapariga que cruzara a América e chegara a

Shelton para ensinar Literatura e fugir de alguma coisa. Alertava para a forma como eu me deixara seduzir por Clement, e foi esse aviso que levou Esther a vir ao meu encontro na cerimónia que se seguiu à morte da amiga. Decidira entregá-lo, denunciar o seu passado criminoso, mas, prevendo o escândalo e os seus efeitos, decidiu contar tudo a mim e a Eva, impedindo que soubéssemos da história pelas parangonas dos jornais.

Eva... a excecional Eva. Nunca deixou de me escrever ou telefonar. Perguntava por mim e mostrava interesse pelo que eu fazia, mas era outra coisa que procurava, já que as conversas acabavam sempre da mesma maneira: Sarah. Falava-me sobre a mãe, exibia a sua admiração e repetia as pequenas histórias que vivera com ela. Encontrara-se com Esther pouco depois do meu fim de semana em Nova Iorque para receber dela a mesma verdade duríssima. Nesse fim de tarde Eva procurou o pai. Foi ela que o encontrou na biblioteca, pendurado pelo pescoço, entre as efígies de Conrad e Lady Macbeth. Dois dias depois recebeu uma carta. Fora enviada por Clement e falava de perdão e penitência. Desconheço de que culpas desejava redimir-se; Eva só me falou de uma, a mais dura: a morte de Sarah. Um desfecho terrível, escrevera ele; um desastre sem remédio que o condenara à mesma sorte.

E eu? Passados todos estes anos, posso dizer que não sei quem foi Clement Chandler. Ainda hoje, ao recordá-lo, confundo as imagens que nunca me largaram: a ternura e a infâmia, os ecos da biblioteca e a lama de Auschwitz, a árvore boa e a árvore má...

Jamais desisti de procurar as suas razões. Olhando para trás, não me custa imaginar o que o levou até St. Oswald's a seguir à guerra. Afinal, que alternativas lhe restavam? Regressar para junto da família, na Áustria? Seria preso num abrir e fechar de olhos. Fugir para outro continente, como fizeram tantos outros? É possível, mas não concebo alguém com a pulsão intelectual de Clement a passar o resto da vida escondido numa floresta do Terceiro Mundo. Não, acredito que ele fez a sua escolha muito antes de se ver forçado a fugir, até porque nunca duvidou de que seria acolhido por Sarah. Salvara-lhe a vida, salvara a sua melhor amiga, era pai da filha dela; sentia-se, pois, repleto de superioridade moral. Ir ter com ela fora a única opção que achara admissível.

Mas também procurei as razões de Sarah. Porque o aceitara no colégio? Porque nunca o entregara? Hoje, muito tempo depois, julgo que encontrei as respostas. Se o denunciasse, os olhos do mundo cairiam sobre St. Oswald's. Clement era um dos criminosos de guerra mais procurados, só Deus sabe o que iria revelar no interrogatório. E, se o inquérito não o fizesse, de certeza que a imprensa se encarregaria de desenterrar os pormenores sórdidos. Acredito que, quando ele reapareceu na sua vida, Sarah não se sentisse com forças para ver o período que passou no Palacete exposto na praça pública: as violações sucessivas, a humilhação continuada... Como posso julgá-la por isso? E depois, havia certamente a questão da paternidade de Eva; Sarah quis proteger a filha de uma verdade tão dura, é natural. Para aquela jovem incrível, durante todos aqueles anos, o pai fora alguém que se atravessara esporadicamente na vida da mãe e morrera passado pouco tempo. No entanto, por aquilo que a Esther me contara em Nova Iorque, parecia que, nos seus últimos dias, Sarah pudesse estar a preparar-se para fazer alguma coisa drástica. Nunca esqueci o que ela me disse naquele passeio, pouco depois de lhe ter revelado o meu drama pessoal: «A verdade pode esperar, mas, mais tarde, ou mais cedo, irá prevalecer.» Na altura pensara que essas palavras seriam só para mim. Hoje acredito que tivesse concluído ser chegado o momento de baixar o escudo do tempo e oferecer à filha a verdade inteira. Talvez tivesse sido isso a dar-lhe força para enfrentar Clement, para o expulsar de St. Oswald's. E quem sabe não tivesse sido essa audácia a provocar o desespero do seu assassino? Como o tempo provaria, essas perguntas morreriam comigo. Mas uma coisa era certa: a culpa de Clement ilibara Emmett, pelo menos daquele crime.

Abandonei St. Oswald's uns meses depois da morte de Sarah. De repente, tudo aquilo se tornara num lugar insuportável.

No ano em que saí, fi-lo ao mesmo tempo que Justin, Therese e Dylan. Todos eles carregavam o seu diploma e os seus sonhos. Um, com medo de os ter, outra, sem espaço para tantos, e o terceiro, com os do pai. Aqueles três meninos ensinaram-me muito. Mostraram, à escala do seu *ethos* juvenil, os paradoxos de um país teimoso. Nunca mais os voltei a ver nem a ouvir falar deles, mas são muitas as vezes em que os recordo e imagino os seus caminhos.

O meu regresso à universidade deu-se imediatamente após a saída do colégio. Foi um convite demasiadamente oportuno para que não desconfiasse da intervenção influente de Morgenstern. Ainda assim, foi em Berkeley, a ensinar poesia americana do século XIX, que me reencontrei. Foram anos intensos em que o trabalho fazia as vezes de tudo o resto. Mas o melhor foi constatar que Emmett desistira da sua perseguição. Continuou em Cottage Grove, mas deixou de me escrever ou procurar. Pelo que contava o meu pai, afundara-se outra vez na bebida. Seria o efeito milagroso da carta que eu lhe enviara? Lembro-me da data exata em que o seu fígado explodiu, pois estava a assistir ao discurso inaugural de Gerald Ford pela televisão quando a mãe me ligou. A primeira coisa que eu quis saber foi como estava o Nat e só a confirmação da sua angústia impediu que a minha felicidade fosse completa. Emmett desaparecera da minha vida e com ele, pensava, seriam enterrados todos os demónios. Que tola fui, meu Deus... Pensei muitas vezes se foi por isso que nunca me casei. Aliás, ao longo de todo este tempo, só fui capaz de manter duas relações, ambas voláteis e atribuladas. E, quando desisti de querer mais do que aquilo que tinha, deixei que o resto dos meus dias se transformassem numa perpétua recapitulação.

Miranda visitou-me uma única vez em todo esse tempo e fê-lo poucos anos após a minha despedida de Shelton. Tal como eu, nunca chegou a casar-se, mas isso não a impediu de me aparecer em Berkeley com um garoto de cachos de cabelo laranja e sardas a condizer. «É o meu boneco de trapos», dizia ela, sempre que espremia o filho contra o peito. Ruivos e roliços, doces e azedos conforme os acordares, era um casalinho de citrinos que lamentei ter perdido de vista.

O mesmo poderei dizer de Esther. Como me arrependo de não a ter aproveitado mais. Encontrei-me com ela em Nova Iorque mais duas vezes, e fá-lo-ia muitas outras se ela não tivesse partido tão cedo. Fica a recordação de uma grande senhora, capaz de abraçar o mundo a sorrir. Pouco antes de morrer, rodeada por um exército de sobrinhos na cama do hospital, segredou-me que se reconciliara com o seu Deus. «Mesmo depois de Auschwitz?», perguntei-lhe. «Sobretudo depois de Auschwitz», disse-me, já sem força para me apertar a mão. Nunca compreendi as suas palavras. Talvez para isso precisasse de viver a fé com que ela morreu. Um mês depois, recebi uma encomenda enviada pelo marido, Augusto. Não trazia qualquer carta, qualquer explicação, apenas uma caixa de cartão. Lá dentro, uma colher. Uma colher torta e ferrugenta. Esther legava-me o seu símbolo de sobrevivência e percebi o que me quis dizer.

Há dois anos voltei a Shelton. Foi a primeira vez em quatro décadas. O colégio havia muito que estava fechado. Toda a propriedade fora adquirida uns anos antes por uma companhia de seguros, mas, descontando a falta de alunos e professores, permanecia tudo na mesma. Não foi muito difícil conseguir autorização para o visitar. Afinal, quem poderia recusar a uma velha mulher como eu o privilégio de ser nostálgica no fim da vida? Mandaram até um funcionário para me acompanhar.

– Tem a certeza de que não quer que lhe abra nenhuma porta? Posso levá-la à biblioteca. Garanto-lhe que não vai ver muitas como aquela.

Agradeci-lhe, mas não. Apetecia-me caminhar nos relvados e, se não me levasse a mal, gostaria de ficar só. Ele encolheu os ombros e foi fazer tempo para o carro. Uma hora. Precisava apenas de uma hora.

Quando percorri, no meu ritmo de septuagenária, a álea que separava o portão do edifício principal, lembrei-me do dia em que subira aquelas escadas pela primeira vez. Das expetativas e angústias que me transportaram até ali, numa altura da vida em que tinha o direito de ter outros sonhos.

Olhar para o velho colégio naquele estado afetou-me mais do que poderia esperar. Eu sei que era outono e o meu espírito amarelecia sempre com as folhas, as mesmas folhas que cobriam por inteiro os antigos relvados. Fiquei ali, a vê-las enrolar no vento que soprava nas minhas costas. Deixei o edifício principal e atravessei o tapete abandonado, em direção ao bosque. Fui olhando para os restantes pavilhões e permiti-me regressar. Ao meu lado passaram Jerry e Mathilde e cumprimentaram-me, cada um à sua maneira; Miranda também me acenou, ao longe; Therese e Justin estavam encostados junto à porta do refeitório, mas interromperam o seu abraço apaixonado para me sorrir. De repente, a esplanada encheu-se de vozes de crianças e todo o espaço transbordou com as cores em movimento. Permaneci por ali muito tempo, de olhos fechados, sem resistir ao baile dos fantasmas. Esvoacei com eles, fugindo da minha casca encarquilhada, no meio de uma aragem redentora.

Até que abri os olhos.

Desta vez as árvores estavam a dois passos e eram as únicas presenças vivas no território das minhas memórias. Aquilo era meu e dela, porque Sarah era o lugar e o lugar era Sarah. Vi-a, ao lado da mãe, a declamar os românticos ingleses, na sala do piano; descalça nas margens do Sola, a rir dos sonhos impossíveis que confidenciava a Esther; abraçada aos livros, enquanto corria por uma rua de Cracóvia na companhia de Aleck; agarrando Daniel com a própria vida, ou cambaleando no meio do exército de rostos cinzentos.

Caminhei mais um pouco. O *Konchi Manto* continuava de pé, suportando o tempo no gemido das ramagens. Aproximei-me e toquei-lhe a pele amarrotada. Quantos já teriam feito o mesmo, procurando absorver, pela ponta dos dedos, o saber da árvore velha? Fora ali, tantos anos antes, que combinara encontrar-me com Sarah naquele dia em que esperara por ela sem saber que a perdera para sempre. Agora, tanto tempo depois, vivia o meu outono com a mesma solidão e apeteceu-me esperar um pouco mais. Quem sabe...

Até que, saído das árvores do bosque, um bando de estorninhos escureceu o céu por cima de mim. Voaram em formação, desenhando um volteio, ao sabor da corrente de ar frio. Invertendo a marcha, num único impulso coletivo, passaram de novo ao meu lado, dirigindo-se finalmente para oeste. Quando sobrevoaram o muro do colégio, deixei de os ver, encandeada pela luz do entardecer. Nunca mais os encontrei, mas também nunca mais esperei por Sarah. Naquele momento, já sabia onde estava.

AGRADECIMENTOS

A primeira palavra vai para os vários sobreviventes de Auschwitz que, ao longo de tantas horas, me explicaram como enganaram a morte. Dois deles, Zofia Lys e Kazimierz Smoleń, já não estão entre nós, o que nos alerta para uma realidade intransponível: dentro em pouco já não será possível ouvir falar de Auschwitz na primeira pessoa. Também não poderia esquecer todos aqueles que no Museu Estatal de Auschwitz-Birkenau me acolheram dias a fio em pleno *Stammlager*, mostrando-me o que nunca encontraria nos livros.

É com admiração que menciono Alex Dancyg, do Yad Vashem, um judeu polaco com um espírito superior, que abandonou por uma semana o seu *kibutz* perto da faixa de Gaza e percorreu ao meu lado as ruas de Kazimierz, abrindo-me as portas das sete sinagogas e exibindo as páginas coloridas da história dos judeus de Cracóvia. Recordo Wiktoria Miller e Katarzina Kulinska, duas historiadoras da nova geração (e que bem faz à Polónia olhar para a sua história através de uma perspetiva rejuvenescida).

Ainda na Polónia, uma palavra de apreço ao Professor Piotr Trojansky, da Universidade Pedagógica de Cracóvia, e a Fabienne Regard, do Conselho da Europa, que me acompanharam passo a passo em duas das visitas realizadas.

O meu reconhecimento não poderia ignorar dois arquivistas cujo auxílio foi inestimável: Timorah Perel, do Yad Vashem, a quem recorri desde 2009 e de quem sempre recebi respostas prontas e cheias de conteúdo, e David Tsuneishi, da NCEERA, em Washington, que me facultou material precioso sobre os currículos de Literatura Americana adotados nos Estados Unidos nos anos 1960.

Lembro também – como poderia não o fazer – todos os que escreveram as suas memórias no Livro *Yizkor* de Oshpitzin, a mais prolífica das fontes, assim como aqueles que olharam o *Lager* do lado de cá do arame farpado e que aceitaram partilhar as suas memórias, ao longo das entrevistas que me deram nas ruas de Oswiécim.

A minha gratidão vai ainda para Samuel Watson, professor de História na Academia Militar de West Point, por ter recuado comigo até ao início da Primeira Guerra Mundial, bem como para Joanna Sliwa, doutoranda do Centro Strassler para o Estudo do Holocausto e Genocídios, da Universidade Clark, no Massachusetts, que me concedeu um contributo decisivo ao mostrar-me o gueto de Cracóvia como nunca o vira, ajudando-me ainda a esclarecer certas contradições académicas sobre os (raros) transportes entre Podgórze e Birkenau.

Não podendo enumerar todas as pessoas do Connecticut que, pessoalmente ou por correspondência, me ajudaram na construção dos cenários, terei sempre de referir Carl Sylvester, o solícito Xerife de Shelton, que me impediu de cometer um erro grosseiro.

Também não poderia esquecer duas pessoas que, provavelmente, desconhecem como me empurraram para esta aventura. Falo de Fernando Alves, da TSF, que, pelos *Sinais* dados, me abriu portas improváveis e o caminho para a primeira parte da investigação em Auschwitz; e, claro, Esther Mucznik, escritora e presidente da Memoshoá, que fui encontrando ao longo destes cinco anos. O seu discurso reveste-nos de humildade intelectual perante a Shoah. Foi graças a si que resisti à tentação de colocar neste romance as respostas que nunca poderia dar.

Agradeço por fim ao Angelo Zampol, um italiano poliglota, amante da Língua Portuguesa, que conheci em Auschwitz, pela tradução do diálogo; à Professora Anabela Teixeira, que, mesmo embrenhada na sua tese, encontrou tempo para ler e anotar o manuscrito. E, claro, a quem me manteve à tona de água desde a primeira página: Carla, a minha crítica incomplacente.

Mas há sempre uma altura em que faltam as palavras. É o que me acontece perante o nome da Maria do Rosário Pedreira. Fica o reconhecimento pela sua ambição, paciência e tudo o mais que a distingue como editora e pessoa excecional.

Se, depois de tantos contributos extraordinários, restaram falhas ou omissões, a responsabilidade será minha, apenas minha.